不如风雅过生活

（一）

◎ 米希雅 / 著

北京日报出版社

图书在版编目（CIP）数据

不如风雅过生活：全两册 / 米希雅著 . -- 北京：北京日报出版社，2020.9
ISBN 978-7-5477-3689-0

Ⅰ . ①不… Ⅱ . ①米… Ⅲ . ①散文集 – 中国 – 当代
Ⅳ . ① I267

中国版本图书馆 CIP 数据核字 (2020) 第 108261 号

不如风雅过生活：全两册

出版发行：北京日报出版社
地　　址：北京市东城区东单三条 8-16 号东方广场东配楼四层
邮　　编：100005
电　　话：发行部：（010）65255876
　　　　　总编室：（010）65252135
印　　刷：北京玖仁伟业印刷有限公司
经　　销：各地新华书店
版　　次：2020 年 9 月第 1 版
　　　　　2020 年 9 月第 1 次印刷
开　　本：880 毫米 ×1230 毫米　1/32
总 印 张：18.5
总 字 数：400 千字
定　　价：99.00 元（全两册）

序

守住心中的惠风和畅

李晓东

米希雅女史的美文集《不如风雅过生活》即将付梓，作为最早的读者之一，我被感染、薰浸、陶冶，心中生出与美文意境相契通的感情和共鸣。愿意把感受分享给热爱中华传统文化、热爱美、热爱生活、热爱艺术和一切美的东西的人们。

我和米希雅性别不同，年纪也相差很大，她二十三岁，我四十六岁，正好是两倍，但有三点共同。其一，我也是山西长治人。其二，我长期生活在上海，非常熟悉苏浙沪等江南地区的人情风物。其三，我现在在北京工作，同样深味“长安米贵，居大不易”的滋味。有这三点共同处，也属不可多得的缘分了。

我1992年离开家乡到太原读大学时，米希雅还没出生。改革开放，特别是二十世纪九十年代之后，中国城乡发生了千年未有之大变化，我一度以为，我们这个年纪的人，应该是传统山西农业社会最后的记忆者，于是，用手机写、在微信里发，留下了自己关于童年农村镂骨铭心的记录。读《不如风雅过生活》才突然明白，原来变动的只是表层，深层的民间信仰和生活方式礼仪，依然传承着千百年的习惯。而且，这些似乎平淡无奇，为最普通的农民、城市居民所操持、饮食、使用、居住的仪规、食物、衣饰、建筑，一经米希雅的妙笔，便意境葱茏、活色生香，渗透着文化和乡愁。通过充满着艺术气韵的文字，“夜来幽梦忽还乡”，才发现自己的家乡，那一方黄土高原上的盆地，原来如此美丽缠绵。乡愁，不仅是看得见山、望得见水，更是此山此水此地中的人、物、事、情、态。更重要的，是要有一双发现乡愁的眼、一颗感受乡愁的心，和一枝如乡愁般深切清丽婉约的笔，有此，则遍地风雅，日日风华，时时风月。

乡愁，在深层，是对于文化的爱与眷恋。而风雅地生活，则是中国文人念兹在兹的愿望，是中国文化最美好的地方。《世说新语》里的魏晋人士自不待言，“一箪食一瓢饮，在陋巷，人不堪其忧，回也不改其乐”的孔颜乐处，就是风雅生活之最初者，而且为此赋予哲学意蕴，即心灵情绪的高度和谐自如，客观事物、主观认知、情绪状态的高度合一。于外，可能是一饮一食一器一物一花一果，于内，却是心灵与人格的高峰体验。唯此，人生处处皆佳境，清风明月伴我行。《不如风雅过生活》中的每一篇，都渗透着这样高妙的人生境界。而最美好之地，当在江南。

今日之长三角与昔时之江南，地理虽一，文化与生活的感觉，却天壤之别了。国际大都市、长三角一体化、苏南模式、温州模式、小商品城……汹涌而来，无不昭示着经济发展、物质丰富、时不我待、功名利禄，传统江南的杏花春雨、小桥流水、鸡声茅店、烟波画船，越来越远了，最多，成为人工打造的旅游景点的收费项目，游客匆匆而来，微信扫扫，提伴手礼而去。米希雅却在苏州小巷里、绍兴蓝印花布上，发现了依然遗存的风雅中国。而她叙写这些浸润着文化气象的事物，所用也是宋词风格意境。

我一直以为，宋词，是最能代表中国文化的文体。无论豪放派还是婉约派，流淌在文字间的，是对人生无限的热爱、思索、感怀，对于外界事物的心理投射、情感关照，而最终，达于物我合一，情景交融之境界。无论“昨夜西风凋碧树”，还是“衣带渐宽终不悔”，抑或“蓦然回首，那人却在灯火阑珊处”，每重境界，无不感情深致、彻入骨髓，令人反复吟咏，一唱三叹，掩卷有思，三日不绝也。《不如风雅过生活》中的美篇，即到达如此层面。作者是今日之市场经济大潮下出生成长的青年，身影音容修为，却仿佛古之女子。以古人之心，品今日之事，所品者，自是中国传统文化承载之最集中者，如茶、如布、如书、如画，如思、如诉。

其实，米希雅同样品尝了生活的艰辛，一山西女子谋生京华的甘苦，我是体会得到的。但正如孔子如赞扬者，“人不堪其忧，回也不改其乐”，年轻的米希雅，从里到外，从人到文，都达到这境界的。

魏晋，是发现美的时代，发现了容貌之美、衣食之美、言论之美、行状之美、交游之美、艺术之美，这些美，贯注着中国文人雅士生活的方方面面。千古第一行书《兰亭序》，是公余休息日郊外雅集时所产生，偷得浮生平日闲，便有如此不朽精品。“长恨此生非吾有，何时忘却营营”，人生在世，外在操劳自然难免，却可守住心中的惠风和畅，体味尘世的美好，如此，读《不如风雅过生活》便再适宜不过了。

（李晓东，山西长治人，文学博士，副编审，中国作家协会社会联络部副主任）

自序

七月流火，八月未央，北京的夏日有着难耐的闷热，我在空间狭小的出租屋里挥汗如雨，那种文思泉涌的快感胜却人间无数。

二十三岁，我完成了人生当中的第一部书稿，这是我利用工作之余的时间写出来的，但我并没有因此放弃对文字质量的要求。写散文的人需要心静，文字才没有浮气、匪气、匠气或者别的什么气。我喜欢高格调的文字、尽善尽美的文字、静气满纸的文字、充满灵性的文字。曾经有一位读者在我的文章下面留言，他说，我很难想象你这个年纪的女孩子能写出这样纯美的文字，似清泉明溪，至纯至洁。我在心里默默修篱笆种菊，结庐幽趣。也希望喜欢我的读者朋友能带着一颗风轻云淡的云水闲心，静静地，屏息，倾听。

晨起，饭罢，一人在住宅楼下的小路上踱着步子，裙袂舞动。有风吹来，薄凉，微拂。

林荫小路两侧的木槿花开了，紫薇繁英灼灼。篱墙上的藤蔓痴缠于野花野草间，粉紫的花在朝阳里吹响晨之号角，其学名“朝颜”，这种小花有着艳的旷远。角落里的爬山虎虚脱似的，老绿纷披，叶片泛黄，萎缩，颤抖。在风日的摧残下，早已没有了血色，有种美人迟暮的调子。

晨，万物寂静，不在欲语，哗然。百草稍显凌乱，一夜之间，好似一昼看尽春秋，苍老了容颜。晨气里是潮润的，叶脉花瓣上有着微明的露珠，在阳光下，折射出一个个深广的世界。草木间有高、低、长、短、大、小、宏、细的各种声音，一切动静相宜，皆有自得之趣。我喜欢晨光，晨，是生命的肇始。在我沉迷之时，一缕阳光网住了我的双眼，曙光里有着慈柔的因子，让人对未来一直有所期许。朝阳渐升，托起了人间的光明与绚烂，也托起了人世的温情和生之希望。

早起，伏案读书，这段时间是无人喧扰的珍贵。我常常会在六点准时起床，简单洗漱后就坐在鸟雀喧闹，风日熙和的窗前静静写作、练字。早起的这段时间是可控的，我抓紧每一分每一秒去做我内心真正热爱的事情。

女子有她的正经，恰似桃花的贞静，乃是真桃花了。二十三岁的女子，似一树一树的桃花，开得明媚。虽然我的年纪尚小，但我对自己的文字还是有几分信心的，这不是自我的浮夸，而是真真切切的底气。这份底气源于对文字虔诚的热爱，更源于数年的文艺修养，读书、写作、书法、摄影，游之于诸艺。即使外界有多般的喧扰，但我的灵魂依旧丰富、安静。一个具有生活趣味的人，多种爱好的人，她的生活必定是丰富多彩的，能够从点滴平淡事物中发掘生命的美好。朝露、晨光、花靥、夕影、一杯淡茶、一盏月光，也能从中顿悟到幽幽的情怀。一个人的趣味越多，灵魂越蓬勃丰盈。

文与艺是我所爱的，它们与我的心思、肌肤、内里，与我所有的一切生成一个风姿。有人羡慕我的文笔，可只有我知道，这是十几年如一日，年复一年不断地耕耘、开悟得来的。所有行云流水的文章背后，高超绝妙的技艺背后，都是自我的精进和打磨。在不断的沉淀、积累、潜移默化间，我的心性更加安定，内心愈加丰富。

著名作家雪小禅老师曾经说过这样一句话："一个好的作家一定是一个大杂家。"我深以为然，一个人的文字中一定要有一些支撑，文字才会有骨力、有气象。这份支撑可以来自于生活的各个方面，如书法、绘画、诗词、戏曲、音乐、美的素养等，它们就像一面镜子，会将你的所有折射进你的文字当中。

我手写我心，我不擅长陈述痛苦，也很少用那些沉重的字眼。文字是我心灵中的那片净土，我生怕它沾染到一丝污秽之物，我希望它纯明如碧湛秋光，温煦如和风细雨，幽静如草色入帘，清凉如草木阴翳。近日收到清华大学王海钧老师的一条微信，老师鼓励我，说在这个浮躁与功利的社会，像我这样用心用情写字的人已经不多了。我把我的浓情已全部交付于文字，在我涉世未深的时候，在我不想索取什么的时候，以一颗近乎单纯的心去书写我心灵的独白。我不想做稍纵即逝的绚烂烟火，即便它耀眼夺目。文字是我一生的挚爱，我愿许文字以地老天荒。

老子说：“唯之与阿，相去几何？”赞美也好，贬义也罢，宠辱不惊是最好的立场。从历史中走出来的人物，人们的看法哪一个不是莫衷一是呢？面对人世的纷纷扰扰，唯有不动声色，冷眼旁观。真正的爱好，应是融入骨子里的，不为外在环境的改变而有所动摇，不为世俗的讨好而松懈弃辍。我能做的，就是葆有一颗宁静的心，在文字的道场中，只问耕耘，不问收获。

有人说，你的梦想是成为一名作家？我告诉她，不是。一来作家这个称谓太沉重，没有一定的人生阅历的烹饪，是调制不出美味的文字的。我年龄尚小，还需继续沉淀自己，学识、涵养、情怀、心性的修行都是生命中必不可少的。二来，我不想将我生命中挚爱的文字作为我谋生的手段，它在我心中是神圣而又高贵的，是我一生的信仰。我只愿做一个码字客，没有任何目的，没有任何欲念，在天真自然的状态下去执笔、落墨，让笔下开出圣洁思想的白莲。

《不如风雅过生活》是我的第一部个人散文集，也是最接近我初心的文字。格调以真善美为主，并以图文并茂的形式去呈现，希望你在书中能感受到不一样的美好，同时也感谢好友惠如风、云舒姐姐、梅一先生、幸幸女士等提供的摄影作品。

雅致内蕴，美由心生。一直都很喜欢雅的东西，古雅，优雅，雅色，雅气，雅事，风雅，我的公众号名字是闻雅。我的真实姓名当中也有一个“雅”字。大学学的专业也是琴棋书画“四雅”当中的书法。天生就与“雅”有缘。

晚明文人陈继儒道：“书屋前，列曲槛栽花，凿方池浸月，引活水养鱼；小窗下，焚清香读书，设净几鼓琴，卷疏帘看鹤，登高楼饮酒”，万般闲事，皆为风雅。

风雅，是闲情逸致的散淡情怀，是楚楚一段风致；风雅，是不唯清空，亦不独情趣，是山川静默，雨过风微的人生境界。茶事、器物、园林、赏石，书画，莳花弄草，四时之景，皆为赏心乐事之闲情。

风雅无须雍容华贵，但需屋宇精洁，雅物清疏，笔墨精良，诗词满瓯，有画有书；晨起汲泉烹水，午后莳花弄草，融天地自然之灵气，四时长物之精神，起卧行居，经此天长，其学养、才情、见识与阅历日益丰厚富饶，容止、行居也是清明畅朗。审美格局，内在境地也自有所长。

风雅，以中国诗意美学为基调，为中式生活立美心。

我喜欢“初”这个字，初意味着开始，意味着圆满。凡带“初”的字皆真率可爱，清新纯粹。初，是清而有涩，是萌而未盛，是天清地廓时的大美，叶嫩花初，露之始烁，子实初成，茶之方罄。初有初见、初雪、初心，还有初人。十几年来，对文字的渴慕初心还未冷却，我时时刻刻提醒自己，要守住自己的那颗初心。

在文学的世界里，我仍是一个学徒，我愿在文字中追寻、沉潜、安静，把时间磨完，把岁月坐穿。不曾丢弃自我誓言，以纯粹之心，卓然而立。即使肉体厝漏，粉身碎骨，也在所不惜。

二十三载的光阴，我已从那个自卑的鹑衣少年长成了亭亭的少女。本书记录了我来时的路和成长的轨迹，还有生命褶皱里的幽微的美好，希望你和我一样，能倍加珍惜。路漫漫其修远兮，无所谓依傍，无所谓周全，我是那晓色里的前行人，即使是微明，即使是阑珊，看见光，我便会一直走下去。

晨给予了这人间的晴明与美丽，万物生发着蓬勃的朝气，我愿背起行囊，迎着晨风，与曙光同行。

合上厚厚的本子，感受清秋岁月里无声的寂美，开门，有光。

自序

我叫米希雅，出生在山西长治，它还有一个别称——上党古城。

站在时光之彼岸，以一种旁观者的态度回望自己，那个十几年前自卑、不善言语、稚嫩无比的姑娘如今已长成为眼里有光、内心有梦的大姑娘了。

比起成功，更重要的是一个人的成长。

在我的生命里，有两个对我来说非常重要的词语——成长和独立。从我十八岁那年，步入大学校园的那一刻起，我就告诉自己，可以不成功，但是一定要成长。我渴望在十八岁的年龄，有着超越同龄人的思想和成熟。我为了历练自己，从大一开始就做各种兼职，利用寒暑假在餐厅里当过服务员，在商场干过销售。大学四年的暑假，我几乎很少回家。所以从大二开始，我就基本上实现了经济独立。我不喜欢依靠任何人，包括父母。有时父母主动给我钱，我都觉得不好意思，有时急需用钱我通常会说："妈，我先借你点钱，之后还你。"

大学，很多人都是在浑浑噩噩中度过的，所以毕业后会有很长的一段迷茫期。而我不会。我从小就是个深爱文艺的女孩子，童年喜欢在田垄河畔素描画画，喜欢朗诵演讲，喜欢读书写作。可年龄越大，发现我所喜欢的一切都不能陪伴我了，因为学业，因为枯燥的数理化。后来我一度堕落，直到我学习了书法，并通过艺考获得了大学的通行证，所以我很珍惜我的大学时光。

大学的生活是新鲜而丰富的。大一参团，有文学社、汉服社、诗社、书法社团等。在社团元旦晚会担任主持，参加晚会的节目表演等。大二独自一人前往山东，在此之前我从未独自出过省，仅是为了参加一场我喜欢的演讲比赛，一路上害怕极了，不敢熟睡。比赛时准备的那篇文章叫《为汉服的浅吟低唱》，稿子很长，但写得很美，所以我至今都能倒背如流。那日，我着一身汉服，独自站在舞台中央，时光静止了一般，我很享受那种感觉——我的声音从话筒里射出来的穿透力。大三，每个星期我都会抽出一下午去学校实习，是义务的。实习的学校在太谷，往返要坐将近四个小时大巴，一路上风尘不断，很是颠簸。但当我看到教室里那一双双渴望而清澈的眼睛时，疲惫也顿时化为乌有了。

大四，也就是2018年，那个深冷的冬天，我来到了北京。没有任何规划，就一个念头，说来就来了。那是大学毕业前的最后一个学期，老师要求我们进行半年的校外实习，我毅然决然地选择了北京。年后，通过网络联系到几家招书法老师的机构。我深切地记得到北京的第一站点，六号线，青年路，B口。那天，是极寒冷的，即使裹着厚厚的棉衣也能感受到透骨的寒冷，这是北京给我的最初印象——冷。在地铁口我仰望着这个我梦寐以求的城市，高楼大厦，车水马龙，那不是我心中所喜欢的。可从现实来说，生存第一，月亮是那崇高不可企及的梦想，六便士是为了生存不得不赚取的卑微收入，我只能去适应环境。

毕业后也留在了这里。之所以选择大城市，主要有以下几点原因。

第一，大城市的工资水平要比家乡高。我深深知道自己喜欢的生活是必须建立在物质基础上的，也只有在金钱充裕的情况下，我才能真正去学习我喜欢的一切。北京有相对公平的竞争环境，它不看你的出身背景，只要你有能力。相反，在家乡，好像做什么事都需要关系。北京是座包容性极强的城市，什么样的人都可以容纳，而在小城市，一个月两三千元的教师岗位都有很多人拼命去抢它。第二，不喜欢贪图安逸，那种在小城市岁月静好的生活会让我逐步丧失奋斗的勇气和野心。我身边的亲人也总是劝我，让我考教师资格证，然后找一份安安稳稳的工作，随后就是嫁人，相夫教子，一眼就能看到头的生活让我心中充满了恐惧。我能感觉到我内心有一团火焰在燃烧，一个心怀希望的人，坚定而有韧性的人就像一粒火种。北京，一座现代和底蕴并存的城市，它没有较好的空气，可梦想在这儿，也便在这儿安了家。

在这个陌生的城市里，我也第一次读懂了什么叫孤独。北京太大了，只会让自己觉得渺小。夜晚回家时，站在天桥上俯瞰整个北京城，依旧车水马龙，灯火通明。可是在喧嚣之中我亦能敏锐地感知到一些什么，每个人都不甘平庸，他们在这个陌生的城市寻找着自己的价值。我一直都有自知之明，我不漂亮、不聪明，性格内向、学习成绩不好，数学从来没有及格过。所以当我看到比我漂亮聪明的女孩子时，我心里更多的是自卑，但也正是因为心底的这份自卑，让我能够沉住气，不断地成长。

我觉得，一个女人，你无论放弃什么，都不能放弃自己的成长，我是这么想的，也是这么做的。前些日子，有一位微信好友和我聊天，她说，我也会见证你一步一步地成长的。看到这里，我瞬间就落泪了。我在心中暗暗发誓，我会的，我一定会让大家见证我一步一步地成长的。

一个人在经历了种种磕绊、渴望、等待，你会发现她的气质不同了，那是从骨子里散发出的一种自信与光芒。此时的自己也是韧性十足，不像以前那样唯唯诺诺。现在的自己，敢于为梦想奋斗，为结果埋单。

我渴望破茧成蝶，虽然我还没有达到我的理想状态，但我相信，只要规划是对的，路是对的，一切都是时间问题。

2019年，是我快速成长的一年，2020年，我将继续前行，我希望我们能见证彼此的成长。因为我和你们一样，为梦而生，向光而行，一直在路上。

不如風雅過生活
（二）
庚子夏

目录
CONTENTS

一

PART 1

第一章

PART 2

第二章

PART 3

第三章

PART 3

第三章

PART 4

第四章

二

PART 5

第五章

PART 6

第六章

PART 6

第六章

PART 7

第七章

PART 8

第八章

PART 9

第九章

注：本书所有图片照片均由作者米希雅及云舒、梅一、慧如风等好友提供，并已获取相关授权。

PART 1

第一章

姑苏印象

乱在江南之姑苏记行

◇ 壹 ◇

清风徐来，掷地有声。此时此刻，我嗒嗒的马蹄路过江南，不是过客，是个归人。

江南，广义上指长江中下游以南，狭义上包括苏州、杭州、无锡、南京、镇江等地。每个人心里都有一座城，而我心里的那座城是梦里水乡苏州。苏州，自古以来人文荟萃，有“上有天堂，下有苏杭”之美誉。

苏州，我更喜欢叫它姑苏，“姑苏”二字，沾唇即醉。闭目凝神，仿佛就能闻到吴侬软语的香息，看到柔波中的桨声橹影，听到绸缪夜色中寂寂寒山寺的钟声。

春之伊始，好友给我发来了江南雪景的照片，皑皑的白雪覆在山岚、园林、古桥、青石板上，是那么美不胜收。去往苏州，不过一念，然这个发愿其实早已盘踞在心头。雪，是我和江南得以相遇的引子。

诗意江南，她似一位灵婉的女子，能变异出无尽的美，让人惊叹。苏州有昆曲，昆曲于苏州，是最缠绵的一抹深情，有着清扬的艳。昆曲中的柳梦梅和杜丽娘的故事成就了一段爱情佳话，一句“不到园林，怎知春色如许？”刹那间好似看到了杜丽娘婉约的身子，莲步轻移，迈着款款的步伐，徘徊在江南小院。昆曲，那声声似流水，一唱三叹，低回婉转，字正腔圆的背后是温润、是清澈、是富有光泽、是黏黏的娇软和饱和的音调。净似琉璃，托着长长的尾巴，那声音在空中被拽得老长。昆曲在时空中无限延长，余韵酥软到了骨子里。

春日迟迟，抵达苏州。沐浴在江南春风里，湿的、润的、微的、大的、小的，空气里夹杂着淡淡青草的香，我很迷恋这种味道。以一种潇洒不羁的姿态，漫步在江南的一风一物里。湿漉漉的空气中所有因子的成分，化合物的成分，一颗敏锐的心像贼一般，能轻易察觉到春波涨绿的春意。漫无目的地行走，微风起处，我的心底似有一股清气流淌，由此进入一种不粘不滞，无迁无往的心灵空间。它轻抚着我的发，掠过我的肩，勾勒着我的面，它唤醒了我所有的感观、听觉甚至味蕾，亦牵扯出一种隐深幽微的思绪和如诗般的情怀。

一见倾心，再见倾情。

古蕴悠悠
灰白的线条勾勒出翘角飞檐
窗棂斑驳
檐角婆娑
粉墙
灰瓦
雅隽如宋瓷
嫣然
素净

江南老宅，古香弥漫。矗立在森然肃穆、单调乏味的住宅楼间。古韵悠悠，灰白的线条勾勒出翘角飞檐，窗棂斑驳，檐角婆娑，粉墙、灰瓦，雅隽如宋瓷，端然、素净。似淡淡的水墨浅绛，在旧时光里遗世而独立，已静美了千年。那高墙深巷，是清冷微凉的姿态。一枝丫的梨云，棠雨探出身子，小艳香疏，惹人开扉寻幽，又是一种别样的气象。

江南的古宅，如宋词中的一曲如梦令，有诗的意境，它的古典雅致乃是时间的杰作。古老的宅院，色彩是极简的黑白，墙壁上涂抹有文人诗词，雕绘有山水花鸟，飞禽走兽。大同小异的日子里，明月依旧，在古宅院落里转朱阁，低绮户，照无眠。宅中的莲盛着一碗如水的轻盈，一瓣一瓣地散溢着洁净的芬芳。廊前的清浅月色如纱之莹莹。那路过于此的行吟诗人，是否和我一样，望望天空，轻轻推开虚掩的门扉呢？

◇ 贰 ◇

平江路本是苏州的一条历史老街，是一条沿河的小路，其河名为平江河。平江路的历史街区是苏州古城迄今为止保存最为完整的一个区域，堪称苏州古城人文积淀的缩影，甚至有人说是中国古典文化的后花园。

晴日里，阳光煦暖，风儿柔得不起一丝微澜，是那样的融合。沿着平江路，穿着素色的棉麻布衫，蓝得虽已泛白的布鞋，肩上挎着我的单反相机，呼吸着自由的空气。此刻，我是一只游弋在阳光中的鱼儿，施施而行，漫漫而游。简单，通透，明朗。

走进几家小店，我也会淘几件中意的宝贝，如江南织物苏绣，老瓷的链，民族风的挂件、包包、项链，包括糙的裂纹的瓷器。越古旧的东西越吸引我，器物里的旧光阴泛着一层复古的、生锈了的淡黄。透明的格子箱中的银器吸引了我的注意，这件饰物有了年纪，银光幽微含蓄，温熟可喜，轻轻捧起，亦能折射出一种喑哑而梦幻的光。指尖亲触都撩有一种逼仄的美，很野、很艳，那不属于新鲜。我幻想着它戴在我手上的美丽刹那，只可惜囊中羞涩，因昂贵的价格我最终还是放弃了那虚无缥缈的幻想。

故苏城内有很多茶寮，倦了，就找个古色古香的茶室小憩，听昆曲，和友人品茗清谈。那些平日里忙碌得都无暇照顾的思绪就像这茶烟般的肆意流淌开来。空蒙的、虚幻的、快乐的、悲伤的，又都随一双梁间燕飞了去。手抚的茶器，温度正好，在沸水浇漓下，那茶叶细长卷曲的叶子也舒了眼，浮浮沉沉，在杯底静止。茶汤逐渐变得清亮，水汽氤氲在眼睫，赏、抿、品，用心体味一盏茶的缱绻回甘，还有一点沁微的凉。

此时，尚值早春。如许的春光，被一声声的乌篷桨声合成动人的音律，绾在那青花旗袍的少女头发上，结在杨柳如烟垂水的丝绦上。深藏在老城僻静一隅，我独爱这份无扰的素日时光。我喜欢这里的气息，因为我知道，它和我是契合的。心照不宣。

◇ 叁 ◇

来姑苏的几日，有一半多日子是落雨的。

绵绵春雨幽微地落在这方充满灵性的泥土之上，让姑苏有了饱和的诗情与画意。江南的水碧阴得沉淀了几千年。一口古井诉说着岁月里的壮阔。雨渍久则生苔，古朴而清幽。晚风穿堂而过，古木牌匾赫然醒目，门扇虚掩，咿咿呀呀似古老戏曲的回放，前赴后继似的。雨打蕉窗，沥沥如丝。梨花带雨的苏州，也有一种凄然落拓的唯美。姑苏的雨，从灰的檐角，从玄武瓦当、飞禽走兽、花鸟鱼虫上倾泻下来。萦青绕白，滴出了青翠，在青石板上绽放，笑靥如花。

一窗雨，藏着我盼望已久的念。

庭院深深，绿竹幽幽。前世，我可是那江南老宅里的绣娘，一针一脚，素手银针，缝织着过往。可是戴望舒笔下那个漫步雨巷，结着愁怨的丁香姑娘？穿过几千年的乌衣小巷，漫溯雨幕中，若凌波微步。撑一把油纸伞，宛若撑起我的江南。凝神谛听姑苏雨，温润无骨，温软，缠绵，听雨是需要心境的。雪小禅老师说：“隔窗听苏州的雨，像是在听宋词。”雪小禅老师还说：“苏州的雨是粉的，是最让人心心念念的。”于是，我来了。一次回眸，是前世今生的重逢，一场雨，换取刹那如斯的欢喜。

听雨本是一件寻常事，可谁知在我这个久居北国的女子心里，承载了多少殷殷祈盼。小楼听雨，廖长的光阴在微雨中也滋长了闲情。

◇ 肆 ◇

苏州园林达六十多处，有拙政园、留园、怡园、网师园，由表及里，精致如一。无论是富甲绅士的大型私家园林，还是平民百姓的住宅小院，都充满了古意。最喜欢沈三白书中所记的沧浪亭。

沈三白和芸娘青梅竹马，可谓是金玉良缘。二人既是论古、评花、赋诗、品月的知己良友，又是情投意合的才子佳人。沧浪亭，那是沈三白和芸娘昔日撒欢游玩的地方。

沧浪亭，位于苏州市三元坊沧浪亭街3号，是一处始建于北宋的中国古典园林建筑，始为文人苏舜钦的私人花园，也是苏州现存诸园中历史最为悠久的古代园林。

园子不大，清水环护，没有过长的游览线，与王士祯所说的“午日画船桥下过，衣影人香太匆匆的移步换景之趣”不同，沧浪亭最宜静观，对我这种散漫懒走的人自然再好不过了。风景之洵美，可入诗、可作画、可赏、可留，亦可坐。

园外，一池绿水相迎，依墙而建。狭长逼仄，黛蓄膏渟，水萦如带，油亮得像贮了一瓮的化妆的油脂，又似那匠人手边似干未干的髹器。溪水畔弓着一座小桥，桥身是象牙白色的，且附有纹饰，青龙白虎，样子炯炯。渡桥而过，入园，窈然深锁的高墙内，又有另一番气象。山石上布满了绿锈，那是苔藓。天空被水中的水草印染着、黛绿着，天长地久的样子。庭院深深，花影重重，水石溶溶，园林内是瞿然岑寂的清肃之美。

昆曲牡丹亭里有一句唱词："不到园林，怎知春色如许？"来江南的这几日正值早春，那园子里的姹紫嫣红开了个遍，樱花、海棠次第开来。依着巉石，开得艳羡，此时也正是赏花的好时节。记得《瓶花谱》里记载古人赏花的幽趣，有香赏、茗赏、琴赏等，而我不禁感喟今人又有几人能得此闲趣。

漫步曲折小径，绿杨影里，海棠庭畔，红杏梢头，俯仰之间皆是景致。园林苍古，花滋而馥郁，粉墙若屏，香息盈袖。曲径通幽，竟也能体会到王维诗里所说的禅房花木深般的意境了。

拾级而上，有望外之喜。站在小亭上俯瞰整个园林，古木若虬老根盘结，幽篁丛丛，万竿摇青。古木三五，花树一角，小亭踞峰，云雀珠喉欲起，我反而觉得这里更幽静了呢。曲廊回环，行走其间，左右顾盼皆有景致，光景常新。春有百花，夏有蕉廊，秋有枫林，冬有梅影，园林里的景物相互借景，构之成美。

园林里的漏窗有菱形的、圆形的、不规则形的，有了窗，里

穿过几千年的乌衣小巷，

漫溯雨幕中，若凌波微步。

撑一把油纸伞，

宛若撑起我的江南。

外就有了沟通和交流。自漏窗北望，星星点点的，淡的黄的碎花在灰白的瓦墙之间悄然开落。离了红尘喧嚣，一盏冰洁之心，似只与风月谈情。山石花木间的绿苔隐没其间，不扎眼，颇有野趣，似缎，微凉。几只鸳鸯时而在水里扑腾扑腾的，相互追逐，弹奏着一曲曲清婉的欸乃，时而石边小栖，用嘴细心打理它的绒羽。

天空中依旧下着淅沥沥的小雨，徘徊在园林小径之中，由碎石旧瓦砌成的小道，或曲或折，极尽蜿蜒之所能。它循循善诱，让我在屋舍后邂逅了一片竹林、竹海，一竿竿地撑起了园中的青翠欲滴。不知它屹立了这么久，腰酸背痛否？竹林似海，在百年的悠悠岁月中兀自清凉。竿的颜色是深邃的碧，触感光滑，那捋不平的是竹节，又记录了怎样的春花秋月的往事？那个百年前的布衣文人沈复，也可曾在此抬头望月，思念他那逝去的芸娘？

苏东坡有言：“食可无肉，居不可无竹。”竹，有君子之风。院中小憩，听竹涛依旧，胸中无俗虑，亦无尘想，呆呆地坐在这里那也是极好的。

◇ 伍 ◇

雨丝风片，烟波画船，烟雨江南孕育着人文荟萃的苏州。明清有吴门四家，民国有张家四姐妹。江南，自古亦是文人墨客魂牵梦萦的故乡。

作家余秋雨先生在《江南小镇》中曾写道："周庄对于我，是乐于参观而不会想到要长久驻足的，而同里却一见面就产生一种要在这里觅房安居的奇怪心愿。"

江南有西塘古镇、乌镇、木渎古镇等，而我唯独最爱同里，爱它的小家碧玉，爱它的烟火市井气息。同里，远离了商业区的秾丽繁华与开发过度的喧扰。居住在这里的人，依然保持着最古朴、自然的生活习惯。不紧不慢，不疾不徐，这就是同里的气象。它不像一个景区，它是一个让你更会生活的地方。

灰瓦、粉墙、淡雅的髹饰，这是极简的素约之美。家家择水而居，户户通船。古意的弄堂、斑驳的木门、霉苔点点的颓墙似在诉说着苏州当年的风华绝代。

同里的青石板，深一脚浅一脚的，走在上面，身体都端不稳了。河渠两侧有民宿、有商店、有小贩。居民门口，窗上晾晒着花绿的大短裤，虽煞风景，但最动人处也莫非日常。

几位妇人蹲在水边搓洗着衣服，动作似锤炼了千百遍的技艺，很是熟练。她们且用吴侬软语交谈着，脸上的褶皱里也满是幸福。随着话语的落地，平静的水面漾起了柔波，步履从容般地递到河对岸了。衣物鲜丽的色彩着了水，越发现出一种织锦般的艳色，大朵大朵的牡丹花颓美地绽于碧水间。接着洗菜声、炊烟声、卖花声、拨浪鼓声、小孩哭啼声，声声入耳，人间烟火的市井气息在此显露无遗。一些老手艺人仍然在叫卖着，青团、糕点、状元蹄、袜底酥，这是独属于苏州的，携带着江南山水独有的气息。最喜青团，听闻江南人把春天第一次吃青团叫“尝春”。青团，外观上茸茸可爱，色如翡翠般透亮，口感上软糯微甜，泛着艾草汁叶的清香。

春风吹绿了江南岸，交集于柳，柳舒了眼；交集于花，花绽了颜；交集于水，水冷却了寒，孕育着暖。我把手伸进水里，没有一丝的寒凉的江南水啊，波光水色，微微荡漾。

同里，巷子深深，人家尽枕河。姑苏不能离了水，水是它清亮的眸子，没了水定是少了几分风姿绰约，如女子貌美却没味道。向晚的江南暮色里，摇曳着它独有的卓越风姿。热闹的古镇渐渐归于沉寂，游客散尽，只有我彷徨于此，不肯离去。

泊在这月色中，静穆的水面有着华美的光影。凭栏而望，河面渐渐亮起了灯盏，波光浮动，灯火如豆。我的心也似一片浅浅的海滩，潮起潮落。有风掠过水面，眼前的一片光景是流动的，我的思绪也是流动的，而后合二为一，我看见我的灵和这轻烟薄雾一样，从体内散溢开来。倏地记起唐人杜荀鹤之千年咏叹：“君到姑苏见，人家尽枕河，古宫闲地少，水港小桥多。”

时至五月，重温在姑苏的旧日时光，宛然如昨。我只想折取江南的一枝花，簪进岁月的肌里，为它低吟。

怎不忆江南

◇ 壹 ◇

归人

虽然在以前的小文中我已经写过去江南的文字，但我决定再写一次，因为那种感觉一直在我内心深处。依旧，如故，未泯。

——题记

去年二月，我记得去姑苏前读了两本书，一是清代文人沈复的《浮生六记》，二是雪小禅老师的《倾城记》。我在这两本书中皆寻得了江南的影子，于是心血来潮，决定一探究竟。

我一个人坐着大巴车，路费近五百元。一路辗转到无锡，那时天已黑，还下着雨，和我心中所想的一样，江南的雨，如轻丝绿软。我望着天空，蓝色的布鞋已浸湿，我双手伸出去捧在手心，我感动得想落泪。黑色的天空让人摸不着头脑，但仅凭呼吸，是能够感受到那种润泽的湿意的，它下得漫不经心，我听得真真切切。良久，我和一名男子拼车从无锡一路奔驰到苏州。下车后，我找了一家不贵的小旅馆暂时住下了。第二天，天还未亮，我就迫不及待地去感受它所有的一切，为童年，为想象，为无法自拔的那种精神归属感。

这是一个千里寻母的过程，如同一个在故乡走丢了的孩子，无声的召唤让我不能自持地走上了这条对心灵故乡的寻访之路。

晨光熹微，朦朦胧胧之中听得几声鸟鸣。直到今天，我都坚信，那是我迄今为止听到的最好听的鸟鸣，宛如天籁，而我傻傻地伫立于街头，像个智障。那歌声油亮油亮的，是在诗词中才会听到的鸟鸣。王维说：“月出惊山鸟，时鸣春涧中。”我想就是这种感觉，是萦旋于山中才有的轻盈与婉转，无比静寂清幽的清晨，又有酥雨来搭讪，心中清润无比。

江南，是我灵魂的故乡，嗒嗒的马蹄来到这里，不是过客，是个归人。

◇ 贰 ◇
初见

苏州，是闲情逸致的，在这里很多地方是可玩可赏的。苏州，是一座富有生活情趣的城市，让人们优游神往，悠哉乐哉。

春山浅浅，春风细细，微云淡淡，细雨绵绵，江南的春是要用叠词去彰显的，这才更富有余情。南国路边的垂柳，袅娜多姿，微风拂来，如同散落长发的少女，风情万种。它临水而居，那绿丝绦又似少女的裙摆，错落有致，侧影翩跹。

第一天，先去了平江路和苏州博物馆。在博物馆里我看到了一件十分漂亮的苏绣长裙，淡绿色，那一针一线密密匝匝团结在一起，支撑着一个别样雅致的世界，让人能够轻而易举地感受到苏州女子的温良可人。我毫无目的地散漫前行，老旧的门楣，寻常的宅第，枕水的人家，绵软酥骨的昆曲，都有一种风情雅致。在平江路的宅边，我临水而坐，良久。那绣，一针一线里满是时间的奢侈，全是心思的缜密。在平江路上，熙来人往，有旅游团，有拉客的三轮车车夫，还有来此摄影的情侣。

因姑苏多雨，那一面面白墙，曾经是风华正茂、玉树临风，可现在是苔藓、雨水、疤痕的栖息地。古老美宅老迈斑驳，门是黑漆漆的，兽头门环是鲜明的、清楚的，门槛是秃秃的，露出了它的肌理和年轮，高低不平的青石板路磨得跟青畴似的，没有波涛，没有起伏，是坦荡的，门楣上雕刻着几个大字是守旧派的。

◇ 叁 ◇
园林

园林，是市隐的，它们隐藏在俗艳的高楼大厦之间，它们之间对比鲜明。苏州古典与现代并存，但彼此调和、尊重，相处得十分融洽。

园林，印象最深的是《浮生六记》中沈复和芸娘待过的沧浪亭。那日，撑着伞，一步一景地徘徊在深深庭园里。花香袭来，丝丝糯糯的冷香，缠绕到了骨子里，星星点点地泛着潦倒的风情。只是，我忘记了那是什么花，还是花骨朵的样子，收敛服帖着自己的矜持。

园林，充满了细节。轩窗回廊，匾额楹联，假山盆景，花鸟鱼虫，所有的细小、微琐，在园林里都是充实饱满。每一个屋舍上都是谦卑似的线条，没有龙飞凤舞、没有斗拱飞檐、没有雕梁画栋、没有月出惊山鸟、没有高处不胜寒。白墙灰瓦和远处的山岚朦胧地勾勒出一道弧线，时而长，时而短，时而崎岖，时而挺直。它是那样的素素清清、淡雅婉约，没有高亢的语调，不是激扬跌宕的文字，不是指点江山的大气。它的美，是淡中的那点韵，是于无声处的花开花落。素色的墙衣，是谈笑有鸿儒，往来无白丁的书生意气，它淡雅朴素，宛似清人雅致的谦谦君子。黛瓦下是绿筠初静，初花烁春，竹风清幽。深庭小院下可闲赏竹籁，满眼的翠碧，兜不住似的往外流，静静地在园林里安放余生。

亭、台、楼、阁、轩窗、假山、青瓦、楹联，富有诗意，富有画意，皆可读可赏。这里的一切，是生活美学的天然隐喻。一景一物都是在实用基础上的美的出场，或者已经超过了实用的审美范畴。这里的流水是碧的，不是暧昧不清的青色，那绿里是加了一些黑，幽深幽深的。

江南园林里的前庭后院特别多，一不小心就转晕了。每一个角度，每一个场的转移都是精心设计出的一幅摄影作品似的。沧浪亭的对面也是园林，这里的花已经长得五官分明。浅浅的风吹来，也有柔柔的美，如同新衣初妆的女子，那胭脂色是它最美的脂粉。

在如今的中国，如雨后春笋般拔地而起的，千篇一律的灰盒子，它的作用仅局限于居住，遮风避雨，但那和飞禽走兽有什么区别？现代门的作用也仅仅是为了防盗，窗户的作用则是为了吐纳和交换空气。在风雅的南国，它所包含的一切除了实用还兼具了审美。房子是雕梁画栋的，上面绘有飞禽走兽、花鸟鱼虫，将美好的德行、寓意都刻在了梁柱门楣上。让人慎独、让人自省、让人洁身自好、让人谦谦君子。

郑板桥说："吾毕生之愿，欲筑一土墙院子，门内多栽竹树花草。清晨，日尚未出，望东海一片红霞，薄暮斜阳满树，立院中高处，俱见烟水平桥。"园林，作为中国建筑美学的最高范示，应和古人的夙愿在一定程度上是不谋而合的。

◇ 肆 ◇
烟雨声声慢

时光清浅，微雨在檐，天空里都是它磅礴的情绪。白墙闾巷，梅子雨。

北方的雨是酣畅淋漓的、出口成章的、口若悬河的。而江南的雨是暧昧不断的，是黏人的，能让人轻而易举地产生一丝愁绪。不过，我独爱这份雨中的旋律，淡淡的怅惘、淡淡的诗意。连日的雨，它并没有给我的出行带来什么困难，即便我的布鞋早已浸湿。

姑苏的雨，稀稀落落地打在木窗上，眸眼交汇处是欲辩已忘言的陪伴和懂得。是否也有这样一个日子，有人在和我一样倚窗，听一阕平仄的雨。

雪小禅老师说：“姑苏的雨如一阕宋词，不够整饬，大珠小珠落玉盘的绝响，别致错落。”姑苏的雨回旋往复，这是背负了多少痴儿怨女的情啊！它的缠绵悱恻，总能触及你的心底。这时脑海里突然出现戴望舒的影子，可是，人已去，故事也随着光阴的沙砾消散不见，但遗世的孤楚，让后来和我一样路过的人凭吊感怀。

每一个地方的雨都是特别的，都在等待着最适合它的那个人，每一个人的心中都有独属于他的“江南”，那“江南”是私密性的、舍不得公开的，秘而不宣。每一个春天都会想念江南，江南不再是一个简单的地标，也不是一个虚无缥缈的梦，更不是虚拟的想象。江南，它的土地上住着我的精神。

我还记得我呆呆地坐在沧浪亭外的水边，听细雨嗒然。一泓春水，烟波浩渺，微风拂过，皱了一池的潋滟清波，摆脱僵化疲软的生活方式，让心灵与所见所闻一起共舞。这里少了雷厉风行的节奏快感，多了用心生活的人和腿，这就是江南奏。

◇ 伍 ◇
同里

同里，是离市区比较偏远的一个古镇。当我走进它时，高大的牌坊上写的“同里古镇”四个端然大字。

同里古镇，当你踏进的第一步，时光就仿佛倒流似的，一切变得太古，就像陈年中的一段折子戏，恍惚了百年岁月的江南雨，这里就是同里。在同里，那是原住民的故乡，以前是，现在也是。很荣幸，我见证了它的坚定，它并没有在商业化的席卷下变得面目全非。

古镇的熙攘从一早就开始了，它们顺着根基从地底下喷薄而出似的，影响力极大。到黄昏时刻，便达到鼎沸和高潮，卖大碗细面的、卖青团的、卖民族风挂饰的，细碎的雨声、相机按快门的声音、游客吃饱打嗝的声音、摇橹声、晾衣服的声音，从千家万户、大街小巷丢了出来。可谓是五光十色，落落大方，十全十美，深深浅浅，完备得很。

一道绿油油的河，河的两侧是古色古香的小店，卖衣服的、开民宿的、开茶馆的、开照相馆的，还有在河里低下身子洗菜、洗衣服的，这对于一个没有见过南方人生活的女子来说，一切都是新鲜的，甚美！主路的两侧往里延伸是错综复杂的巷子，是明朝深巷卖杏花，是不识庐山真面目，是小楼昨夜又东风。

古镇里的一切都是落后的，炊烟是落后的，雨水是落后的，衣服是落后的，我喜欢这种落后。落后是对时间秩序的尊重，是对古老的迷恋，是对过去的自信，是对细节的热爱。

古镇里很少有鹤立鸡群的建筑，反而有许多小巧玲珑的拱桥。弧度不一，它们躬起身子架在桥上，沟通着两边枕水人家的感情，联络着两边青梅竹马的爱情，牵连着来来往往返乡而归的游子，洽谈着二十四番花信风的时光。站在桥的制高点，环顾着四周的景色，所有的粉墙黛瓦都是低矮的，小巧别致地嵌在暖阳之中。

我住在同里古镇入口的地方，房间是古色古香的风格。红木梳妆台，还有古典样式的床铺，都是我所喜欢的。打开窗户，这里的视角特别美，可以与流水、小桥对话。夜晚，还能看见隐隐的桨声灯影。民宿外有一石缸，养着碗莲，我看到它的时候，它也刚刚抬起头看我。阴凹阳凸的石上镌刻着一些画面，具体的真相已看不清，但线条和轮廓还在。民宿墙上勾勒有花鸟鱼虫，风花雪月。青苔处处丛生，于瓦槽，背阴，见不得人似的，一只猫眯着眼睛，匍匐于地。

夜晚，暮色沉了下来，太阳跃过了底线，不见了踪影。在八点多达到了低潮。这时，古镇开始变得昏昏沉沉，变得语无伦次，一切的一切都在变得模糊。只有不远处的小酒馆亮着闪烁的灯光，美轮美奂。

小镇的夜，寂静、宁美。十点钟，月色和夜晚跌进了深坛里。夜静极了，我不忍睡去，推开咿呀有声的窗牖，凝望着如水的月夜、幽淡的月景，一半落在微澜的水里，另一半低绮户照无眠。

◇ 陆 ◇
雨巷

世间的任何一场感情，都曾被低吟浅唱在姑苏中。那记忆里被人称赞过无数次的江南雨，从戴望舒的文字里走马，一路在场，这本是诗人偶然的抒情，结果却路过了每一个有江南情结的女子的心。这种魔力，让她们跋山涉水也要来看一场这江南雨。

戴望舒的《雨巷》，在我心里是浓得化不开的痴情。还记得曾经那首用情至深的文章，那时我们没有感情的诵念。可是，随着时间的铺陈，我对它更多了一份真意，那平仄、清怨的韵律，竟时时刻刻回响在耳边。

这几句词在儿时就能背诵，随着年龄的增加，少女情怀的绵延，在有足够脚力的同时，那些关于江南的美好想象早已济济于心头，虽没有去过，但那种感觉却诚恳而逼真。那些江南的水色山光，烟雨斜阳，早已在心中自行搭建拼凑出一幅完整的图像。擎一把油伞，漫步烟雨朦胧中，青石板，油纸伞，还有那个结着愁怨的丁香女子，她们缓缓路过，穿透你的心，又继续前行。

待到成年，我终于长大，终于有了充裕的金钱和不受限制的时间，终于可以凭一己之力买上一张去往姑苏的车票，那种轻松感就如同还了一屁股的车贷房贷。是的，我还清了那个我许诺给童年的梦，让它即将变为真实。

江南温柔乡，无数的文人骚客用他那竹管毛笔随意涂抹的诗句，在千百年后的今天，带着岁月的温厚，历久弥新，叠加了前人无数的情。现如今，依旧被人们在唇齿间传咏不息。此时，幽怨的愁绪如走马的风，在心里漫漶开来。说起江南，我想大部分人和我一样，心头回想的一定是青石板、雨巷、穿旗袍的丁香姑娘。人们来这里寻景，更是来寻诗、寻爱情。女子来这里寻找那个如戴望舒般的才子，男子来这里寻找如董小婉般温婉灵气的江南女子。还有男人女人一起来看枫桥雨、苏堤柳、西湖雪，他们一起来重温那个人妖相恋的新白娘子传奇。

正如余秋雨书中的一句话：“这就是传说和文人的魔力，竟能把偌大一个世界的生僻角落变成人人心中的故乡。”是啊。青青子衿，薄薄青衫，书生意气的江南烟水中，这里面究竟藏着什么法术啊！

江南，那雨是细袅的、那柳是婀娜的、那水是曲折的、那穿旗袍的女子是婉约的，所有的一切都是风情万种的。虽是与江南的初次照见，但没有陌生、没有隔阂、没有抵触，它是那么让人易于接近。我依心而行，来去匆匆，在江南的烟雨下，有我这么一逅清影，在安静中感受着万物有灵，从头到尾都那么既素且直。

布衣陶家——山西悬崖村小记

春和景明，阳光煦暖。昨，与文友老西、小西于平顺县，信步赏春。途中跋涉数十公里，蜿蜒曲折，半是平畴，半是山崖，遇油菜花黄，杏花素白，碧波万顷，甚美！途中之所见、所闻，心迹点点、半日闲情，诉诸文字。

平顺县位于长治市，自小在市区长大的我，还是第一次去。春日光景莫辜负，这般美景错过就又是一年。

晴日，花熏风暖，花的盛放，酝酿了太多内心深处的局，入了戏，开到荼蘼。如青衣女子，在陈年的舞台上唱罢了一曲又一曲。可那样的盛放是寂寥的、屈枉的。它们依偎在一起，乱了整个春天，连理枝横纵交错，不分彼此，晕染出如烟的淡黄、浅粉，深美闳约。

春声挂在柳帘，挂在篱边，挂在石缝里挤出的小雏菊。薄春，浓夏，莫等闲，岁月易老。

车行于盘山公路间，一侧的山体裸露着危险，常常让人的心为之一惊，山峰的线条勾勒得分明简练，如刀切般泛着寒光。车子一路颠簸，田野间的颜色换了又换，细细碎碎的黄花丰盈起窗户的绚烂。烦琐的花色里有着盎然的诗意，窸窸窣窣，与风摩肩接踵，烂漫了整个山野。越过逶迤的山路、黑漆的隧道，视野逐渐明朗开阔起来。

越往里走也就越远离热闹沸腾，远离了衣冠楚楚，是繁华奄奄，是桃源一片。

◇ 壹 ◇

车窗将美景框住，递入我的眼睛，清明到极致的美景慢慢在窗中丰盈，又慢慢错过。一路上相伴的是翠幽幽的绿水，宛似清颜，不浓稠，不急迫。

路过一个叫安乐村的村子，一路上有小孩背着书包，应是刚下学的样子。他们的学校距离他们的家几公里，每日走路往返于家和学校。这些小孩上学下学无父母接送，如此想来自己的生活也是千般好。

安乐村路边的景致十分美好，远处有迢迢的碧水，翠微的柳枝，金灿灿的油菜花。我们停下车，白色的电线杆似垂露似的，五线谱上无限延伸至远方，时有几声清脆的啁啾倏然滑过，几点墨色翻飞在山岚远意中。近处是桃花、杏花、榆钱，还有海棠胭脂色的瓣，如岁月的轻盈，在微风拂面的轻风中，翩跹似蝶。

梨花，素色的花蕊密匝如丝雨，潺潺缓缓地酝酿着它的魅。花瓣在细雨斜阳里轻漾，漾动着一整个春天，如一瓯皎洁的白月光，历经了飓风寒冷，却依旧开得久远。而浓烈之后便是一生的孤寂，落花流水，灰飞烟灭。

伫立杏花树下，白如素雪，如瀑如云，有香风细细，衣襟人影俱染香的美感。瓣匀着薄薄的初妆，是绵软的轻，素白的静，如舞女的裙，一个翩然，起舞弄清影。有人说杏花太闹，少了一些贞静，人们便赋予它“一枝红杏出墙来”的不良寓意，而眼前的这些杏花，在这山谷间，无人打扰，开在云端，清怡自在。我爱极了这素色的小花，纤雅、柔丽、明净、单纯。

◇ 贰 ◇

悬崖村，落在悬崖边上，从远处望去，一层一层如梯田般错落有致。在颜色上与周围的山川融为一体，是清一色的灰。它们霸在悬崖边上，有着无畏的气势。轻云笼罩，如薄纱，飘飘然。

悬崖村，它的气质是轩昂的孤高，遗世的独立，那孤，那高，让人有几分畏。

悬崖村让人惊叹，这个千年古村落，它的一砖一瓦都是由石头砌成的，坚固无比。不，它的房屋上并不是瓦，而是石片，巨大的石片。所有的路、房屋都是由石头铺砌而成。那些工匠、石匠就地取材，将山石从山体上叮叮当当一锤一锤敲下来铺在房顶上。

走进悬崖村，古茂，素简。山西人安土重迁，安居才能乐业，安居才能人丁兴旺，山西人得来的钱大多用来建造雕梁画栋，朱门楼阁。门、窗、天井、照壁、花台、闺房、建筑上饰有的纹路都颇有讲究和寓意。山西人建造的房子是为了长长久久，传宗接代，香火永继。他们花费大量的人力、物力、财力，不仅是为了彰显富贵门第，更是为了让子子孙孙得到祖宗的庇护，一切的一切，都是体己的关怀和人文。

悬崖村这个地方和山西本土特色不同，山西建筑的特点在这里并无彰显。在这个偏僻的千年古村落中，房，是为了避难，不过从历史的角度来说，这里还曾是八路军驻扎的地方。

在进村子的入口处，就听得几声现代的金属乐器所发出的声音，类似于吉他，显得与这个村落格格不入，这可能是这个村落唯一的先进和现代。一旁的阿姨说道："有些人为了躲避人世的喧嚣，专门花钱租这里的房子居住。房租也不是很贵，居住于此的除了这里的原住居民，还有一些画家和文艺青年。"他们在山水田园间过着一种干净清幽的日子，在自然山水间怡然自乐，找寻着艺术创作的灵感。

◇ 叁 ◇

悬崖村，有一种旧时代的美、过期的美。所有的古朴都脱离了浮躁，变得静气而有涵容，既有尘世的烟火气，又有几分距离和远意。

式微，式微，村庄带有肃穆的荒凉。

房舍是过期的，农具是过期的，炊烟是过期的，鸡鸣狗跳是过期的，爱情也是过期的，生活方式也是过期的，供销社是过期的，“生男生女都一样”的口号也是过期的。

落后的、古旧的、残留的、破绽百出的，所有的贬义词在这个古村落都是构之成美的褒义词。它们不懂得超越进取，它们维系着滞后的生存方式，保持着天然的本色，它们的境地不容乐观，却坚守着一寸一土。

村落里，有一种古旧的美。那美来自窗牖，横七竖八的木条构成了有棱有角的格子窗，方方整整，历百年岁月，秩序感还在，坚挺有力地支撑起窗户的实用和美观。那旧的色彩，扎扎实实的，烙在窗前。

磨刀石、扫帚、水缸，带着包浆滚滚。剥落的泥墙，烟熏火燎的锅灶，漆黑斑驳的木门，被风牵引撕扯的对联，旧时的标题、广告、宣传语，儿童随处涂抹的粉笔字迹都在岁月的包浆中漫溢着亘古的诗意。

五彩斑斓，五光十色，鲜艳夺目的对联和门神，是这里唯一能找到的喜庆。可如今，满纸荒唐言，一把辛酸泪。雨水、烟渍、风霜模糊了它们炯炯有神的眼睛，剥离了它们威武的盔甲，那些字和神，支离破碎，苟延残喘。旧的红，带着些苍白，那是对联，有些笔墨耕耘的文气。

粗野的木门，是两块木板拼凑出的完整。那旧的色彩，斑斓出木质清晰的纹理，一条一条的，弯曲有致。光阴在木门上，被磨出斑驳的红与黑。岁月将一把一把的光阴唱旧，唱到光阴的弦都断了。一块块山石垒起的是他们平日里休憩的板凳，可坐可躺，锃光瓦亮的地方是屁股经常下榻的地方。山石，在我低头注视它的时候，在阳光下，它的身上散落着喑哑的光芒。

村落经过包浆，温润无比。村落里还有一些锈，来自铁锁，来自水空头，来自农具铁和木的连接部分，还来自墙砖间的一根铁钉。村落泥墙表层的白色涂料已风化脱落，很是粗糙，中间还掺杂着草一样的料子。时日长了，枯草裸露在外，上面也多了些坑坑洼洼的痕迹，还有一些颇有趣味的字迹，歪歪扭扭，章法错落，甚美！

◇ 肆 ◇

站在山崖边上，万物尽收眼底，蔚为壮观。与天齐高，与云擦肩，云雾缭绕让人好似飘在云端，触手可及的蓝天白云，润泽着亘古不变的一方天地，水火木土，五行日常。

山势盘亘，林木幽静，山川褶皱，慢慢被草木丰盈。一汪一汪的碧，缱绻着，随波逐流在光阴的花朵上。云片、花雨、斜阳、流云倒映在水中，有着幽沁人心的美。

这里的房屋都带有自己的标签，桃源居、仙人居、圆梦居、梨苑居、怡情居。

这居，是诗意的栖息，至善至美的样子，让人觉得安好稳妥。它虽不具有增值的价值，但这里的人却对此有深入骨髓的爱，不离不弃。俗话说得好："金窝银窝不如自己的狗窝"，我抬头看看这树上硕大无比的鸟窝。这窝，建造得不比现代人花几百万买来的房子差；这窝，遮风避雨，它们的子子孙孙也是世世代代居于此的。

这里的山居，想必是安恬静美得很。春候桃李，芳菲不尽，夏听小扇扑流萤，秋赏松风冷韵红叶散，冬俟围炉夜话古卷飞香。山居宛如一个云端的梦，缥缈朦胧，它的末端是伟岸，是肃穆，是宁静，还有翘首以盼。

村落里房子之间的路，曲折轻扬，细细瘦瘦。有的艰难处，十分陡峭，有的却是连贯无比的，沟通着来来往往的乡人，沟通着邻里的感情。它是四通八达的，条条大路通罗马的，它是热络非凡的，虽不如柏油马路齐整，但一脚一脚踩上去，是能感知到的敦厚实在，正如乡村淳朴的民风。从实用层面来讲，至少不会出现现代化的什么路面塌陷；从美观层面来讲，它告别了冗长乏味，每一个转角都有惊喜。它的触角四通八达，声音能走街串巷，丝毫没有隔阂、疏离感。

山寨的构设，是隐居式的、天人合一式的，暗含了古人寄情山水田园的理想。是赏心乐事谁家院，是陋室铭的无丝竹之乱耳，无案牍之劳形。

它的中庸、鄙陋、平凡、呆板，拉长了岁月的影子，它的美不在先天，而在后天的包浆滚滚。

◇ 伍 ◇

喜欢山房前一树一树的花开。明媚的黄，在所有陈旧的色彩中，它是唯一的亮调，它学名叫连翘。清姿丽影，摇曳得轻柔，在日暮黄昏中灵动着。

山房、室庐，似光阴的碎笔。散漫、自由，它们葱茏地生长在悬崖边上，粗犷的似书法家手中的渴笔。苍凉、质朴、扣人心弦。

碎银子般的阳光洒了一地，树影婆娑，暗香浮动。寂静无声的山村里，能听到花开花落的声音，老妪打盹儿的声音，犬吠、野山羊、公鸡的声音。其中一家有一棵梨树，其盖如伞，荫蔽住了整个天井。屋舍俨然，一枝独秀的杏花，应了此刻的景。山村在枝丫交错中隐隐约约，美成一首诗、一帧画。是过故人庄吗？是老子的一箪食、一瓢饮，不改其乐吗？

村庄中有一棵千年神树，其树根从岩石层中生长出来。高大的榔树，树干挺拔，枝繁叶茂。传说在东汉末年，这里战乱，灾荒连年，民不聊生。百姓们饥苦难耐，庄稼颗粒无收，忽然有一天，神树给村民们托梦，说可以吃它的根、叶、皮。百姓们第二天醒来，原本枯干的枝叶变得翠绿，人们纷纷采摘，更为神奇的是，当天采摘完，第二天过后，树叶又长得郁郁葱葱。百姓们一齐跪拜，感谢这棵神树让他们度过了灾荒年。时至今日，百姓们过节仍要家家户户来祭拜这棵千年榔树。

鳞次栉比的山房中，它鹤立鸡群，高高在上，直冲云天，和周遭谦卑本分的低矮山房形成鲜明的对比。山房的线条是平实的，接着地气的，是如水的平淡光阴，而古榔树那又古又厚的气质，跋扈而向上，克服了地心引力似的，逆向生长。盘结的树根如龙爪，紧紧地扼住大地的咽喉。

这居
是诗意的栖息
至善至美的样子
让人觉得安好稳妥

◇ 陆 ◇

走进时光深处，那里花开荼蘼。

山岚上有桃之夭夭，杏花灼灼，别致、干净、清幽，与青山绿水相互依偎，成为彼此生命中的底色，人生中的借景抒情。

壁立千仞的山谷间，漫溢无边的胭脂雪，大朵大朵地落下来，是能够让人亲手捧着的欢喜。缠绵的花香入骨，似画家笔下的大手笔，随处几笔渲染，便是忽如一夜春风来，千树万树梨花开。梨花无邪地盛放着它的清芬，你可知，有位女子千里来寻你。

站在高处，能看见一线河流的生机。碧幽幽的水哑哑的，凝如玉带，不动声色地流动在溪谷间。水，清幽，有几许玉的特质，绿中泛着蓝光。幽微的痕，水光潋滟晴方好，微澜在如镜的水面上添得几许灵动。

◇ 柒 ◇

在一家古董铺中，我们看到了散落在地的农具。农具，曾是某个时代的命脉。如今，荒凉得散落一地，那暗淡的色彩是无光的，那跌落的姿态是凄凉的。抬头仰望，那白色的灯罩让人心旌摇曳。

小西的母亲说："现在的孩子，根本不认识这些农具，连名字也叫不上来。"她指着地上的木质的方盒子说，那个叫"斗"，是称粮食用的。

关于农具，我的记忆充满了局限性。我只记得犁耙、镰刀、铁铲。我哑口无言，任凭记忆怎么打捞，也只能拼凑起零零散散的画面。关于农具，我的大脑是空白的、疑惑的、抽象的、艰难的、阻碍的。

古董铺子，浸满了光阴的润泽古意。泛黄的书页，大大小小的陶器、坛子，四四方方的木盒，如同时光种下的一个神秘的蛊，有着幽微深奥的心事，让人想触摸，让人想解读。

供销社，一个具有年代的字眼。老旧的木门仍然散发着原木的自然气息，锈迹斑斑的铜锁，不动声色的样子。我喜欢古旧的东西，因为可以挖掘出故事和内容。

到达院中时，两个小孩在玩耍，脸蛋上是红红的，好似一抹不胜凉风的娇羞。进入供销社，展示台上呈现着算盘、郁美净雪花膏、缝纫的针线，墙上是一张张奖状，零零碎碎的什物古意缠目，清清冷冷。

古旧的木漆盒，上着锁，小心翼翼地收藏着光阴。里面银质的耳环、戒指依旧奕奕，纹饰花样也依稀可辨。尘封的光阴荏苒落寞，那气息是月到天心，风来水面，是明净清凉意。

一村妪，是个哑巴，她热情地给我们指路，顺着她手指的方向，我们走进巷子更深处。老人鬓发双白，精神不错，扎着两个麻花辫，颇显童真。嘴里却早已人去楼空，她没有牙齿。在一个石台上，放着她刚刚吃过饭的碗，塑料的，灼目的红在所有的贫瘠之色中，越发显眼，我瞄了一眼，碗里是水，泛着一圈一圈的油光。头上的一绺绺碎发在时光里轻歌曼舞，是那样的轻盈，脸上的皱纹诠释的是与生活达成妥协的样子。

春日的山头，比冬日更具有声色形态的动之美。幽素、孤美，是无邪的单纯美少年。晚云舒卷，与乡土依依惜别，眷眷情深。南国的烟水予我以性灵，北国的黄土予我以智慧。

桃花十里，一笔笔的深浅浓淡流淌在流云溪谷间。天青色的远山朦胧得只剩下回忆，一朵朵花如舟行水面，荡荡的、柔柔的。远山近水，那水，是那样的幽深细微，是那样的寂，是那样的清。

◇ 捌 ◇

悬崖村，在1938到1940年，是抗日战争最为艰难的时刻。当年八路军129师率领太行二矩队、决死队、游击队，转战至平顺

所有的古朴
都脱离了浮躁
变得静气而有涵容
既有尘世的烟火气
又有几分距离和远意

一带。为保存实力，八路军银行、制服厂、后方医院均转移到大山深处。在抗日反扫荡的艰难岁月里，岳家寨作为地处一隅的天然屏障，又是休养生息的好去处，为抗日战争武装斗争和保存抗日实力做出了巨大贡献。

村落里能见的都是一些古稀老人，年轻人都已走出大山，为谋生而谋生。大山的两头，一端是翘首以盼，一端是背井离乡。村庄的入口，时有老人把守在这里，那是不曾犹豫的坚守，不曾放弃的孤勇。他们的心牢牢地和这片大山拧巴在一起，世世代代，不曾分离。

◇ 玖 ◇

城市里的色彩是心灰意懒的，几分冷漠，几分乏味。而在乡野间，那春色涌动的绿波、黄浪，却是触手可及的。

喜欢乡野田园，村居幽境。那村、那路、那壁、那梁、那悬崖边上的老梅、农妇脸上的线条，都是平平仄仄、歪歪扭扭、坑坑洼洼、战战兢兢，找不出一丝一缕的平坦。可我喜欢这样的质朴，我喜欢它的谦卑和容纳。在这里，人不分三六九等，人没有所谓的身份和标签，人不受功名利禄的诱惑。所有的孤家寡人、丧偶村妇、不识字的农人，在这个村寨里都能被一一接受，似乎从来没有嫌弃过谁。人与人之间，人与飞禽走兽之间和谐共处，悠然自得。

村落里，少了人与机械化的冲突。它本质上就是一种存在方式，不像城市里的灰盒子，大批量地生产。而村庄、山寨，它的繁衍速度缓慢，它站在逆流的时光住处，选择与空间、时间背道而驰。在我心里，它是不具有表演属性的，而是英雄式的壮志雄心，且超出了日常审美范畴。

喜欢这里的水，没有冲突，迟迟缓缓，有着万种闲情。喜欢这里的花，自带疏野的气质，乱了整个春天。

◇ 拾 ◇

归途，遇见一队的骑行人员，戴着头盔，身穿绿黑相间的紧身衣，颇有无畏的勇。一辆辆的车从我们身边驰过，扬起阵阵黄土。还遇到外出自驾游的一家四口，有奶奶、母亲、父亲、女儿。父亲和女儿，他们手执着放风筝的线，一拽一拽地，风筝在他们的头顶，飞得高远。母亲则坐在一旁，静静地观望着他们，手的一旁放着自驾游带的小煤气灶、水、食物等东西。

又走了一截，在路旁看见了七八个年轻人，应该是一群文艺青年，手拿吉他一样的东西，他们背对着我，对着山峦大声歌唱。

所有的风景从窗前倏然划过，你尽可以感慨这人生中的悲与喜。最后你会发现，原来，最美的风景在途中，那个所谓的终点其实并没有那么重要。我告诉我自己，不要做那个急于奔向终点的人，而是要学会享受当下的风景。

一路上花开成海，素简的花，如白衣女子，泛着如水的轻愁，低眉之间，幽情深深。幽素的蓝花，落在清素的白墙之上，是那样的袅袅痴缠。那蓝，是那样的孤美，有着蚀骨的凉意。那蓝里，是岁月走过的记忆，轻轻盈盈，不着痕迹。

时光的潮音带着丝雨的润泽吹拂着心田，远水玲珑，溪水淙琤，一声声是梦，一声声是空。单纯质朴的日子，如轻风淡淡，离尘简居，听松风鸟鸣，这样的日子又何以有忧色？

山隐，风细，春山眉黛。

布衣，陶家，一生清吉。

古北水镇，我内心的江南秩序

古北水镇，是北方的江南小城，它位于北京密云区司马台长城脚下。一直心心念念的地方，只因它有一个古色古香的名字——古北。古北，似有莺歌缭绕，山河浩荡，千仞苍岩下，谁承想竟会是一片水城。北国之城因有了这水的滋养，显得灵气十足。一个古镇若缺了水，就像西塘缺了画桥，乌镇没了乌篷船，也就太缺少那点婀娜多姿的诗情画意和韵味。小镇和水联络在一起，像是一个温婉的江南女子收了北方的将士的心，就像雪小禅老师说的那样，“一个女子的力量绵延到一个男子的骨骼里”。古北，那浓情蜜语，秋波一转都藏在这一池绿如蓝的水里了。

此时的京城，正值酷暑。不如放浪形骸，逍遥一游。从大草原回来，我们又辗转去了古北水镇。一路上我们穿过峡谷丘壑，田野阡陌，村落人家，蝉鸣鸟语声声碎。朋友负责开车，而我则什么都不用做，尽情欣赏这窗外的美景就好了。一路上，黑影幢幢，那是树的影子。道路两侧尽是田野、果园，还有三五零星的村民在贩卖着自家栽种的桃、杏。令人惊喜的是，在途中我们还遇到了世界上最大的桃园种植区，它还有一个好听的名字，叫“桃花谷”。逗留片刻，又离开。越往深走，越有山重水复，柳暗花明之趣，不久我们便到达了目的地。

古北水镇，有江南小桥流水人家的灵秀温婉，也有古道西风瘦马的北国之风。格调高古，是京剧中老伶人的身段和腔调。他一亮嗓，时光都惊艳了。

古镇道路两旁商肆林立，卖包子的男人手脚麻利地将一屉一屉的蒸笼摞起，那些烟火气蒸蒸日上，将周遭罩得雾蒙蒙的。点了一屉包子、一碗丸子汤，撒一把葱花，我吃得津津有味。食物的香气缠着草木清香一路游走，似淳朴的民风，源远流长。

小镇里的民宿很多，各有特色，大多是居住于此的村民开的。饭罢，下了小雨，雨丝绵长，却也诗意却也浪漫。聆听着微雨嗒然作响，斜倚在水榭旁，静静地看柳垂燕落，花枝溪响。那绿水油亮亮的、毛茸茸的，凝视久了，心里水涨船高，一抹深凉的绿自心底涌出。水波轻浅，时光流转，心里的那张幡呼啦啦作响。一个人，着大花色缎面的衣，走过幽静，脚步轻轻，踱过一座一座的小桥。宛若一个古意女子，带着淡淡的惆怅，只想在这深深古巷中执一把红伞，倦然离去。

轻水柔波，游船画舫，在古镇为我编织的梦里，我已陶然欲醉。

轻水柔波
游船画舫
在古镇为我编织的梦里
我已陶然欲醉

雨后，空气潮潮的。花香、草木清香在不断交融、碰击、破裂、重组，散发出清新的味道，那可是任何高档的香水也调制不出的清新。山房屋瓦，亭台楼榭，清澈明朗。眼前的尘世也别样的剔透、纯美。

簇簇丛丛的是淡紫色的野拓草，陪了我一程。在这新雨微凉的午后，花上沾满了莹亮的水露，偶尔会栖落一只蝶，无力逐梦了，便在此小歇片刻。我像极了一个调皮的孩子，用手指轻轻触碰它轻灵的绒羽，却也不小心抖落了花枝，那花瓣便随着风儿和蝶儿一起逐梦去了。

古北，它将自己的身姿弓成一座座曲曲折折的桥，勾连着河渠两岸和来来往往的游客，宛似古代女子的眉峰聚。一只木船瘦俏，泊在水面。侧身穿过水渠，摇过玉石栏杆，走过孔桥水榭、花窗屏风。孩童银铃般的嬉笑声，碰了壁似的又折回在水流小巷中。鱼儿探出头，吞吐，甩尾。

那河道里有檐影、花影、鸟影、墙面的块影，皆被绿水收了去，像是浓丽的倒叙，影是虚的美。蓦然间忆起陈从周先生在其散文中写到的几句话，先生说其最爱疏影、浅影，最怕高楼大厦的黑影。小城春色，深巷斜柳，那半截粉墙点缀着几叶爬山虎。披着一身碎影，独行其间，那恬静的境界，是百尺大道上梦想不到的。

影是美不可缺少的组成部分。而如今，电灯、霓虹灯，人为造成了许多近乎庸俗的景观，使人感到刺激太多。所以我很庆幸，自己还有闲暇时光檐下赏花影、听清风。

水镇整体的砖墙是灰色中带些暗黄，一块一块灰砖堆砌起来的，像是汉代的篆刻，拙朴而富有古意。还有那小轩窗，恍若隔着柳影就能望到春闺梦里人。爬山虎爬满了轩窗、石狮子，前赴后继般地交叠在一起，无边无际，若没有水渠的阻隔，似乎要爬满天际。

此时的古北水镇，太阳探出了头，日影斜斜。姹紫嫣红中蕴满了温和的光亮，俨然一个闲散而慵懒的少妇，坐在藤椅上轻嗅芍药花开，哼着《慢慢喜欢你》的歌儿小调。

古镇的格调是慢的，是儿时古老的歌谣。

时间一笔一笔划过去了，街景上呈现出橘子皮色的暖，有一种老掉牙般的忧伤。两旁的商铺在黄昏中浮凸，商铺中大多卖一些手工艺品，我喜欢这些什物，那里面弥散的全是光阴啊！在现在这个快节奏、人心浮躁、善始不得终的时代里，这些手作反而显得弥足珍贵，熨帖人心。在古北水镇，这里还有戏台，可以听到正宗的京剧。可是我们却错过了，不过看到了一段颇为精彩的杂耍表演，坐在台下的观众看得尽兴，连连叫好，我们也不虚此行了。

天色将晚，古北水镇的夜色，更是一绝。苍茫的夜色中，灯火通明，捻熄了白日的燥热，将水面渲染。山水之间，桨声灯影里养了一河的星光跳跃，像极了颇具民族风情的女郎的眸眼，闪烁着灵光。

弧度优美的屋脊沿着如豆的灯火伸到水里面去，而后又撤了出来，印在了我的瞳孔里。檐角、走廊，这独属于古镇的一切，在水的倒影里，见证着古镇的天长地久。

微风翦翦，人移桥上。那月亮倒挂在枝头的梢，不能去天上的宫阙一探究竟，却可以在古北水镇的小桥上走走。那月像极了妙玉身上的那件月白色的素袄，冷冷清清。夜里，有着霜色的银白冷光，那是来自月亮。静寂的水面也是月白色的、阴阴的，晕染着月夜里的柔媚。望望苍穹，心头悬坠着的一颗露水，跌进了“庭院深深深几许”的光阴。沉重而富皇的城池被流水环绕其间，带着一身的苍古，攫取我，吞噬我。

古北水镇，既不乏气宇轩昂，也不缺柔情妩媚、刚柔并济。如果说苏州是甜润缠绵的粉色调，那么古北水镇就是沉厚内敛的青灰色调。

古北水镇，承载着我对江南的念与藏，也承载着梦里水乡的全部含义和万种风情的侧影。

人间远行之坝上草原

天穹压落，云欲擦肩。沼泽、滩地、旷垠原野、氤氲流云、闲花野草、骏马奔驰、万物峥嵘，心里照拂的是一种盛大的气象。

七月伊始，我和草原有个约会。这里有丘陵、湖泊、草原、森林、水草丰美，人们享受着大自然所馈赠的恩泽。

坝上草原，位于河北承德境内，大兴安岭南麓和内蒙古的接壤处。这里四季迷人，春夏迭变，秋落冬起，皆有不同的光景。

这里五月能欣赏到金银花盛开，六月有野罂花，七月有干梅枝，八月有金莲花，端午前后还可以看到百灵鸟，十月南徙的大雁也会在这里短栖。

所谓“坝上草原”，是指草原陡然升高而形成的地带，又因气候和植被的原因形成的草甸式的草原。又分为围场坝上（木兰围场）、丰宁坝上、张北坝上、天路坝上。“坝上草原”又称为“京北第一草原”，是距离北京最近的天然草场。此时的北京城酷暑难耐，心里便更加向往一片清宁之地。忙里偷闲，约上三五好友，去了殷盼已久的大草原，因距北京不远，便决定自驾前往。晚上十点左右从京出发，一路上，车辆寥寥，我坐在后座上一如既往地听歌、发呆，透过并不明亮的车窗望着整个被灯影照寂的月夜。

道路两旁的树木面目狰狞，似幽灵般如影随形。星星点点的灯盏悬于宝蓝色的天幕之间，低垂落寞如瞌睡人的眸眼，那灯在暗夜的舔舐下似已不成形，晕的影沉沉昏昏的。

在一片昏黄的交错里，我们的车辆时而穿过幽深的隧道，时而越过平旷的山野，我带着满怀的兴致和期许，未曾熟睡。夜色愈来愈暗，声愈来愈寂，霎时传来一声狗吠，划破了整个苍茫的夜色。许是快到了，开门的一瞬，黑压压的一片，满天的星斗格外灿然，轻嗅，迎面扑来的是青草夹杂着马粪的淡淡清新的味道。

在朋友的带领下，我们在一家农庄里落脚，此时已是深夜两点。

第二日清晨，当朋友们还在熟睡时，我已早早起床，晓色中大草原的美丽景象怎么可以错过。此时，皎月已去，晨光熹微，鱼肚皮白的天空泛起丝丝缕缕的浅蓝，像是十八岁少女的天空，明媚、忧伤。我拿起相机，忍不住想去定格下她的美。

而后天渐渐地亮了，天穹、乳岚、细草、轻风，从暗里走向明里，云山云水，交融一片。

云如花絮，清清白白，游弋在蓝天碧水里，像大朵大朵蓬松的棉花，又或是少女沐浴后的愈搓愈多的洗发水泡沫，不断地交融、吐纳，又流入云际。草如织布，绵延百里，碧茵茵的。望不到边际，如一幅游走的画，让人心驰迢迢。

远处的丘陵，身段疏落柔缓，似抛物线般从地面延至半空，又安然落在了地面，又如古代女子喜笑颜开的眉峰，抑或是婉约抒情的诗歌。

湖泊，如一方明镜，汲取了天地、日月精华。柔波汩汩地拍打着湖边的小草，小草湿了身，披满了露珠。一个激灵，失了魂般，圆滚滚的受着惯性的驱使，又溃散为柔软的一摊，渗入了地表。草尖子锋芒毕露，似要划破苍穹。偶尔有鸟儿飞过，影浮在水面上又刹那沉入湖底，不见了踪影。那河岸上的几枝柳，像是从河里长出来般，看不分明。

微风拂过，流水有霖霖之音。耳朵要怀孕了般，轻轻的，痒痒的，好听极了。千万点明明灭灭的水波，宛若银色的蝶自远处飘来，荡漾着轻纱似的梦。轻波柔水荏荏苒苒，明漪闪烁，漾漾的平波不起波澜，是那样的静美、安恬。心里也泛起层层微涟，不曾散去。

远处的车辆依旧如往常般慢悠悠地穿行，近处的马儿有白

色、棕色、黄色的，似星星点点的小花错落点缀其间。它们被拴在木桩上，在嚼着草根，似乎人世间的一切都与其无关。马儿始终以一种旁观者的姿态，冷眼看这个世界。

硕大的头颅低垂，弯弯地探下头来。粗大的脖颈，鼻孔里喘着粗气，一绺毛发在风中凌乱着，粗大的尾巴悠然撵赶着虻虫，像极了秦代兵马俑的雕像，努力保持着那飒爽英姿。黑亮的大眼睛，格外出神，眼神里流露出一股思想者的姿态，岿然不动，默默不语。碧草连天，马儿成群，乳岚悠游于青水碧草间。微风吹来，又四下逃逸，迢迢远去了。

记得一位哲人曾经说过："人应该诗意地栖息在大地上。"山河日落，田园风光，诗与远方是我所爱的。

喜欢山水田园的人，心也清澈。树叶在飒飒起舞，风儿在哗然细语，这声音美妙极了。长期在钢筋混凝土的城市生活，深切地感觉自己心性闭塞，那昔日的蓝天被烟尘笼阔，人们脸上满是冷漠焦灼。来到这里，我们可以暂时忘却一切，没有什么比一丝清风更能让人觉得快意了。

饭罢，马倌特意给我选了一匹温驯的白马，我一点都不胆怯，可谓是初生牛犊不畏虎。刚开始，我们沿着山坡缓缓行走，马蹄嗒嗒，我佩戴的饰物亦发出清灵灵的声响。这是一匹纯种的蒙古马，性子烈，耐力好，一见到大草原就想奔跑，缰绳拉着也奈何不了马儿天然的野性。马儿是群居动物，一匹马跑起来，其他几匹也会紧跟着飞奔。朋友一生号令，那马似要奔赴战场般，昂扬着高傲的头颅。

马儿奔腾在原野上，御风而行，青山迅疾地从眼前溜走，风尘从眼前飘过。此时此刻感觉自己如同女侠，就差配一把宝剑了。衣袂飘飘，声声如裂帛。

马儿急蹄，奔驰于四野，那未剪的鬃发在风儿的召唤下四下摇摆，每块肌肉都结实有力。山脉高低起伏，山野小道也随着马儿的疾驰明朗起来，延伸至远方。骑在马背上，能深切地感受到马儿四个蹄子似在跨越栅栏，奔腾着。我们越过水滩，水花四溅，惊扰了栖枝的蝴蝶。

行到一半，我们便到半山坡间的茶馆歇了脚。茶馆简陋得很，是几根木杆撑起的破旧的棚子，身后一片白桦林，是青白之色。鸟儿鸣啭，如画梁软语，幽谷清音。一群马儿三五错落其间，像恋人似的交颈亲昵，一只小马驹胆怯畏缩地藏在母亲的身后。

浅草没了马蹄，马蹄嗒嗒地奔跑在阡陌小路上。此番景象不禁让我想起了北朝的民歌：“天苍苍，野茫茫，风吹草低见牛羊。”朋友说：“你像一朵蓝莲花，奔跑中的蓝莲花。”蓝莲花？这不是一首歌吗？里面有一句歌词，“没有什么能够阻挡，我对自由的向往”。草原，博大、宽阔，可以任你天马行空。马儿最向往的是原野，马的野性也是它的本性，而我，又何尝不是面对生命桎梏下那匹不羁的、倔强的野马？茫然过、失落过，但

对草木、花叶、马儿和万物生灵
我皆心存敬畏
能够捧着亲眼所见的欢喜
心里是雀跃的鸟儿

只要能看见我心中的那片旷远的原野，就浑身充满了力量。

中午时分，我们在当地的村民家吃的午饭，也就是同我们随行的马倌家里。我们没有点菜，一切合着主人的性子来，有青菜炒鸡蛋、羊肉、大饼之类。

在这个落后的小山头，信号也不好，几座农房孤立地存在着。

马倌家的墙院是用一块一块的石头堆叠起来的，低矮、简陋。院墙的细缝里长着闲草，几只散养的家鸡咯咯咯地叫着，一步一个踉跄，岌岌乎坠地似的。

这时，一个穿橙色衣服的小男生前来相迎，他对我毫无陌生感，盈着满脸的笑意唤我“姐姐”。

吃罢午饭，我主动对小男孩说:“我想去山那边看看，你去吗？”小男孩很爽快地答应了。

随后我们一起去了远处的山野，他说：“姐姐，姐姐，你快点来，这里有更多的花。”“姐姐，姐姐，我给你戴上，这样才会更好看。”望着他纯洁清澈的一汪眼睛，我竟几度哽咽。随后，他摘下一朵小花，别在我的发丝间。我问他，你叫什么名字啊，他说，我叫王珞迟。我摸着他的头说真好，我们一起拍照，一起玩弄地上的花草。思虑片刻，我郑重地告诉他，姐姐以后一定会再来看你的，他开心极了。始终是山水养大的孩子，我看到了他眼里满是纯朴的赤诚。

最后我们一起牵手走在丘陵上，看蓝天，看白云，看寂寂四野中奶牛伏在圈子里打着盹儿。简简单单的小幸福，真好。

游玩了一番，该返程了，和小男孩挥手作别。本想一路飞奔回去，但终因体力不支，便和马倌商量我们一路溜达回去，这样也能欣赏到绝佳的落日美景。蔚蓝的天际下，轻风习习。马倌悯然的笑纹，风干的红笑在风中绽放，现出一脸的沧桑。望着广袤无垠的山峁，感知草原上从山坡、河流间吹来的万里长风。天穹如此的碧蓝，宛若刚从染缸里晾出的一抹蓝印花布。心里酝着雨的白云素朵悠然地放牧在一汪苍穹中，流水有潺潺之音，在欢愉地流动着。对草木、花叶、马儿、万物生灵，我皆心存敬畏。能够捧着亲眼所见的欢喜，心里是雀跃的鸟儿。

傍晚的山野带着些许微凉，天空渐渐卸下漫天的银河。一切都动起来了，地平线的一端开始蠕动，细沙流云逶迤而行，远处的牛羊吃力地踱着步子。那云霞是淡淡的绛紫，是玄女的纱裙，富有梦幻色彩。阳光的点点微芒纷披在马儿的脊背之上，整个大地被一种宁谧的气象笼罩。四时茫茫，斗转星移。

一路上，马倌向我们讲述了那些在马场上的生死离别传奇故事。他已经和马打交道近五十年，十几岁就开始放马，今年已经七十多岁。老人精瘦，他一笑，脸上的褶子又深刻了些。坐在马背上，视野很开阔，能与山齐平，与云比肩，俯瞰整个地面，偶尔还会看到刺猬、野兔和地鼠。

此时，昏黄中夹着淡淡的玫瑰色，马儿的影子在渐渐拉长，天光乍泄，植被从皙白、翡绿、深碧，又幻化为沉沉的黑影。天色渐晚，所有的声色都收了回去，渐渐隐退。

由于时间关系，我们不得不踏上返程的道路，草原一行，就此一别。

喜欢这里的旷远、无束，还有天高云阔，心里是舒缓悠然的况味。抛却平日里的焦灼、思虑，把不安的灵魂渐渐安顿，在青山绿水间参禅问道。持一份清清浅浅的欢喜，平和安然，看花开花落，云卷云舒，这是最好的心灵状态。

琉璃瓦下寂寥松

在北京车水马龙的街巷里，有一寺，隐逸其间，名曰“西黄寺”。

“西黄寺”曾和雍和宫齐名，但和雍和宫的烟火袅袅相比，这里冷清了些许。西黄寺修建于清代，三百多年来未曾对外开放。如今西黄寺是国家藏语系佛学院师生学习生活的地方，此地鲜有人知，因此渲染了一丝神秘的色彩。

西黄寺坐落在千万广厦之间，和周遭现代感极强的建筑物形成了鲜明的对比。令人叹为观止的不只在于这里丰富的文化底蕴，还有那隔世遁离的远意。

民间一直流传着“东黄寺的殿，西黄寺的塔”这样的句子。这是一座皇家寺院，坐落在北京的中轴线上，曾与东黄寺相对，由于一些原因，东黄寺毁于一旦，在时间中死去。如今，只剩下了西黄寺。

山门殿坐北朝南，殿宇之上，门楣檐上，有着看不懂的藏文。霁蓝的牌坊，刻有“西黄寺”三个大字。山门殿两侧是八字壁，鲜艳夺魂，雕刻着各式各样精美的纹饰。照壁上两只麒麟活灵活现、栩栩如生，美得如此扑朔、夺目，浓稠而饱和的色泽明丽得让人挪不开眼目。

五彩琉璃光辉熠熠，雍容的色彩里充满了力量，那是极致的绚烂、是从容的气度、是骨子里的贵气。

琉璃，曾被林徽因这样写道：“这个宝贵建筑材料，更使中国建筑放异彩。本来轮廓已极优美的屋宇，再加以琉璃色彩的宏丽，那建筑的冠冕便几无瑕疵可指。”廖然飒然的浅冬里，它坐落在那里，把周遭气氛烘托得愈加温暖。它浓艳但不妖娆，那是千百年来文化积淀下来的厚重，那是古寺悠远历史的见证，更是北京城标新立异的文化符号。

午后阳光，在片片琉璃瓦上灵动着，是如此清澈而澄明，似有天光云影徘徊之趣。晴明的天气下，更有如水澄澈之感，玲珑剔透。

进入西黄寺，才发现它有着老北京四合院似的格局，且是三进院落。一进院落是天王殿，天王殿里的神像神气逼人，凛然而有气势。钟鼓楼则坐落在两侧，环护其间的低舍，其中一间收藏着佛教的唐卡。

拾阶而上，落叶慵扫，
孤独着，柔软着，更衬托着这里
万古如斯的人间岁月

庭前有两尊石狮子，敦厚沉实，硕大的身躯给人以震慑感。是的，体魄比一般石狮子个头还要大。虽是古迹，但苍老中那秀美精致的纹饰依稀可见。狮子呈伏卧状，脚踏绣球，象牙白的狮子里有着威严的气象，镇守着方圆百里的安宁。

从石狮斜目过去，朱红墙，琉璃瓦，那大气浓烈的色彩里有着金子般的尊贵。橙黄的瓦和翠青的瓦交叠互染，这般颜色，流金溢彩，象征着权贵。

琉璃，在高温下煅烧而成，坚固，且有着平滑细腻的肌理。眸光落脚处，也觉得腰缠万贯，毕竟这般奢侈的色彩，在民间是很少见的，它自然也不属于民间。它是皇权、身份的象征。

檐上的一座座小狮子在柔和的夕阳晕影里，惺惺然。夕阳的光将它的身姿勾勒得挺拔无比。它们排排对峙，直至翘角飞檐。

在夕霭的映射下，琉璃有着和蔼温驯的光泽，剔透得不掺杂任何浊色。橙黄的瓦片下，虽经过无数的风雨，却历久弥新，散溢着古旧的光阴气息，并且有着强烈的感染力。

夕阳晚照，古旧的铜铃锈迹斑驳，在庙檐子下岿然不动。苍茫的铁色在灰白天空中有如画境，人行其间，也有入境之趣。我爱极了这份安静，喜欢这份在红尘中奔离逃亡的安静。

二进院落是大雄宝殿。当木门徐徐推开时，墙里墙外却有如隔世的遥远，静美如初，幽朴环护，竟有陶渊明笔下的“久居樊笼里，复得返自然”之趣了。遥远地望去，也可以看见清净化塔的塔顶，那是1927年九世班禅大师重修西黄寺时所建。

一墙之隔，竟如此遥远，西黄寺在用它的故事诠释着生命的繁华迷离和衰颓静寂。

手抚古松，庭空鸟语。

杳然。时光。

拾阶而上，落叶慵扫，孤独着，柔软着，更衬托着这里万古如斯的人间岁月。

慢慢走进西黄寺，感知着这里的宁静幽朴，它静笃得似白云出岫，悠然缓慢。听着舒缓有致的音乐，脚下是落叶缤纷，行走在叶儿铺就的金黄中，时光都沉淀出迷人的清芬。扑簌簌落下的叶子，由于零落的时间地点的不同，境遇也自然不同，一些化作春泥更护花，一些成为鸟径上最美的纹饰，还有一些在扫帚下碎尸了。

由于这座古寺才开放的缘故，人迹罕了些。这些年行走过很多寺院，但过于商业化吗？本是清净之所，却因为谋求香火钱而变得世俗不堪。西黄寺，区别于其他寺院的是它的宁然静美。没有旺盛的香火，没有乱花渐欲迷人眼的姿色，古朴如它，素洁如它，安静如它。

寺院肃穆静谧，这是它的气质。

一路随行，大雄宝殿下有一女子和老僧在对话，闲谈着什么，应是在讲述着这座寺庙的历史。二三人，寥寥，空空。偶见着红色霓裳的修行人，他们日日与经书为伴，脸上也有佛光普照的慈悲祥和。

寺庙，虽生长在繁华熙攘的闹市，却有着无车马喧嚣的宁美。它在宁静地诉说着那些尘封的过往、那些不为人知的故事。古寺璞寂似闹市中的幽人，没有缭绕的浓烟，只觉此地清明朗然，可以静下心来，静静聆听缈缈的松风竹韵、枫叶飘零。

站在檐下仰望天空，几只灰鸟盘旋。古松笔直，各有各的境界。鸟儿清脆的鸣叫，缠绵入骨，风儿起时，万物廖飒。琉璃在薄薄的夕阳西下里，变幻着无穷无尽的色彩，照得人心生菩提，顿悟光明。

大浪淘沙，淘尽了人间沧桑。行走在这片土地上，只想静静地，静静地和这里的一草一木多待一会儿。那些人间草木也似乎由于身处清净之中，虽入浅冬，却忘记了时间，仍然幽幽寂寂地绽放着，好想过去提醒它们一下。

天微凉，偶尔有红枫滑落在脚边。红绿交错的叶子，稍显凌乱，却也有那种凌乱的错落美感，衬着古塔，更添苍凉古趣。穿过一座座小门，偶然邂逅一片竹林，竹林在红墙的掩映下别有一番美意。那颜色郁郁的、碧碧的，比接近竹青的缥色更深浓，衬托着这里的深远寂静。

竹涛、古松，温存着绵缈的拙香。那种香，如游丝般潜在浊气中，可我依旧能从中将其抽离化作心中的一股韵。

寺庙的最深处，是慧香阁，又称后罩楼。一层是藏经殿，二层为光明殿（班禅行宫）。走进藏金殿，屋顶华丽，似妖娆的芳菲蔓延。昏暝的灯光下，那红蓝橙绿散发着十足的皇家贵气。那一排排上了锁的格子中，是金黄色的卷帙，古色中有着沉厚的质地。

佛经《俱舍论》言："远离一切恶行烦恼垢，故名为清净。""化城"，根据佛教的观点，是佛为化导众生成佛而变化的城池。佛教认为，成佛的道路艰难遥远，佛恐众生力不能支，故于途中变化城池以供止息。因此，"清净化城"意即远离一切烦恼、尘垢、罪恶等，不染尘俗，能接引众生成佛的场所。

在藏经殿前，有一塔，名曰清净化城塔，是乾隆皇帝为纪念六世班禅而建。康熙帝为这座寺庙的正殿题写了"大乘宝殿"的匾额，还为殿内题写了一副对联："梵香馥郁吉云凝，象教西传净业；宝相庄严华月印，雁堂北护黄圆。"

在红黄交错的秋光中，清净化城塔掩映在其间如雨打梨花之凉白，又如佛陀下的白莲远离了时间污垢，清净无染。

这座塔历经数百年，依然保存着当年的风貌。更重要的是，这座神秘的寺院背后，有着辉煌的历史，记载了民族团结的一段佳话。乾隆四十五年（公元1780年）班禅六世东行为乾隆皇帝祝寿，来京后驻锡于此，后因患天花在寺中圆寂。乾隆四十七年（公元1782年）高宗建清净化城之塔以纪念班禅六世，因塔内安葬有班禅六世的衣冠经咒，故又称“六世班禅塔”。

乾隆御笔碑亭在第三进院落的两侧，红瓦黄墙，极致的色彩里不是冲撞、轻浮。当一缕霞光普照在西黄寺的琉璃瓦上时，似佛光普照，有无限的慈悲祥和。

时坐时卧，漫游于此。一缕阳光明媚得耀眼，贴合着我一进一出的呼吸。此刻身体里感觉到的是静谧、消逝、空寂。当心灵长了野草时，落了尘埃时，不妨到此走一走。坐在青石板上，聆听松涛阵阵、檐铃古音。

抬头仰望，心里荡然的是一分寂静。如若你来了，你一定可以感受到这里空灵的意蕴。当风儿拂过时，风中自有美韵，等你来听。

胡同的记忆

◇ 壹 ◇

浅秋时节，凉风习习，此时的北京进入了一年中最舒服的日子。

晨光微亮，桌角一旁的茉莉花开了，小小的花朵，或紧攥着小拳头，或曼妙舒卷、干净、素雅，如初次莅临人间的仙子，有着最温柔的力量。此时屋里满是茉莉花熏染的清香，轻轻吻着它，心情也随着花朵的初绽而别样明媚，宛似桂雨飘香十里。

在北京待了将近一年的时间，每日往返于高楼大厦之间，大大小小的胡同略知一二，但每次总是匆匆路过，瞥一眼，仅此而已，甚觉遗憾。今日得闲，穿过繁华热闹的高楼商场，我走进北京的胡同，去寻找昔日里的繁华和遗落在胡同里的故事。

皇气浩浩荡荡的紫禁城，一如百年前的威严与庄重。而皇城根脚下的胡同，有着看似无波无澜的庸常，但它却无时无刻不在记录着北京历史的变迁。每条胡同都有它的故事和传奇，胡同是老北京人市井生活的真实缩影，胡同，才是他们生活的道场。历经千百年的荣辱沧桑，它们宛若驻于时间的两个极点，却又是契合般的存在。其中的深意你只有走进它靠近它，才能慢慢感知、回味。

不禁想起了张恨水笔下的北京，张恨水是南方人，有“民国第一写手”之称。民国八年（公元1919年）的一个秋天是他初到北京的日子，从此开始了与北京一世的深厚情谊。在他一生创作的大量作品中，写尽了北平的市井生活、人生百态，也写尽了一个时代的啼笑因缘。可见，他与北平的情缘是深厚的，故都在他的笔下经过一番润色后，都是那么亲切，富有人情味。

胡同有着比时间慢半拍的节奏，物是慢的，人也是慢的，你甚至会在这儿看到二十世纪九十年代的老式自行车、撑两根竹架杆晾晒在街道里的衣物。巷子深处，你会遇到悠闲打牌的大妈、慵懒晒太阳的大黄猫、满脸慈善遛鸟的老大爷，还有槐树下嬉戏玩耍的孩童。他们努力保持着二十世纪的样子，仿佛谬误般的出现，可又是合理的存在。

胡同里的东西都是生动的、热闹的、流动的。它源于日常，也回归日常。胡同，它缺少了点儿诗意，一副老实忠诚过日子的样子。踏踏实实的，一辈子也就这样了。

胡同的称谓始于元大都，它是北京最具特色的一张名片与标签，也是对北京深厚的历史人文底蕴的最好注脚。胡同是北京的血脉和灵魂所在，亦见证了北京的繁华和变迁。

北京最窄的胡同是大栅栏钱市胡同，最宽的胡同是灵境胡同，最古老的胡同是砖塔胡同，拐弯最多的胡同是九湾胡同，最长的胡同是江米巷，最短的胡同是一尺大街。还有些胡同的名字甚是好听，如百花深处、菊儿胡同、胭脂胡同、蓑衣胡同、帽儿胡同、雨儿胡同等。单是这些字眼，就足够让人遐想一番了。

北京的胡同大多集中在二环以内的大栅栏一带，清末民初有句古话“没到过大栅栏，就等于没有到过北京城”。这里是北京颇为繁华的地方，人群熙熙攘攘，特色的商店、小吃店、电影院、戏园、老字号的商铺，都汇集在此处。大栅栏周边，还有无数小的胡同。

在毗邻大栅栏一带，有一条胡同叫杨梅竹斜街。因为清朝前期这条斜街曾居住着善于说媒的杨媒婆，到了清光绪年间，谐音并雅化为“杨梅竹斜街”。沈从文先生初到北京时就曾在这里居住过。

◇ 贰 ◇

我喜欢传统手工艺，因为那里有温度、有内容，像是一颗跳跃的心，无时无刻不在散发着它的热气。手艺人手里有绝活，一张一弛的动静间，让人与物发生脉络联系。这是一场交易，用珍贵的时间换取廉价的手工艺品，可手艺人心甘情愿。手艺人身上有着能够抵抗时间般的静定，隐在喧嚣之后的那种精神，叫匠心。

在杨梅竹斜街，偶遇一家小店。小小的门略显寒酸，门上贴着一张艳色的纸条，名曰“兔儿爷”，多有灵气的名字，像是动漫里的人物。透过小小的玻璃窗，亦能望见一尊超大的兔儿爷坐落在台架上。推开吱呀作响的门，走进小店，灯光很暗，斑驳的墙上贴满了泛黄的报纸，很多是关于兔儿爷和传承人的新闻报道。桌上放着大大小小的兔儿爷，耳朵竖得老直，颇有将领的神采。不愧为爷。身上披一件金光闪烁的盔甲，甚为抢眼。

窄小的空间只能容纳四五人，一位年轻的父亲和她的女儿坐在台前，一笔一笔地在涂鸦着手里的兔儿爷。

兔儿爷，被列为北京非物质文化遗产。该店的主人叫张志忠，是兔儿爷的第五代传承人。自小秉承父业，继承着这门老手艺。兔儿爷的制作极为复杂，泥土选用胶泥，要经过压制、脱模、修补、扎耳朵眼、阴干、打磨、上色等数道工序。

老舍在《四世同堂》中这样描写过兔儿爷：“脸蛋上没有胭脂，而只在小三瓣嘴上画了一条细线，红的，上了油；两个细长白耳朵上淡淡地描着点浅红；这样，小兔的脸上就带出一种英俊的样子，倒好像是兔儿中的黄天霸似的。它的上身穿着朱红的袍，从腰以下是翠绿的叶与粉红的花，每一个叶折与花瓣都精心地染上鲜明而匀调的彩色，使绿叶红花都闪闪欲动。”

中秋时分，昔日的老北京庙前，街头巷尾，胡同里会摆放许多兔儿爷。家家户户把放了一年的兔儿爷摔碎后，再请来新的兔儿爷，祈求新的一年平安和康健。当时的盛况和浩大的规模，我们现代人是体味不到了。

新时代的崛起伴随的是传统手工艺的逐渐式微，它好似一个矛盾的存在。如今它渐渐失去了依傍的力量，不再活跃于人们的视野中，生存的空间越来越小，成为老北京人心里一抹挥之不去的乡愁。

◇ 叁 ◇

胡同，很窄。房，很低。一眼望去，是清一色的浅灰、古朴、低调。密密地挤成两排，却有着贴心贴肺的暖。那心窝子里只有热情，没有冷漠，没有隔阂，那是高楼大厦所不及的暖。和上海的摩登相比，它似乎逊色了些，甚至有些晦涩。上海似乎更像一个风情古典的民国女子，天生就具有名媛的气质。而胡同，貌不惊人。

漫步在胡同里，能听见窗户里的空调呼啦呼啦地“工作”着。街巷里，家家的墙面上刻有古老的雕花，牡丹、菊花、花鸟，这些纹饰填满了这里的单调。也有些颇有情致的人家，在自家的屋舍外种满了花花草草和蔬菜秧苗。

胡同里，还有一种植物，最喜欢借力——爬山虎。其长势凶猛，从一家的墙角一路攀爬蔓延，越了轨似的，绵延进别家的窗户里，光明正大地偷窥。可主人也不反感，就收留了它。

胡同是繁华的，同样也是落寞的。路遇一个叫青云阁的地方，它的建筑风格和周边的建筑相区别，顶是尖尖的，居高临下地窥视着一切。

青云阁，一听这名字就让人飘然欲仙了。剥掉它外在的衣，我们看到了它语言的核。原来青云阁是老北京的四大商场之一，里面设有茶楼、菜馆、书社。周作人、梁实秋都曾是这里的常客。

繁华落幕，往深里看去，那是望不尽的孤寒清冷。紧锁的门扉下有着昔日烟花盛放后的薄凉，落英之美后的婉转。万般的繁华终化为黑白的底片，定格，搁浅在胡同的记忆里。

旁边的泥墙剥落，露出了它的伤疤，红砖醒目，突出着它的存在。另类？那是日积月累的光阴的残骸，它们和胡同一起存在。

风与门把手在不停地摩擦，可终究擦不出爱的火花，门环早已锈迹斑驳。那门的背后，是一种神秘的极致。我忍不住前去叩响门环，那声音不大，却有钟鼓般的长鸣，能压住一切危机似的，声东击西地震慑着我的耳膜。周边的植物看上去也是颓败不堪，老得只剩下了纤维，光阴将它们氧化成了枯燥的锈色物质。

◇ 肆 ◇

在胡同一角，邂逅了一家老店。

店主是一位中年女子，她的气质里有着紫檀木般的深沉，如禅心禅语般的静定。望着她，心里亦是尘埃落定般的安然。她的穿着也很有品位，是我喜欢的文艺范儿。身着明黄色的棉麻长裙，一脸的笑意，平和的语气中张弛有度。这已不是我第一次来，在这之前我们就很熟络了。她经营着一家红木老店，红木架子上摆放着许多玩意儿，红木的梳妆台、首饰盒、各式各样的手串等，还有景德镇的瓷器。翡翠的项链是真美啊，光凝在了里面，剔透莹亮。她向我展示着她新写的词——“青花是中国特有的一种色彩，它是朴实的中国人对浓与淡，张与弛，俗与雅，清与重的太极审美的体现，是一朵青花庆扣陶土，是一支笔锋滑过天青色，墨痕留于素绢，当红木遇上青花，你邂逅了优雅。”姐姐的文字里一字一眼充满了美的格调，正如其人。

◇ 伍 ◇

黄昏，光线将屋顶的棱角一笔抹去，灯光的颜色是暧昧的、酥软的。灯与光的交织，如金色的鳞片在闪闪跳跃，栖落在家家户户的屋顶上。几只鸟儿飞过，嚷了几声，那声音便在胡同里断了音讯，像是被胡同吃了进去，吐不出来似的。

夜很黑，天空稠密得有它搅不动的心事。天空里藏匿着最深最深的隐私，可能是哪家姑娘收到了表白信，可能是哪个男孩有了女朋友，又可能是哪个大妈和大伯拌了嘴。它心知肚明，默然，不说话。跃然跳闪的灯光，偷听了来，坦白，坦白着白日里发生的一切。

残阳横在枝头一角，
黄昏的光在弥漫。
窄街小巷里，
有黄金翠锦在洒落，
青灰色的墙瓦，
暗红色的漆门，
刻了字的牌坊，
它们在诉说着，
古老的故事，
亘古而绵长。

喜欢这里的一切，走着走着，就从夏天走到了秋天。

桃源散记之爨底下村

◇ 壹 ◇

晋太元中，武陵人捕鱼为业。缘溪行，忘路之远近。忽逢桃花林，夹岸数百步，中无杂树，芳草鲜美，落英缤纷，渔人甚异之。复前行，欲穷其林。林尽水源，便得一山，山有小口，仿佛若有光。便舍船，从口入。初极狭，才通人。复行数十步，豁然开朗。土地平旷，屋舍俨然，有良田美池桑竹之属。阡陌交通，鸡犬相闻。

此时，我们的车辆在山谷里穿行，逶迤在去往桃花源的途中。一叠一叠的山掩映着，思绪飘然。心里默然记住的那些方块字，在心底一字一字灵动起来，上演着真实，字符里带着远古的韵和幽远的境。那些不曾遇见的风景里，会有怎样瑰丽的影像和古老的故事。

在离北京几十公里外的山区，有一桃源，名曰爨底下村。八月底的一天，背起行囊，和友人走访了位于北京门头沟区斋堂镇的一个明清古村落。该村落是北京保存最完好的古村落建筑群。村坐北面南，依山而建，错落有致，被誉为“北京最美乡村”。

该村落不远处的又一村落，名曰灵水村，是综艺节目《爸爸去哪儿》的拍摄基地，后被人们广泛熟知。

“爨”原意有灶的意思，当年在建这个山村时，主人为其取名“爨底下”，意为躲避严寒，又或许有避难之意。

说到“爨”字，不禁想到了书法碑刻中的二爨，“爨龙颜”和“爨宝子”。据门头沟村村志川底下村志载，爨的由来有两个，其一，是根据姓氏而来。魏晋南北朝时，统治云南东部地区的为爨氏家族，晋宋至隋唐时，爨氏分成了东西两部分，元代分为黑爨和白爨，明代以后，爨专指罗罗。爨姓出过书法家，名叫爨道庆，为南朝宋人，留有“爨龙颜碑”，另一个姓爨的是晋故振威将军建宁太守爨宝子，以爨宝子碑著名。

其二，是源于军事。川底下村有个地名叫“爨头”，在村上边，明代这里是“爨里安口”，村名“爨底下”因明代军事隘口而得，爨、川谐音，后人去繁从简变为“川底下”。此处地势险要，从北京到河北怀来的古道从这里通过，因此就形成了险关隘口，辽代时名为“南暗口”，由“山后八军”中的青白军驻守，辽代时期，宋朝与金国联合攻辽，在攻打燕京（今北京）时，金

国大将粘罕率兵从矾山小盆地出发，翻越黄草梁，从南暗口出奇兵，走西山大道，迅速攻到了燕京城下，一举攻克燕京，成为古代有名的战例。明代时，在此设立爨里安口，派兵戍守。因此村位于爨里安口之下方，故名为“爨底下”。爨底下村人（户主及子女）全姓韩。相传是明代由山西洪洞县大槐树下移民而来，原村址在村西北老坟处，后因山洪暴发，将整个村庄摧毁。只有一对青年男女，外出幸免于难。为延续韩族后代，二人以推磨为媒而成婚，并在现址立村，婚后所生三子，为：韩福金、韩福银、韩福苍。三子分三门，即东门、中门、西门。始以“福字”为第一辈序排二十辈：福景自守玉、有明万宏思、义巨晓怀孟、永茂广连文，至今已发展到十七辈，茂字辈。

古村落位于偏远的山坞，一路上盘山公路蜿蜒曲折，一侧是青山，另一侧则是悬崖沟壑。以前听过一首歌，歌名叫《山路十八弯》，眼前之景倒是契合了些。青螺似的山光若隐若现，盘山公路在巍巍青山间缠了一条玉带。一路上战战兢兢，心里虽有一丝害怕，但兴致不减。

数峰环抱，松涛阵阵，一径通幽。我们跟随着那些指示性的牌子，一路向北。那里是否会有默默独自耕耘的桃源女子，荆钗布裙，无所欲求，过着相夫教子的安恬生活？

◇ 贰 ◇

爨底下村坐落在缓坡上，被山裹在一起。山不够高不够险，安然度日的样子。其村落外在构建有北国四合院气势恢宏的一面，内在装饰的门窗楼阁又有江南水乡的玲珑细致。二者巧妙结合、接壤，形成了独具一格的风韵。

爨底下村的人祖祖辈辈生活在这里，不被外在打扰，生灵、建筑、历史、信仰、人文，它们本是一个生命共同体，和这里的人一起繁衍生息。

晌午时分，我们到达目的地。在不远处就望见山石上刻有偌

大的一个“爨”字。我们跟着人流往深里去，灰石板铺就的道路两侧是清一色的四合院，灰瓦青砖，沉厚的气质里有着饱经风雨的沧桑之感。

那些老旧的东西在我眼前一一掠过，我沉浸在那些褪色、衰败的旧物中，寻找着往昔的蛛丝马迹。有古井、古庙、古碾、排水口。

路的一侧有老妪在卖蜂蜜，她咧嘴一笑，露出“年久失修”的牙齿。她说：“都是自家养的蜂，这蜜是荆条蜜。”透明的塑料瓶中装得满满的，它们在亮光的照射下是接近琥珀色的明黄。还有老人在卖干果、蜜饯、红果，它们装在铝盆里，红艳艳的，几片绿叶点缀其间。铝盆早已没有了昔日的光鲜，被瓦解成了黑色物质，就像这卖果子女人的粗糙手掌。我们一路前行，一位年轻妈妈和她的孩子在杂乱的草丛里采摘着什么，顿时引起了我的注意，前去寻问，原来是在采摘枸杞子。妈妈一边抱怨一边往塑料瓶里装：“儿子，咱家还有好多枸杞呢，摘一点就够了，这个回去还得晒。”一串串的朱红耷拉在地上，像红玛瑙的珠子。常识告诉我路边采摘来的东西不能随便吃，而那位母亲告诉我她已用手机扫过了，没有毒，可以吃。小男孩依旧兴致不减，他双手捧着他亲自采摘来的东西，要分给我一些。我不禁被他的真诚善意打动。

村落里一部分四合院是民居，一部分被改造成了民宿，木牌坊上的名字甚是好听，椿舍、片石居、悠然居。一副民国时期的楹联落入眸眼，“君子居别开桂树，先生归也小隐桃源”。

四合院门上有铜制门钹，铺手衔环，古意十足，甚得东方审美之意境。砖雕、石雕、木雕，比比皆是。刻工精美，有喜鹊、牡丹等缠绕其间，寓意吉祥。瓦檐上长了青苔，更添幽致。

在一民宅前的影壁上，我发现了用黑墨写的一个大大的“爨”字，在时间的腐蚀下，墨色淡了，没有火气，是清雅的淡灰，宛若一纸黑白的老宋。壁的一旁有棵古槐，有着岁月遗留下的味道，花粒淡青中夹杂着白，在阳光、泥土里丰盛着。而我独自坐在树下闲看落花，细数光阴。

篱墙花影斑驳了粉墙，一角阑干的落花聚了散，散了聚。我身穿着黄色的裙衫，是如桂花般的鹅黄，一粒粒白花点染其间，老绣片做成的民族风挂链，有着胭脂般的色彩，密密的针脚上缝有花朵。凝神静思间，友人把我定格在他的镜头中。

熟悉了周遭的环境后，肚子早已空空，饥肠辘辘。走进一家四合院，去品尝当地农家菜，还未入门，就闻到一股香气。入门处，砖石垒起的灶台上，一口铁锅里的红烧鱼咕嘟作响，冒着鲜气儿。蒸腾的雾气眯了眼，主人前来热情地迎接我们，菜单翻看完，点了香椿炒鸡蛋、白玉豆腐和烧鸡等。虽不是山珍海味，但依旧是可口的饭菜。

村落的宁静一如常态
是几百年前的常态
窜静
宁美
没有尘滓
一片祥和

◇ 叁 ◇

饭罢，我们决定去村落的制高点看看。

狭窄的石阶，并不宽裕，一阶一阶地通向高处。

站在高处，凭栏眺望整个古村落，它们参差错落，但形散而神不散，有着绵绵渺渺避世的幽情，它们被时间遗忘，而此时却在我的相机里定格。

这座古村落存在于红尘的边缘地带，在岁月的夹缝里坚固地生长。村落的宁静一如常态，是几百年前的常态，窣静，宁美。没有尘滓，一片祥和。

后来，我们走进了一家最高处的四合院，此四合院和其他院子不同的地方在于，它是两层。一层有一间正房，两间厢房，正房是老人居住的，厢房是客人居住的。进到院子里，老人并没有因为我们的突然闯入而生气，可能他们已经习惯了这些游客的到访。当我正要说明来意时，老人就指着二层说，可以去二层看看。我们从楼梯上去后，发现二层有两间房，一间是地窖，一间是客厅。地窖是过冬时人们存储蔬果的地方。

我站在院中，脚下是方砖铺成的地面。一角灰白色的天空掩在我的眸子里。环顾四周，墙面被洗刷成了暗色，飞檐翘角古韵悠悠，窗棂斑斑且驳驳。石阶上隐约有两个字，荒凉得看不清，似有古老巫术般的神秘隐喻。时间将万事万物送到远方，送到现在。一如清凉的山风，它来自时光深处，来自古老的占卜。它们丰盈着过去的辉煌，指引着未来的方向，有着远古的脉络和风水。它的魅力如同尘封已久的匣子，陈旧里有着致命的神秘，吸引你，攫取你。

在高处有一大片空地，四合院早已坍塌，只剩下残肢的门窗。它们随着时间的流逝而略显颓唐。在和时间的长久博弈下，还是败了。后来人们将这里围成了一个花池，种了些花草。这里的空旷也成了观看村落美景的最佳之地。

檐顶上的狗尾巴草在暖阳里轻轻摇曳，宛如童年的歌谣。在镜头里，它的色泽泛白，一根根细茎上有着毛茸茸的光，它们本身虽然是一棵野草，身世卑微，但在我眼中，它们依旧很美。自在地生自在地灭，荣辱不惊。它们都能够洗涤人心，使人少一些是非浊念，有不令人俗的功效。

远眺之间，古木苍苍，群树杂立，因没有人力的修整，它们有着最接近绿植的本性，一心向着天然，让人竟有恍然如遁入空门的出世之感。心已远，悠然见南山的心境开始酝酿。

几只鸟在天空中滑翔，有着远行的意境，至于要去哪儿，那就不得而知了。云影烟波，缥缈地凝在青舍之间，颇有幽趣。村舍上下尤有雾霭，朦胧一片。岁月悠悠，我在心里种了一棵清凉菩提。平静，安和，浣洗心尘，不见回澜。

在村落一公里处，还有一古道叫“一线天”，2007年陈可辛执导的电影《投名状》在此拍摄。山谷的风有些沁凉，抬头仰望，大山之间露出狭长的天空，犹如沟壑一般，让人触目惊心。

夕阳血色，咆哮着它的豪气，它可温婉，也可悲壮。阳刚的体魄，灼热的色彩，冲击着平常的一切。如将士手中的一杯烈酒，俨然是征战沙场，无畏一切的勇敢大气。它的存在本来就是侠肝义胆般的忠烈。蓦然间，光阴已散去多半。暮色里、尘氛里，倏闪着柔煦的慈光。

傍晚时分，山里逐渐有了凉意，我们也该踏上归程了。一路上，青山依旧绵绵不断，漫山遍野都是爬山虎，盘绕在险峻的山崖上。还未到深秋，叶子尚未红透，半红半绿甚是好看。

锁清秋

在行走的途中，其实就是找寻自我的一个过程。

看过的风景愈多，心胸也愈开阔。

愿我们能够洒脱和体面地活在这个世界上。

——题记

夏日的草原，有青青田野，牛马成群。而秋日里的大草原，俨然换了衣裳和身份。它的美不是片面的，而是多维的，四季里均有不一样的气象。秋衔接着夏的余力，岁月悠然而有了简意。

国庆七天假期，和朋友约好草原采风，一路向北。朋友和我一样是个热爱生活、喜欢旅行的人。经常在外游玩的缘故，他把他的车改装了多次，并且车上的装备特别齐全，折叠椅、帐篷、烧水的工具、太阳能充电器，他都一一备齐了。并且他是个特别会照顾人的人，心思细腻，有想法，有主见，出行的攻略，路线，以及出游时路上可能发生的状况，他都提前做好了准备，确保这次出行万无一失。

旅行，让我们在旅行中遇见了更真实的自己，让我们学会了在未知中随遇而安，人生也是一场旅行，有时候，当我们放下那些纠葛和偏执，随之而来的便是千帆过尽后的心境澄明。那些迂回在心底的冗长繁杂的往事也会在此刻灰飞烟灭。简媜在其书中说："旅行，是从固体的生活中抽离，蜕去时间、空间这一层皮，到他国异地寻觅另一个自己的活动吧。旅行迷人的地方在于扛着不轻不重的今生，到处浏览自己的前生与来世。"旅行，是觅见另一个自己的过程，旅行给人的是未知的惊喜，我不喜欢一成不变的生活，画地为牢、井底之蛙的生命状态会让我感到局促，我们需要不断地行走，让心变得舒缓，开阔眼界，放大格局。

◇ 壹 ◇
一路向北

此时坐标，停留在去往木兰围场的途中，一路上沿途的风景异常美丽，我忍不住停下来去感受它的存在。午时，大地的颜面变得金光灿灿，那种黄不是树枝腐朽发黑似的枯黄，而是如同金色的织锦，那缃绮般的色彩里似有生命之光，在鲜活地跳动。路旁一排排的白桦树，落了一地的绚丽，颜色是那般奢侈，我心里痉挛似的抽搐着惊喜。秋雁剪裁下一缕一缕的光阴，挂在山野。等谁来衔呢？

秋里的草原，天空是浅浅的蓝，白云优哉游哉，有着棉花一般的松软，好想架一把长长的木梯，平静地依偎在它的怀抱里。

靠在树的背上，我若有所思，静静地感知着秋意来袭。随手翻看着一路上所拍的照片，阳光调皮地来向我撒娇，蹭着我的身子，还挡在我相机的屏幕上，让我看不清些许东西。它也来稀罕我的相机呢？金黄的白桦树叶沉甸甸地落在泥土之上，双脚踩在上面是清脆的声响，我蹲下身子，用手轻抚，聆听它默默低回摆弄的心情，抓起一把，又将它们用双手捧起，等一场秋风，让它们再次飞舞起轻盈曼妙的舞姿。

◇ 贰 ◇
五彩斑斓

虽是国庆期间，但一路上人烟稀少。我们按照纸上的线路，按图索骥般搜寻着一个一个的地点。印象深刻的是一个叫五彩斑斓的地方。站在高地上，可以将所有的美景尽收眼底。抬头低头间都是不可错过的美景。晴空朗照大地，闲云悠悠出岫，远处的山岚剔透又夹杂着一丝朦胧，若隐若现。俯瞰整个秋色，天高云淡里丰盈着我心中的美好，思绪也开始飘远，掠过山川，迈过河流，随万物而怀想，随风日而涌现。心中是不可止息的波澜和感动。

有些松杵在绝处逢生的悬崖上，以一种视死如归的气态立在那里。夏植美是美，但美得不够凌厉。就如女子手中拿着花菱镜，兀自欣赏，凝眉间却是岁月易老和难以抵抗的焦虑。所以喜欢秋冬还能盛放的植物，竹篱下的秋菊，冬雪中的傲梅，它们有一点刚，有一点傲。

浅秋岁月，美得如此不可方物，美得如此不可测量。是情与景交融的产物，而我怎能无动于衷？只想撷取它美的片刻，用手中的相机，将眼中的动静之美转化为秋之韵语。

◇ 叁 ◇
日暮黄昏

黄昏迷离的光线中有些暧昧，太阳要下山了，日暮黄昏，似杜鹃啼血。一抹酡红晕染了天际，它在一点点地融化，有着春蚕到死，蜡炬成灰的气魄，太阳，在生命的尽头，奋力地散发着余光。

我们开着车，穿行在小丘山野之间。一路追逐着太阳，到达观看日落的地方，它已渐渐隐起了自己的身子，我的眼光在天上逗留，夕阳血色的濡染，有点腥味，似蝙蝠与乌鸦在天空中厮杀过一番，腥风血雨，让人抖然一惊。夕阳在空中慢慢分解，却也有一种不完整、破碎、残缺的美感。红色的软绸漂泊在空中，我的眼神也漂泊在空中。框住美景，一动不动，生怕错过什么似的。血色夕阳，似一个大的熔炉，随后大地将其啮咬。

天幕拉下它沉重的脸，一只雀儿驮着载不动的忧愁在天穹的边上低低地徘徊。太阳往下坠，擦枪走火似的，将它的一点点小情绪染红了一道山梁，宛似水红色月季的盛放，又如斑斓的瓷瓶，在高温煅烧下，釉面透亮光滑。太阳搭乘着末班车，回家了。黑夜即将来临，白日里的一切像定义一般被推翻，现在是另一个世界的精彩。

◇ 肆 ◇
晨光

晨之五时，开车前去看日初。这一天，雾蒙蒙的，什么也看不清，有着霜白的冷寂，我们裹着棉衣瑟瑟在寒冷的清晨中，宽阔平坦的草地上，有电线杆隔着距离，电线在空中有着优美的弧度，什么鸟看不清，黑黑的影，密密地栖在电线杆上，甚是可爱。抬头挺胸，嘴里振振有词。它们大概也和我一样，在等待着日出吧。

偶尔看见几头牛飘过，不理不睬地飘过，我们的存在似乎对它们来说不值一提，它们垂着头颅，低下眼睛，它们眼里只有路只有草。而我，静止在这种美感的道场里，听它们的一言一语。看着它们欢跃的表情，在不动声色中，认真地满足，认真地回忆。

烟云渺渺，云里雾里，恍若置身仙境。太阳在云雾缭绕中开始分娩，而后露出了初醒的眼。渺茫的光只有一个红点，刚开始，驮着重物似的，被牵绊，升得很慢，而后靠着意念，踱了出来。不一会儿便大大方方地泊在云海之中。雾气散尽后，一方潭水里摊着柔水微波，有天光云影在水中徘徊，碎银似的白光氤氲着、亮丽着。

◇ 伍 ◇
白桦林

遍地的金黄灿然，千万只蝴蝶栖在枝头上，一动不动，宛似对爱人忠贞的誓言，静静聆听风之絮语。偶有几只不知名的野鸟，扑扇着翅羽而过，打破了树林中的原有阵法。一阵风的急行，树腰酸背痛似的呻吟一番。一只叶，枯的、撕心裂肺似的，从枝丫上打着旋儿落在软绵的泥土上。

抬头仰望苍穹，树干由有限延伸至无限，是一往如前的笔直。晴明的天空里，光线一点一滴地洒落在林间，又恰到好处地落在每一片叶子上，很是低调。

太阳筛下点点光斑，在地上晃啊晃，它透不过去的地方是一地的黑影。我穿着斑斓色彩的长裙，戴着粉色少女心的草帽，穿梭于丛林尽染间。长发已如瀑，垂垂地泻在了腰身，没有将其束缚，任其在风中自在地飞舞。围巾是麻质的，点缀着淡黄的碎花，中规中矩地缠于脖颈之间。

人身处其间，仿佛站在宇宙中心，却也如沧海一粟之渺小。时间在慢慢分解，秋的意味在慢慢扩散。白桦林是金碧辉煌的，衬着蓝天白云，那种美，惊心动魄，歇斯底里却不加修饰。光的因子层层叠叠铺开在黄的叶片上，这种色彩有一种向上的潜力，我难掩自己的喜悦，想要旋转，想要奔跑。

◇ 陆 ◇
锁清秋

清秋岁月，时光恍若回到了远古洪荒，是那样的古老安宁。行走在麦色的草场之上，那是一种辽远大气的美，草已逾过半身，心中是歌以咏之的欢喜。

光影，以散步似的步履游走在大地上，阳光好似儿时外婆缝的棉衣，暖暖的。清秋，如古木梳妆台前的老胭脂，红靥散去。衣带渐宽。寂寞的清秋时光啊，花儿落，叶儿黄。可我却早已沉醉在这浅秋岁月中。

秋是归属的季节，大雁南飞，落叶缤纷。如奔离在外疲惫的游子，在寻觅能够让心停留的栖息地。若身心有余闲，不如麦色金黄的时光里，置一把竹椅，捧一本好书，让心停留，让时光停留。

清秋，是淡淡的，是腼腆的，如风吹水无痕，如花开之宁美。秋怠慢了花红柳绿，不再和那些颜色发生联系，失去了浓稠的黏合度，一切开始分，开始离，开始变得琐碎，开始变得素净。秋，给予人的是内心的安然与平和。人生之秋，是繁华之后归于平淡的至简，年轻时，也曾鲜衣怒马，诗酒天涯，老了，不再向外求索，而是反观自己的内心，在心灵的一亩田垄里屈膝深耕。心是平常心，身是清净身，安于淡泊，随遇而安，自在由心。

空山灵雪

能与田原长居者，定能领会悠然见南山的妙境了；能与山水为伍者，也定能亲尝到川岳的灵秀之气了。

此时，我们在去往神堂峪风景区的途中，高大的古槐，排排列列，有秩有序地码在路旁，在深奥幽深的山谷中，走这条路可谓是颇需要一往直前的勇气的，那是怀足了决心才敢去走的一条路，更何况路上还有恶犬。

因大雪的缘故，我们的车行走艰难，于是就此作罢。此刻,我们所在的位置在一个叫九曲听琴的地方。

一场雪，漂洗了山河大地的洁白。雪，是山间的白，它用它的银装素裹装饰着空灵的山谷。

冬日里，阳光喜欢上了深居简出，薄得没有了入木三分的力度，这份寒冷，让人清醒。也让人相信，这不是个丰富的季节。忆往昔，自己对寒冬腊月是有所排斥的，更多时候，我喜欢在屋舍之内围炉夜话，苦雪烹茶，殊不知，千山鸟飞绝，万径人踪灭的雪境也如此绝美。

空山，鸟鸣，盛雪。

倏然，不知从哪里飞来一群鸟儿，在空中划出优美的弧度，打破了这岑寂的光阴，它们成群地在广袤的云海里引吭高歌。

山里的薄纱也是由第一声鸟鸣掀起的，它们盘旋、鸣叫，声音在深山老林里被拽得老长。而后在天空中归于沉寂，静得只能听到松风浩荡。

山里的山，空而静。空，灵韵则往来其间，一场雪簌簌落下，枯藤老树，屋舍原野俨然一副清心寡欲的模样，素素白白。看那松针上细密的雪，堆垛着蓬松可爱，看那附在樵夫身上繁茂的雪，依旧衔在衣褶里姗姗未离。

山里的雪色，不拘泥于现实。山里的雪色，太过于咸。能来此赏雪的人也定是拥有冰心雪魄，也定是向往不染尘埃空灵之境，他们的快乐如此简单，可以是无意间悠然望见了群鸟展翅，可以是在山间邂逅了砍柴的樵夫。

冬日的陌上，点点清寒，山径窄的如一纸草书，落了雪的枯木，却也有逢春般的刹那美丽。木栈道依山而建，极尽曲折蜿蜒之所能，在地险人少的山势之间，横陈跌宕。人行其间，沿着一阶一阶的木梯扶摇直上，视野也逐渐开阔。

雾霭薄幽，团团圆圆地将山林罩在一种仙气缭绕的气质里，虽不如江南云海般有着婉美之意态，却也有不可言说的深长之趣。站在神堂峪木栈道上俯瞰风雪中的山河岁月，远处山岚朦胧蕴藉，若隐若现，如国画中的淡笔水墨。洁白无瑕的世界中，唯一的瑕疵就是那流而不腐的清清小池了，由于水的浸染，雪衣的边角微微濡湿，流泻出湿润的赭石之色。

走至高处，明长城遗迹清晰可见。于是我们又换了一条路，直逼那里，群山掩映在薄薄的烟波里，山峰高高耸起的脊背上是凹凸有致的长城，我们一路攀爬，终于跃上了顶。路虽险巇了些，可当看到如此气魄的风光时，那种疲倦之感也在刹那消失了。明长城在光阴的流逝中，风雨的腐蚀下，已残破不堪。是否也会有和我一样的人，在某个雪后，登高怀古，站在明长城的遗址上，看北国风光，万里雪飘。

山高人为峰，以一种广阔的眼界看周遭，山岚雾霭调和出颇有层次感的律动美。明长城如一条玉带，笼在山川的脊背上，弓如老牛，萦绕在那里。

对于其他人来说，雪除了索然无味，还会增加出行的不便。而城市里的雪，下得不痛不痒，零零星星地飘几片，又很快在步履之下化为一摊雪迹。更何况，为生存而奋斗的人们，哪有一颗闲心去欣赏这如宋词般的落雪？行走在雪境之中，只我一人，被北风吹得肌骨寒凉，却也乐在其中。朋友发来微信，他说还以为我去东北了。我说我一直在北京，在山里，来听一场富有声色的雪，来做一次风花雪月的梦。

冬，万物萧条，苍白无力，虽有些荒寒与贫瘠，但这般景致却让人有着宁静的诉求。一场雪，颇显亲昵地落在我的衣角、脖颈。盘腿坐在松的腋下，石的背上。一袭红衣，静定如磐石。和朋友笑谈，如若在此绿蚁小酒，苦雪烹茶，那也是无限奢雅了。一场盛雪，冷处偏佳。轻盈婉美，羽化成心中的缱绻诗意。

千里冰封，万里冰封。雪落在一冬的溪水中，映照得天地明澈。是否会有蓑衣老者，踏破芒鞋，在此钓一匹寂美、一竿雪色。

独坐于阒静的雪中，听雪的刹那，心亦是如水般清宁。看它斜目于眼前，看它依偎于怀里，然后变成一颗一颗透明的晶体，又一点一点地化成水露。

山里的景致有无限的宁静，没有车马喧嚣，没有熙来攘往，静得只能听见流水汩汩，飞鸟长鸣。空阔而辽远的山间，声音在一圈一圈地回荡，掷地有声。赏雪，只需一份松垮的心情，倦然的姿势。

倏然想起纳兰容若的佳句，“别有根芽，不是人间富贵花”。

一场盛雪
冷处偏佳
轻盈婉美
羽化成心中的缱绻诗意

雪花，似花非花，无洛阳牡丹的富贵之态，无玫瑰的娇美欲滴，无诱人的花态，无丰腴的色彩，可在我看来却是最具有清气的一种花，它开在驿外、断桥，开在山村。那小小的瓣，有着六出之态，莹洁透亮。

雪，以一颗素心盘拖着它的不染清宁。花心的繁茂看多了只会觉得俗气，而雪色则不会，安分守己，清清白白。雪，这世间绝美的六瓣花，来自天国，和着浮动的云烟，缥缈的鸟鸣，飘飘洒洒，纷纷扬扬，最后归于泥土和大地永生。雪，抚平了世界的棱角和不堪，将秃露的枯枝残叶也装饰得如此唯美动人。

雪如毯，只留下一排排梅花印，浅浅的，甚是可爱。沿着曲径，颇有通幽之感，行走至末处，我们眼前突然出现了错落有致的山村人家。山村间不知何时升起了炊烟，沿着屋瓦，翩如浮云。时有农妇在门口铲雪，在铁锹与地面紧密的接触中，那声音阳刚且饱满，有着质的美感。

此刻，雾幔悠游在人世，如山村般澄静。

那些山居人家，他们一生或许平凡，或许庸碌，却也安稳自在，守着一日三餐，日出而作，日落而归，用心经营着自己的小日子，平民百姓的小日子，衣食碌碌的小日子。

柴门、犬吠、山居、雪境，将冬天的彻骨寒凉诠释得如此明朗。

千山鸟飞绝，万径人踪灭，此情此景，竟无端契合了古诗词中的境遇。而我如同穿越了时间的道场，抵达诗词里的那个千山、鸟绝、万径、踪灭。同样的山河，同样的情怀，山里的落雪，比起其他地方的雪，盛了些，蔚为壮观了些，它们使这里的一草一木都显得庄严。

雪霁，纱质的薄雾横陈在云端，舒卷自然，或收或放，萦回着空山鸟语。遥望寂寂山河，有如镜花水月般空蒙虚幻。山岚颇有层次的隐现，如含羞少女，羞怯地垂眉敛目。

大雪之后，世界非白即黑，将色阶里的颜色交代得清清楚楚，分分明明。没有那么多藕断丝连，没有那么多优柔寡断，三心二意。只有二色，黑与白。

随着年龄的增长，愈加贪恋洁而无染之物，如幽莲，如菖蒲，如清竹，如落雪。而这老山里的雪，不沾染一丝一缕的尘俗，幽致寂美，又比闹市里的雪徒添了一些淡泊。

每个季节，都有属于它的独特韵致。冬雪，趋于绚烂之极归于平淡的无奇。趋于无悲无喜的平静超脱。

冬，没有哪个时令能像它这般隐忍了，不动声色，冷眼旁观，只留两袖清风。

冬，素面朝天的样子，将姹紫嫣红的岁月封尘，用淡淡的墨笔勾勒成一幅极简，一幅留白。如果你和我一样，厌倦了城市的繁华喧嚣，不妨来此漫溯雪径。

雪，是极温柔的，无风雨之憾憾和声势之浩大，它在你不经意回眸间，就如同故友般姗姗来迟。

第一次在山水之间，听闻雪境，是为记。

PART 2

第二章

民国有先生，书法有样子

“长亭外，古道边，芳草碧连天。”李叔同的《送别歌》宛如一曲清远的笛音，幽涧的淙淙清泉，绕过春水，掠过繁华，翩然落寞我心。平平仄仄的韵脚，如诗、如弦，泛起岑岑邈远的清宁，一片片盈宛悠落。

林语堂说：“他曾经属于我们的时代，却终于抛弃了这个时代，跳到红尘之外去了。”张爱玲说：“不要认为我是个高傲的人，我从来不是的，至少，在他的寺院围墙外面，我是如此的谦卑。”

人生如逆履，百代之过客。短短几十载的光阴，似白云苍狗，他却演绎了两种别样的人生。他是李叔同，是弘一法师，是李哀，也是晚晴老人。他生于民国，那是个才子佳人辈出的时代，亦是出身于桐达李家的富贵门楣，曾经蕴藉风流的翩翩浊世佳公子。在其年少时就才华初显，十五岁就诵出“人生犹似西山日，富贵终如草上霜”这样的绝句。

往事
打造金竹生活

年轻时候的他，是意气风发的翩翩少年郎。文学诗词、话剧、油画、钢琴、书法、金石等一一尝遍，并深谙于心。正如其学生丰子恺所说："所有文艺的园地，都被他走遍了！"

然而三十八岁时，他却选择在虎跑寺落发为僧，诀别红尘，持戒修行，做一名苦行僧。很多人都不理解，有人说他厌世，逃避喧嚣。

在我看来，除了母亲逝去成为他的至痛，国家凋敝动荡，到日本求学，数年的执教生涯，人间百味他一一尝遍。最重要的是李叔同是在寻找灵魂的皈依，物质、精神之上的更高层次的心灵体验。

荒芜的岁月，走过山水递迢，大漠烟缕，光传佛法，布施善念与恩泽。万般的繁华，终如过眼云烟。其甘守清贫，芒鞋布衲，青灯古佛，禅定清修，自在圆融。人间陌上，时光缱绻，李叔同抛却了烟火世俗的小爱，孑然一身，以悲悯清净之心，放下执念与长情，在爱和自由中行走。

那个叫杨翠喜的女子，京城名伶，天仙园的戏子，唱腔婉转，身姿婉婳，轻颦笑浅，早已占据了他的心房，在他的心海里游弋。是惊鸿一瞥的怦然心动，是青春悸动的情愫，亦是人生最美的初见。每次唱罢，他都会提着灯笼护送她回家，可奈何，一个是风尘女子，一个是名门望族的公子哥，终逃不过世俗的眼光，注定这段感情无疾而终。

李叔同生命中的女人，除了正室俞氏夫人，还有后来日本留学带回的春山淑子小姐。

光阴的褶皱里，那伊人的孑影，日本女郎，春山淑子，在流光里静默如初，如那一树一树的合欢花，正开得艳羡美好，暗香浮动。一日，她似云絮般从他的窗前掠过，他的目光本能地追随着丽影而去，叔同邀她做他的人体模特，她应了，眉眼早是一弯的惊喜。从此，她从窗前走进了他的画里、心里，这是李叔同红尘里爱过的最后一个女子。相爱的时光是短暂的，李叔同放下了小情小爱，最后决定落发为僧。爱之切，情之笃，让她寻遍了杭州寺庙，终在虎跑寺见到了剃度出家的李叔同，春山淑子问他："爱是什么？"叔同说："爱是慈悲。"烟云缱绻，湖水沦涟的西湖之上，两舟相望，转身即是天涯。曲终人离，黯然神伤。

还有那个叫城南草塘的地方，把酒承欢，与诗相对。填几阕词，吟几段闲愁，携三五好友，流连风月，醉卧花间，推杯换盏，围炉煮茗。李叔同喜欢的是野鹤闲鸥一般的闲散清欢，终也却是一去不复返了。人世熙攘，浮光声色，他厌倦了烟火红尘，眉尖锁了淡淡清愁，婆娑浮沉的人间，如何才能窥见本心。

夏丏尊曾在《生活的艺术》中写道：在弘一法师的世界里，一切都好。百衲衣、破卷席和旧毛巾一样好，青菜、萝卜和白开水同样好。咸也好，淡也好，样样都好；咸有咸的滋味，淡有淡的滋味，李叔同以一颗欢愉之心去体味素食的起承转合，这种自在的心性，轻灵的顿悟，宛如一轮皓月，大师的内心是何等空灵的境界啊！

修行在一箪食，一瓢饮。芸芸众生，在弘一法师眼里都是平等的，其对鼠蚁、对草木，皆心存敬畏。弘一法师的生活极为简朴，那双芒鞋，棉被缝缝补补已随身十几年，正如法师所说要惜福啊。清欢千万种，但素与简才是它的生命基调，也正如林清玄所道："愈是内在芬芳，愈是朴素单纯。"

李叔同后半生皈依佛门，也许只有这样才能安放他那颗踟蹰的心灵。绚烂之极，归于平淡，一切繁华都将归于至简。正如其所说："千古繁华，歌休舞歇，剩有寒螿泣。"

德国作曲家寇肯1827年作曲的《真挚的爱》，李叔同的新填词中已有了要养真养足的归隐之意。"惟空谷寂寂，有幽人抱贞独。时逍遥以徜徉，在山之麓。抚磐石以为床，翳长林以为屋。眇万物而达观，可以养足。惟清溪沉沉，有幽人怀灵芬。时逍遥以徜徉，在水之滨。扬素波以濯足，临清流以低吟。睇天宇之寥廓，可以养真。"一韵深深浅浅的文字，和着禅园琼花飞云，枯寂之中，指尖也泛起盈盈的亮泽。

古刹寺院，晨钟暮鼓，青灯黄卷，婆娑花影，修竹揽风，这枯寂的日子伴随了弘一很多年，但内心却逐渐丰盈饱满，亦像清水般的澄澈，顿悟着生命的灵光。在内心修篱种菊、听梵音、习佛法，心也好似一朵白莲初绽，圣洁、美好。窗外流云缥缈，云卷云舒，轻啼沥沥，窗内读书、抄经，万般之与和谐，身心安恬，何处不是水云间。

李叔同涤尽内心之污秽，心怀一泓明净。观物，观我，其给了自己一隅净土，也留给后人一世的清凉。其所作清凉诗，以清凉、山色、花香、世梦、观心五种譬喻，开示众人。

见字如晤，出家人心思纯一，境由心造，这时叔同的字也随心境的转换而变。不再是一味的魏碑的方笔，隐去锋芒，从魏晋小楷中取法，融入帖学圆笔的态势，火气尽消，不骄不躁，圆融内敛，明澈温纯，结构清疏，端朴若古佛之容。其书充满了净气，远离了尘世的缥缈，洗尽铅华不惹尘埃，好似涅槃重生，不沾染一缕烟火气息，飘飘然，遗世而独立。

献之，其行书“风行雨散，润色花开”。徐渭，“粗头乱服，逸笔草草”，而让人能心生宁静的恐怕只有弘一法师了。其书法在佛学以静观物、不动声色的基础上改变了传统的动态气势，美学作为书法的本体论基础,开启了新的书法审美道路。

他的书法，清凉超尘，精严净妙，闲雅冲淡，朴中而见文人之风骨,又如婴儿之真。元气流动，气韵天成。此时，人书俱老。恰如他自我表白的那样：“朽人之字所示者，平淡、恬静、冲逸之致也。”不激不励，而风规自远。好似那布帛上的设色山水，质朴无华，但底子里仍是一团静气，起承转合间，没有过多的用笔技巧，但却从中可窥其云水禅心、慈悲心、谦卑心、欢喜心、平常心。

1942年10月，去世前三日，他留下了他的绝笔墨宝，悲欣交集，人和字，如一清净。还有广为传诵的诗偈——君子之交，其淡如水。执象而求，咫尺千里。问余何适，廓尔忘言。华枝春满，天心月圆。

高山仰止，一代大师，溘然长逝，为人们所感怀。

在《一轮明月》影片末尾，夜色茫然，月华皎皎，如水般无声流泻，一朵朵莲灯绽放于水面，簇拥的粉云倒映于潋滟波光之上，在风中含笑。弘一法师的心也似这圣洁的莲灯，沐浴着清凉，舟行水面，不留一丝的涟漪，只留下一个清瘦的背影，供世人品读他那悲欣交集的一生。

用柔软的毛笔，写一场岁月与美的祭奠

书法里的乾与坤，
笔墨里的觥与筹，
且让我一一向你道尽。
所有的爱与热烈，
在一纸岁月中韬光养晦，
静穆了一颗文心，
书法的每一个笔画，
都有其人格的介入，
仁义礼智信、温良恭俭让。
书法，是人生的一场修行，
向内，知止，静美。

◇ 壹 ◇

萤窗之所，慢沏一壶茶，慢写一幅字，慢炖一时光。岁月牌面的正反一面是悲，一面是喜。唯有读书、写字，可安放灵魂的心香，且经久不散。

许老师家在北五环之外的一个远离喧嚣的地方，其址清静。那日和友人一起去往老师家，炎烈的夏日，林荫路间是聒噪的蝉鸣，婉转盈耳。院落外是舒朗的林木，大片大片的青翠印于眉间，坚固了些。老树盘根，明一片，暗一片，丛生着一茬茬的古意。时日已长，依稀记得其门外还栽有蔬菜秧苗，可谓是颇有兴致。

进入他的家，空间不是很大，呈一个“L”形，刚进门就能看见一几、一榻、一书卷、一孤灯。那大大的桌几可谓是无数文人羡慕的天堂了，足足有一张双人床般宽敞。角落里还有一张，是用来放置他的书画用品，还有一些装裱好的字画，其木是一块完整的楠木，价格不菲，是他花了大力气从泰国运到北京的。

书案之前，横陈着文房四宝，些许繁花的点缀，使整个空间出落得古穆雅致。文房里时而飘来一些山水琴音，在炎热的夏日，给予人内心沁入山谷般的凉意。

书香，墨香，盈盈一室，交叠着，错落着厚重的人文气息。展示台上放着一些兰武老师的旧迹，盈尺小作，还有拓下的汉画像。汉画像，具有朴拙古穆的气质美，在时间中释出一种不加雕饰、古雅率真的自然风范，不同于尺牍的书卷气息。它在风格上呈现的是一种古朴苍茫的气势，浑穆、大气磅礴的美。

书房，是文人雅士寄予灵魂的地方。刘禹锡之陋室，张岱之梅花书屋，周作人之苦雨斋，每一座室庐都是滋养灵魂，安静而丰富的存在。

文房在他妻子的精心打理下，小具规模。再往里走，是会客室，许老师广交天下好友，他经常请朋友来工作室小坐。其为人热情，一起喝茶，一起书写。每一个到他工作室的人，都要留下笔墨。小小的室庐，是文艺荟萃之所，广纳天下文人千古如一的奢想，躬亲笔墨，耕读传家。这里可以抚琴叩曲，花间烹茶，诗意地栖居。

明代文士陈眉公写出了最理想的书房之境，其谓："净几明窗，一轴画，一囊琴，一只鹤，一瓯茶，一炉香，一部法帖；小园幽径，几丛花，几群鸟，几区亭，几拳石，几池水，几片闲云。"

茗碗茶烟，半世书房，一筝音，一琴曲，可在此静而有所悟，思而有所想，过滤掉岁月的风尘渣滓，尽享年华里的几许清幽。古人之风雅，亦是现世中文人最高格的追求。

中国传统文化的根底是老庄哲学，无用之处方为大用。只有无用，才能丰盈灵魂的翅羽，才能做一些虚无缥缈的梦。无用，是现实中奢足的浪漫，如一树一树的梨花，不待风吹，而优雅自落。

如今，已过不惑之年的兰武老师，在生命的历练下，更加从容豁达。正如知堂老人说："我现在的快乐是只想在闲时喝一杯清茶，看点新书，无论它是讲虫鸟的歌唱，或是记贤哲的思想，古今的刻绘，都足以使我感到人生的欣幸。"

生命的欢愉和意义其实就在平凡生活的褶皱里，一粥、一饭、一菜，亦是妥帖的温暖。生活中的闲是文化发展繁衍的良药，囿苑。小小一方天地里既有琴棋书画的诗意，又有茶余饭罢的闲谈。心之所向，素履以往。愿你的心中也有笔墨诗心，在明晦交替的日子里，且歌且行。

◇ 贰 ◇

一个从鲁西南农村走出的鹑衣少年——许兰武。

许兰武出生在孟子故里——山东嘉祥。许之寓意是承诺，答应之义，为人要讲诚信。许式之宗有许慎，字圣。兰武是指：兰亭序的定武本。

许兰武老师小时候家境贫寒，学习成绩也不好，还复读多次，但是他凭借自己的努力和韧性，最终实现了生命道路上的华美蜕变。他一生都在坚守着自己的初心，实属不易。并且特别自律，以自己的行动践行终身学习。

上高中时，他第一次进县城，后来又一个人，跋山涉水去了远方读书。大学期间，尽管有着宽松的学习环境，但他丝毫没有懈怠。上大学时，他对书法的练习没有间断，对文字的喜爱没有停息。大三期中考试后，那个寒冬，他还大胆地带着柳志光恩师的亲笔信，去了首都师范大学拜访了那里的书法老师。近二十年过去了，幸运的是，那时认识的老师，至今都能给予他指导和提携。

他从不放弃任何一个让自己学习成长的机会，二十多年前的1997年冬，李学勤先生受烟台师范院（现鲁东大学）历史系的邀请，于学院北区的新建阶梯教学楼，准备为全校喜欢历史的师生举办一场精彩的讲座，讲座是他在学校北区食堂张贴的海报处获知的。讲座开始的头天晚上，他精心给李学勤老先生用毛笔写了一封长长的信，并落款“中文系95本4，许兰武”，还留了宿舍电话。书信内容大致是，我对汉字，尤其是古汉字喜欢之类的话。讲座安排在晚上，大学三年级，学校已没有上自习课的要求，晚自习全由自己支配。他就早早吃完晚饭，拿了笔记本（那封信就夹在其中），去阶梯教室占位去了，并且习惯性地坐在第一排。

李老的讲座非常火爆，就连阶梯教室的走道都蹲满了人。李学勤老先生的讲座完毕，他竟然大胆地给李老送了已准备好的那封信。第二天，学院党办竟然打电话让他去一趟。在党办，他很吃惊地看到了站在他面前的李老，他和蔼可亲，给了他很多鼓励。

毕业之后的兰武老师回到家乡，顺利谋求到了一份中学教师的工作。这一待就是三年。在他回忆的文字里，他说，在孔孟故里教书的日子里，有幸多次来到曲阜汉碑林和嘉祥武梁祠。那个小凳子，一坐就是两三个小时。生活的艰难并没有使他放弃对学习的渴望，三年间，他省吃俭用积攒了一笔学习费用，为的就是能够继续学习。于是，他离开了山东，踏上了求学之路，来到了他梦寐以求的地方——北京。

北京是一个神奇的地方，这里藏龙卧虎，这对于渴望求知的兰武老师来说无疑是个风水宝地。后来他在中国传媒大学学习了新闻专业，在学习期间他深感自己学识储备不足，就又一头扎进了图书馆。在北京“非典”的那个夏天，他就坐在北京广播学院西门长凳上学习。书籍，变成了最好的陪伴。从烟台到济宁，从济宁再到北京，多次搬家，有关书法的书籍，他始终没有因为搬家的辛苦而舍弃一本。

二十世纪九十年代期间，兰武先生先后师从柳志光、段玉鹏学习书法，无论是在他求学期间还是工作期间，都没有放弃对书法的追求。后来，他还爱上摄影，签约成为一名摄影师。工作后成为一名新闻记者，这一工作又是十二年。世事如棋，做过新闻编辑等工作的许兰武老师暗藏着野心，只是这份野心不在职场，而在热爱里。这也许就是宿命，从他出生的那一刻起，他就注定要和书法“纠缠”在一起。并为此，倾注毕生的心血。

许兰武老师从小就喜欢写字，上学时，用花花绿绿的水彩笔书写着不同的字体。也就是从那时起，他的生命中就埋下了一颗书法的种子，种子在他的心中生根、抽芽、冲破重重泥土，接纳阳光和雨露。更不可思议的是，学了一些皮毛后，他就在集市上卖对联。冰寒的冬天，他小手冻得通红通红的，但环境的恶劣并不能阻碍他对书法的那股热情。

文字，时间是它的筹码，带着一朝一代的沉穆光阴，是开在泥土上的一朵芬芳的小花，所以它足以与现世的不平和丑陋相抗衡。

◇ 叁 ◇

我喜欢看他的眼睛，清灵灵的，没有驳杂的人世所渲染的痕迹。他的眼神亦是清澈，与人对视时不躲闪，不逃避，眼神交汇处满是真诚。我从未见过如此干净的眼睛，屋内的花草水泽投在他的眼睛里，液化了似的，成为一种流动。一闪一闪的，一波一波地荡漾，一波一波地轮回在眼眸的最深处。

书者，葆有精神的明亮，让生命不虚掷，将密度和厚度在时间里慢慢充盈，笔墨之中自有乾坤，如清风，如流云。

他的妻子温文尔雅，通情达理，她说她曾经对书法并不感兴趣。但两个人在一起生活，就应该为彼此去奉献，去割舍，这才是

我手写我心
回归最本质的书写
而婴儿之气乃是一种最混沌原始的状态
有着初初之美
一切还未绚烂起来
一切还未变得世故
文字之间是真和纯粹

真正的爱呀。其人如一盏白瓷，通透，文雅，又不失温柔与灵秀。待人接物亦是周全，先生经常会有朋友来访，她亦会亲自招待客人，处理烦琐之事。俗话说，一个优秀的男人背后一定有个好女人，也正是有妻子的支持，他在这条道路上才能走得更久、更远。

兰武老师书法融合各家笔法之所长。取精用宏，师古创新，以意构写，形成了个人独特的风貌。笔法天真烂漫，守法但却不为法所束缚。

许老师擅长行楷创作，结体有姿，其书有楷书静态的形式，但笔画的俯仰告诉我其暗含着动的势能，那点，好像要从横的肩膀上一跃而下似的。此中的意，让我浮想联翩，美妙至极。如一朵昙花将要开放前的期许，一切还未绚烂，一切还未圆满。

笔画的姿态，如高山坠石，有着向下的趋势。整体造型错落有致，从而达不工之工之境界，脱掉了满渚俗气。不工之工是从不工到工，再由工到不工的螺旋式上升。看似不工整，却有自然之致，是为天然本色。

兰武老师的书作整体风貌温雅清真，线构富有变化，线条遒劲活跃。注重曲直方圆，用墨枯湿浓淡，刚柔并济，虚实相生，动静结合。而衍生出的方圆曲直迟速主次正倚聚散疏密起伏等关系，都体现了世界的阴阳相生。其行书也是风度翩翩，行书是文字中的武，天真烂漫。书法是瞬间艺术，一笔下去，好就是好，不能改不能填，愈改愈丑。顺势而下，一气呵成，最能表现真理。

许兰武老师书法有着守元气，无知无欲的婴儿之气。他的字如婴儿之真，摒弃了矫揉造作，那宣纸上是一团一团的静气，笔笔现清凉之境。老子曰：“不欲以静，天下将自定。”静，是孙过庭所说的“不激不厉而风规自远”，是刘禹锡的“无丝竹之乱耳，无案牍之劳形”，是由内而外散发出来的平淡安详之气。

学书的最高境界在于返老还童，摒弃了那些所谓技法套路的东西，我手写我心，回归最本质的书写。而婴儿之气乃是一种最混沌原始的状态，有着初始之美，一切还未绚烂起来，一切还未变得世故，文字之间是真和纯粹。

许老师为人谦和低调，单纯质朴，见过的世面，经历过的沧桑都化为笔下一根根自由流淌的线条。内心的真实，让他将情感融入作品当中，实现了技法与情感的完美统一。情感迸发处，那些所谓的技巧安排，都成为多余的忠告。

真正的作品，是内心情感的自然流露。如风吹水面，自然成纹，毫无雕琢之感，自然而然，技法与情感完美统一。因为他们早已将技法融于自己的骨子中，成为笔下的一种本能。而不像一些书家一样，是单纯的炫技。

书法展现的是心灵之美，一个人的字当中是这个人的精神面貌、学养、才情、心性、品格等的总概括。书家笔下的每一个笔画都有其人格的介入，古人言：“书为心画，性情为本。”刘熙载说：“书者如也，如其学如其才如其志，总之曰，如其人而已。”

黄庭坚也曾提出："学书要须心中有道义，又广之以圣哲之学，书乃可贵。"而兰武老师其书是廉、立、宽、敦的人格展现。

曾经他带着相机，镜走天下；用心静观世间百态；用笔记录生活点滴；用毛笔在宣纸上诠释着属于自己的木铎金声。他徒步沿黄河，考察黄河故道的风土人情。寒冬，他从中国最大的蔬菜基地（山东寿光）跟踪黄瓜的生长、采摘和运输，直到北京新发地蔬菜集散地，最终完成了《一根黄瓜的进京之旅》。也曾卧底安徽、上海暗访重要新闻，写就了《华源系股权迷雾：华润重组华源忧心忡忡》《闯关东人的回家路》《中国最差列车里的暖情列车员》《寻找写"鸡毛信"的汶川孩子》等，引起了广泛社会反响。

书法家许兰武老师有着近二十年的记者生涯，回归至传统文化，数年来，他在默默传承着书法里的大美无言。2017年，《坚守真善，许兰武书法作品展》在广州开展。许兰武老师历时一年，精心准备了三十多件书法作品，展览过后将所有汇集到的善款都捐赠给北京的一家慈善机构，许兰武老师说我并不希望这些作品能换来多少钱，而是希望这些作品能够换来寒冬中的一些温暖，把这些钱送到大山深处，让那些小小的脚和手少挨些冻。

老师是个心中有大爱的人，偶然的一个机会，他通过微信接触到了宗亲文化。他把中国所有许氏的亲人都聚集到一起，上海、福建会馆、河南漯河、深圳等都留下了他的足迹。他说，人是需要慎忠追源的。这个慎不是谨慎的意思，而是敬意，敬，是真心，追源，是讲源头、渊源，是寻根。

◇ 肆 ◇

我问兰武先生，您写的是哪一家之体？兰武先生笑了笑说是自家之体。

其书主要学习《兰亭序》，但他并非事无巨细地师承古代一些书迹，而是求其脉络系统，从宏观上把握书法的气格和精神气质。不拘泥于绳墨，用笔也非步趋前人。高妙奇崛如《兰亭序》之章法，单字结体错落，映带左右，出于自然。其书平和冲虚不事张扬，又不乏文人雅韵。

董其昌曾说过："妙在能和，神在能离。"只有汰弃了外在的形色，才能实现真正的自我。学书，学习古人最终还是要汰弃各家的皮相，回归本我。

书法中的神采是形而上的，看不清摸不着，但却真实地存在。神采是由外而内，把一个字当中的一形，一采，一神，一韵，一枯一荣，一哀一伤，一实一虚，一原一本，一枯一淡，一秀一雅，一老一韵，一腔一调，一颦一笑，一断一连，都等价交换为书法中的唱念做打，最后将笔画之间重组、磨合，构成不同形象的汉字。

有品位之人自然有风格。或中庸，或峭拔，或淡泊，或绚烂，或整洁，或娟静，或纵恣。赵宧光曾说过，"文字以体法为格，锋势为调，格局低则俗，调不韵则犷野”。兰武老师其书无论是在形体法度还是在点画的安排与构造之上，都有古人之格，有韵之调，不俗不野。

随着岁月流变，二十多年的书法学习，其也由青年时的气象峥嵘，五色绚烂变得渐老渐熟，乃造平淡。字里行间充满了古穆的趣味，那是一种虚静恬淡，寂寞无为的人生境界，能够笼阔众美，骨太清和，巍然端雅。

如今已过不惑之年的他，心性安然、恬淡度日、不愠不怒。书法张弛有度，不骄不躁，刚柔并济。节奏的律动显示了呼吸着的生命力，因此，字有了盎然的生机。笔画线条有弹性，有韧度，就像经历了岁月沧桑后的兰武老师，洗净铅华，人由薄至厚，书也由薄至厚，可谓人书俱老。

◇ 伍 ◇

书法是传统文化的根脉，柔软的毫毛能写出锋利的刃，强健的骨。书法是中正平和的，不激不厉的，冲淡闲远的。那些古人，不慌不忙地写下自己抒情的线条，心中有了情，笔下才能奔走如飞。

一滴墨，落于纸，然后被宣纸一点点地接纳和包容，随着笔杆的摆动，将点点的心迹渲染在纸上。如是，落墨的刹那，仿佛和古人的世界无缝衔接了。柔软的毫毛有着力敌千军的势能，克服了来自纸面粗糙的涩，将自己擦在木质属性的纤维上。

墨在一点点地漫长和开阔，又随着笔的戛然而止，悬崖勒马，回头是岸。笔下的血不流了，但心跳未曾停止。

笔墨里有着滚烫的记忆，唤醒了沉睡的文字。一滴墨落在纸上，是落叶归根，入土为安，是水乳交融的亲密。

铺毫、提笔、写字，每一个动作，都是对前人的追慕。写字，是向内的一场修行，带有前世芬芳的记忆。笔墨精神以一朵水墨丹青的形式绣在卷轴上，绣在旧日的文心里。

那一撇，犹如飞鸟之姿，一直准备着，那一竖，犹如墙面上渗下来的雨水痕迹。这些意象来自古人对世界的观察，将具体的形象化为抽象的线条，但意义仍在。

温柔静谧的白色宣纸上，一幅作品通常能给人以色香味俱全的全方面感受，从而使内心达到饱和状态。宣纸白透如绢，胜过一切纸醉金迷的颜色，那白的温度，如清晨倒入玻璃杯中的白开水，温柔，自洽。白是纯粹的，一切色彩在其间都能纤毫毕现，人们在宣纸上习字，将心迹自然地流溢在上面。

人们在不断地温习、巩固、重复、再生，恪守着东方文明的传统，在案头上写下最有力的一笔。一抹留白告诉人们的是无中生有，无就是有，正因为无，才有了更多旖旎想象的产生。

几千年来，书法将中国的历史串联。还是那个动作，还是那个落纸的声音，还是那个律动，还是那个节奏，还是那个味道，还是那个触觉，那个气息。所有的招式、动作、起倒腾挪都是对过往岁月的温习。笔墨的芬芳与张力，让时间的两头产生了不可逆转的联系。

那一根根白羊毫，看似弱不禁风，看似毫无气力，可恰恰就是这些弱不禁风、毫无气力汇在一起，凝聚起力量在宣纸上写下诗意。

黑与白，收敛了斑斓的色彩，对物质世界的欲袖手旁观。笔墨里流淌的是中国几千年的文明，是我们最纯良的文化血统。它们被嫁接到韩国、日本，改造成硬邦邦的文字，但它的根依旧盘踞在中国大地上，那笔墨里有文人的清扬，诗人的吟唱。书法，源远流长，是不会因岁月流逝而消褪的美的闪光。黑与白是删繁后的极简，其在一定程度上烘托了文人清、柔、静、雅的气质。黑与白这两种色彩不会牵引出过多的欲。

安静下来，手握笔管，感受柔软的笔头与纸的摩擦。提按缓急之间，聆听自己的呼吸，拂去那声色犬马的浮躁，还内心以宁静。

笔墨照亮了几千年的岁月，没有光怪陆离的色彩，只有黑白。如今那些人写的字迹，剩下的只有规矩，那些所谓的“规矩”框住了人类，也框住了记忆。那些或立或行或走的楷书，行书里面的人和事都消失了，记忆都空了。

◇ 陆 ◇

文字有一种清的美，虚的意，淡的境，一笔笔可以勾勒出万物的抽象、概括、轮回。

中国人骨子里是尚古的，千百年来皆是如此。古，是诗经中的“关关雎鸠，在河之洲”。越古老的东西越能引发我们美好的想象。古，是仁义礼智信的发源地，是中国人一脉相承的道德观的来源。越古就越接近我们心中的理想世界，兰亭修契，东篱种菊。越古就越远离人世的驳杂，因为复杂的人性还没有被无边的欲望激发出来。时间、空间愈是旷远，世界也就愈是纯粹，愈少杂质。

在书法发展的时间轴上，赵孟頫的复古，清代的金石复古都是对传统的回望，古是他们精神的寄托，是他们作品的灵魂，是他们内心的坐标，是每一个书家的心性。

书法中有衣食菜香的生活况味，如杨凝式的《韭花帖》，温暖、含蓄、平和简静。笔墨里有颜真卿的家国情怀，楷书全是周密，全是细节。楷书的等距、对称、平直、均匀，勾勒出它的端整和秩序。草书浑身都是风度，看似弱不禁风，实则飘逸洒脱。

唐代草书大家张旭是一个特别爱喝酒的人。相传张旭嗜酒大醉，呼叫狂走，下笔愈奇，或以头濡墨而书，既醒自视，以为神，不可复得也。张旭见公主与担夫争道而得笔意，闻鼓吹而得其法，观公孙大娘舞剑器而得其神。

文人的雅致风度被苏轼、李白、杜牧，一丝不苟地收藏在手札尺牍中，他们书写自己的情思浪漫。他们从技巧的牢笼中脱离，他们心中的那杆标尺是文人式的书写。盛大繁复的历史，在书法中凝成黑色的线条。当后人从地下将它们掘起时，便惊艳了世人和历史。轻轻拂去表面那层湿湿的土，能嗅到的是古老绵密的旧光阴。

三大行书，古人用自己的笔书写着自己的句子。书写着“是日也，天朗气清，惠风和畅，仰观宇宙之大，俯察品类之盛……”；书写着“孤城围逼，父陷子死”。他们笔下的字带着生命的呼吸，而后成为我们眼中的历史事件。

怀素爱饮酒，应酣而起，遇寺庙、墙、衣上、器皿，靡不书之。其所居绿天庵，在其院内广种芭蕉，以芭蕉叶挥洒。他们一直在一种沉醉状态下提笔狂草，点话狼藉，挥洒自如，又酣畅淋漓。

书法是一个在长期过程中不断体悟的过程，如此才能达到精神相契的神似，笔法熟练才能从心所欲而不逾矩。黄庭坚的草书，相比于张旭、怀素的热情冲动，它的结构似乎更加理性，我们看不到它的激情奔突，而是优雅的吴带当风。它的草书字形，以及每个字左右挪动、空间疏密关系都是饶有资质的。

文字是静态影像，将历史往事、诗酒天涯、风花雪月一一对应、还原，用一种事无巨细的方式定格在笔墨间。还记得上巳三月三日那场醉吗？还记得饭罢茶余后的杨凝式的《韭花帖》吗？还记得快雪时晴后的那一场最美的雪吗？

书法，把每个朝代的独特气质，都收敛在了我的肌肉骨骼中。我亦相信我的笔下带着前世的记忆，一路芬芳，一路轻扬。毛笔的轻软，有了墨香，在阳光下，能轻易地闻到时光剥落下来的美。

◇ 柒 ◇

书法中的眉目清晰，来自于汉画像。汉画像经岁月风雨的侵蚀、捶拓之后的效果斑驳苍茫，能现出一种古意。

它是那样的栩栩如生，顿时就能让那个时期的岁月明朗起来。联袂出场的方式，是历史生活的再现，生活是在场的，人也是在场的。

它的拙朴古穆是第一现场的发掘，汉画像国祚长久，是刻在石头上的史记，是生活的方方面面的浓郁投射。汉画像的马，是风花雪月的那场乱。裘马轻肥，在醉意微醺中，划过李白的诗句，文人的笔场。

那一匹马，头大颈细，高昂着头颅，四肢有力，一直都在准备着，兼具了力与速的美。当我看到它的时候，阳光划过它的脊背，那一刻光阴是如此温软易逝，又如此亘古绵长。时间在前进，又在倒退，都随着发肩的一缕青丝逝了去。

汉画像是一条坚实的链条，给汉朝打了个紧紧的结，把断裂的历史又系上了。秦代兵马俑、汉代画像中都保留着大量的车马。车马让我想到了那个古战场的阵阵嘶鸣，残兵败将，还有那个黄昏的血色夕阳。画面回旋在我的脑海里，我伫立良久，在历史和现实之间奔走逃亡。那种感觉是那样熟悉，又那样陌生。

那些马儿依旧抖擞地屹立着它的气宇轩昂，它们依旧活跃，像是要从石头里蹦出来似的。它曾是那个时代的主角，是汉画像让它们不朽地存活下来。

这些马儿庄重质朴，石头赋予了它们坚硬的质地，它们凛凛的，凉凉的，依旧是那个时代的英雄。飞扬的马蹄下有着岁月的悠扬，矫健的步伐下，每一步都无比准确地踏在了时代的步点上。有多少空间和视野的广阔，是它打开的。它曾在辽阔的疆域上奔驰，活络着每一份土地。随着时间的流逝，那些升腾在宇宙上的尘埃慢慢落定，马儿的姿态也渐渐落定，静静地定了，定了。定格在石头上，定格在工匠的刀刻下，它们失去了杏般的双眼，寒毛不再冒出汗水。它们化为石上的琥珀，把汉代的那份沉稳自信，收敛在了石头的肌骨上。当人们注视它的时候，它的姿色迷人，浪漫传奇，都随着一张张汉画像漫漶出来。老骥伏枥，志在千里。马，俊逸轻瘦，如今，变成人们纸上的玩物，纸上的趣味。

◇ 捌 ◇

夜里流淌着一些黑的线条，历史上的一些书家才搁笔不久，就有无数的后人前赴后继。

多少个日夜是在如豆孤灯里的独行。夜的安静，绵密幽深，刚好能包裹住他的一切，包裹住他的忧伤和快乐，还有他那对书法的热爱。不追求“外在的轩冕荣华、功名学问，而是追求内在的人格和不委屈以累己的生活”。在晨昏昼夜、风花雪月中，找到“真实、平凡而不可企及的美”。

环境周遭是静穆。一纸的简单和朴素方能涵容一颗本真的心，离群也不会孤单，索居也不觉得寂寞。抽象的线条在中国人的想象里是游龙、惊鸿、屋漏痕、锥画沙。所有的想象在书法的笔墨里，构之成为一种书写的动力。一个人的字是一个人的心灵呈现，旖旎的线条在书法家的笔端可能生出无数的可能性，从而给人以视觉上的无穷想象。夜安静了，笔与纸却在轻灵地共舞、旋转、跳跃，一笔一画间要藏头护尾，不能锋芒毕露。

在书法中，没有一种黑是千篇一律的。墨分五彩，讲究枯湿浓淡的变化。黑，有着严肃的骨，可栖落于素纸时，也有了一丝朦胧恬淡的意味。

黑与白的沟通是绚烂之极，归于平淡的素简。当笔下的线条不再是呆板的愚钝，那自然就有了德行、神采、容止、行居。一种含蓄的光的流溢，是极致的温柔，在岁月中枯坐成一枝枯禅。

这像极了人生，可能表面无奇，慢慢品味，才能发现其中各有痕迹，各有粗细，各有千秋。它们看似平淡，却从未失去岁月加持的那种美感。而其他色彩的叠加，都会使其失去本来的色彩和性质。

书法，是中国人骨子里最丰富诗意的表达，不需要面具的修饰，不需要话到嘴边再想想，一切都那么自然而然。书法用最朴素、安静的样子观照每一个人的内心。

小时候练字，不懂规矩，亦是为了完成任务。小学时，印象最深的就是父亲喜欢静静地用手中沉默的钢笔在纸页上书写下端正的楷体。爷爷是老师，他有时还会教我习练毛笔字，爷爷用他温厚的手掌控制着我的小手，一笔一画地写下拙朴的线条。在书写过程中，我也能时时刻刻感受到来自他背后的温度和亲近。

书法，文人之技。书法，与现代文明背道而驰。

那一笔一画里皆是时间的奢侈啊。现代文明的广阔，能够使我们上天入地，无所不知，无所不晓。人是这个世界的主宰。而时间是个节点，我们奔驰在未来的彼岸时，光阴也一点一点在蚕食着过去的记忆。

几千年前，书法与文字之间是无隔阂的，书法常常以文字的形式去呈现。而如今，文字是文字，书法是书法。书法的哲学倡导的是书与自然，书与人之间的关系。古人，习字的动作是模仿自然，如“惊蛇入草”“屋漏痕”“折钗股”“印印泥”“锥画沙”。

中国的艺术美，包括书法、国画、传统手工艺，都趋于一种瓷的境地，不张扬，不热烈，清致典雅，朴素寂静。书法，内含华彩，却藏而不露，只留给世人永不消散的书卷余香。

◇ 玖 ◇

觥与筹，一种古老的器物。喝酒的杯盏，觥筹交错，是推杯换盏，是纸醉金迷，是花花世界里的热闹。它一出场，就带有非凡的力量，佩戴着万古之音。

每一种书体，都自有它独特的气质，这与时代以及帝王的政策有关。但每一种书体，都具有傲视时光的力量。它站在时代的立场上，以优雅从容的姿态，确立了与每一个人的联系。它们是时代的产物，也是时代的维系者，它们在用自己的力和气替帝王发声，替每一个行吟诗人发声，替每一个落魄文人发声。

那时候的古人啊，不像今人这般敷衍了事。一器一物，一桌一椅，一楼一台都暗含了对世界、人生以及天地自然的哲学思考。科技的发展，使得古人创造出来的书法，为规规整整印刷出来的方块字所取代。这使得我们不愿意再动手，亲自为朋友写一封有温度的书信，这年代是个提笔不会写字的年代。

古人的文字，一笔一画间皆是浓情。如今我们的文字只有隔阂、疏离。是冷漠，是孤立，只剩下了丑陋和实用。不再具有抒情的长线条，不再具有屋漏痕、锥画沙。

现代文明越发达，人们的想象力越薄弱，这个世界什么都好像是清清楚楚、明明白白的。现代科技文明的世界里，白娘子与许仙的旷世之恋只不过是个虚假的命题，那曾经朗照过无数诗人的半规凉月，在诗词的世界里，是“转朱阁，低绮户，照无眠”。而在当今社会里，这只不过是个无比荒芜的星体。现代文明遏制了人们的想象，人与物之间的联系被切断，我们孤立地活在这个世界上。我们服从于物质，将心灵丢弃，就像这世界上拔地而起的建筑一样，单调、枯燥、乏味、丑陋、冷漠。

我们隔绝了和自然的你来我往，过滤掉了对世界所有的激情和想象。我们能轻易嗅到一丝铜钱的味道，却闻不出春风陶醉、百鸟齐鸣。

古时候的人们，甚至在原始时代，人们对这个世界是充满敬畏

的。他们对自然充满了魔幻的想象，可以从大自然的物象当中联想到无数种笔法，“飞鸟出林”“飞蛇出洞”“锥画沙”“公孙大娘舞剑”等。由于那时候的人们知之甚少，反而激起了他们对世界探索的兴趣。而立足当代，被书法照亮的传统文化，如今对于中国人来说只是一个符号、一个标志、一个行尸走肉的壳，如同机器重复的再生。书法的学习是从练习基本笔画开始的，需要把汉字当中的字体结构卸成几段，变成无数的细节和局部，把它们切割成片段，然后开始熟能生巧，反复练习，试着描绘出书法的表情。在进行多场彩排后便可胸有成竹地落笔了。一滴墨落在宣纸上，像梦一样，轻灵、自由、迷离、梦幻。

人书俱老，是笔墨与岁月之间最长情的告白，人老了，书也老了。书写与时间从来都不是一场等价交换，而每一个热爱笔墨的人，也同样心甘情愿地在书法里周旋一生。每一种字体的嬗变，对中国文明都是一种绵绵不尽的推动力。传统，不是守旧，不是排斥新生物的产生。传统，只是为了告诉我们无论走多远都不要忘了自己的原点。传统，永远是那个轴心，是内心的坐标，一个永不偏移的原点。无论我们走多远，都不要忘了自己的出发之地。

夜斑斓纵深，黑暗被无限地延长，书法弘毅的几何造型，摇曳着。它是来自笔尖的轻灵舞蹈，靠五个手指微微捻动配合着精巧技艺。在书桌前，我常常一待就是一下午，我喜欢仔细详尽地体会着这份陶醉、这份轻松、这份疲惫。陶醉是一种境界，轻松是一种领悟，疲惫是一种美。

岁月交叠中，不动声色，冷眼旁观着人世的声声色色。五味使人的味蕾变异，五色使人的眼睛变得混浊，五声使人的心灵不静，所有的纷繁都不如笔下抖擞出的黑与白啊。如今人们大张旗鼓地宣扬传统文化，包括书法，它看似喧嚣，实则它是一个非常沉默的东西。

一把刀架在时间的腰上，发出生疼的叫。章法并非工整有序，千篇一律，有时跌宕，有时欣喜，有时黯淡，有时寂寂。

夜在失谁的眠，
光阴轻绕烛台，
落下的烛芯，
是诗的韵脚。
滴滴答答，
湿了毛毡，
黄了书页，
光晕的弧度是半圆的，
显示出夜的纹理和光色，
在白底黑字上，
柔和悦目。
等风，等你，
在一隅角落里，
铺陈、铺陈。
见微知著，
绝尘脱俗。

宣纸的平仄人生

宣，一种植物纤维做成的纸。纸寿千年，在墨色书香中，它早已风雅千年。

当人们把植物纤维放在水里浸泡、切割的一刹那，它们的命运就开始被篡改，从此它们将以另外一种叫“纸”的身份存在，并绵延在了传统文化之中，传承至今。宣分为多种，按种类分有花草宣、罗纹宣、洒金宣等。按洇墨程度又分为生宣和熟宣、半熟宣。

在古时，有一种极为珍贵的纸叫澄心堂纸，细腻柔软，薄如蝉翼。其颇受文人墨客的喜爱收藏，南唐李后主就颇为喜欢这种纸。宋代书法家蔡襄的佳作《澄心堂帖》尺牍也是使用这种纸。那横竖撇捺间不仅凝聚着或大或小、或长或短的时光，还有宣纸那前世今生不为人知的故事。对于澄心堂纸制作的艰辛，宋代诗人梅尧臣曾经在一首诗中感叹道：“寒溪浸楮春夜月，敲冰举帘匀割脂。焙干坚滑若铺玉，一幅百金曾不疑。”古代文人对于笔墨纸砚的喜爱可见一斑。

还有一种纸，喜拈花惹草，名“花草宣”，我也是极爱的。粗糙的质地，上面残留有碎碎的叶片和小花，有玉米须、茶树叶、红花、黄花等。那草叶平平展展地压在纸的纹路里。用花草宣写字，心是极欢悦的。

沾一羊毫子的水墨，铺毫，笔走龙蛇间，春风得意马蹄疾。纸上云烟满纸，春风浩荡。风薰花暖的天里，纸面会越发泛白、透亮，色泽湿润中夹杂着淡淡植物的味道，还有阳光的气息。

曾经，遇到过一名传统制宣的匠人。老人已逾六旬，独自守在村庄，独自守着传统手工艺，每日与青山竹海为伴，对了，还有一条狗。他两只胳膊结实而有力，干起活来手脚麻利。只见他端起架子在水中晃荡几下，散落沉浮在水中的颗粒。用筛子端起的一刹那，竟聚合为一张纸的雏形。

纸的厚薄、粗糙细腻是完全取决于匠人的技能熟练程度。老师傅告诉我，他从小就跟父亲学着做纸，今年刚好四十五年。当时村子里其他年轻壮男都去城里打工了，只剩下他在村里继承父业。

岁月的野蛮在他的脸上凿出深刻的皱纹，其发也白如雪，手掌长期浸泡在水中更显沧桑肿胀。他把最好的青春交付给了宣纸的制作，在他身上我看到了他对传承手工艺的坚持还有未泯的初心。他用情怀、热爱、匠心、支撑着纸寿千年。

宣，是慢质的东西。当一张洁白无瑕的纸静静出现在你的书房里时，它是那般高贵且平凡，但谁又知它的一生经过了多少次千锤百炼才幻化出今世的娟雅素净。

宣纸的制作过程十分繁杂，要经历数百道工序。匠人们通常会先伐取檀树皮，之后是蒸煮、浸泡、剥皮、晾晒。还要经过渍灰、堆积、蒸皮、踏洗等二十一道工序。做纸浆也是一个细致的工作，先要把草料中的杂质剔除，然后打碎打匀，接着是过滤、搅拌、打浆直至糊状。最后的环节就是抄了。抄纸看似一瞬间的事情，实则难以把握。把握不好抄纸的火候，纸就容易破碎，不均匀。

我尤喜古色的宣纸，其有着茶色的润泽。其不仅有书写的工效，还能充当纸窗。在旧世纪里，有人将它作为糊窗户的纸，颇有怀旧的味道。

宣，这种纸薄且有韧性，洇墨的速度慢，笔与纸的阻力不大不小。我时常在它的乾坤世界里书写着缱绻情思，时而天真烂漫，时而激扬豪放。

四年多的书法专业学习，那些笔墨纸砚早已成了我生活中不可缺少的一部分。宣，它们被我优待过，亦被我蹂躏过。而现在，我喜欢小心收藏。

闲居在家的日子，整理旧物。翻箱倒柜地找到了那昔日的书作，有手札、尺牍、几尺的巨幅、中堂、泛黄的纸页间，早已灭了火气。粗糙的面上，有手抚的温暖和质感，纸的经络根根通汇于心。宣纸，凝结着光阴的力量。

一素宣，一古帖，一碟墨，静静坐在桌前。挽起长发，执笔，落墨。宣，着素色霓裳，空空荡荡。当水墨交融在纸上化开时，美极了。淡淡的水墨，氤氲着书香、墨香。此刻心也凝固了，只有如古宣那般静定沉淀的心境，才好去抵抗岁月，抚慰内心。

书法，是黑白的艺术。一钵清水，一素净的白宣，一支小楷笔就可将自己置于喧嚣之外，去享丹青水墨之静趣，自在挥洒那心中的画卷。笔墨迸发处，是怎样的心如素雪！你看，纸上的留白，像极了江南烟水的朦胧、虚清的远山和游离的烟霭。那枯的湿的线条在纸上彰显出不一样的层次感，那是怎样的无垠辽阔！没有羁绊，没有冗杂。

你喜欢安于一隅地写写字，勾勾画画吗？喜欢那黑白二色的极简吗？宣纸因有了水墨，便有了灵魂。没有乱花渐欲迷人眼，水墨，纯粹、素真。落在宣纸上，是那样的清简悦目。少了几分瑰丽谄媚，便多了几分脱俗之美。那着了淡淡水墨的宣，安静不失灵美，优雅又不失韵致。

宣，简单，干净，素素清清，有着娟娟静静的灵魂，像极了一身布衣的安静女子。她，就在那儿，安然笃定，静静地守候着你。等你的款款灵思，将唐诗宋词、古曲歌赋都淋漓写遍。

宣，宜乎书房，宜乎纸窗，宜乎清供，宜乎笔砚。它们彼此成全，营造一室的清幽。它静雅嫣然，不知它是否也在等一位娴雅清简的女子，拈笔书写她那古典的情思，大美无言？

半是茶烟

◇ 壹 ◇

茶，文人雅士之所爱，当然，也不乏我这般爱附庸风雅的人。

自古以来，茶酒就是才子佳人风花雪月、阳春白雪的良伴，是李清照的浓睡不消残酒，是李白的对影成三人，是把酒祝东风且共从容的豪气，是周作人的能抵十年尘梦，是冯唐笔下的不是冤家不聚头，说不尽的茶与酒。

茶与酒，自古是绕不开的话题。酒是饮品中的侠士，让人沉醉、昏寐。其喝酒讲究的是个痛快，喝过几碗之后就是兄弟，是江湖里的那套东西。有更强烈的感情色彩，酒是火，有情有义。

茶是隐士，清冽甘美，有着淡远清疏之致。不像酒的江湖儿女，快意恩仇，推杯换盏，放浪形骸的不羁，茶中酝酿的是一颗淡泊明志的心，茶让人清醒，茶是冰，冷眼旁观，强调的是君子之交淡如水的克制疏离。

茶与酒，宛似岁月里的故旧。酒是灵感的引子，让我们花前月下。茶，是清心的引子，让我们保持恭敬谦卑之心，我更喜茶，茶不会使人醉，茶使人清醒。茶的宁静淡泊，茶的清韵高逸，茶的俭朴冲和，总之，它让人心静如水。

能在一起饮酒的，可能是出于应酬，可能是酒肉朋友，还可能是逢场作戏的把酒言欢。但喝茶不同了，喝茶不需要那么喧闹，卸掉在尘世中的欲，以一种优雅的气质沉浸在一呼一吸间，不需多言，无须逢迎，只需要一个知味的人。

喜欢某个清静的早晨，沏一杯茶水，不仅暖身，一晚的戾气也消失殆尽，通体舒畅无比。在茶面前，不分尊卑，不分贫富，只要你带着一颗素简的茶心就好了。

◇ 贰 ◇

茶是引子一般的东西，是暗示一般的存在，是沟通人与自然的媒介。

泉水一阵混沌之后，是分崩离析之态，渐渐疏离。那些碧碧的叶子，有曲折之心，在沸水的浸润下，一点一点舒放着它那优美的姿态，如云卷云舒，仿佛那水天生就是它的道场，沸沸扬扬，轰轰烈烈，游刃有余似的。有了水，每一片小小的茶叶都是一个蓬荜生辉的世界，在静默的世界里吐露着它的光辉。

茶，沸水浇漓，迷漾一片，在细腻的白瓷杯心中颠沛流离。短暂的游弋之后，便是静定如禅般坐在杯底，端肃的样子。这像极了人生，世世浮沉、沧海桑田，喧嚣之后便是繁花落尽的沉寂，千帆过尽的澄明。是静观其变的不动声色，是了无挂碍、圆满自足的一点决心。万物皆如过眼云烟，归于至简。

想起了友人的一句话，“即使再轰轰烈烈，也抵不过最后的沉寂，繁花落尽，已在归途”。

斟满的杯中，闻着茶香，眸眼交汇处，似是生了顿悟的决心，一颗浸满了尘俗的灵魂，也在此刻变得云淡风轻，幽然快意。

茶在一入三品中，味道开始有了层次变化，我觉得品茶的第一个层次在于能领略到那微微的清芬，二是能体味到苦后的回甘，能有所顿悟人生之味，从而引发哲理、伦理、道德、艺术等多方面的思考和感悟，使人生达到修身养性、品味人生等精神上的美好享受。第三层是物我两忘、六根清净的空灵。

喝茶时，要放下纷纷扰扰，放下心中的执念，和世俗暂时绝缘，心无旁骛地去喝茶，这一切，都是对茶的尊重。一瓯茶，范

品味其茶，为诉其心。茶的品格，是和静清寂的审美。

畴的是一个恬淡空灵的人生境界，茶中隐藏着深隽的人生智慧，宁静致远的心灵诉求。

◇ 叁 ◇

茶宜静室，宜古曲，宜焚香。

大多爱茶的人，也是尚古闲雅之人。

焚香，听琴，使得空间里更添清幽。看香幽幽袅袅的样子。流转不息的岁月好像静止了，是那样清极幽极。

有时，品茶也是红尘之中的一种修行。喝茶，重仪式。入茶席前要洗手，茶具要清洁，茶席上要准备茶托、茶则，可搭配茶点，抑或焚香。

茶，宜精行俭德之人，宜高雅脱俗之人。

如若三五好友在一起喝茶，一人起了粗口，势必要破坏这雅致的气氛和情调。

品味其茶，端诉其心。茶的品格，是和静清寂的审美。

“和”指在茶道的世界里，人人平等，强调和谐；“敬”是彼此之间相互尊重；“清”是指心灵的清净，空明的觉心。还有对茶室环境的要求——器物清洁，不染尘滓。“寂”，即不因外界的变化而动摇的寂然之心，或者指茶室所营造出的闲寂的氛围营造。

◇ 肆 ◇

我喜欢茶，亦如我喜欢兰花，它们之间总有那么一些相通之处。它不似酒的炽烈，始终是温吞着淡淡的清香，让人回味无穷。茶色，让我浮想的是茶山上的幽淡小景，茶农们背着竹篓在细致采茶的景象。

茶集天地间之灵气，纳日月之精华，得风霜雨露的滋养，眼前纷至沓来的是青山绿水，是春风扇微和的舒爽。须臾之间，茶汤由混浊变得清亮，一切繁复都抛至脑后。

品茗，品的是淡中之味。茶的淡不是轻浮，而是一种非常微妙的感觉，轻呷一口，绵绵不绝的清新便充盈口腔，沁入心脾，丝丝扣扣。接着顺着鼻腔、口齿、心胸注入体内，留香不散。

它的味道不是醒目的，不是具足的，所以你要有足够的耐心，用你的虔诚去丈量它的清雅深意和不张扬的品行。

夏日山亭喝茶，亦是一种风雅。少了花枝招展的俗媚，虚情假意的言欢，觥筹来往的交际和不可直视的人心。茶如知己，是可遇不可求的，但若遇到了，就是如此熨帖人心。

爱茶，亦是爱着那个不染尘滓，空明清净的世界。茶水的清新一步步蔓延，齿间流芳。循着那草木清香，仿佛遁远了尘世，听闻晨钟暮鼓，松风冷韵，白云出岫，山峦雾霭。茶的清淡，在呼吸的刹那，深入浅出。

带上茶具，寻安静一隅，一瓢水，一火炉。宋代罗大经在《茶声》中曰："一沸为砌虫唧唧万蝉催，二沸为忽有千车稇载来，三沸为听得松风并涧水。"

还有人是这样形容茶的声音，"其沸，如鱼目，微有声，为一沸；缘边如涌泉连珠，为二沸；腾波鼓浪，为三沸"。可见古人对茶事的体察是多么细致入微啊！

茶，不仅是市井百姓饭饱后闲谈的一点消遣。茶，更是返璞归真的生活态度，是简素。好的茶不需要花枝招展，不需要金玉杯盅，不需要华而不实的屋舍。

这不禁让我想起日本茶道大师千利休，他信仰的是，最好的茶，是用粗朴的茶器、至简的屋舍就可以完成的。

千利休创造了独树一帜的寂茶，环境上，茶室的壁是裸露的粗土，窗格子是用竹竿做的，这样虽充满了野气，却能够沟通自然，达到人与环境的和谐。千利休的茶道是至简至美的，融入了日本美学的侘寂、物哀等理念。千利休的茶道强调这么几点：一是茶室中的花要从野外采来，并要如同开在原野中；二是烧水的炭要充足；三是夏天的茶事要让人感到凉爽；四是冬天的茶事要让人感到温暖。茶室的空间要注重细节，利用器物等点出四季流转之意。要让席中的客人感受到诚心诚意的关怀。

爱茶的张源曾言，“饮茶以客少为贵，众则喧，喧则雅趣乏矣”。茶，需在静中体味它的深长。人一多，心思易散乱，多的是言语交流，表现自我。根本不能把所有精力集中在品茗上。

而三省吾身，君子慎独都是在独处一室时完成的，所以我喜欢一个人喝茶，将自己赤裸裸的心拿出来，反观自身，这难道不是一种修为吗？细细思索，近日有哪些疏忽之处？有哪些待人不周之礼？学问有没有长进的地方？

◇ 伍 ◇

茶有着丰富的内涵和韵味，在很早以前，茶就已经走入市井百姓家，和茶米油盐酱醋归为一类。

茶之境可分为四个境界，第一，为解渴饮茶，如同牛饮，如此粗放式的喝茶，想来这并不是爱茶的人所钟爱的吧。不懂茶的人，囫囵吞枣，当作解渴的饮品。

第二，注意体察其色、香、味、形等变化，讲究茶器的使用和水质优劣等。

第三，对冲泡的手法技巧要旨都有一定掌握，能够在细呷慢品间感知到茶本身的妙意。

第四，在茶事的整个过程中要有由浅入深的人生思考，逐渐脱去功利的俗气，进而品味出人生的真谛，顿悟出光明。直抵人心、明心见性，达到并满足精神的需求和享受，在我心中，这就是和静清寂的茶境之所在。如若端在你面前的是一杯清水，若也能喝出茶意，那是高境。

◇ 陆 ◇

午后，在藤椅上小憩了一会儿，睡得骨肉松散，拉开紫色的窗帘，光线如此逼真地直射进来，具有强大的穿透力。

我不紧不慢地望着白瓷盏，强烈的光附在壁上，愈加凸显出瓷质的细腻润泽，白中似有无尽幽微的银光，通透，洁白，让人

不由自主地想把它放在手中把玩一番，白里是清高，是优渥，是大雅，是不与世俗苟且的清澈。

盏中温存着一些温度，又有一些凉意。斑驳的光影落在周遭，一圈一圈的，甚是好看。我爱极了这清亮的茶汤，爱极了茶与水的水乳交融之态。葱茏的绿，一片片的，明丽似柔媚的眼波。

茶，味道是淡的，亦如它那淡泊的心性。茶，不似酒那般有着刺激鼻腔、肠胃的暴戾，让人有借酒消愁愁更愁的怅然。茶，保持着它的温和和接纳，清香四溢，入口的是细水长流的绵绵耐心，是后知后觉的缱绻回甘。

绿茶、红茶、花茶，萝卜青菜各有所爱。每种茶都有不同的性子，如同不同性情的人们，有的恬淡，有的老辣，有的炙热，有的朴厚，有的宁静。

我爱喝花茶，她像一枚淡然娴雅的女子，温和平静，冰清玉洁。我喜欢看那一朵朵花在水的供养下重回青春的样子。那是一种生命的洗礼，在水的浸润下，展现着它柔软中的一点韧、一点刚。

花的气质有时是和女人相媲美的，女人如茶，茶如女人。每认识和品味一种茶，都如同邂逅了一位女子，动了心的，你就想迫不及待地去了解它，不动心的，则敷衍了事。

苏东坡曰，“从来佳茗似佳人”。茶如美人，他们都有着不同的性子和韵味，但都值得一一花心思去了解。

◇ 柒 ◇

从古至今，关于茶的掌故数之不尽。茶香在书香里氤氲着，和佛、道、儒等文化贯穿发展，一直延续至今。

我们都听过三月三有流觞曲水的《兰亭集序》，却不知大唐还有三月三的茶宴盛况。在唐朝，歌咏茶的诗词不胜枚举，而散文却只此一篇。

三月三日，上巳禊饮之日也，诸子议以茶酌而代焉。乃拨花砌，憩庭阴，清风逐人，日色留兴，卧指青霭，坐攀香枝，闻莺近席而未飞，红蕊拂衣而不散。乃命酌香沫，浮素杯，殷凝琥珀之色，不令人醉，微觉清思。虽五云仙浆，无复加也。座右才子南阳邹子、高阳许侯，与二三子顷为尘外之赏，而曷不言诗矣。

三月三日上巳节，人们以茶代酒在繁盛的节日里参加茶宴。清风徐来，花草清荫，红日助兴，人们陶然欲醉。有人卧指青霭，有人坐攀香枝，随意而散漫，毫不拘谨。酌一杯清浅的茶，红蕊拂衣更添风雅况味。

《红楼梦》中，妙玉是个懂茶的人，她所达到的茶境不是一般俗人能懂的。妙玉曾说过这么一句话，“一杯为品，二杯即是解渴的蠢物，三杯便是饮牛饮骡了”。

有一次，妙玉要请宝钗和黛玉来栊翠庵喝体己茶。妙玉给宝钗用的瓟爮斝，给黛玉用的是点犀盉，自己用的是绿玉斗。茶具是价值不菲的，饮茶的水是从寺庙梅花上收集来的。这茶的珍贵可见一斑。上好的文玩器物，用来招待客人喝茶，可见其奢侈。

说到茶，不得不提“茶圣”“茶仙”“茶神”——陆羽。

陆羽，字鸿渐，其一生嗜茶，多年游访，撰写了世界上第一部茶书——《茶经》，它是后世茶文化专著的滥觞。

唐赵璘《因话录》云：“竟陵龙盖寺僧，姓陆，于堤上得一初生儿，收育之，遂以陆为氏。”意思是说，陆羽原是个弃婴，后被龙盖寺一僧侣竟陵禅师积公从河堤上拾得，并以他出家前的俗姓陆为其姓。

智积也算个饱学之士，潜移默化间陆羽在智积身旁学得了一身本领，包括艺茶。陆羽虽在佛门净土之中，但其并不愿削发为僧，师父让他抄经也不肯，并大言不惭地说道：“终鲜兄弟，而绝后嗣，得为孝乎？”意思是，我没有兄弟，死了后嗣都没有，后代应尽的责任我都没有尽到，这是孝吗？这番话惹得智积大怒，并以繁重的事务惩罚他，放牛、洁厕、打扫寺院，让他悔过自省。

后来待不下去了，十二岁那年便找机会溜了出来，做了伶人，由于陆羽才华横溢，后得贵人赏识，遂到隐居于火门山邹夫子那里去学习。

陆羽一生博学多才，世人只知道他“茶圣”的名号，却不知陆羽也是个能吟诗赋对的大文人，还是个文物鉴赏家。只不过他在茶道方面的成就更胜，光芒盖住了他其他方面的才华。正如中国历史上的一些文人苏轼、杜牧等，他们也是大书法家，只不过他们在文学方面的成就掩盖了他们其他方面的才能。

话说《茶经》问世前，陆羽是以文人著称于世，走到哪里都有文人雅士和群众隆重的款待，陆羽当时还不是茶圣，这是他在文坛上的地位使然。

陆羽一生交友甚广，活跃在文坛，在他从邹夫子那里学成下山时，便得到了礼部郎中崔国辅的赏识，与之游处三年，与诗僧皎然也是忘年之交，与唐颜鲁公的过从也甚密。颜真卿曾在湖州杼山妙峰寺造亭，大历八年（公元773年）十二月二十一日建成，恰逢癸年、癸月、癸日，故以“三癸”名之。此亭是由陆羽设计，颜真卿记事并书写，皎然和诗一首。

◇ 捌 ◇

大多爱茶的人，都有一颗和茶心相通的性灵，不爱奢华，喜俭朴，精神上更加趋于淡泊安定。它能让疲乏的灵魂暂时获得宁静，也会让人顿生隐逸之心。茶，是蒙尘心灵的澡雪。关键看你是否能领悟到那种微妙的感觉，一种不可言说的感觉，似暗送秋波，似簪花菩提。

茶温婉了岁月，熨帖了人心。不慌，不忙，不争，不吵，将一盏茶喝到无味，将一本书读到无字，将寻常的日子过到无悔。

万岁枯藤　尚古闲雅

万岁，是时间，枯藤，是老意。

万岁，蕴含着亘古的老意，岁月在流逝中幻化成了永恒的存在。枯藤，似一个老者，褪去了青涩的青枝绿叶，老干虬枝，曲折顿挫，态势离奇。

枯藤，让人联想到的是生命的坚韧，植物在风霜雨雪的侵蚀下虽有了败意，花叶凋零，荒芜沧桑，但生命的脉络和铮铮铁骨却愈加凸显。

枯，更有风骨和气象，让人不由得联想到了和它同样秉性的一种植物，“留得残荷听雨声的枯荷”，枯荷，虽折断了根茎，却一身傲骨，气势凛然。

枯、老对应的都是时间，仿佛有了岁月的加持，一切世事都有了美意。

中国人骨子里是尚古的，古秀、古雅、古拙、古意、高古、崇古的这种情怀鳞次栉比。笔墨纸砚是古的玩意儿。元代赵孟頫的书法复古思潮；学习书法强调要以古为徒，创作讲究入古为新，也就是说，书法这东西，它是讲渊源的，你的字学的是哪家，从哪里来，要到哪里去，你都要交代清楚，否则就成了没有根基的野种。连自己的身世都不知道，谈何创新？学书还是要老老实实临帖，先继承，后发展，懂字里的那套规矩后再打破规矩，从书法本体的胚芽中脱胎，最后逐渐形成自己的风格。

这种对古的审美追求还体现在方方面面，有些人就连居住的小院都要小园香径，古木参天，苍苔点点，小院，古雅清致才有美感。古的事物，在光阴的浸润下是一股子的静气和定力，让心有莫名的安心。

古，存在于多维度世界里的任何一个角落，古是毛笔而不是钢笔；是杂志报刊，不是电子书籍；是清茶淡饭，不是咖啡奶茶；是琴棋书画，不是网络电视；是粉墙黛瓦，不是高楼大厦；是汉服霓裳，不是西装革履。

如今，这些个不变或少变的东西，它在我们的生活中渐行渐远，只剩下了背影和回忆。那种失落感就好似一路走来将老祖宗留给自己的东西丢失了一样。它在快速发展的社会中一点点被所谓的现代文明解构、稀释。

那些古的东西，因为世事的沧桑巨变，都笼了一层叫历史的面纱。古，是那个叫宗的东西，它是正脉，是源泉，是最原始的那种形态；古更让人有归属感，更让人有敬畏感，它是祖辈留下来的，有形的，无形的，都是崇高。

“万岁枯藤”，是人们从自然中以这种物象来比拟书法的线条，对书法来说，这四个字所组成的生动意象，构成了区别于妍丽秀逸等风格的独树一帜的审美。

用万岁枯藤来形容书法的线条，容易让人联想到苍茫的摩崖刻石，清代碑学中的金石气，书家中的于右任、何绍基等人的书作，也是苍茫大气，率真自然，意趣横生。

清代的碑刻，不同于尺牍手札的书卷气，它们在自然环境的摧残下，斑驳沧桑，时间刻下的一道道印痕、残缺、断裂、粗糙，却也成了它美的一部分，那是千古岁月沉淀下的朴厚。

“万岁枯藤”所表达的语境是一种拙朴大气，老辣苍茫，内含筋力的一种美学，它不追求线条的细腻、光滑，而是追求粗糙，不加修饰的拙朴质感。它的线条是阳刚之气的体现，像枯藤，像落败的残荷，像沧桑的古树，在视觉上迸发的是一种向上的生命力，生生的动态之美。

从前，初学书法时很难欣赏这种美，我更喜欢端庄秀丽的书

古的特征，是慢质的慢，是优然从容，
是淡定闲雅，是细水长流，
是绵绵不绝的耐心和恒心，
是对匠心的坚守和遵循，
是人闲桂花落的那种表情。

法风格，可随着时间的加持，审美能力的提高，阅读了书法理论书籍后，越发觉得它对我有致命的吸引力。

后来有机会去野长城一游，坍塌的墙砖，裸露的泥土，枯草离离，满眼凋敝，那种逼真的历史感让人震撼。白云苍狗，人如蝼蚁，人类不过是天地之间的一瞬罢了。那种古趣和我在书法中体悟到的感觉竟有雷同之处。

历史古迹也好，雕梁画栋的老宅也罢，总之，时间的加持，让这些事物更添了一些耐人寻味的东西。古的那一类东西，更加具有古趣和玩味之处。古的事物更有内容，更有故事，更能引发人们奇妙的想象。

古，是传统一类的东西，是古，让我们的心灵有了一个幽游怀想的空间，有了一个遁远尘氛的宁静致远。在《书法十二讲》中，作者说老树枯藤，枯笔飞白。剥蚀残破，漫漶迷离，都指向了一种粗犷拙朴的大美。

拙和古是标配，说到拙不得不提到清代书家傅山，傅山提出“宁拙勿巧，宁丑勿媚，宁支离勿轻滑，宁直率勿安排”。拙，不是笨拙，而是大巧若愚的表现。

古，有人认为是迂腐、落后，当然，我也不会厚古薄今或者厚今薄古，发展是必要的，它帮助我们从蛮荒走向文明，但古的事物依旧如故，也是有其存在的道理。

古，就是快速奔驰的马儿身上的那根缰绳，是长空牵引中风筝的那根线，古，是起抑制作用的那股反作用力，是制约盲目防止脱缰的那股力量。防止冲动，保持平稳，给你方向。

古的特征，是慢质的，慢是优然从容，是淡定闲雅，是细水长流，是绵绵不绝的耐心和恒心，是对匠心的坚守和遵循，是人闲桂花落的那种表情。

千里送鹅毛是慢，手工宣纸、蓝印花布、油纸伞是慢，亲手为亲人购置食材、烹饪佳肴是慢。

我们所处的时代是挤压式的时代，我们很难专注于一件事上很长时间，之前无意间听过这么一句话，现在的短视频越做越短，人们看几秒就瞬间划走了，而他们生活的那个年代，是只有收音机的年代，但他们却能守着专注听一个小时，那种感觉是不一样的。

还记得木心的那首《从前慢》，那种吞吞吐吐的慢生活，一生只够爱一个人的生活，这是多少人心中的诗意和理想啊。

“记得早先少年时大家诚诚恳恳/说一句/是一句/清早上火车站/长街黑暗无行人/卖豆浆的小店冒着热气/从前的日色变得慢/车、马、邮件都慢/一生只够爱一个人/从前的锁也好看/钥匙精美有样子/你锁了/人家就懂了”

这首诗，总能够引起大家的共情，在今天看来，那种细水长流，细琐平常，回不去的过去才是我们寻找的诗意生活。那种专心致志，一心一意的感觉本身就是一种惊骇的美。

而如今我们只能默默感慨一下，“只道当时是寻常”！这在当时，本是极其平淡的生活，而岁月的流逝，光阴的加持，让它在历史的薄纱下呈现出了朦胧的诗意。我们读着读着，就好像走进了那个从前慢的时代，温习着先生那份温良的心致，温习着从前慢的绵绵深意，温习着那份慢质生活，温习着文化的缩影。

我们这个时代的问题就在于快，是囫囵吞枣似的，是快餐似的，我们没有耐心等待，我们的世界太过于日新月异，太过于扶摇直上，太过于一泻千里，太过于风驰电掣，太过于突飞猛进，而我们也在岁月的列车中走得匆匆，来不及回眸，来不及守望，来不及凝视。

那种从前慢的怡然是多少人的心驰神往，慢慢读一本书，慢慢沏一杯茶，慢慢练几页书法，慢慢吃一顿朴素温暖的早餐，慢慢给情人写一封信，慢慢爱一个人，慢慢和一个人走到天荒地老，慢慢和这个残缺的世界重新建立起温暖朴素的关系。

记得有位作家说过：“变和巨变是一种意义，不变和少变也是一种意义，甚至蕴藏巨大的未来价值。”文化就是那种不变和少变的东西，它意味着某种稳定和永恒的指向性，如今只希望古意长存，愈加葱茏而有美意，让我们能在古意中时时温习那寸寸光阴。

布上青花 蓝印花布

蓝印花布，时光印染雕琢出的一朵布上青花，倚着江南的小桥流水人家,枕着流水人家的梦里开花，蓝是底色，白衬着蓝。栖落在其间的一穗穗儿的花籽儿，鲜活明亮，如萤火般颓然绽放，有灵且美。

在昔日的印花作坊前，搭在竹篙上的蓝色布幔从浩渺天际的衣角一泻而下，扑哧扑哧地和着风的步子，摇曳着蓝靛草的芬芳。太阳的光束散射成万花筒般迷离的色彩，洒落在蓝印花布上，花草明亮了些许，呼之欲出。有柳叶条，皂角花儿，细细碎碎，小如茉莉，洁白芬芳。蒙络摇缀着清怡静美的岁月，温柔得如女子低垂的眉眼，有着水莲花般不胜凉风的娇羞。

蓝印花布，四字沾唇即醉。祝勇在他的《蓝印花布》里说他喜欢“蓝印花布”这个词，因为这个词不仅有色泽，还有温度，诱发联想的同时满足审美和饱暖。蓝印花布，温存着旧时光的美，生命的弧度因此也有了质地和厚度。

蓝印花布，被誉为“布上青花”，删繁就简，色调单纯，蓝白相间，不掺杂任何拙劣的颜色，通透温和，格调朴素，静雅，宛若端美的元青花。她的美，能入眼、入脑、入心，更能入骨，岂是那些错彩镂金、雕缋满眼，甚至稍有些跋扈的颜色所能比拟的？蓝印花布，因素静雅到了极致。传统民族服饰是我所钟情的，旗袍、云肩、苏绣、江南织物甚至戏子身上的一袭青衫，我对它们有一种近于偏执的爱，从此一切再也入不了眼。

我从箱底抽出一袭蓝印花布，捧在手掌间，在阳光的晕染下，那蓝已不再是大片大片的暗，它们在与岁月的厮磨中越发显出苍白和无力。

光阴是针，纳透了岁月的棉。

那衣服的褶皱里，藏的是光阴呢喃的故事，像是一个耄耋老者在用温情的口吻诉说着她的过往。我知道，她的气息和我是契合的，根根筋络通汇于心，才让我如此心安。

人随物安定，物随人长久。

总是喜欢苍老的人和事，老旧的戏台，残破的瓦罐，颓败的植物，碎裂的青瓷片，它们虽然老，但却老得优雅，老得有风骨，老得有韵致，充悦饱满中多了一份简单、沉稳、自持。如秋

光阴是针
纳透了岁月的棉

天清清小池中衰败的落残荷，春华不在，没有了傲娇谄媚，却多了份凛然的气象。春华不在，生命的脉络和纹路却越发清晰。生命的质地也由薄到厚。

雪小禅老师说，这时生命是往回收的。祝勇先生在《蓝印花布》一书里写道：蓝印花布被岁月温柔地眷顾着，时间越长反而越显气度，没有任何垂暮之气。对于许多颜色来说，时间的累计只能增加磨损，令它们显得衰败和不堪。旧蓝则别有味道，它条理清晰的文脉里混合了山野的气脉和时光的表情，让人想起所有经历过的岁月，以及在岁月中积累着痛楚与欢乐的吾土吾民。

蓝是静谧的，甚至是枯淡的，竟有几分文人风骨的气质。

时光，就如同一炉文火煨炖的老茶，炖着炖着，岁月在不经意间就老了，也愈添香醇。岁月悠悠，怠慢了激情，沉淀下来的只是一些素与简。不温不火，不骄不躁。一切刚刚好。

蓝，越旧越美。就像淡淡的水墨浅绛，几加叠染，少了胭脂水粉的俗气，却多了几分淡淡的书卷气。

蓝，有气场，有秉性，有阅历，隐忍而又稳妥，亦不乏一些古诗词的典雅之美。像一阕婉约派的花间词，清丽可人。在平平仄仄的流年中，以她的方式、她的韵律在岁月中彰显属于她的灵秀韵致。

蓝印花布又称“靛蓝花布”，俗称“药斑布”“浇花布”等，在乌镇、南通一带流通广泛。是汉族传统的工艺印染品，镂空版白浆防染印花，距今已有一千三百年历史。蓝印花布，源于秦汉，兴盛于商业发达的唐宋时期，盛行于明清，流传至今。《古今图书集成》卷中记载：“药斑布——以布抹灰药而染青，候干，去灰药，则青白相间，有人物、花鸟、诗词各色，充衾幔之用。”茶席、窗棂、孩童的肚兜、老人的宽大褂随处可见它的身影。

蓝靛草是织物印染的原料。《说文》中记载:“蓝，染青草也。”蓝靛草在江南是寻常巷陌中常见的一种野草，做成的中药叫板蓝根，清热祛火。用这种蓝靛草印染出的蓝印花布自然裹着丝丝糯糯的中草药味道。

蓝印花布工艺十分繁复且费时。有将近七道工序。先从蓼蓝草中提取靛蓝作为染料，将镂空的雕花木板铺在白色的丕布上，再用刮浆板把防染剂刮入花纹空隙，漏印在布面上，待布干后放入染缸，染液就会渗入棉布的纤维,布入缸中二十分钟后取出，氧化，蒸腾，发酵，晾晒。一般要经过六至八次的反复染色，才可使其达到所需色泽，最后用锉刀刮去防染浆粉，精美的蓝白花纹立刻跃然布上，且花开不败，亘古绵长。在蓝白分明的图案中，夹有绽裂的不规则冰纹，亦呈现出自然美观的肌理纹路，这种效果被称作手工印染的灵魂，更为蓝印花布锦上添花。

在江南烟雨、烟柳画桥的温柔水乡，闺中女子手执油纸伞，身着青花旗袍从青石板的杏花胡同款款走来，步步生莲。这个镜头无数次出现在我的梦魇中，搁浅定格。定是前世与这江南有着某种不解之缘，她才会如此肆无忌惮地历历乍现。乌篷船轻轻摇曳在梦里水乡，桨声灯影里，看渔歌唱晚。水的趋下，柔和，不争，至清，孕育了江南儿女的灵气。生活于斯的人，恬淡，内敛，从容，安好。江南的水、霓裳、女子都具有同一品性，这大概就是她的格调和气质吧。

蓝印花布，江南景致中的一点朱砂，文人画中最浓墨重彩的一笔，蓝靛草、棉花以及它们所形成的蓝印花布，承载着造物主的博大，大自然最原始的气脉，亦是历代手工艺人的匠心传承。

在中国，有一处地方叫江南，有一种伞叫油纸伞，有一抹蓝叫蓝印花布。

油纸伞下的风和雅

“独倚幽窗，看转角处的青石小巷，一柄久违的油纸伞，遮住了低过屋檐的光阴。”

——白落梅《你若安好 便是晴天》

有一种伞，只在江南的绵绵细雨中润色花开，且开得风雅。

有一种伞，有着寂寞胭脂，古典旗袍般的浓情，且不颓败。

油纸伞，有着历史的纵深感，惊艳了岁月，漫染了时光。

这把从江南古巷中，唐诗宋词中走出的伞，让中国的女子婉约了千年。在岁月与诗人的锻造下亦成为古典、浪漫、诗意、美好的代名词。

油纸伞，这伞下，曾经挂着多少人世间的风和雅。这伞下，曾经酝酿过多少美丽的传说，这伞下究竟驻了多少细雨中的恋人。

在水乡泽国，黄梅时节家家雨的日子，每条小街小巷都是湿漉漉的，每时每刻也都是风雅的。因为可以撑一把油纸伞，漫步雨中，独自惆怅，独自彷徨。也许在某个屋檐下，转角处，还会邂逅令人怦然心动的男子。

少年时候，就很喜欢戴望舒的那首《雨巷》，每次学校有朗诵比赛，我的第一选择总是它。因为它总能在不经意间触动我的心。读起来，自然也带有感情，朗诵结束后，老师也夸我读得好。

将近十年过去了，现在我依旧时不时地把它拿出来，诵读一番。油纸伞、青石巷、丁香姑娘，他们勾起多少人对梦里水乡的向往。从少年时代，那种淡淡的清婉的忧伤也和这江南烟雨一样在我的心底漫漶开来。油纸伞，它诗意地栖息在江南一隅。狭长的青石小巷，古老斑驳的黛瓦粉墙，这一切只属于江南。

“江南雨，古巷韵绸缪。油纸伞中凝怨黛，丁香花下湿清眸。幽梦一帘收。”

——白居易《忆江南》

写油纸伞的，除了广为人知的戴望舒的《雨巷》外，还有白居易的《忆江南》。想象一下，在江南的朦胧雨巷中，微雨婆

独倚幽窗
看转角处的青石小巷
一柄久违的油纸伞
遮住了低过屋檐的光阴

娑、青苔萌青，一位典雅女子手执一把油纸伞，身着贴身紧致的青花旗袍，从雨中娉婷袅娜，缓缓而来，那伞下是一抹朱红的巧笑嫣然，雨水打湿了她清亮的眸子，样子楚楚，惹人怜爱。

白居易笔下的江南忆，因有了这把油纸伞，那料峭的雨也平添了几分诗意。这伞，烘托出了诗意、婉约的色调，更协调出了江南的精致闲雅和万种风情。

我也有一把油纸伞，这伞不仅仅是装饰品，而且可以遮风避雨。那是在姑苏城一个叫同里古镇的地方。那日，我穿行在大大小小的商铺之间，琳琅满目的商品却入不了我的眼，我似是在刻意找寻着什么，直到走到深深的巷尾处，我透过窗牖的一丝微光，望见了它。

屋的顶上挂满了撑开的油伞。那是一种古董般的色彩，浓烈、大气。那颜色的骨里，有着灼目的光，赫然掩进我的眸子里。

我看到了圣洁的肽白，浓烈的胭脂红，萌青的黛绿，安静的绀蓝，色彩缤纷。可谁又知道，它光鲜艳丽的外表下，深藏着多少繁华落幕后不为人知的悲欢离合？

黄色的壳上，朵朵桃花的笑靥，给我以悦然的自洽。其他一些伞上，有写意的泼墨荷花，粉墙黛瓦的江南小巷，行云流水的书法。

我推开虚掩的门扉，屋子里很安静，在昏暗而慵懒的光线下，墙上的伞有着毛茸茸的亮。古典，迷离。

地上也散落着一些撑开的伞，三杆两杆错落开来。展示木台上放着一些闭合的伞，安静地陈列在角落里。走进它，靠近它，那淡淡的桐油香味，给人以无限的柔情。那种感觉，恍如隔世，穿越了时空。好似走入了那个车、马、邮件都很慢的时代，悠悠小巷，那古老作坊下，有手艺人在慢条斯理地做着那把油纸伞。从伞纸的选择，到木柄的制作、桐油的涂抹，再到图案的描绘，一步步井然有序。

后来我特意选了两把，一把留给自己，另一把送给和我同样有着油纸伞情结的姑娘。那伞是桐油色的，像是老宣纸，有着清代老家具似的笨重色彩，一段老掉牙的黄梅戏的古旧味道，不过我甚是喜欢，那旧的色彩里更有味道，更有韵致。

我半撑开伞，执着它在空中旋转，像极了一位女子春光乍泄般在阳光下翩翩起舞，像极了女孩子的百褶裙。

一直以来，有一个梦，但从未向他人提及。那个梦是在江南，做一回戴望舒笔下的丁香女子。

梦里的那位身着青花旗袍的妙龄女子，神态安雅，步步生莲，从青石小巷款款而来，那伞下的女子，是风情的、柔敛的。这个场景在我的脑海中重复了无数次。

在今年初春，我不赴千里去抵达远方，找寻心中的旧梦。在写真馆，摄影师为我拍下一组写真照片。我身穿红色旗袍，佩戴红色耳饰，梳起蓬松的发髻，浅浅的黛眉，殷红的嘴唇。一身的婉约，晕染出最明媚亮丽的色彩。

撑起手中那把伞，宛若撑起了我的江南。

小巷，旗袍，油纸伞，终于拼凑出那个萦绕在梦里的影像。我不禁被自己感动，眼里含着微微的泪水，我用仰望的姿态看着那方酝着雨的天空，前世旧梦终于在此时此地成真了。

少年时代，所有女生期待的玩具可能是芭比娃娃，可能是红裙子，而我最希望得到的是一把油纸伞。

当撑起那把伞，好似自己就是戴望舒笔下的丁香女子。我撑着那把伞，去了寒山寺，去了枫桥，去了好些个园林，游走在大大小小的青石板小巷。脚上的布鞋早已被雨水浸透，可心依旧敞亮，温良如水。

在枫桥，我伫立良久。

我在朋友圈发了这么一句话，“此刻，江南的雨下得如此缠绵，江南历来是才子佳人相遇的地方，天青色等烟雨，而你是否会如期而至”。

在桥的另一头，是否会有一个男子如我在等待他这般地伫立在桥头，等待着我的出现。那千百年前，西子湖畔的山光水色，碧波浩渺中，曾经也有一个女子，执一柄油伞，等待着那个叫许仙的人出现。空阔浩茫的乌篷船上，白娘子借伞给许仙。一把伞，开启了一段旷世奇缘。

一场雨，是否会换来今世的相遇、相知、相恋？我在等待一个人，一个能与我共执伞的人，一个能走到我伞下的人。

江南的朦胧烟雨下，那把伞下只能容下两个人，他去慢慢贴近我的呼吸、我的心脏。搂着我的腰身，牵起我的手，我凝望着他俊朗的面容，他亦对我诉说着浪漫缠绵的情话。

雨，缠绵地下着，支撑着江南的美。

天与地在做一场美梦，还有这雨，这伞下的人。下雨天，我喜欢在一朵花下流连忘返，那朵花叫油纸伞。

后来，我在网上查阅了油纸伞的相关资料。在古代，油纸伞除了是挡阳遮雨的日常用品外，还是嫁娶婚俗礼仪中一项不可或缺的物品，中国传统婚礼上，喜娘会用红色油纸伞遮着新娘以作辟邪。

在早期客家，由于“纸”与“子”谐音，故客家女性婚嫁时，女方通常会以两把纸伞为嫁妆，一含“早生贵子”的意思，

一场雨
是否会换来今世的相遇、相知、相恋
我在等待一个人
一个能与我共执伞的人
一个能走到我伞下的人

且“伞”字里有四个人字，也象征着多子多孙，而纸伞伞面张开后形成圆形，且“油”与“有”谐音，含有祝福新人生活和美圆满的意思。

油纸伞不仅实用，有着美好的寓意，且可以作为局部抒情，装点着我们的心情。它在平常烟火小日子里，是诗意的存在。

我一直认为，人活在世上，是一个逐渐趋俗的，被烦琐所包围的过程。你如若是女子，不如做个一半女子，一半诗意，一半烟火。女子应如这油纸伞般，烟火诗意，两相并存。

前些日子，朋友去游玩时，他知道我喜欢油纸伞，遂买了两把，问我喜欢哪一把，我选了一把绘有江南古建筑的。寥寥的线条勾勒出一个意境空灵深美的境界。简约、疏淡的笔意下，是朦胧的烟雨江南。于是乎，我拥有了两把伞。我从柜子里拿出我的那把伞，将它们放在一起，小心翼翼地收藏在蓝印花布的袋子里。

油纸伞是古镇散落在记忆里的青瓷碎片，现在，在寻常生活里，它在渐渐地褪色，被时光辜负、冷落。寸心寸断里有着寂寞空闺的清怨。亦再也找寻不到丁香般孤清的姑娘，但它如一株茉莉，开在我的心底，给我一世的芬芳记忆。这份爱和喜悦，一生相随。

那青苔绿意
反弹得更亮了

那烟柳画桥
袅娜得更美了
那粉墙黛瓦
苏堤，断桥，水榭
写意着江南的古韵
旗袍，油纸伞
婉约着人间的风雅
是谁在伞下守望
一路拈花，一路含笑
徘徊在青石小巷
浓情又清怨
簌簌幽幽的烟雨
又依偎在谁的脸旁
那伞中一绺绺地淌下的
是谁深藏的心事
那半掩的伞下是谁羞答答的模样

胭脂

◇ 壹 ◇

胭脂，轻轻唤着，像一个青衣女子。音在嘴边绽放，轻盈似薄薄的脂粉，淡淡的云翳。胭脂之音，是轻柔，是舒缓。胭脂之色，是浓情，是蜜意。胭脂，将这般恬静的日子，佐以温柔，虔诚地书写。

陈与义在《春寒》一诗中说：“海棠不惜胭脂色，独立蒙蒙细雨中。”春寒料峭中，海棠依旧孑然一身，花开莞尔，这是何等的傲然伟岸啊！苏轼在《蝶恋花》中道：“杏子梢头香蕾破，淡红褪白胭脂涴。”花蕾初绽，由粉褪为白色，像涴在胭脂水粉中一样，这样的形容，细致而妥切。

胭脂，和女人一样有着感性、美好、柔软的属性。海棠着雨，杏花胭脂涴，温婉而灵美的画面时时在脑海中出现。胭脂，她的魅，她的艳，像极了一个女子的青春。这般绝色也只有年轻时才能端得稳，不羁且放纵，那是最艳的时候。胭脂，就是锦上花。

胭脂，是鲜妍润美的花儿，还未沾有锈色，散着香艳。繁华缤纷的色彩里，自有一份浓烈大气，所以要想端得稳，是要有勇气的。跛扈的色彩里，是雨落纷纷的孤美，婆婆娑娑，亦以一个“艳”字贯穿平生，蚀咬岁月。胭脂，是一种红色的彩妆，是涂在唇上和面颊上的一种化妆品，也作为国画颜料使用。

胭脂，没有哪个女人不爱，胭脂，是女人的面子，更是女人的里子。

我初中时的英语老师，就是一位胭脂色的女子。年近退休，还是那般水润，皮肤紧致，富有弹性。笑起来，似融融曳曳的暖阳，灿烂似雪。饱满明净的额头，碎发在风中飘飘然，脖上的围巾质感滑柔，颜色也不断换着，从来都没有重复过的样子。她爱挑战自己，六十多岁还考驾照，并且笔试都是满分。她爱读书，富有书香气质，书籍，是她内里的胭脂。她脾气也很好，是山温水软般的温柔可人，脸上时时刻刻盈着芬芳的笑意，年纪大了，却没有老态，这是极不易的。她爱穿青花旗袍，一派江南烟雨、水墨氤氲的气象。走起路来，似风掠花枝，草木低眉的内敛矜持。绝美的款款莲步，细嗅间的胭脂淡淡，是李清照的沉醉不知归路，让人陶然。这份骇人的美，自骨子里散发，流动着参差不齐的美丽。

她体态优美，神态、语气里汇聚着绵绵浩气，化骨绵掌似的能抚平你的心灵，简短的话语里是平淡，也是丰厚。胭脂的底子，就是出口成章的高贵。而没有内在底子的女子，只能用年久失修一笔划过，如金叶败絮，如急就章似的。时间也不会对她慷慨。

里子都是胭脂的女子，美得要命。从那一刻起，我明白了，女人岁月的美，不只是靠岁月的维系，更是内在的涵养。胭脂女子，是内外兼修的，面子里子，美得不出一丝破绽。

时间是釉，有着含蓄的微光。而胭脂，是那点睛似的风情，不多不少，不浓不淡，美得到位。胭脂和岁月都是不经熬的，熬着熬着就老了。但女子的气质风韵却可抵岁月风尘。胭脂女子，是漫漫岁月里一锅老汤，耐磨、耐看、耐品，经岁月包浆温润过的女子自有底气在。内心青茂，古朴自重，素来欢喜。

◇ 贰 ◇

母亲是个爱涂胭脂口红的女子，出门前洗罢脸，化好妆，总会挑挑选选，选一支符合她今天心情的胭脂口红，然后兴高采烈地出门了。口红的颜色，就是她的心情；口红的价格，就是她的生活。有时出门急，母亲来不及化妆，也会在包里放一支胭脂口红，因为口红的作用是其他化妆品所不能比拟的。它能使整个干瘪粗糙、干涸枯黄的面庞变得明媚美好，如艳阳下那开的一树一树艳羡的栀子花。

小时候，总是对那一管一管的口红最感兴趣。趁母亲上班、洗衣服，就偷偷从梳妆台的柜子里摸出来，藏进衣袖，跑到小伙伴家中，一起对镜帖花黄。用手指轻轻蘸一些涂在唇间、面颊、眼睑。心里满是风吹麦浪的怡然。

后来，被母亲发现了，霸在脸上的胭脂水粉成了可靠的铁证，这时免不了母亲的一番毒打，红红的胭脂更深了，除了挨的一大巴掌，还有内心的慌乱不安，羞愧自责。

长大后，也喜胭脂，托朋友帮我在终南山订购了如是和梵山他们自制的胭脂膏。缥色的瓷瓶，玲珑小巧，上面着有一些碎冰似的纹痕，丝缕间泛着白，轻轻掀开盖子，一绺香味掠过，是梅色的，红中带着些粉，涂在嘴巴上是透明的亮。胭脂，只要薄薄一层，就是艳压群芳的。胭脂是赋比兴，努力彰显出女子的美，不容人置喙的美。

◇ 叁 ◇

胭脂，静静地看，深红里有一种疏离之意，再仔细一看，疏离中竟有几分孤寒之气。如同被写了一纸休书契约的女子，被打入冷宫似的，只有孤芳自赏。毕竟极艳的东西，是不适合出现在琐碎日常生活中的。

胭脂，是太过于浓情的东西，抹在脸上，是轰轰烈烈的美，美得过于圆满。只是这么美的东西，往深里瞧，却让人黯然神伤。胭脂里全是女人的爱恨交加啊，不被他人探寻，不被别人温抚，只在满是离愁的女子的纤纤玉指间一遍一遍摩挲，一次一次涂抹。胭脂，被女子纤细的手指轻按一点，抹在素白的面颊上，脸上多了两朵桃红，羞答答地开着。只是，只有自己与镜中自己的对视，而无有情人来怜。

胭脂的寂寞里是难以触及的凉意。好似那《霸王别姬》，终是曲终人离，黯然神伤。戏子的情与义不仅在戏里，还在人世间。程蝶衣，那个分不清戏里戏外的青衣啊，他就在那戏台上唱啊唱，甩着长长的水袖，朱唇微点，眼波流转，一颦一笑一婉转，一嗔一怒一眷恋，就这样，忘记了时间，忘记了身份，舞台只是他一个人的道场，繁华再美，终究抵不过似水流年后的落寞。

他卸下一身的珠翠，卸下一面胭脂妆，却走不出戏里的爱恨痴缠的情感，他在梦幻迷离的戏中一直沉浸下去，在爱与恨的边缘流连顾盼，走不出我本是男儿郎，又不是女娇娥。我本是女娇娥，又不是男儿郎。最终唱到自刎。红的胭脂延至鬓角，红的胭脂里尽是戏子的至性至情。披上那一脸的花红柳绿，他也是个用情至深的“女子”吧。

◇ 肆 ◇

在丁立梅老师的一篇文章中，藏着一个感人至深的故事。

翠英拒绝了富家子弟的提亲，只是为了那个匹夫来娶她。她嚷着结婚时要有红木梳妆台，梳妆台里要有胭脂水粉，可谁知那男子后来被抓了壮丁。翠英就等啊等，有消息说他死在了台湾，翠英就在连年的悲伤当中哭瞎了双眼。数年后，青丝转为白发，就在所有的希望都破碎之时，翠英在门口听到了一个熟悉的名字——“翠英”，那男子轻轻唤着。是他回来了，那个壮丁回来了。原来他没死，他逃出来后做了生意，他也并没有忘记当初给翠英的承诺，他一边赚钱工作，一边亲自打磨出了一个红木梳妆台，他带着红木梳妆台来见翠英了。几十年的世事浮沉，他们终于相聚在一起。翠英又坐在红木梳妆台前涂起了脂粉，像十八岁女孩子般艳羡，她此刻高兴极了。

旧旧的胭脂里，是放逐的相思，是寂寞的深情。那心是散碎了。红木梳妆台前的翠英一辈子都是寂寥的，那盒胭脂也是寂寥的，她的半辈子是在相思之苦中度过，她脸上挂着的不是胭脂水粉，而是断肠的眼泪。

翠英老了，胭脂也老了，红红的胭脂被翠英擦得东一块，西一块。脸上的红分明是疼痛的，红粉佳人泪，哭花了妆容，哭瞎了眼睛，可她还是那个美轮美奂的翠英啊。现在她的那个他回来了，她高兴地在梳妆台前打扮着自己，让人落寞又感动。豆蔻年华，本是胭脂的一场盛宴，却遭遇命运的戏弄，胭脂里是年轻时不能抵达的遗憾。

胭脂里的乾坤，寄托着离别相思，儿女情长。它在跌宕起伏的尘世里，记叙着一个人流连的往事。

◇ 伍 ◇

胭脂，是浓情的，是如胶似漆的恋爱；可庸常，是素面朝天，是老老实实地过日子。胭脂的极艳，只适合谈恋爱，不适合过日子，毕竟大多数人的生活是齐整的素淡平凡，所以胭脂它难免会被藏在暗无天日的红木盒子里。

随着胭脂口红的改朝换代，我便弃它们而去。有的仅涂抹了一两次，就被我尘封在了抽屉里，从此永无天日。后来，整理物件，无意间却让我有惊鸿一面的窥探之喜。深红，还是浅浅地端放在盒子里，那胭脂里，是遗世的孤美，幽是底色，寂是秉性。旧色胭脂，有着檀香似的深沉气息，心意遥遥至太古，是中庸平和之色，让人沉湎于一段拉不回来的岁月。当下，莽远，似与永恒照面。

胭脂，有着曼妙夺目的艳，自有一份妖娆入骨的气质！近闻，有扑鼻的、惊心的软香，让人都要融化了似的。胭脂红的深庭，是放肆、阔绰的美。胭脂，有着艳的魂、魅的魄。但美到极致的事物，骨子里却是荒凉的冷寂。极盛的繁花只是刹那，永恒的却是繁花背后的疏离和陨落。

春日陌上的樱花、杏花，细细碎碎，却也有轰轰烈烈的美，在有限的时间里绽放到极致。因为它们明白，它们的生命短暂，与其岌岌于岁月，不如璀璨得耀眼。就如同胭脂，短暂的盛放后，等待它们的将是一场落花流水的无情雨，它们带着春天的温度，随风雨兼程而去。

◇ 陆 ◇

胭脂色的口红，印在男人的脖颈，印在透明红酒高脚杯上，抑或在青瓷碗上留下半瓣红唇，都是撩人的风情。

胭脂，它有着浓情蜜意的艳，也算是一个女子高贵的雅癖。你看现在逛街、约会的年轻女子，哪个人的包包里没有几支胭脂口红。在约会时，总会涂得鲜红饱满，让男人一口亲下去，就跟咬了水蜜桃果冻似的。

胭脂，是遮遮掩掩的那种东西，让人的一颦一笑富有不可言说的韵。它善于伪装女子的性格，让那不会矜持的姑娘也多了几分羞答答的天真、娇嗔的欢喜，还有脸上春光曼妙的美丽。

在做胭脂的原材料中，有一种是含有红黄两种色素的红蓝花花瓣，话说是在汉代的时候传入了中原，这种花在开花之后，放入石钵中反复杵槌，淘去黄汁后即成为鲜艳的红色颜料。后来人们又在其中加入油脂物等，使其涂抹在脸上不易龟裂，稠密润滑。唐人女子散黛随眉广，胭脂逐脸生的桃花妆，在当时甚为流行，胭脂涂在脸颊上，由鬓至颊，弧线延伸出万种风情。

胭脂，自古就是女人的最爱，《红楼梦》中的宝玉是做胭脂的高手，宝玉为平儿理妆的过程中，她用的胭脂是小小的白玉盒子，里面装着如玫瑰膏子。并说：“铺子里卖的不干净，色也薄，说自己的是用上好的胭脂拧出汁子来，淘澄净了，配了花露蒸成的，只要细簪子上挑上一点儿，抹在唇上，就足够了，用一点水化开，抹在手心里，就足够拍脸的了。”“平儿依言妆饰，果见鲜艳异常，且又甜香满颊。”

话说鸡鸣寺门前坡下有一口古井，称“胭脂井”。人们喜欢将这口井与陈后主及其宠妃张丽华联系起来。相传陈后主在走投无路时，曾和两个妃子藏在井里。后来隋朝将军认为“美色误国”，便将张丽华处死。那口染了胭脂的井，从此便被称为“辱井”。

◇ 柒 ◇

闺中女子的胭脂，要妥帖地放在有自然清香的木盒里，刚学化妆的女子，掌握不好火候，擦在脸上总是深一块，浅一块，如醉酒般的失态，夸张得似树上红脸的灵猴。

胭脂是用来烘托的、映衬的，是为了凸起那娇艳欲滴的容颜。它不能用得太多，要一点一点小心花费，匀匀地，柔柔地，像研墨一般一圈一圈涂抹在面上。用指腹轻轻按压，一圈一圈有细节地、有层次感地向外推开。胭脂有着迷人的天赋，脸上匀着胭脂的女子，走起路来，那香也是一浮一浮的。眉如月弯，眼似清波，面颊上是男子们挪不开眼睛的痴情。

胭脂，是国画颜料，比洋红深一些。

胭脂在颜料里，是雅俗共赏的，是灯火阑珊处的一抹红灯笼，是古时女人的点绛唇，是烟若丹砂色彩。放置于调色盘当中，用一杆羊毫尖子的毛笔蘸水一笔一笔匀匀地抹开，由浅入深，在素宣上层层晕染开来。一朵牡丹、一朵芍药、一朵杏花，笔笔勾勒中妖妖，灼灼，似无邪明媚的少女。胭脂，相比于曙红的轻佻，是更厚重沉稳的色调，少了俗艳，多了沧桑。

◇ 捌 ◇

胭脂放久了，就如同男人的甜言蜜语，彻底凉透了，怎么也生动不起来。

迷恋胭脂，就如同迷恋男人的情话，你在不经意间就被它温柔的力量和手段征服了。迷恋胭脂，就是被它熠烁的艳容吸引。胭脂榨干了一个女子的岁月芳华。胭脂是女人不能离开的懂得和陪伴，虚荣也好，自私也好，寂然也好，怅怅也好，胭脂，都懂。

冬日里，翻出初春的一件马面百褶裙，胭脂色的。裙子是用老锈拼接而成的，花边还嵌有一圈圈的铃铛。走起路来，是山淡水远的空灵，是一抹花开的春意，是平溪潺湲，风过竹林，鸟鸣清悠。可如今，褶皱里是自刎般的忧伤，疼，忍着，不说。面上的小花叶有着奈何不住命运的凋残。韶华易逝，本想惺惺相惜，却奈何情深缘浅，深呼吸，勉为其难才穿上。胭脂，是心生悸动，却隐在眉间的清寞目光。

胭脂，是点缀，陪你从清纯懵懂，到成熟稳重。陪你一点一点地消磨光阴，直至容颜褪尽，花落人亡，空了心、悴了人，青丝白发之间，不过一盒胭脂。

昆曲的旖旎之美

懵懂之年，识戏曲，今已二十载有余。人人皆知国粹京剧、豫剧黄梅戏等，但我更喜欢小众的昆曲，一见倾心，再见倾情。

戏曲，是奶奶的最爱，每次看电视播放戏曲节目时，总想快速地换台。村庄里每年也有一两次唱大戏的，叫上党梆子。但从前不懂戏，第一次对戏曲有了全新的认知，是从《霸王别姬》这部电影开始的。段小楼是假霸王，程蝶衣是真虞姬，戏里戏外从一而终，最终自刎。“小尼姑年方二八，正青春被师父削去了头发……我本是女娇娥，又不是男儿郎……”这是昆曲《思凡》里的一折经典唱词。

“我拉了昆曲最浮面的那一层皮，那一层美感，来做红楼。”新版《红楼梦》的服装造型师叶锦添如是说道。

先生说，昆曲下面还有很多其他的东西，都不要，只要那一层皮，就美得不得了。用那部分很小的东西来做整个红楼，那种美感有些华丽，连绵不断的图案和色彩，都是很柔和的，它有一个很深的色彩学，那是来自中国文化的深处。

朝飞暮卷，云霞翠轩，雨丝风片，烟波画船。
锦屏人忒看得这韶光贱。

——《牡丹亭》【游园】

在牡丹亭中，深闺里的杜丽娘赏春游春，思春怀春，在睡梦里遇到了他的心上人，从此相思成疾，最终化作一缕烟魂消散在牡丹亭梅树边。而书生柳梦梅路过梅树边时，偶拾丽娘画像，竟有似曾相识之感，最后杜丽娘竟然因情还魂，二人终结连理……昆曲演绎了至情至性的杜丽娘，也奠定了昆曲在我心中不可动摇的位置。

昆曲之美，美在唱词，殊不知，哪一句会拨动你心弦，让你柔肠寸断，泪涟涟。最喜昆曲中那句不到园林，怎知春色如许。字正腔圆，声线柔美，婉转间有种勾魂摄魄的美，如同吃了蜜般，甜到了心里。在《红楼梦》第二十三回中，黛玉走到梨乡院时，听到墙内苗韵悠扬，被其吸引便停下来驻足仔细聆听。“原来姹紫嫣红开遍，似这般都付与断井颓垣”“良辰美景奈何天，赏心乐事谁家院”，不禁感慨“原来戏上也有好文章，可惜世人只知看戏，未必能领略其中的趣味”。又听得“如花美眷，似水流年”，听了这两句后便蹲坐在石上走不动了似的，细细咀嚼。那滋味，如春雨潸然，润了心田。

衣袂飘然，眼波流转，眼儿媚。咿呀三叹，花腔婉转，皆是戏。这是昆曲，它在苏州已婉约了千百年，那唱昆曲的戏子，身段柔美，服饰精致，一颦一笑，抬手蹙眉间都有抖落不掉的风雅。

京剧太过于高亢，气场过于强大。始终给我一种距离感，而昆曲则不然，如山涧的淙淙流水，亦嗔亦怨，绵软细腻。那温软的水磨腔和吴侬软语，款款从历史虚掩的重门走来，犹风吹水成纹，在我心中荡漾开来。

昆曲的舞台艺术讲究留白，一桌二椅，布置极简，全凭演员的虚拟化表演，营造出雅致的意境之美。戏子着一身青衫，舞起长长的水袖，白粉的油彩调和成肌肤的明亮剔透，大红的胭脂从腮上一直延伸到眉梢眼角，勾勒出一弯柳叶眉，使本就精致的脸庞多了几分俏皮，薄薄的一片红唇，鲜艳如七月刚摘下来的樱桃。满目的琳琅彩头，摇曳着珠光，美得不可方物。我不懂戏，只是很喜欢昆曲中意境的带入感，美轮美奂。古代文人很注重生活的雅致情调，那昆曲就是绵延至生活中的传统美学方式，是文人须臾不能忘的精神慰藉，如空谷幽兰，清雅至极。

戏曲中，有腔，有剧，梆子，唯有昆曲是以曲儿冠名，昆曲，有着诗般的韵味，花自飘零水自流，那是一种悠悠然的闲散清欢。与苏州的园林一样，典雅至极。我们这一代年轻人已很难去领会昆曲的美了，对于这些古老我们早就没了耐心。昆曲的迤逦之美，需静心，还需闲心才能领略个中滋味。昆曲，要像喝茶般慢慢品，慢慢回味，凝神静气间你会发现，竟也会生出几分想象和绮念，然后思绪清幽缥缈在云端。

生活美学家雪小禅老师恐怕是作家中最会唱戏的，看过她写戏的文章，花衫，老伶人，戏子，窗外的京剧，她的文字似没骨的写意花鸟，虚美缥缈，玲珑剔透，美的不似这人间之物。昆曲是可听的苏州园林，隔着江南的氤氲水汽，在一方戏台上演绎着历史浮沉往事和人间沧桑巨变。抑或是《长生殿》的唐明皇和杨贵妃浪漫的爱情故事，抑或是《桃花扇》中明亡的家国巨变。昆曲，时而不胜清怨，时而袅娜情深，娓娓道来，诉说岁月悠长。千古兴衰，风流人物，尽在戏台上那苍凉的一腔一调里。岁月更迭，那些沉淀下的美好事物一定会在某一时刻光华乍现，就像昆曲蚀骨的美。

在《昆曲六百年》的纪录片中，著名文化学者余秋雨先生说，昆曲是一种美丽的辉煌，是一种让人怀念的过去，让我们感到充实和骄傲。岁月更迭，自十九世纪以来我们的文化出现断层并在二十世纪裂帛般撕裂开来，出现了急骤的文化西化现象，并且与社会节奏严重脱节，毕竟在流行歌曲广泛流传的今天，谁会花两三个小时来听那吱吱呀呀的戏曲呢？物质世界的极快导致心灵的落后，有时，我们得停一停，让心灵歇歇脚。

“不到园林，怎知春色如许？”这是戏中词，道的却是人间情。昆曲的底子是中国的传统文化，它的里子有无尽可以发掘的事物，待到心有余闲时，不如煮一盏老茶，听一段昆曲，闲读光阴。

PART 3

第三章

俟春

天霁，静立，斜阳。

细草微风的岸，对一池的云水溪花。站在高处，能与霞相揖，此时云影呈绛色，依着残雪消融的水渚。远处山岚似蓝釉刻花，影影绰绰，弓的似牛的脊背，瘦的肋骨分明，几椽山房整齐地码列着。

老树枝丫，树枝极尽魑魅，群鸟嘤鸣于林间，缭乱的草木鹤然而立，参差挤轧中衍生出许多黄嫩枝子，飓风游丝般地迤然而行，唤醒沉睡的过去、一枕的春梦。

那些早春里开得正艳羡的梅，漾出一片十八岁般的春光，热闹着、生动着。一直是个不喜严寒之人，即便是稍暖的冬，指尖亦是低温，生了凉意。我寻花问柳，问春归不归。纸鸢花传来了花信。

我盼的春要来了呵。或从树杪流来，或自溪边吐出，从千峰堆雪，万壑铺银的山峦，姗姗来迟。绿染林皋，红销溪水。

春来草自清，所有的藏与敛开始萌动，藏了一冬的春衫罗裙终于可以粉面登场了。莳花弄草的怡然闲情终于不远了。将青丝绾成一个盘簪，素衣麻裙，我想去看最灿然的景！拂晓之时，东方既白，去青畴田垄觅翩跹的蝶，去看老翁村妪农忙菑畲，去用镜头捕捉栽花的小影，去花木扶疏的禅园听虫鸟微吟，去百花深处，看上簇下蕃的植株，轻嗅含香的心路，咳吐俱香。粉汗盈盈，那又何如？安贞与美好，可以娱老。

燕过长空，影沉寒水，漫步水云间，一池皱了的春水，天光云影徘徊在其间，体味那一掬水，弄花香满衣的欢愉。耽美于每个清晨日暮，用一颗善于发现美的眼睛，去观察万物的细微之美，此生我只向美好的事物低头。

俯瞰人寰，熙来攘往，世人以名利为酒曲，声色为水，酿出一杯欲望之酒。声声色色的世界迷人耳目，于此，我更钦慕于田园春光，与俗世相隔，做个只为草木低眉颔笑的女子。

一个人的心中住满了山山水水，丰盈到抵得过繁华万千。花窗疏影里，落了一肩的花衣，听鸟语弄笙簧，置于案头的墨碟柄如花蒂，花笺纸上，书一纸的小楷光阴。读书作词乐陶陶。一瓯清茗，与诗承欢。

张爱玲说，生命是一袭华美的袍，上面爬满了蚤子。但当一个人内心充满了温情的时候，世界是美的，春花固佳，秋叶亦美，人生繁杂，应以静观之。不如做个云水禅心的女子，恬淡、美好。这是人生修为的大智慧、大自在。消弭了对立、固执，去感受天地的一片清气。

悲春悯秋是不无道理的，春有美人迟暮之感。

沈从文说，流星，落花，萤火，凡是美的东西都没有家。众芳芜秽，包括我最喜欢的女子。

有美一人，清扬婉兮，《浮生六记》里那个被林语堂称为中国文学史上最可爱的女人芸娘是在这春意融融之时离了人间。我不禁唏嘘往昔，心戚戚，掩面堕泪。

《浮生六记》被誉为“晚清小红楼”，亦是像沈三白这样的布衣文人生活的真实写照，充溢着落花流水的散漫，布衣蔬食的晨光之美，恬淡素雅，亦是华宇市井的美学区别。其融真情于万物、园林、花卉、寺院。“平凡”二字却被沈复写出了月光溪水的光泽和律动。芸说，布衣饭菜，可乐终身。记得某个夏日，一池的荷叶田田，菡萏香来，芸用纱囊撮茶叶少许，置花心，烹天泉水泡之，香韵尤绝。还有用细的铁线缠着昆虫标本置于盆景上等，不禁被芸娘的慧心打动。烟火小味，朴素日常，也只有芸这般蕙质兰心的女子能将日子过得如此添彩。

四季轮轴里，我最爱春。诸色里，我最恋青。

春，是单薄的、明媚的，恍若幽闺绣闼的江南女子，婉约成诗。不热烈，不张扬，安贞自守。

春天的雨是带有禅意的，安静的，幽怨的，没有七月梅雨里的滂沱湿冷。她似煜笔下的佼人，步履轻盈，行姿夭袅，“刬袜步香阶，手提金缕鞋”。来和她的情人幽会了呵！

我出生在农历三月十三，在我的记忆匣子里，每到这天定会飘一些雨。像是我们之间的约定，秘而不宣。她滋养着万物，也滋养着我的性灵，易感的心。根根银线梳织着过往，洗濯心尘，兀自坐在窗前，放空自己，与时光共憔悴，即便枯坐到老，那又何妨？

静的雨，静的思绪，静默的心事。

喜欢张晓风笔下的春，所有的花，已交给蝴蝶去点数。所有的蕊，交给蜜蜂去编册。所有的树，交给风去纵宠。而风，交给檐前的老风铃去一一记忆，一一垂询。

在时光的罅隙里，日子有了缺口，温煦的风，银碎的雨，坠红的瓣吹了进来，我相信一切美好都会如约而至。俟得那人间最美的四月天。

梨花院落溶溶月

花落兮淡婉，风袅兮悠然。

暮霭沉沉，青烟袅袅，翡色和烟老。那青山的袍色凝成了结实的黯淡，最后一线日影也卸下白日里的一丝负累，窣地堕入山头的那一边去了。

在一方春日的庭院里，月华如水，有梨花在一汪蓝蔚的穹宇下细碎地开着。梨花与月儿共枕一帘的幽梦。梨花衣袂飘飘的白瓣儿，轻如蝉翼，宛若叆叇的白云，清风柔波般地漾着，漾着它微醺正酣的梦，也漾着我心底明媚的暖。

读得晏几道这一句，“梨花院落月溶溶，柳絮池塘淡淡风”。多美的意境啊，月光照映着梨花的春容，霏霏如雪，柳袅烟斜，池子里的柳絮落了满塘。晏几道的诗词自有一种幽僻清婉之美，无尘，淡远。在我们眼里最为平常的梨花经过诗人三言两语的轻描淡写，却有一种说不清道不明的韵外之致。

细细品着，似有一股幽韵的冷香似秋菊寒梅从旧时光的深处漫漶开来。宴殊似是更偏爱梨花，他还有“燕子来时新社，梨花过后清明”的句子。

梨花在我眼里是个内心清凉、眉清目秀的女子，它不会开在烟花巷陌、光华浮影的繁华之地。简约、轻灵、高洁才是它的人生本色。少了一些觥筹交错的夺人耳目的视觉味蕾的冲击，开得洁净、柔软、清芬。

梨花，它深情款款自时光深处走来。梨花，如千百只栖枝的蝶儿聚散成的花朵，蝶舞着春日光景里的变。

中国人骨子里更喜欢清透的白，而不是富丽堂皇的金，而梨花，清清素颜，心无杂戮，谦逊自在，放低身段，安守在红尘的堤岸。含苞，散香，蓓蕾，结果，一步一步，踏踏实实过日子的姿态。梨花的白，给人以素日中的欢喜，它开得清澈，开得灿烂。春日百花即将谢幕归于泥土时，梨花瓣的隐没处，小小的颗果早已蛰伏在枝头，给人以夏日里另一抹生动。

最喜的也是它这颗单纯朴素的心。桃花，艳得清扬，少一份安静。梨花，没有家花的那股娇气，没有胭脂般的那般浓艳，没有梅菊的孤傲，它的全部只不过是这开在清白岁月里，细微平常里一瓣一瓣的小花啊。杏花宜晴，樱花宜风，那么梨花宜寂，宜月，还宜雨。

梨花宜寂，一个“寂”字就与百花所不同，是刘方平笔下的“寂寞春庭空欲晚，梨花满地不开门”。一个“寂”字，方能衬出梨花的孤而美。闲庭里的梨花，很贞静的样子，好似谪仙。

梨花宜月，是陈亮笔下的“黄昏庭院柳啼鸦，记得那人和月折梨花”。空月寒澄，月儿和梨花交融一片，宛若浩渺烟云中层层的雾霭。一位佳人素手折花，花前月下，此景太美。

梨花宜月，汪曾祺说梨花的瓣子是月亮做的，我想月亮和梨花是同一种质地，有着相同的精神内核。低温，微凉。

梨花还宜雨，是白居易笔下的“玉容寂寞泪阑干，梨花一枝春带雨”。梨花带雨，是丽人流下的深深浅浅的两道泪痕，让人堪爱堪怜。

春日百花，姹紫嫣红开个遍，桃红柳绿好不热闹。梨花身上有薄凉之气，有着烟火落幕后的苍凉。梨花，因与“离”同音，从而被赋予不祥的象征，譬如在《红楼梦》中就有“松影一庭唯见鹤，梨花满地不闻莺”的句子，以梨花暗喻宝钗不在宝玉身边，湘云为宝玉之妻。梨花又因出身的低微，似乎很难登大雅之堂，很少被人供在青花瓷瓶里去清赏，真是让人心生爱怜。

梨花在我眼里是个内心清凉、眉清目秀的女子，
它不会开在烟花巷陌、光华浮影的繁华之地。
简约、轻灵、高洁才是它的人生本色。
少了一些觥筹交错的夺人耳目的视觉味蕾的冲击，
开得洁静、柔软、清芬。

海棠，李花，桃花，春日百花中，梨花清雅，疏淡，单薄了些，温度低了些，但不俗，自始至终是一副小女子的娇美之态，半掩容颜，犹抱琵琶。那一瓣瓣，似黛玉孤绝忧悒的眸子，闪烁着点点泪光。有着才下眉头又上心头的淡淡忧伤。

时光似一口幽深的古井，隔着二十载的光阴去看梨花，它清疏幽静。没有鲜衣怒马，一尺繁华，梨花，是俗世里的妙人，清清白白，有着最可人的小女儿之态。

喜欢春日暮色里，隔着月窗，与它静静对望，感受它的香息，心里亦溢满了温润。

梨花，柔柔的瓣，一汪凝翠的叶间，打着细瘦的花苞，似婴孩紧攥的粉拳。清风袭来，那挣脱了枝的羁绊的朵，似千重白雪，在空中旋转，撒满人间，唯美而又梦幻。梨花，低眉羞涩地遮掩着面，宛若一位从古代走出的白衣胜雪的女子，衣袂飘然。

夜的辉影，泠泠淙淙，月光透过柳梢、琉璃瓦、漏窗，星光在枝枝蔓蔓上四下流淌，正面示人的一侧，白亮亮的，另一面则显得疏了、薄了、透了。

在白亮亮的月下，梨花一瓣一瓣次第舒展。白面粉腮，因为有了月，也就有了更透明的柔软。疏影横斜，跌落了一地的碎影。梨花，如縠皱的波纹，迢迢的春水，袅娜进我的眸子里。

月下看梨花，似从窗下窥美人，身姿更婀娜了些，气韵更生动了些，有说不清道不明的轻灵与柔婉。

在北方，梨花是最常见的一种，开得极盛。跟日常离得最近，跟烟火红尘离得最近，触手可及，触目可见。梨花有着人世的浪漫，是现实的女子。在乡野村落，家家户户的庭前屋后都会栽有一两棵梨树。我出生的地方，位于太行山脉之下的上党盆地，印象颇深的是年年清明会和家人去山里烧香，祭奠逝去的亲人。一路上，花开如海，漫山遍野都种满了梨树，也常会见到辛勤的农人在忙碌打理着果园。

太行山脉绵延万里，青山似太古。清明时节，山山峁峁被花的清香之气笼着，似云霞浮绕，仙女的玉带，梨花的白，是山岚和天幕间的第三种绝色。它的亲和静美，也笼着我心底最为柔软的地方。

翠微的太行山脉下，那未着色的梨花，似那朱粉不深匀的佳人。梨花，枝叶青青，颜色荧荧，开得热烈。从山坡马不停蹄地漫卷到山下，那漂亮的蕾丝花边似舞女的裙，在微风薰暖的阳光下俏皮地晃动着她的小脚丫。

在十几岁的时候，执拗不懂事的自己，因受不了梨花的美色诱惑，常常趁着农人不注意，偷偷折一枝梨花，然后带回家，插进玻璃瓶中。回家后尽管少不了一顿骂，可是谁让它开得那么美呢？清明语文老师布置了作业，让写日记，我就兴致勃勃地搬着小板凳坐在它的面前，细致地观察它的姿态，然后一边思索，一边将梨花的美记录在我的笔记本上。梨花就这么一季一季地开，在红尘的光阴里一寸一寸地旧着。

梨花，在光阴的水湄边，寂寂开且败，凉风都染了香。梨花，应是陶渊明笔下的素心女子，众里寻她，往往还没看见她的身影，那淡淡的香息却先充溢漫卷开来。李渔在《闲情偶寄》中说，“花花耐观，雪为天上之雪，梨花乃人间之雪”；而雪却输梨花三分香，梨花可谓兼得其美。

蓦地忆起了元代戏曲作家张寿卿的杂剧——谢金莲诗酒红梨花，主要讲的是书生赵汝州与洛阳名妓谢金莲的爱情故事。二人初次见面彼此就心生爱慕。二人推杯交盏，对花，吟咏。金莲手执红梨花吟咏曰：“本分天然白雪香，谁知今日却浓妆？秋千院落溶溶月，羞睹红脂睡海棠。”汝州且和诗曰：“换却冰肌玉骨胎，丹心吐出异香来。武陵溪畔人休说，只恐夭桃不敢开。”金莲夸赞曰：“好高才也。”汝州曰：“对这好花好酒，又好良夜，知音相遇，岂不美哉？”金莲唱曰：“这知音人存着志诚，似花枝常在瓶，似灯儿分外明。”一枝梨花留下了亘古的爱情佳话。不过惊鸿一瞥，遇见的却是佳人的一片幽心。

记得上大学时，我们有国画的选修课，最喜欢画工笔，尤喜欢画梨花。先用线描笔勾出梨花的轮廓，然后钛白，花青混着藤黄，层层晕染，一笔一笔笃定地将梨花瓣以写意的方式画出来。你可知，万物之美，易逝，所以蘸来几分烟云之色把你描摹，成画时，那心里自有了气象万千，山峦丘壑。

今日，随手翻书，不知何时采来的一朵朵梨花还夹在书的扉页里，彼时的它，经过光阴的摩挲，已变得平整、安妥，那纹是怎么抹也抹不去的年轮啊，不过，在书的庇护下，还散溢着淡淡余香。

生活的美好总藏在光阴的褶子里，如朵朵梨花熏染的日子。我喜欢将一瓣瓣梨花收集，夹在厚厚的唐诗宋词中，使这种风干前香软的零落之美能够旷世持久，亘古绵长地开在书卷里。

花开素淡，人心清明，我眷怀着春日里的梨花，如黄山谷的长枪大戟，内心轰然，如鸟惊心。此时灯火下读得一句，风风雨雨梨花，窄索帘栊，巧小窗纱。

落花寂寂委青苔

日暮黄昏，彼岸之灯火照亮了夕山。夕山上有古青铜般的色泽，那是山中唯一的寺。

寺，一动不动，静止在时间里。塔上的风铃在夕霭里晃着迷人的光芒，那声有刀枪的厮杀感，因为疾风的到来。

苔，幽独，孤清，薄凉。

青苔，藓类植物。具有禅的况味。我喜欢它身上草色入帘青般的幽幽碧色，尤其是日出时，太阳在它的身上泼洒了一层金光，晓风浮动中美意十足。眼眸与它的交汇处，是润泽的绿意。青苔带着江南的影子，我且爱它在山寺中肆意生长的模样。

苔藓，其身处卑微，且在寻常巷陌里均能窥见其身影，人们爱花，且常常将其请于室内，而这青苔呢？幽幽寂寂，长在不起眼的溪水河畔，白墙灰瓦间。凭着身上的一股蛮劲用力生长，既然长不高，纵向发展不行，那就横向发展，拼尽了全力去延长它的生命线，在它所能到达的地方，野蛮生长。我不禁对它肃然起敬。

阶前的青苔，有着绒绒的柔软，如茵的绿意，让人宁静。绿意使时光有了几分深邃和几分历史的纵深感。青苔在建筑的檐角，瓦当的残片，水缸的边缘，无边无界地长啊。山涧，深谷，枯木，墙垣，随遇而安。青苔没有室内花草那般矜贵，可我独爱它骨子里的清寒，给人以如水般的薄凉，它身上有着不与物质相关的清贵。

青苔，就像古时的布衣文人，但尚见君子之风。其幽居于阴暗的场所，当看见那一抹蓬勃绿意时，赠予你的是山林之气的怀想，眼睛顺着它，身心也好似飞到了红尘之外。墙上的青苔斑驳一片，碧之如毯，遮之如盖。亭院深深，青苔之点缀，使万物归于至清至静。那苍古的碧，是凝了千百年的光之因子，能从岑寂的历史深处穿透过来似的。

青苔和杏花春雨一样，是独属于江南的。北国尚且有青苔，但水土不服，发育不良。

无论在何地，我时常都会留意它的身影。漫步中，低眉垂眼处望见它，那种感觉好似也望见了我深深眷恋的江南。低下身，轻触着它的幽静娴雅。阶前生满了苍苔，一抹深碧，一抹浅翠，远离了红尘喧闹，只有一颗寂然的心，以素心相对流年。

青苔是时间清亮的眸子，是丈量岁月长短的尺子，是岁月之痕的见证者，也是时间之物的守望者，它将和它脚下的土地，一起古老着、生动着。

青苔，肆意生长在老宅、古井、山石旁，在光线不能抵达之处、潮湿阴冷处、人烟稀少处，肆无忌惮地生长，不争不显，淡泊宁静。

儿时相比于青苔，更喜花。花多热闹呢，三三两两地聚在一起，就聚成了春天。而那角落里的青苔，稍显孤僻，站在它身边，稍不留神，就会摔倒在地。衣服上、脸上、手上脏脏的，全是泥巴。回家后，总是少不了一顿打。

园林之中，咫尺山水有了青苔，方能衬出古意。

园林中的青苔，甚得东方审美之意境。青苔有着薄凉的体温，对人间烟火避之不及。在江南的那些园林里，青苔随处可见。在徜徉的小道，在山石的缝隙，在古木苍苍，在修竹花影，在阳光的刚与柔中，明暗交叠处，一枯一荣。

走在狭仄的小道上，总是对那些小小的生灵格外留意．青苔只有在江南，才会凸显它的韵致吧。青苔，在时光一角婉约着，如同江南。

堂内挂楹联，居室的书案前置笔墨纸砚，几案上设山石，植青苔盆景。青苔半透着莹润之光，漫染了岁月。青苔，为陋室徒添一抹清凉。在漫漫时光里，讲述着惟吾德馨的故事。那青幽喜人的一抹，是极具治愈性的，让人欢喜，打开窗就有花香凉风至的那种。青苔，轻濡漫染间呈现出了它的幽深浅碧。青苔，绿意清光中是润泽、是清凉。

青苔，是属于东方的，它暗合了文人山林隐逸之愿景，还有远离庙堂的避世情怀，王维有诗云："空山不见人，但闻人语响。返景入深林，复照青苔上。"

叶绍翁有诗云："应怜屐齿印苍苔，小叩柴扉久不开。春色满园关不住，一枝红杏出墙来。"桃红柳绿的花事和青苔的幽清形成一动一静的鲜明对比，春花绚烂，红杏出墙，轻轻叩响柴扉，却无人来开门。青苔的寂然宁默衬出居所的幽朴。不禁猜测，主人是担心我的木屐踩坏了他的青苔吗？可见，诗人对着小小的生灵也是抱之以深情，堪爱且堪怜。

青苔有着阴柔之美，《红楼梦》中林黛玉颇喜青苔，我想和她的性子是有莫大的关系。其潇湘馆的屋外就有青苔片片。

青苔的心性中有遁世的隔离。它的美需要一个懂它的人，那个人是安静自持的人，是恬淡如水的人，是能够在独处中安养灵魂的人，是不失本真的人，是在孤寂中保持清醒的人。

空山不见人
但闻人语响
返景入深林
复照青苔上

“性灵诗人”袁枚有句诗以共勉之，“苔花如米小，也学牡丹开”。青苔怎么会开花了，在旁人看来，这是诗人超脱现实的想象，而在我看来，只要坚守内心的光，并坚持努力着，青苔也会开出梦想的花朵。有时不是因为有了希望才坚持，而是坚持下去了才看见希望。

岁月的悠悠，反锁了过去旧日的一切。

我们终将成长，终将殊途同归。

青苔，幽幽寂寂，持一颗清凉心。

其以低到尘埃里的姿态，长到日落孤山，长到水漫苏堤，长到沧海变成桑田。

而我，坚守着一个人的山河岁月，静默如初。

芭蕉过雨绿生凉

在我所知晓的植物里，以梅、兰、竹、菊“四君子”为代表，备受文人之喜爱。它们虽有清气但被后人滥用太多，也难免沾染上俗气。还有很多是以花取胜，靠着鲜艳的色彩，馥郁的芬芳招摇于世，人前显贵，而那叶自然也就成累赘之物了。而有些植物却不同，如芭蕉，这些植物偏偏不走寻常路，颠覆了人间应有的规矩，竟走到了一朵花的对立面，以叶取胜，把花的风韵神姿全都聚集到自己的叶上了，于是那花小小地敛起了翅，隐在其间，不敢出声。人们也随了芭蕉的意愿将目光定格在它那宽大无比的焦叶上，也不敢出声。

一直有个期愿，在江南老宅，在石荫绿穹下赏芭蕉。

园林造园中多植芭蕉，想象一下，在古旧的江南宅院，沐着清风竹榻下闲卧，置一把轻罗小扇，静享蕉叶下的一片阴翳之凉。最好逢一场雨，这是何等的清幽时光啊！芭蕉把自己端得那么好，氧化掉所有可反射光物质，一大片的绿，盈盈的翠，蓬蓬地孑立于青秆上。

芭蕉的叶子肥厚，宽阔似一条康庄大道，长得还高，可与庭院的粉墙相媲美，一如盛年的树，兴旺发达。收敛不住铆足了劲地长，成倍成倍地长，一点都不含糊。它们是不是已经忘了自己的身份，长得无岸无边，心无旁骛，一心要钻到天上去，像是要和天际对接在一起。芭蕉叶子疏阔，风儿可以伸胳膊撑开腿般地前行无阻，抵达它想去的任何地方。

芭蕉在我眼里像是加快了新陈代谢生长的柳叶，但比起柳叶的瘦削，芭蕉是拉长了的椭圆。既可以作为家庭盆景，也可作为廊亭山石的屏障。

芭蕉映着窗棂的样子最美。窗棂的横木将它们分割成一帧又一帧的小画，微缩中是立体的、动态的局部之美。微风拂来，绿浪碧波翻涌不断，随着光线的强弱而涣散出不一样的美感。

有一种美的气质独属芭蕉。芭蕉落雨，雨意湿心。

猝不及防，一场迅疾的雨落下。

下雨时，喜欢看它在雨中的飒飒风姿，雨水在蕉叶上倏然滑落，马头墙上的青苔与它相呼应，一脉相承。它们在涤尽了周遭的戾气、雨水里洇出了凉意，凉到了我的骨骸里。

雨声前赴后继，像是紧急的星光赶路人，直到碰到蕉叶，那声响开始迟缓、旺盛，像是拖着黏液的蜗牛，一篇长篇赋，步履迟缓、冗长，地心引力也不见了，然后化为一排排的句号，一阶一阶坠到泥土里。

雨中芭蕉自古以来也是文人骚客颇爱吟咏的对象。杨万里有诗云："芭蕉得雨便欣然，终夜作声清更妍。细声巧学蝇触纸，大声锵若山落泉。三点五点俱可听，万籁不生秋夕静。"李清照笔下的芭蕉是"阴满中庭，叶叶心心，舒卷有余情"。雨中芭蕉更是一种风景，能够听出万种风情。

欧阳修云"深院锁黄昏，阵阵芭蕉雨"。郑板桥道"芭蕉叶叶为多情，一叶才舒一叶生"。吴文英《唐多令》中有："何处合成愁？离人心上秋。纵芭蕉，不雨也飕飕。"

说到芭蕉，唐朝是个绕不开的时代。因为，唐朝有怀素的芭蕉。怀素是唐代的草书大家，上大学时，临习过他很多帖子。怀素其所居之外为绿天庵，自幼习书，但买不起纸，就在庵下种了万亩芭蕉，以蕉叶代替纸来刻苦习字。

夏日里，翻出怀素的自叙帖，泡一壶老茶，雨窗下读帖，以古为徒，与古人对话。那真是笔笔清凉啊。怀素和张旭，同为草书大家，张旭笔下的草书有着龙飞凤舞般的跌峦，那是盛唐气象。而怀素书作中是盛唐繁华落幕后的枯寂况味。再加上怀素自幼为僧，出家人心思纯一，那线条自有平和简远之貌。怀素的帖写得久了，看得久了，脸上会漾出如白莲般的慈睦。芭蕉在怀素的笔下绿了千年，不改朝不换代的绿，情深意浓的绿。我也时常有着这样的念想，也想学着怀素在蕉叶上大胆泼墨畅抒一次。

《红楼梦》里探春最爱芭蕉，自号“蕉下客”。李渔在《闲情偶寄》种植部中云：“幽斋但有隙也，即宜种蕉……坐其下者，男女皆入画图，且能使台榭轩窗尽染碧色。”还留下了关于芭蕉的诗句：“万花题遍示无私，费尽春来笔墨资。独喜芭蕉容我俭，自舒晴叶待题诗。”并说到竹和芭蕉作为两种能够书写的载体，竹子只能用一次，不能削了再刻。而芭蕉叶随时写随时换，清洗时只需用雨水，很是方便。

芭蕉还常常作为书画题材出现在画家的作品里。曾观摩过数幅近代书画家张大千先生的《芭蕉仕女图》，每幅画的风格不一，但都用蕉叶来作为陪衬。有一张印象颇为深刻，一位年轻貌美、神情幽婉的女子，手里握着书卷，倚着湖石而坐，宣纸上未落一字，只因眼里有着无限的幽思。其画神形兼备，墨象淋漓，让人动容。

芭蕉守护着灰檐粉墙下回旋的风声，守护着四时寂寂的亭院，守着斑驳树影下不为人知的故事，守着四角屋檐下空阔无依的天空，遮阴、盛纳清凉。

我在芭蕉的绿里过了一遍又一遍，渐渐地拂去了夏日里的燥热，隐退了浮华，撑起了内心的清凉恬静，独坐小窗下，风声渺渺澹澹，尽享夏日时光给予我内心的清平之乐。

人在草木间

残垣的老宅府邸外，木樨花扑簌簌地落着，阳光亦是秋香色的，拢着门里门外吐纳咽喉的要道。门虚掩着，门上的物件精美有样子，铺首衔环，嵌着八角铜钉，一把古锁衍生出了些许的神秘，翘首盼望着归人的跫音。我轻叩门扉，那声响，掷地有声，随后，从显里走向隐里，封存在雕花窗棂，门楣沿儿上，朽木板中，寻不得半点踪影。

庭院深深，拾级而上，门里门外，竟是别样的光景，万物坤宁之气象，隔世之静美,目遇之而成画。穿着棉麻长裙，戴着草帽，发上簪一朵无名小花，在长夏里寻一径的草木清香。

环顾周遭，贴地的蔓草在疯长，那小轩窗也成了它的败将，满目的绿意，匍匐进我的眸眼。簇拥拥的花蕾粉面含羞不胜娇柔，轻唇欲启，吞吐着胭脂般的芬芳。即此，光阴被拉长，从一度空间渐变得立体，丰盈婉美。我回归我的内心，倾听它们的细语呢喃，草木花事给我以梦呓的欢愉，从此，我只愿做个与草木对话的女子。

草木一秋，人生一世，这些不起眼的生命似有对光阴的钟情，密密匝匝，茵茵如织，一枯一荣，初绿渐变缃色，再到孑然腐败，混着时光残喘之气脉，被光阴的年轮摩挲瘦了、枯了，却安之若素，或许它们也有苏轼“一蓑烟雨任平生”的襟怀吧。我不禁对它们添了几分敬畏，只增不减。晴川历历，云融暖暖，闲看落花静听流水，我爱极了这丝丝糯糯的草木清香。

墙垛的苔藓，绿了一层的碧，砖瓦上的瓦楞草长得生猛，还有那墙角开的艳羡的花儿，移影上帘栊，掀起它的绿罗裙，自顾自地摇曳着芬芳。它们卑微、柔弱，却不失韧性。在四季轮回中，却自守人生之况味，人如草芥，却不如它们从容。植物朗照并洞穿一切，草木无情，可人非草木，孰知草木无情、无心呢？

古人爱草木，是那般的痴情，林和靖爱梅，终身不娶，归隐山林，以梅为妻，以鹤为子，留下了“疏影横斜水清浅，暗香浮动月黄昏”的句子。“侬今葬花人笑痴，他年葬侬知是谁。”林黛玉手执花囊，倚着花锄，在花下兀自伤感，顾影自怜。花事落尽，惜花爱花的林妹妹也随着最后一丝花瓣一同归去。落红满阶，零落之美如人间至境。我想我是懂她的，那个有着古诗词般清怨的女子——黛玉。此时，我亦愿做那个沁芳闸桥边的葬花人。

草木寄心，吴越王思妻心切，惦念着回家的妻子，写下了“陌上花开，可缓缓归矣”这般缱绻的句子。

草木怡情，在《玉照堂梅品》这部赏梅的书中有这样一段话：“澹阴，晓日，薄寒，细雨，轻烟，佳月，夕阳，微雪，晚霞，珍禽，孤鹤，清溪，小桥，竹边，松下，明窗，疏篱，苍崖，绿苔，铜瓶，纸帐，林间吹笛，膝下横琴，石枰下棋，扫雪煎茶，美人淡妆簪戴。”古人爱梅，赏梅也如此有情有调。讲究得很。梅亦可作为岁朝清供来添得室内时令之趣。冬日里折一枝梅，疏疏懒懒插一枝在细颈瓶里，亦是小画一帧。

“茶”字拆开来看，人在草木间。草木，清亮剔透亦有一颗百般玲珑心。浮沉往世，车水马龙，人心杂芜，不如淡看纷纭，煎煨一壶清茶，去品味那沸水浇漓、辗转回甘的清欢滋味。中国人对植物的认知，古老而深入。草木，是一首古老的民谣，藏匿在大地上的精神诗藏。

草木在古代中常常作为一种美好意象而存在，随手可采撷，譬如诗经中有“野有蔓草，零露溥兮。有美一人，清扬婉兮。邂逅，适我愿兮”，也有“桃之夭夭，灼灼其华”这般句子。朱光潜先生说人要像草木一般顺着自然的本性去生活，像庄子所说的那样，它们“诱然皆生，而不知其所以生，同焉皆得，而不知其所以得”，它们时而戾天跃渊，欣欣向荣，时而含葩敛翅，晏然蛰处，都顺着自然所赋予的那副本性而已。

人间草木，可爱者甚蕃。

佛手、水仙、菖蒲、香兰皆可作为清雅之物陈于室，一案之上，供清之趣。佛手是缃绮般的颜色，兰花指微翘，和青花小盏叠放在一起互衬着，相互借景，宛如一对璧人。

兰是十二月花神中的七月花神，生于幽谷却不以无人而不芳。香兰吐蕊，冲和淡远，最得东方审美之意境。菖蒲，耐苦寒，性淡泊，通灵可爱，不求闻达，有着自乐其志的超然。

草木之心，一定是摒弃了功名利诱的。它们有在静默之间就能直抵人心的力量。如今，我们身居城市，与草木有了隔阂，我们的内心焦灼、散漫，我们被生活蹂躏，失了本真，功利，奉媚，我们把自己困在了名利场，世俗地活着。佛家有一句偈语讲本来无一物，何处惹尘埃，若像草木鱼虫那样活着，恐怕也不会徒生烦恼。

“一花一世界，一木一菩提。”一瓣不起眼的花中也积蕴了大千世界，一棵小小的树木中也有菩提。草木花事，是禅，佛拈花一笑，曰不可说。原来，这是人生修为的最高境界。江上之清风，海间之明月，山岚雾霭，它们是照亮生命中的一束光，涤荡心中之尘埃。草木清心，包罗万象，含摄一切。清风徐来便欣赏水面微澜，雪霁初晴便欣赏欢天喜地的素裹。静美坦荡，随缘而喜。如此甚好。

阳光筛下点点斑驳的光圈，花依偎在树的光影里，编织着云锦般的梦。花弄影，草叩风，万物有灵，它们在物质的世界醒着、醒着。

花弄影，草叶风，万物有灵，它们在物质的世界醒着，醒着。

旧庭院　桂花雨

微雨簌簌　门掩落花
花气熏人　浓香无著
桂月飘香　静归落土

◇ 壹 ◇
静归

清幽的院落，苔花初初开着。

盆栽里，水池中，屋瓦上，一些青苔湿漉漉地生长着，细微可爱，绿茵如织毯绵延。地面上漫漶着朦胧浅润的水汽。雨水滴落在水池里，浅漾着圆圆的梨涡。一帘桂花纷纷扬扬，又随着雨水簌簌而落。

微雨涤尘，空气里有着薄荷般的凉爽气息。心里也泛了潮，细嗅，还有一缕旧庭院中的桂花香，沁凉，扑鼻。

此时，站在它高大的身影前，心里不禁颤然的，往下跌，跌进了烟花巷陌深深处。粘着雨露的花瓣，样子楚楚。桂花是怕雨的，一下雨，就零乱了满地。阶前，幽静的小道，都是它的身影。

它们活在时空之外，在岁序的章节里，一春一秋，一炎一凉，自顾自地开且败。

这是和桂花的初次照见，在浅秋、江南，有桂子飘香。

◇ 贰 ◇
茶臬

闲寂的午后，我喜欢去僻静小巷里的一家茶坊。

茶坊在一古旧的庭院内，小巷深深，寻找不易。如若你抬头看，看到一棵桂花树杵在那儿，且高过了屋檐。低头轻嗅，一种清甜的香味自深巷涌出，那你的心里就自有丘壑了。

茶坊名曰“月剪桂”。院落里有一棵老桂树。

我问老人，为何名为“月剪桂”，老人说：“桂花的花期很短，中秋前后是桂花开得最好的时候，月儿圆，花儿香。”当夜暮低垂，月色阑珊时，捧一卷诗书，喝一杯桂花茶，那种氛围别有一番深美。让我想到了王维的诗句，“人闲桂花落，夜静春山空”。在人烟稀少的山涧、溪谷里，安谧的月夜下，桂花落，静谧无声。

经营这家茶坊的是一位年过六旬的老人，他的儿女都已成家。现在，喜欢偶尔习字，喝茶，老人还有一癖好，就是喜欢用桂花做美食，比如桂花糕、桂花茶、桂花布丁。他对我说：“无事可静坐，闲情可读书。”老了，一切都淡了。但情怀不减，一心一意做着他手中的那杯茶。和老人交谈了许久，他的平淡、儒雅之气深入我心。老人眼睛里是清澈、是睿智。

他还和我说，每到仲秋时节，桂花开时，院子里、街巷里都是馥郁的香气。花气熏染着这里的每一个人，平日里爱争执的邻居也因此变得十分柔和，串门闲谈里也都是关于这桂花，人们满脸都漾着和气，整个人都会温柔安定下来。那院落里的狗也不像平时那般嚷嚷了，温顺了许多。

在古代，折桂寓意及弟的意思，有孩子的人家，会折一枝桂放在家里，以期考取功名。

此时，窗外的桂花在开，桂花在落。

他递给我一杯桂花茶，微笑，不语。

走时，老人打开厚厚棉被包裹的箱子，取出一盒桂花布丁赠予我，说让我常来。桂花布丁是一种传统的吃食，现在会做的人已经不多，老手艺在慢慢褪色。桂花布丁装在一方透明的塑料盒子里，软滑的布丁，松软。水膜之上漂着一些桂花，在烦躁的夏日，轻轻舔一口，那是比偷吃了蜜还甜。

◇ 叁 ◇

折桂

树下，仰望。

阳光氤氲，剪影斑驳。天空亦有上佳的云色，桂花密密匝匝簇拥于枝头，开得真好啊，它们在枝头打着秋千，风儿蹄急，桂花被不长眼的风撞得闪了腰。一个踉跄，应和着风的翅膀，桂花簌簌扬扬，纷披垂落，重重叠叠散了一地。

它们挂在衣襟，掉进鞋里，任凭它们怎么调皮，我也不愿将它们拂去，我想让它们多陪我一会儿。

喜欢桂花，喜欢桂花的一切，喜欢某个风雅的日子，在书桌

又到桂月
打桂花树下经过
有风
爽爽
有花在开
覆了
拂了
又一身
风定落花香

前用小楷笔在花笺纸上写一些碎碎念的文字，寄予友人。信里，夹一枝刚折的桂花，祈愿着相见。

喜欢将它们从枝头轻轻捋下，除却灰尘和杂质，收集好装在透明的玻璃瓶内，而后一针一线密密缝，做成桂花香囊。在缝制的口颈处，挂一只漂亮的流苏。赠予爱人。即使他远行，也有桂花淡淡的馨香陪伴着他。

桂花扑簌簌地落，阳光是桂花味的，思念也是桂花味的。

◇ 肆 ◇
日常

桂花姿态是谦和的、卑微的，不以声色夺人耳目。相比其他花，其更加注重内心的修为，小小的朵，像极了贴身的丫鬟，不起眼，淡黄灿灿，温顺娇软。

桂花既有仙气，又有烟火气，它自在地游走于两者之间，不遗余力。桂花有着不同于其他花的双面人生，它更多地和日常交集，皈依于人间烟火，献身于柴米油盐，绵延在市井当中。我不禁叹然，这般美好的事物，原来它离日常这般近。

桂花，它可以裂变出无数取悦味蕾的吃食。可以做成桂花糕，桂花酱，桂花果冻，还可以酿成桂花酒。等到风清月朗的中秋月夜，家人围坐在一起，吃桂花馅儿的月饼，再将那坛子中的桂花酒酿轻轻掀开，满上，浅酌一杯，月中赏桂，岂不乐哉。

说起桂花，我们总会想起吴刚伐桂的故事。少年时代，桂在我心里是带有神秘色彩的，小时候躺在奶奶的怀抱里，奶奶总会指着天上的一轮明月说："妞，你看到没，天上那个月亮中的黑影，是吴刚，吴刚又在伐桂了。"

此时此刻，落花满地，这桂花的香定来自广寒宫。是啊，在某个月黑风高的夜晚，吴刚又在伐桂了。

◇ 伍 ◇
天香

《闲情偶寄》中说："秋花之香者，莫能如桂，树乃月中之树，香亦天上之香也。"

端坐于窗前，袅袅晴丝吹进了闲庭院落，桂，它从墙院一角逸出了它的身子，和煦的光，轻灵的瓣，透过红漆斑驳的窗牖，落在窗台，落在书的扉页间，只见岁月静好。

一杯桂花茶，放了少许的糖。细而小的桂花漂浮在水面，一粒粒是明亮的黄。用汤匙轻轻搅动，它们婉转于水面。干皱拧巴的粒在热水浇漓下变得丰盈润泽。藏匿在瓣中的心香也开始一点点地溢出。它们兜兜转转，须臾间一粒粒商量好似的又沉了下去。此时，茶汤明亮是蜜糖色的。我轻轻抿一口，那些小小的颗粒也顺着唇齿喝了进去，似有春水掠过心灵的浅滩，糖掩了苦涩的成分，只有回甘。

淡淡的桂子香味，丝丝萦绕齿间，裹挟着我的味蕾。心是静的，一种清平朗然的人间风味低回于心的谷里。

八月，寒暖交叠的岁月里，人与花心各自香。

◇ 陆 ◇
绝尘

桂花柔而小，但芳泽无限。

桂花的样子不惊人，却开得尽善尽美。如家乡的黄小米。是那种能够治愈人心的黄。一本书，一盏茶，怡人的香气充斥在屋内，任凭屋外的纷纷扰扰。

喜欢一代才女李清照笔下的桂花，“何须浅碧深红色，自是花中第一流”。李清照是个爱花之人，在《漱玉词》中多有咏花之作。她认为百花之中只有桂花为一流之花，还替它打抱不平，屈原在《离骚》中咏尽了百花，为何不见桂花？桂花没有其他名花般的深红浅碧，但却清香怡人。

桂花清可绝尘，浓能远溢。甜润，不俗，不腻。

桂花的气质，是柔敛静美的，性子淡然而萧疏，形貌上温文尔雅，温柔到了骨子里。且以微末芬芳馥郁于岁月，充盈饱满。

又到桂月，打桂花树下经过，有风，飒爽。

有花在开，覆了，拂了，又一身。

风定落花香。

看取莲花净 应知不染心

溽暑至，盼着去荷园，去看一朵莲的心事。

人间有句俗语，熟悉的地方没有风景，当所有人都热衷于奔赴远方时，而我只愿守着庸常生活中的小确幸。让人怦然动心的往往是这人间小喜，它更有真实生动的美意。是水面清圆的一池荷叶，是隐隐绕帘的一院蔷薇，或是阶前碧荫的苔藓，抑或夏日清晨的疏林简静。那些美的事物不仅在远方，且在这一朝一夕里，在光阴的褶皱里。

近日受朋友邀约，邀请我到清华园一游，去赏荷花，七月，碧波微漾，芙蓉花开，正是赏荷的好季节。年年都会来看荷，去年是在北京二环内的一个叫宣武艺园的地方，那里有着江南园林的雅致之美。仿佛只有赏了这花，这夏季才完整，夏才像夏。荷啊，莲啊，它们才是夏日的风物标志。

那些美的事物不仅在远方
且在这一朝一夕里
在光阴的褶皱里

为了不负这良辰美景，好友相邀，挎上相机，去听荷风舞动，流水声声。

夏日，清润。开门，有光。

清华，作为百年名校，有着光阴沉淀下来的历史沧桑，古朴中透着宁静、悠远。我和友人骑着单车在校园游荡，微风，蝉鸣，一路如影随形。阳光从古槐的隙里四射弥散，具有穿透力，在斑驳篱墙上，在阶前芳草镌刻出美的剪影。一种萦恋的、温暖如絮的美意，让人倾心。它们掌握着所有风花雪月的权力，此刻你只要放松下来静静感受就好了。

在校园里逛了个遍，去清华的餐厅吃了饭，去寻了昔日林徽因和徐志摩生前所居住的地方，访了一些具有年代感的建筑。一路上会遇到许多外国友人，一些游学的孩子在清华园前留影拍照。晌午小憩后，便去了我最期许的朱自清先生的那片“荷塘月色”。

此时阳光是惺忪的，有着波光潋滟的晴好。

一路行人稀少，在视野的末端上，只见一湾荷塘极尽蜿蜒，那水流自山石奔涌而下，杨柳含烟，芙蓉花开，悠悠静水，蝉鸣嘤嘤。天地自然，草木成趣。碧水与芙蓉平分秋色般各占一半，饱满和疏寡对比鲜明，像极了拉长了的八卦图。一半是溢满的荷花，另一半是虚掷的静水，用于留白，用于偶然的想象，用于轻松的呼吸，用于清风流溢。

随着岁月变迁，朱自清先生散步时的那条煤炭小道可能早已不在，为泻下月光的柳树也少了些，但这并不影响这一方荷塘的飒飒风姿和我的一颗雅兴闲心。在荷塘的对面，有着朱自清先生的白色雕像，身形高大，分外儒雅，目光静静地守护着这片荷塘。

风儿在荷叶上铺了一层光滑的气流，让阳光能够慢慢流淌，光线赋予了荷叶线条、色彩。

站在高的坡地上，荷塘绿意滂沱，真有“接天莲叶无穷碧”的仗势，杆上擎着一抹抹的碧色，碧的交错里，有盛放跳跃的红、粉，还有鹅黄。那花开得欢天喜地，不禁暗自窃喜，那满池的荷啊、莲啊，好似都是我的。

自古爱莲之人何其之多。文人、女子，还有卧剥莲蓬的小儿无赖。古人也是有闲心，给它起了一个个极为风雅的名字，菡萏、芙蕖、芙蓉、莲，水生植物的一种，拖家带口似的，有着庞大的家族史，生生把自己长成了一个母系社会。它的叶叫荷，它的果叫莲子，它的根叫莲藕。甚至挖掉了果实的黑莲蓬都可作为装饰摆设，用于布局抒情。

莲，静立于水湄边，暗香浮动，周遭均被这香息所拢。那莲的清香丰盈饱满，虽然经过了心灵的百般酝酿。那小小的蜻蜓掀起荷花的一角，又缓缓伫立于花心，蜓憩香风，沉酣地睡去，那梦境一定是馥郁芬芳的吧。

荷叶密密匝匝地挨着，绿意滂沱，覆下一片清凉。此时的水面如我的心湖般澄净，没有风尘，没有杂质，一叶一影在水里是那么微妙动人，鱼儿宛若在晴云里自在穿行，而那莲花，从荷衣里露出半个侧影，通体透着灵光，随着微波聚散，那是一种伸手可握又触之不及的美，宛若丽人的倩影，倒叙似的一茬一茬长到了天上，长到了云里。

莲，不染尘俗，有着干净而清澈的质地。《小窗幽记》中记载莲为净友。看久了让人顿生佛心，清净心。我从未如此近距离地观察过它。莲心无染，怀有一颗清心，宛如落入凡尘的仙子，低眉，羞涩，临水而居。

拍累了，静坐一石上。此时，前来看荷的人愈来愈多，人们喜欢拍照，近水的一些荷与莲自然成了他们的猎物。莲的心性不染而无哗，如若可以，还是希望它们往远处、深里去吧，那才是它们的心之所向。

放一曲古琴曲，声声似流水，清风拂过，当我心波律动的时候，那田田的荷叶也哗然翩跹，舞动着它们的碧罗裙，楚楚而有风致。我分明能感受到它们与我的心灵与共。于是素手把芙蓉，一直坐到月亮堂堂穿柳帘。

莲，你前世可是涉水而来，误入藕花深处的素衣女子？莲，你是否厌倦了红尘的熙攘与浮华，要与人世有着咫尺天涯的一水之隔？如若有来世，愿做水中的一朵幽莲，静立水畔。缱绻心事诉说给你听。

天意怜幽草

夏日，颜色深邃了些，那绿老的跟清代的绸缎似的。夏日，眼界开阔了些，草木不设限，不拘泥，张扬着曼妙的风姿。夏日，情绪稳妥了些，春花秋月，伤春悲秋，春和秋总是太情绪化，落花，枯叶，总让人顿生流年易逝的感怀。所以，喜欢夏，日子长长，总有大把的时间让人虚度。读一些无用的书，做一些无用的事，滋养灵魂。

近日，在读张晓风的书，甚是喜欢一个词，叫炎凉。正应了这初夏的日子，炎热，外里的。清凉，内里的。一页书香，一韵墨香，深居简出了一日复一日。

浅浅夏日，云融风和，午后天霁，此刻天地清明，人心自也清明。再也按捺不住我的心儿，骑上单车，去郊野看看那些良久未逢面的故友吧。没有固定的目的地，心儿驶到哪里就去哪里，不期待，不失落，邂逅一份不期而遇的欢喜。

红的桃花，白的玉兰，粉的樱花都已次第开遍，春日里的百花都已赏遍。花开荼蘼，六月伊始，是初夏。万物都在蓄力生长。想必它们也有一颗葳蕤与澎湃的灵魂和努力的内在世界。

途中路过郊野公园，园子很大，树，郁郁蓊蓊的，古木疏秀如翠绒初展，细微的芒穿过，留下一地细碎的影。漫步红色塑胶跑道上，四下鸟儿啁啾，蝉儿聒噪。还能望见远处有几位外国友人聚坐草地闲聊，脚步声歇，柳暗花明处，一片花海映入眸眼。稀稀疏疏，一种无以拟说的轻灵之美，宛似翩跹于尘世间最美的蝶。一条小径，细瘦的，两边是用短木桩做的栏杆，间有粗绳缠绕，尽头是一座红色的木亭。

眸光所及之处，远山含黛，翠色生烟，俯瞰那些花儿，喝足了水，脸都涨了一圈，更圆润了些。花香、草香、泥土芬芳缠绕进风的骨里和我撞个满怀。又随着微醺的风潜入我的薄衫，四散逃逸了。

草木如织，纯粹明净，那一朵朵清新的小雏菊，一粒粒淡淡的米黄，气态柔软，不聚众，不张扬，不哗宠，纤弱清婉，温如暖阳。宛若恋着田园的女子，安身低处，内敛，素净，寡言。将简单的日子静默成诗，用一颗明媚的心，执一份清静美好，安然行走在红尘的陌上，不问沧桑，不念浮华，清心寡欲，温暖向阳。

置身花海，那些植株已淹没了我的上半身，它们亦像极了调皮的孩子，拉扯着我的裙摆，我用指尖亲触它们明媚的笑脸。楚楚有致的样子，让人怜让人爱。它们是不是和我一样，向往着一片宁静，灵魂悠然远游于此而后落地生根。

那些平谷缝眼间的杂花野草仿若天上散落尘世的星子，点点碎碎，没有艳丽的衫，着一身素淡的裙，随遇而安。无文人士大夫的文章气、学究气，但颇有仙风道骨的野逸之气。质拙，无华，走的应是书家吴昌硕一般的路子。

它们一丛丛，一簇簇，蹿得厉害，毫无娇养的贵态，却有一颗清白璞玉一样的心，生命力顽强，不禁忆起旧日儿时，几个玩得比较好的伙伴去荒野的草丛捉蚱蜢，扒地衣苔藓，用狗尾巴草编织各种动物造型，偶尔还会跟随家里人去坡上觅野菜。蒲公英、婆婆丁、马齿苋，好多还能叫出名字。童年的种种美好总和这些野草幽葩有关。岁月带走了纯真稚气，我们越发成熟，却也是我们回不去的过去。

晚风馨香，微凉。

日暮降临，那云换了彩霞仙子般的嫁衣，万物被一种宁谧的气象拢括，也包括我这颗被世俗包围的心，化为一汪平静的水流，潺潺湲湲。清越，悠远，无争。

那一抹深绿，从平面来看，像是一块未经裁剪的绸缎，绵延一片。从纵面来看，细长的茎，宽大的叶，绿云翻浪。

想到了李商隐的一句诗，“天意怜幽草，人间重晚晴”。甚是喜欢“幽草”这个字眼，含义是生在山中幽僻的小草。园林大师陈从周先生，学养深厚，而他自己最喜的植株是墙阴石隙间的书带草，它甘愿做造园的配角，因风披拂。还曾以它来做小集之名。

我也爱极了这些细萼幽葩，曾经它们可是我入不了眼的花草啊，像是村姑，如今却贪恋着它们身上的那份韵味，朴素、贞美，气质里离淡泊近了些，骨子里便有了拒绝荣华的勇气，精神上自羡，保住生命的尊严，靠一份静怡，一份返璞之心。

它们从来都是配角、背景，在农村甚至用来喂牲口，但我唯爱其品性，高洁，绮而不艳，骸骨俱清。四时里也常常会有它的身影，为了日日能与它厮守，我的书桌旁常会放插一枝枝在青瓷瓶中，看它随风摇娉着柔衣，娇软地嗔欢着，心里自有说不出的欢喜。我的心意也只有它知悉。

年年都会来看这些花，花开如许，人依旧，可情怀却有些不同了。我就像一只如水的鱼儿，无忧地荡在它的柔波里。

渐渐地，爱上了这里的一草一木，这里有无弦的筝音，无声律的小曲。山水自有佳音。不信你来看你来听。

天地有大美而不言。

胭脂水岸 荷

时光如流水般从指尖划落，又不留一丝痕迹。风细细，水盈盈，日子素色。纯粹了些，容不得一丝的风尘杂质，应是出水的芙蓉，天然，本色。

夏了，一些花越开越淡，而我的心也越来越素，像清清小池的一朵刚抽枝的白莲，孑立，娉婷。不聚众，不喧哗，寒凉夜里衾枕上听潇潇疏雨，心里念着的是记忆里的一方荷塘和疏雨寥寥花。

小时候的美好回忆总是和荷有关，岁月荏苒，那是似水流年亦挥之不去的葱茏岁月。向来备受宠爱的我，一到盛夏，奶奶会为我亲手熬制莲子汤，放些蜂蜜，以祛心火。味道是略约的苦，但记忆是甜的。夏日落雨，其他小伙伴总喜欢去池塘抓蝌蚪，嬉戏玩闹，而我总喜欢一个人静静地撑一把小伞，在一方荷塘远远观望。潺潺雨帘之中，莲的眸眼泫然泪下，心里也会泛起淡淡忧伤。时而用自制的纱网捕捞那出水透气的鱼儿，时而摘一朵莲细细玩赏。荷塘装点了我儿时的梦。

夏日清晨，清风送来缕缕花草清香，去看荷。

青山乳岚，大意了些，看不清颜色，抹掉了所有的细枝末节，只有一个清癯的影，深邃，空洞。风云变幻，天地茫茫，彼岸青青细草，短了一节的身，贴合着大地的脸。扎了马步似的，更稳妥了些。一道光从龟裂的云层中散射出点点微茫，似精灵般地落入尘世。混沌的世界明亮了些许。水影横斜，波光粼粼，水面是胭脂色的。大自然的鬼斧自是让人惊叹。

京城看荷的地方很多，陶然亭、颐和园，而我喜欢选择清净的场所，人世熙熙攘攘，人多难免会破坏那份赏荷的意境，人的浊气也会污染到荷的清香。

风飏荷裳夏日长，灌木丛遮掩的胭脂水岸，青的绿苔点染着碧水，细微可爱。荷叶绵延百里，望不见尽头，是删了繁的碧，简明扼要的翠，一只红色的木船泊在水面。此时河水漫涨，圆圆绿盘泊在水面。一只鸟驻在上面，不动声色。荷风舞动。让人心驰迢迢。晨露泫然，荷衣上泛起一层淡淡的水珠，有风拂过，它们从荷衣的一头滚向另一头，沿着荷的衣角又坠了下去。

聆听渔夫摇橹声，鸟儿振翅声，心如流深静水，你甚至会听到荷杆拔节，根茎输送养分至叶，荷叶呼吸的清音。与自然同频共振，似荷，舒卷，开合。一切合于自然，有着相同的气韵与呼吸，着实可喜。

在作家李菁的摄影文字集《向美而生》里给我印象颇深的是一位抱花的女子，着五色旗袍，低眉颔首，拨弄着细碎鹅黄的蕊，细嗅一朵莲香。此幅画面，让人感觉十分美好，没有一丝烟火气息。风儿拂着她的发，在微风里轻扬。她宛似沐着花香，宛似初初莅临人间的仙子，风神似月华，静如处子，浑身都散发着温润的气息。

那荷衣的角是未裁剪过的，不平整。斑驳，参差，或蜷曲，或舒放，蜿蜒的弧度在波平如镜的水面镌刻出曼妙的轮廓边缘，投下一片黑影。云影，碧衫，徘徊在潋滟清波中，像一帧一帧小画，慢慢打开。花荫流影，散为一池的舞衣。

初夏，所有植物都在疯长，荷叶一杆杆地杵着，撑起一把把碧伞，不禁想起了八大笔下的荷，墨花飞溅，茎秆粗壮高大，撑起一池的淋漓墨象，虽是残叶败荷，却彰显出生命不屈的张力。

看那芬芳融入似水的烟岚里，清风徐徐，暗香流溢。宛似进入了一个虚无缥缈的仙境。那莲半掩着红颜，伫立于朦胧烟雨之中，脉脉不语。如落入凡尘的仙子，笑靥如花。静美的样子，如诗如画，让人心驰神往，无限思量。

徐志摩说，最是那一低头的温柔，恰似一朵水莲花不胜凉风的娇羞。一池碧水中，小荷露出尖尖角，我素手拈花，清风送香远。荷风舞动，这是我心中跌峦跳荡的山水秩序。轻捻一瓣莲香，抛却俗世纷乱，修一世的淡泊情怀。古人把莲视为净友，我想，生命之

最是那一低头的温柔
恰似一朵水莲花不胜凉风的娇羞

中我们总需要一些生命气息相近的东西，如果俗世中不存在，不妨去天地间感受生命通灵之可爱，将其视为青眼相待的知己。如陶渊明寄情于菊，林逋隐居山林，以鹤为子，以梅为妻。

爱莲，喜她的小荷才露尖尖角的初绽，喜她的生于污浊中而能保持干净的人生底色，喜她的韶华逝尽时的铮铮铁骨，不媚俗，不世故，不艳羡。来世也愿做水塘中的几许碧莲，清风晓月为伴，听鸟鸣蝉语，闻穆如清风。

在寂寞无言的光景里，默默长成一朵白莲，汲取养分，慢慢丰盈、饱满。正如我的微信签名，心如莲花静静开，潭小能渡月影来。

时间太宽，指缝太瘦，时间的洪流滚滚向前，停在时空之外，与烟雨氤氲的荷塘相隔、相忘，我的心也宛若清清小池的一朵莲，宛在水中央，孤芳不自赏。一派澄明孤寂，只有柔柔的风，浅浅的涟漪。

或许有一天我芳华不在，盼着有一日能过着我向往的田园生活，几椽木屋，与花木相栖，房前山后，种满花草，四时常开不败，养一池荷，花且从容，人且从容，太阳落山时，有晚霞灿然，有爱人相伴，十指相扣，紧紧相拥着人世间的美好。

我想，此时我的心儿也会一直缤纷着。

人间晚晴

己亥农历初八，今日立秋。

寒来暑往，秋收冬藏。蝉歌渐老，花开愈淡，天也宛若染了霜色，有了些许的凉意。送走了炎热的夏天，迎迓而来的是静美之秋。

夏日渐行渐远，风呼啦啦吹翻了书页，日子已倏然从眸底滑落多半，但还没有伸到岁月的骨里。那些夏日里穿过的漂亮长裙、刺绣的凉鞋，要一并收去，我将它们一一洗净，晾晒，叠好，而后放在衣柜的最底层，它们将以完成式的姿态沉沉睡去，直到来年夏日。

立秋有三候，一候凉 风至，二候白露生，三候寒蝉鸣。

在《月令七十二候集解》也有记载，“秋，揪也，物于此而揪敛也”。万事万物至立秋开始有了疏淡的敛意、低温的姿态。

“立秋”二字，是抽刀断水水更流的茫然慌乱，心里一阵阵的是肃杀战栗的迅疾之感。尽管素日里还能拾起一些葱茏的青翠，但难免有悲春悯秋，悠然一叹的寂寥之感。

海子在《秋》这首小诗中写道：“在这个世界上秋天深了，该得到的尚未得到。该丧失的早已丧失。”秋本是收获的季节，而对海子来说子实初成的收获还在遥远之彼岸，这是何等的落寞啊！对时间感慨的还有自己，在时令更迭的路口，彷徨又孤清。可又无可奈何，天就这样从岁月的沸点一阶一阶凉了下去。

晨起，花容渐老，望着远处的壁，花容渐老，那昔日的花影重重逐渐枯萎、消瘦。花荫流影散为半院舞衣。俨然是秋了。我的眉间也生了些许淡淡清愁。一面对着轩窗梳妆，一面追忆似水流年，鬓丝掉了几根，真是愁上加愁。

令人欢喜的是那昔日里小小的颗果荟萃于枝头，在风雨浇漓的日日夜夜里，长势喜人，逐渐成熟，富有内涵。可还不到收成的时候，有着大器晚成的苍老之感。

秋将一切节制节制再节制，删繁就简。抽去了万物之色、之气、之血。只剩下锈色的筋脉，黑色的骨，真是铮铮铁骨，有了些苍凉的远意。

秋，将所有的一切敛了敛，兜了兜，以一种往回收的姿态屹立于日常，屹立于人间。万物不再葱茏郁郁，热络纷繁，那些昔日里的植株，彼此间减少了往来联系，归于沉寂。

秋，在繁华中渐渐隐退，存有七分的静气，另外三分秋容留给红叶、白萍去装点打理吧。俨然一位心如止水的女子，学会了不动声色，由外向内去求索。充实内涵，学养，归于沉潜之间。

秋，分量是轻的，门庭冷落，一切都开始枯、开始淡。一阵风拂过，那枝丫上的花朵簌簌而落，一瓣一瓣地谢下，和大地一起永生。而那没落的，也是脆生生立于枝头，那花心可能早已一座空坟。

秋，像是一件被人看穿的心事，无遮无掩，纤毫毕现。山色秋容，少了一份轻佻，多了一份厚重；少了一份绚丽，多了一份斑驳；少了一份热切，多了一份遥望冬天的冷淡。秋之从容内敛，那是历经风雨后浩然气势中的王气。

秋，像是一件跌落的陈年旧事，带着些腐朽的气息，黯淡无光。萧萧、寂寥都和它有关。残阳照水，孤鸿长唳。未下雨，心却一阵湿冷。民间流行一句俗语叫，一场秋雨一场凉，想着在那晴好的日子里，把那秋季里应穿的衣物、应盖的被褥拿出来晾晒一番。顺便把蒙尘的往事也拿出来晒一晒，秋日，本身就适合思念、遐想。

春花之绚烂，秋叶之静美。此时惦念着大学校园里的银杏树，一入秋时，校园里便铺满了黄金大道，当黄昏来临，柔光朗照，一场晚风经过，满树的银杏叶便化作朵朵枯叶蝶，在波光微拂中，随风曼妙起舞，闪烁着荧荧的亮。银杏叶簌簌落满衣襟，有着薄凉的零落之美。拾捡一二夹在书页里作书签，也常常有女子在银杏树下拍照，黄昏美人像，因有了这秋叶也徒添了一份浪漫诗意。后来离开了校园，夏秋交叠间，时光也在这里终止。

《小窗幽记》中写道，秋山明净如妆，意思是说秋天的山明丽静美好似经过一番精心打扮。秋山最宜登高望远。凉风残阳间，想必有落霞与孤鹜齐飞，秋水共长天一色的人间况味。

秋，有着贴合骨子般的舒适感，不冷不热，如一杯温开水。没有了平日里的暑热，呼吸也十分清爽。秋，让人感觉从容、稳泰。

梅逸轩窗

江南，一个魂牵梦萦的地方。洞庭春色，峨眉雪景，东泰岱松，西潇湘竹，都不及一个地方，江南。我把所有的诗心、画意都给了江南。江南，它的风花雪月，它的婉约素雅，早就与我的性灵融为一体。

说起它来，总是侃侃，而对于其他地方，我略显麻木了些。江南湖光山色的美，永能准确无误地击中我的心房，爱它的姿态，应是无悔之姿。它那平素的一墙一瓦，均能给我以细腻入微的感受，那份爱，渗入了骨子里。

距上次去江南已有九个月之久了，现在竟也是辗转反侧，寤寐思服，思念我的江南了。一檐雨，一缸花，那些江南里的旧日风物均能轻轻掠走我所有的相思寂寞。

年初寻访江南，在园林里兜兜转转了好些日子。苏州在现代化的浪潮下，俨然另一个模样。而江南园林，却洞开了一个别样天地。江南的冬不如北国来得清与寒，反而有着混混沌沌的寒与暖。

乍暖还寒的日子里，行走在山闲水寂的江南间，徘徊在小园香径的园林里，只为一场别开生面的相遇重逢。来庭园，只为来看她，那个魂清心澈的女子。墙角数枝梅，在无人的一隅，开得绝然，是破釜沉舟般决然。

梅，骨骼清奇，自然也是历代文人的心头之爱。古人赏梅，可谓颇有雅兴。山中赏梅时，要随身携带帐篷，设炉炭。在园中赏梅时，更为讲究，设屏风，花开在哪儿，就把纸屏风打开在哪儿。每一个爱花的人，都在花上寄寓了属于自己的那份心情和情怀。看的是花，抒的却是己怀。

梅的花期有早梅和晚梅之分，当我还以为错过什么的时候，却不知，还有一场应接不暇的花事在等着我。

蓊蓊寒花,最喜它在屋檐轩窗下的疏影横斜。

梅枝是阡陌纵横之态，俯仰之间，动静皆宜。以一种长远的视觉看它，那些花如细密的针脚，凌乱地缭绕在枝头。梅花在岁月的清流里言笑晏晏，给人以趋于安定的陪伴。那小小的花骨朵，含苞待放状，可爱至极。似开未开的也有余味的好。

雨雪霏霏，纷纷从天而落，亲吻着它的玉面，挂在它的眉睫，移情别恋似的。一朵的含苞，羞羞答答，在春风和暖中浅笑嫣然，颇有李清照笔下那个“和羞走，倚门回首，却把青梅嗅”的女子之态。

一枝的粉白，肤如凝脂，娇艳欲滴。素来不喜色艳味深的花儿，张扬、吵闹，开起花来也是大朵大朵地开，昏天黑地地开。那是一种过犹不及的美艳，近乎于俗。

早春里的腊梅，颜色还未上全，梅腮上宛似施了淡淡粉黛，红粉的、清白的。莫衷一是，声色各异。定睛一看，那瓣还是那瓣，那骨还是那骨。

醺风来兮，数点梅花轻漾，它可是在等待那陌上缓缓归来的友？那些美善的人儿，其实早就按捺不住探梅的步伐了，在田垄河畔处处寻找着它的身影。想着摘一枝，别在花襟上，抑或插在案头白瓶里。

江南曾无数次逼真地出现在梦境当中。枕水人家，灰檐黛瓦，丁香女子。当园林遇上探梅，就如同成全了一段爱情佳话。花格子的窗棂上印着梅影。窗里窗外皆成风景。

说到梅，不得不提有梅妻之心的林逋了。隐居深山，以鹤为子，以梅为妻。梅，究竟有怎样的别有用情，将林逋痴迷于它的韵致之下，终身不娶。梅，究竟有怎样的用心，将它的心香诠释得如此清浅，不是馥郁芬芳，而是别有暗香。梅，究竟用怎样的匠心和心情，将它的开合舒卷孕育得如此富有内涵。不知它究竟经历了多少磨难，才在这般苦寒的季节里破萼而出。梅究竟是怎样的女子，能忍受所有支离破碎的孤独，竟将它一生中最美的花期掷于寒凉之中，不管不顾。

曾看过一幅画，梅花坞下，落霞悠落，茅舍之前，有客造榻，二人席地而坐，把酒言欢。历过激湍急流，逢过惆怅羁旅，当知人生最真的滋味也不过就在一肴一饭之间，青山绿水，梅影横斜，人生也不过如此。

梅，《闲情偶寄》中载，是花之最先者。也只有梅花这样冰清玉洁的女子才会将花时安排在这苦寒之季，当百花争先恐后开放时，它却默然沉寂，归于泥土。

轩窗，萦带着丝缕的忧愁，应是那古代女子多愁善感的凭栏之地了，而在园林，当古木苍山遇见漏窗之后，便成为另一种境的存在。一枝梅，仅此一枝，构图极简，却成全了一种小格局的古典之美。

宋代诗人杜耒曾有诗曰，“寻常一样窗前月，才有梅花便不同”。本是寻常，可窗前有了生机的流动和梅的疏影，这寂寥冬月也变得可观了。窗，作为内外风景的沟通和交流的媒介，将梅花的冷韵幽香铺陈给窗下的诗人，窗下的诗人在做什么呢？写一封花笺信，还是在作画，我们不得而知，但我知道，那无声的邂逅，让梅花美了千年，也让那窗下的人醉了千年。此景有不可言语的情意。

早春，在江南虽只待了几天，却给了我一生美好的记忆，那份记忆，是属于我和江南的独家记忆，别人看不到，也带不走。我小心翼翼地将其珍藏在心中，现在回想起来，宛然如昨，逼真了些。

在最美的季节里邂逅一场美丽的花事，为了不留遗憾，为了不负花期，即使道阻且长，即使坎坷不平，也要来看你。年年依旧，人，复了一岁又一岁，只怕在嚣琐的人间失了兴味，麻木了灵魂，在最好的岁月里，遇见你，如遇故人，恰如其分。

琼花赋

◇ 壹 ◇

古籍《群芳谱》中说：“小雪气寒而将雪矣，地寒未甚而雪未大也。”

倏然间，岁月愈深愈冷了。兹晨，一场寒凉而至，北风穿越了它时间的道场，浩浩荡荡如风云的将士，肆逞着淫威。

冬，万物严肃，庄严幽寂。北国的冬，和江南的冬相比，来得分明、饱满。更让人有意足的兴味。天色欲晚，看着旧日挂历，此去经年，一年又如米缸就要见底了。

薄暮之中，灯火阑珊处，此时，迎来了北京的第一场雪。

在北京，一下雪，便成了北平。银装素裹，白云尺素般，洁白，美丽。人们纷纷前往故宫去看雪，红墙黄瓦，极致的中国色配上一场富有声色的雪，那简直曼妙无比。北平只有落了雪，冬天才算完整。这样冬天不仅有了骨骼，更有了血肉丰满。

雪，无声地下着，有随风潜入夜，润物细无声的细腻。雪轻浮在空中，那姿态是松弛的，有着乱花渐欲迷人眼的缭乱之感。

马路上，静得出奇。那萎落残败的玫瑰花却有别样的枯美，略带颓丧。雪落在花心，清润无比，更显其娇软，一名男子和我一样，一路随拍。市井里，空无一人，静得只听见心的澎湃跳动，不息不止。

我喜欢这种沉寂的美，喑哑无言。

琼花，意是闲定的，色，是温雅的。它徐徐地谢着，婉美地落着。

这世间最美的六瓣花啊，它藏匿在我的袖口，隐于步履之下，渐渐沉浸于大地，随后与大地永生。这是来自天宫中织女的匠心吗？这针法入微，银线细密，花图繁复，肉眼都难以察觉。

风、霜、雷、雨给人以十面埋伏般的危机感，有种逼真刺骨的寒意，只有雪，人们是愿意亲近的。

在灯火阑珊处，大地一片冰洁。雪荧荧的，沾了些橙光，自上而下地缓缓飘垂，如朵朵蓬松绵软的棉花。那白，透亮，在灯火下更显其质感，一粒一粒，看得分明。伫立在雪中，心也随着六瓣花的旋转漫飞而一点点灵动起来。

北国雪飘，江山逶迤。那浩浩莽莽的原野上，是一片纯洁的莹白。大地上虽少了苍郁之色，可这纯粹可爱的琼花，也是我所喜爱的。雪，在一直下，笼着天上和人间，上下一白，那白，是绰绰有余的白啊。

北平的初雪下在了十一月的最后一天。初，是美好的、圆满的、单纯的，没有纠葛，没有繁杂。如初，多美好啊。兰说：“人生若只如初见。”这世间有多少美好始于初见，止于初见。虽是北方的姑娘，对于雪已经见怪不怪，但还是难掩心悦。

也记得每个灯雪下的夜晚，那时喜欢和心爱的人走在薄薄的雪上，他用他的大手牵着我的手，怕我冻着遂将我的手插在他的口袋里。是啊，天虽是寒的，可心也被这温暖的大手焐热了，因为有他在我身旁，心也是安定的。寂寂无人的路上，只有脚下，咯吱咯吱。一阵语响，那声音是人间最美的、清脆的天籁。

◇ 贰 ◇

岁末清寒，等候一场雪，下在朱红墙，琉璃瓦上，还有凭栏人的眼睛里。寒雪落满琼枝，兀自苍翠于茅舍野屋间。当曦光微亮，乳岚隐现，周遭无人，只有一林子的竹涛阵阵，那会是怎样的一种欢喜啊。

念起江南的雪，似也有小家碧玉般婉美的性子。极温顺的，极诗意的，没有北国的飒然寥落，铺天盖地。

灰瓦，白墙。素素静静。宛若淡淡的水墨一痕，当那绵绵不绝的雪缥缈来袭时，浅覆在清池、低竹、飞檐、树杪、沙汀，那是怎样的一种雪意淋漓啊。

雪，在江南，是一种留白。如一纸白宣，未落墨的白宣。正如宋代王琪所说的，“轻素剪云端”的缥缈素白。雪下在了富有诗情的江南，山岚、黛瓦、粉墙，无一不白，那画面感是极有画意的。皑皑雪色中，早已分不清天上人间。雪，一朵朵盈婉悠落，将自己置身于一段幽幽岁月中，青竹履雪，石板斑驳，闲闲静静。江南的水，江南的雪无一不是浓情的，有着稠稠的艳丽润美。

江南落了雪，更添其清雅。岁寒，只为等一场雪覆梅花，轻嗅芳菲蔓延。

篷雪满天，如羽如絮。梅，覆水难收之姿，大雪初霁时轻轻地逸出它的身子，一枝早梅凌寒开放。嫩黄的颜色，如灯火青荧，倏闪着亮光。雪，或化为莹洁的冰粒，置于花心，堆陈其间。

梅，卓尔不群，有着清洁的本心，不与群芳争艳，不与百花争春。即使天寒地冻山川凝，即使朔风吹老梅花片，也要肆意绽放它的美。崔道融有诗云：“香中别有韵，清极不知寒。”雪，轻轻地落在花蕊之间，夹杂着缕缕暗香。蓬蓬的，轻松的。素雅的雪色衬着梅骨，更显冰清玉洁。

梅，在寒凉中竟将其生命诠释得如此完美。梅，有着宁折不弯的铮铮铁骨。喜欢那些幽独的花，也因此喜欢那些清寂的人。他们不是在生存竞争的失败者，不是与社会格格不入的隐逸者，他们向往的是看透世事的洞达，归真返璞后的闲静。

红少香稀的岁寒之月，唯有梅，在无垠雪色中开得簇拥。梅花，究竟是怎样的女子啊，不娇似闺人，不唯唯诺诺，如此凛然孤绝，梅，嵌在冬雪中，莹莹，冉冉，如惊鸿孤影，有着傲然气节。

像极了那尝尽风霜的女子，历经了苦难世事的打磨后，如一块经火淬炼的钢，柔中却有百般韧性，又如行走江湖的女道士，侠骨柔肠，有着十足的风骨胸襟。

◇ 叁 ◇

雪与花的交缠，是最美的人间风雅。不然怎为历代文人所津津乐道？卢梅坡诗云：“梅须逊雪三分白，雪却输梅一段香。”

雪与茶的相契，是最美的人间清欢。《红楼梦》中妙玉是深谙雪水烹茶的女子。

雪，有着洁白的面，冰洁的心。雪中之境，古人恐怕是深有体会的。辽阔的空山之中，一舟、一蓑、一翁，垂钓江雪，孤寒而又静谧。将自己孤放在一片雪中时，心也愈见澄澈，性灵也是风烟俱净的至清至洁。雪，自天国而来，净如琉璃，也只有它，能将天地净化得如此明彻，没有一丝尘俗，没有一缕渣滓。

雪，似童心未泯，涉世未深的孩童，有着干净的心性，不喧哗，不争吵，就这么静静地，轻灵地纷纷扬扬，飘飘洒洒。想用手去接住自天国而来的精灵，当灵魂相触的刹那，它在我手掌中感知着我的温度，迤逦销残，化为一摊水迹，留给我丝丝的沁凉之意。

雪，温柔缱绻，如婵娟的圆月。雪，这尘世间最美的六瓣花，一片片，一朵朵，梨花压海棠般，给万树千山披上最美的繁花。

它的零落，略带凄美，淡淡的感伤。喜欢雪满山前之时，独自一人，踏雪寻梅。又复一岁，可它却还是旧时模样，遇梅，如遇故人，在大雪纷飞中，彼此相忘于江湖，静静对望。我想我是幸运的，能如此观其貌、品其味。只是可怜了那春日里的蜂儿，没有机会再一睹它的芳容。它或许会嫉妒我吧。

雪，落在花格窗棂上，凝成坚硬的冰凌花。雪，开在驿外断桥边的梅枝上，结成轻逸出尘的花萼。落雪的世界，只想在这残雪还

它的美是昙花一现
是转瞬即逝
是何似人间

未消融之时，静静感受天地静美的况味和如禅意般的琼花纷垂。

雪，是何其安谧的女子，平淡安妥，悠然恬静，葆有干净皎然的心性。它的无瑕，给我以心灵的慰藉。如若是女子，也应如雪，冰清玉洁，洁身自好，不染尘俗。

它的美是昙花一现，是转瞬即逝，是何似人间。曾记否，那句“未若柳絮因风起”，谢道韫的雪穿越了千年，醉了人间。曾记否，那句“故穿庭树作飞花”，委婉旋转间，惊艳了岁月。

雪无色无味，却如一杯愈品愈有味的老茶，苦涩中带有一丝回甘的清甜，敦厚沉实的内香久久不散。雪，如人生的底色，没有了狂傲不羁的野气，尽显虚和冲淡。

人在逐渐成熟中，我们活得越来越不像自己，离初心也越来越远，人世的隔阂冷漠、世态炎凉，让我们的心坚硬似磐石。林清玄先生曾经说过，人要有一颗柔软心，柔软心是善良，是慈悲，是爱。面对世间的那些温情美好，你有多久没有为之动容了，有多久没有感动得哭泣了。我们时常把自己包裹，即使遇到多么美好的事物也是麻木不仁，我们还活着，可心死了。

我们的生活被物欲充斥着，再也回不到从前慢的日子了。我们的生活没有了鸟鸣花香，只有钢筋混凝土的苍白。这个时代是极快了，但却没有清欢之味，没有质感，如一堆塑料泡沫。

云水闲闲，不如备上茶炉，婉约起身子，低坐于屋檐窗棂下，守住眼前的浮世清欢，不问日升月落，不问朝暮春秋，静静地等一场雪，等一场风花雪月。

◇ 肆 ◇

山光落了，池月升了，一场雪，轻描淡写地落在山河大地上，一派冲融闲雅。雪的声音轻浅，幽柔如呼吸。不像风雨般酣畅淋漓。

雪落无声，如一首禅意悠远、隽永的小诗。夜星听雪，听的是风雪夜归人的苍落心境。

在你抱书拥衾时，在你围炉煮茶时，它来了，脚步轻轻，踮着脚尖，簌簌落瓦，不知不觉间上下一白，天地，其间的人，共白头。

冬，像是一场剩下的时光，这个阶段，人生已走过了四分之三的路程，不再像从前那样为了家庭、为了生活而疲于奔命了。这段时光就留给自己吧，写写字，作作画，煮一炉子的茶水，任尔东西南北风。

冬，心意淡了，宛似一对恋人，不再浓情蜜语，眼前只有锅碗瓢盆的平淡。此时的自己如莞尔盛开的一朵白莲，在天色欲晚时，沐浴在暮霭里，慢慢拢起自己的花萼；如一杯被沸水浇漓过的老茶，静坐于杯底，不再浮沉。不喜欢各种应酬、聚会，只想躲在日子里的一角，啃书、作乐、休养。

冬，是人生的边境，纷华靡丽、声声色色，一切都删繁归于至简吧。不在欲望里苦苦挣扎，不在忙碌里奔驰角逐。闲情偶寄，许自己一段沉静平淡的时光。涤尽内心的浮躁不安，澄然静坐。如花落之潇然，如檐雨之泠然，如云舒之悠然。

PART 4

第四章

蓝田日暖玉生烟

日子如此不堪盈握，韶光倾覆间，已是暮春阑珊。夜微凉，暮野四合，珠帘不卷，独坐春深，我感伤着流景。

此时已是下弦月了，月小似眉弯，淡月笼纱，娉娉婷婷，掩映着杏花疏影。银河垂地，似缎，又挼碎了一地。我不禁喃喃，花朦胧，雾朦胧，晚风叩帘栊。

历史的车轮悠悠荡荡，梦回大唐，可早已不是盛唐的模样，庄生梦蝶、鲛人之泪、蓝田日暖、良玉生烟。深美闳约中还泛着缕缕的说不清道不明的郁怨。此典出自朦胧诗鼻祖李商隐之《锦瑟》篇，如梦似幻般迷离的色彩，绮丽，绵邈。没有具体的象，但灵韵却徜徉其间。宛若江南的一宿香花之雨，在我心中氤氲开来，步步润色。浸了秦汉的辉影，染了魏晋的霜色，琉璃瓦清，在宫商角徵羽间施施而行。朦胧之美，渺远，空灵，不露声色，虚极但又真切存在。仿若雾里看花，水中观月。

朦胧之美在江南。

我喜欢江南的朦胧烟雨，柳色昏暗，花影迷蒙，水榭蕴香。烟雨江南，是多少文人墨客心里的桃花源，诗意的栖息地。一支素笔，一碟墨香，笔端的柔情诗意就能在宣纸上晕染开来，宛如清清小池的一株白莲，柔的匀的吐息，莞尔蕴香。一盏冰洁的心，早已暗香浮动。

骀荡的暖意，点染着人间草木。绯雨，烟岚，青砖黛瓦隐默其间，夭桃盛开，灼灼其华，明艳灿然。梨花寂寂，一场雨赶来赴约，百般痴缠后，落花流水，抱香而死。玉人一面清美的初妆下，朱泪盈睫，落花成冢，但以一种凌厉的姿态碾落成泥。樱花丛丛，将她的万千柔情，编织凝聚成细小的花蕊，绣口吞吐着缕缕淡香。一番少女情怀的心事，对春诉说。

一汀烟雨中，蕴花，莞尔蕴香。

谢榛说："凡作诗不宜逼真，如朝行远望、青山佳色，隐然可爱，其烟霞变幻，难于名状……远近所见不同，妙在含糊，方见作手。"

杨绛先生说："云雾中的山水，暗夜的星辰，希望中的未来，高超的理想，仰慕的名人，心许的'相知'，——隔着窗帘，惝恍迷离，可以产生无限美妙的想象。"

朦胧中，才允许你做梦和想象。朦胧之美，在诗词。诗经，越古老，越美好。那宛在水中央的倩影，模糊的脸庞，却让人心旌摇曳。

“蒹葭苍苍，白露为霜。所谓伊人，在水一方。”绿水溶溶，青波微漾，蒹葭茫茫，水楣边上，那佳人绿柳云烟般的轻盈，白色的薄衫盈了满袖的清风，衣袂飘飘，亭亭如幄，那隔水相望的男子，怕是早就望穿了眸眼，伊人的孑影就在，娴静犹如花照水，眼神清亮，袅娜少女羞，许是有美一人，清扬婉兮。美得如此飘忽，如此不可捉摸。可奈何可望而不可即。一份情愫洇染开来，那自是如鲠在喉，欲语还休。

我喜欢笙歌的朦胧之美，譬如轻音小曲、山水筝音，娉娉婷婷，铮淙悦耳，尤爱邓伟标的一曲《空》，时而蝉鸣啁啾，时而流水潺潺，空灵虚极，烟波之上，一叶小舟，老叟独钓，此时无声处更胜有声。随之而来的心境也是澄明若水，心净圆融。把思想转向内心深处，走进一种静绝尘氛的世界。心自静，人自清。让时间凝固，让躁动的心平和，空才能纳万物，虚方能怀若谷。种种不忍舍去的欲望，争夺的纷扰，也会在这种朦胧的宁静中归于虚无，冲和，闲远。

雾失楼台，月迷津渡，世间美的东西大多含而不露，蕴藉深藏，不显山不露水，花非花，雾非雾，含蓄，隐约，些许的留白，些许的神秘。锋芒毕露的东西容易在岁月中被摧残，而藏则不会。

董其昌说：“一摊烛作画，正如隔帘望月，隔水观花，意在远近之间，亦文章之法也。”董其昌的书法，绘画喜用淡墨，清疏、散淡，但气韵生动，意境闲远，禅意悠悠。人雅则书淡，无论是他的书法还是绘画，自有一抹浓浓的书卷气。不追求绚烂之极的荒芜，淡远也是一种美。它追求的是一份象外之象，味外之旨。

美无度，在虚实之间，一览无余，太过裸露的事物纤毫毕现，反而顿失美感。犹抱琵琶半遮面是一种美，幽深回转也是一种美，它的意境在于花开半朵，半饮芳醪，酒至半酣，茶啐半斛，却余味无穷。

中国人讲究“盈满则溢”，凡事要给自己留三分余地。有些事，不说破，不道尽。这又何尝不是一种智慧。看得通透，但选择不说，给对方留有余地，是一个人最好的修养，也是对他人最大的尊重。说话一针见血，总容易伤害彼此的感情，有时候，我们需要遮掩一些。正如李叔同所言：“律已，宜带秋气，处世，须带春风。”做人立世不带锋芒，但也不要过于圆滑世故，如古时候的铜钱般，外圆内方，含蓄，隐忍，克制。在生活中，我们会发现有这样一类人，他们喜欢倾听，不善言语，总是一副谦恭的样子，这才是真正的智者，他们懂得韬光养晦，他们所露出来的才识永远是冰山一角，不过早将自己的底牌亮出，也不为一种智慧谋略。

朦胧，有种过渡的边缘美感，若隐若现，若即若离。花未开，月未圆。似是一种残缺，似是一种恰到好处。

朦胧，和真实隔着一层纱。它不被定义，且没有固定的形态和身份，它永远在空气中游走，它不想被人们识别、看透。它身上有着致命般的诱惑，有着寻绎不尽的酽酽深味，如同犹抱琵琶半遮面的青衣女子，低眉，莞尔。

隔雾观花，隔帘窥月，隔窗听雨，隔着人世中一层一层占有的标签，不刻骨、不疏离，淡淡的、静静的，就很美。

人生若只如初见

人生是一场盛宴，　初见总是琳琅满目，热气腾腾，之后便是酒冷茶凉的离散。悲伤的，不是这残羹冷炙，而是这似水流年。

初，凡带有初的皆真率可爱，初有初心，常言道，不忘初心，方得始终。论语中讲人之初，性本善，初，那是人生最洁白的扉页，是与生俱来的真善美的结晶。初有初恋，那是情窦初开，氤氲朦胧的一种情愫。米元章的初是“能婴儿之真”，是不谙世故，未染纤尘的孩童的初。初，有着最干净的人生底色，推及爱情，人生有如初见，多般美好。初，是回眸一瞬间最美的照见，没有失恋后的不胜萧疏，没有长久相处下的索然无味。不禁想起孙怡的那首《初见初恋》。

若如初相见，若如初相恋，执手相看枕肩共眠，此生亏欠，千语万言，影系人间，微雨双燕。

若如不相见，若如不相恋，忘却江湖天各一方，
此生不负，万种风情，
情投东海，寒雪孤舟。
……

◇ 壹 ◇
美丽邂逅

那年，春色阑珊，一个十七八岁的翩翩少年郎不经意间与他心爱的女人蓦地相逢，他的表妹，谢氏。女子嫣然一笑，他会意地懂了。就在这惊鸿一瞥间，彼此的心里便埋下了爱慕的种子，从此辗转反侧，相思入骨，难以入眠。“谁省，谁省，从此簟纹灯影。”可谁知，天意弄人，这段朦胧的初恋还未开始，就化作了泡影，谢氏被选为皇帝的妃子，一道宫墙阻隔了两人的感情来往，心字已成灰，心字的檀香化成灰烬，那美轮美奂的爱恋也在一瞬间灰飞烟灭。女子心痛不已，自己的心又何尝不在滴血。凄凄惨惨戚戚。

◇ 贰 ◇
乍偎人，一闪灯花堕，却对着琉璃火

在外征战的日子里，颠沛流离的纳兰容若，他常常是孤寂的，

某年某日，落脚在深山古寺中，寂夜难挨之时，他想起了他所爱的女子，思念开始在这漫漫长夜中发酵和泛滥。如斯长夜，孤独冷漠的他，只有在梦中才能与佳人相会，倚窗吟和，直待到晓钟敲破，缠绵亦是不舍。天亮了，漏出鱼肚皮般的白，那灯花一闪而没，容若即醒。恍然间，原来所有的重逢欢乐只是镜中花，水中月，皆是虚妄。想到这儿，他的心如这穿堂而过的冷风，是刺骨的寒凉。心一阵湿冷，随着古寺庙中的琉璃灯火而消然泯灭。所有美好的梦幻，到最后只剩下那忘穿秋水的眼睛，独自思忖着这梦中的悲欢离合。

◇ 叁 ◇

谢却荼蘼，一片月明如水

古语曰，开到荼蘼花事了，这开到荼蘼的花儿啊，意味着花期将近，所有的美好都要在开得绚烂的荼蘼花中归为片片落花，涓涓流水。恐怕只有天宇间的一轮明月能知纳兰公子的心意，懂他的欢乐和忧愁。

“人生若只如初见，何事秋风悲画扇。”

初见，是最美丽的事，含有浪漫迷离，欣喜欢愉的意味，没有感情褪尽后的薄凉萧疏， 没有人世情分散去的悔与恨。人与人之间若如初见时那般美好，就如同团扇始终在初夏时拿在手中的那样，该是多好。曾记否，昔日里赌书泼茶的肆意开怀，可当时只是寻常情景。曾记否，昔日里摘花消恨的风月往事。岁月如流迈，他的妻子卢氏逝后，这成了纳兰心中最美好的回忆，搁浅在心底。青丝变成了白发，美好也恍若昙花一现，只留有无尽的感怀和眷恋。

山一程，水一程，多少个日日夜夜的翘首盼望，可惜情深缘浅，“一宵灯下，连朝镜里，瘦尽十年花骨”，此时的伊人是否也是人比黄花瘦。纳兰的妻子卢氏因难产而鹤孤华表。在《荷叶杯》中纳兰写道“知己一人谁是谁，已矣”。高山流水谢知音，可那一曲高山流水还未来得及演绎，知音便已归去。唏嘘往昔，本是红袖添香，琴瑟和鸣，如今，却道是物是人非。林下闺房，风华绝代的丽人逝去，留给纳兰容若的是爱而不得的感伤。“浣花微雨，采菱斜日”，你我偕隐，相忘于江湖，岂不乐哉？可命运总爱戏弄于人，从此纳兰缠绵缱绻之情如滔滔江水，东流不复返。

◇ 肆 ◇
枇杷花底校书人

“枇杷”亦是琵琶，二字带有一丝哀怨的意味和格调，不禁让人想起白居易的《琵琶行》，卢氏死后，纳兰续了官氏。但这并未能抚平纳兰心灵上对亡妻的悼念，他的朋友故友贞为了抚平纳兰心中的伤痕，便带来了江南才女沈宛，二人一见如故，可奈何，遭到了纳兰容若父亲纳兰明珠的强烈反对，只好作罢。纳兰陷入了深深的忧愁，每每相思时就想到那个枇杷树下无限怅惘的佳人，如空谷回音，不绝如缕。

◇ 伍 ◇

功名应看镜，明月秋河影

夜风飒飒，烛影幢幢，思绪万千，他又想起了那被帝王夺去的表妹。如若有来生“定与韩凭共一枝”。韩凭本为战国大夫，其妻因貌美而被康王夺去，二人以死表达对彼此的忠贞，康王恼羞成怒，将二人分葬两处，可谁知，一夜之间，两座坟之间竟然各长出一棵树，根连于下，枝连于上，且有二鸟栖于枝头，朝暮悲鸣。如此的遭遇和容若何其相似，锋芒直指帝王。

一箪食，一瓢饮，不改其乐，那是颜回的淡泊。采菊冬篱下，悠然见南山，那是陶潜的悠然。万里戎马天涯，山长水阔，在容若看来，功名难就，他最向往的可能是一张琴，一壶酒，一溪云，且信步其中，悠然自得。“浣花微雨，采菱斜日”，你我偕隐，相忘于江湖，岂不乐哉？薄寒陋舍，虽布衣相往，亦胜陶家?

纳兰容若，这位贵胄公子，皇家一等侍卫，在他花迎剑佩，风光无限的背后又有多少不为人知的爱恨别离。其自谓是人间惆怅客，这个古之伤心人，不论是和他的表妹，妻子卢氏，还是江南才女沈宛，都无法在现实中有美好的结局。如花美眷，似水流年，终也却是，人走茶凉。

秋水，伊人，那痴情的人啊，究竟在水的哪一方？在小园、香径、瑶阶、辘轳金井旁？凉蟾，城乌，金樽酒满。

一棹春风，几度思量。

香篆消，对花频言。

一穗灯花残。

不忘此生优雅

民国，是我最喜欢的一个时代。李叔同、林徽因还有周作人，都是我所喜欢的。民国，那是一个永不褪色的年代。那时的文人，一身布衣，却有着难掩的风度，自带一种光芒与气质——文人风骨。

民国的周作人，其深谙生活之美。文章中尽是岁月静好的模样，一派闲逸安雅，不动声色，那是属于文人的散淡和冲和。周作人的生活美学深受日本文化和美学的影响，其曾跟随周树人在日本留学，并在此期间认识了他后来的日本妻子。他在书中称日本为其第二故乡，对日本的吃住居以及人文风情也颇为向往和喜爱。

他在文中说道："我们于日用必需的东西以外，必须还有一点无用的游戏与享乐，生活才觉得有意思。""我们看夕阳、看秋河、看花、听雨、闻香，喝不求解渴的酒，吃不求饱的点心，都是生活上虽然无用却是必要的装点，而且是愈精练愈好。"很多看似无用的东西在作人眼里都充满了盎然的情趣。他写狗和地毯，甚至写苍蝇，平时里那厌恶的生灵在他笔下竟也有着灵魂的美好。能够从细微之处体察到旁人觉察不到的生动，这本身就是一种天赋和能力。

平常、细琐，不值一提，在周作人眼里却是一种感受至深的存在。董桥先生曾说周老的散文是静静涩涩，文章的静意在于他空灵的心界，所以才有旁人感知不到的趣味。而涩与他一生的境遇有莫大关系。

周作人其舍名：苦雨斋。这也是他风雨漂泊一生的真实写照。他在《苦雨》这篇文字中给友人写信，写到了大雨冲塌房屋，水漫书房，以及对故乡的怀想。在与其兄决裂后，他的思想也发生极大的变化，他说："我以前的蔷薇的梦原来都是虚幻，现在所见的或许才是真的人生。"

此时的他已至中年，心意淡了，他守住他的苦雨斋，吃茶、读书，在怅然的岁月里留给自己一个空间，旁人所不容置喙的空间，尽享清欢。心中虽有隐隐的苦涩，却也能苦中有乐，体味苦味人生之中的缱绻回甘。周作人后来更是遭受了坎坷，被人毫不留情地称为"文化汉奸"，出狱后亦是度过了郁郁的晚年。他写了那么多清简自持的话语，可谁又能理解他背后如泠泠苦雨般的忧愁冷凝？四季苦雨似汪洋大海，漫过了他心灵的桥梁。

周作人自诩为"苦雨翁"，这也是他内心深处的真实写照。

闲适宁逸的生活只不过是表面，那些安闲悦乐不过是生命余情的表象，苦乐之作。

他那蔷薇般的梦是对余闲生活的向往，他想要的不过是炉上煮着清茶，素雅洁净的瓷器，与三五好友，纵然是静坐，亦是繁华。

周作人说：“我的理想只是那么平常而真实的人生，凡是狂热的与虚华的，无论善或是恶，皆为我所不喜欢。”他摒弃了纷杂的世事，只留内心的空灵与超然，这样的岁月不惊艳，平凡而朴素，但这也是生活本来的滋味啊，是日子最本色的面目而已。

文人大多爱吃，比如汪曾祺，“好的人生，就是吃遍八方美食，活的自在有趣”。周作人也不例外，他生于绍兴，分外钟情于故乡的吃食，比如精致小巧的点心、芥菜等。对于他来说，什么珍馐美味，觥筹交错也不及那充满风味的小吃。他对吃也很有研究。通过南北吃食的不同，还分析出了南北的风俗习惯的差异，进而感悟出人生的真谛。他发现北京的饺子、馄饨面总是十分茁实，馒头也是实心原味的，因为本来就是主食，只要吃饱就好，不求精细。而南方的点心却细致讲究，且有着优雅的样子。他说：“北方的点心是常食，南方的则是闲食。”

这一点我也深有体会，作为北方人的我吃南方的东西多少会有些不习惯，记得之前在江浙一带游玩，在旅游景区曾给父母寄过包装好的点心让其品尝，结果得到的反馈却是：“这玩意儿哪能吃饱哩，中看不中用啊。”北方人吃饭多为了干活有力，南方人则作为一种享受生活的方式，不求果腹。

生活的滋味多是来自于一些无用的装点，就如同吃着那不求饱的南方点心，喝着不求解渴的茶。

周作人的生活美学贯彻在他生活的方方面面，喜欢但却克制。酒要微醺，一口一口地喝就是艺术，彻底禁酒或者浸身在酒槽里烂醉如泥都是不懂得享用之术。

周作人说茶："忙里偷闲，苦中作乐，在不完全的现世享乐一点美和谐，在刹那间体会永久。"他喝茶，对周遭的环境，喝茶的器具，都颇为讲究。"喝茶当于瓦屋纸窗之下，清泉绿茶，用素雅的陶瓷茶具，同二三人共饮，得半日之闲，可抵十年的尘梦。喝茶之后，再去继续修各人的胜业，无论为名为利，都无不可，但偶然的片刻优游乃正亦断不可少。"

品茗，交友，一颗随遇而安的心，在幽静雅洁的茶境中去体味转瞬即逝的美与和谐，并在刹那间体会永恒，捕捉欢愉的况味。闲人不一定能体味静中之趣，能体味静中之趣的也并非闲人。偶尔也可以从忙乱的俗世中逃离出来，抛却一切，享受那片刻的优游，这就是忙中的静趣。

喜欢但不沉溺，热爱但不贪妄，享受但不肆恣，这是周先生的生活处世哲学，且道是，"暗香浮动恰好。"

周树人，其笔锋如刀枪，刺破现实，针砭时弊。而周作人则是古典文人的传统形象，喜谈风月，不涉时局。其文冲和散淡，浅浅远远，迟迟缓缓，没有大波大折般的局促，只有细水长流般的绵绵耐心。对于周作人，有人始终葆有一种成见。可是，那又有什么关系呢？其文字不与草木同朽，他的文字依旧鲜活地流传于后代，为我们所敬仰学习。

绵阴的雨下，继续捧着先生的书，书中的一些文字阻碍了我继续读下去的冲动。老先生在苦雨斋中读书，喝茶的样子历目眼前，卧在乌篷船内听水声欸乃，闻桨声橹影的悠然形貌缥缈而至，不禁泪湿眼眶。心中有着难以言说的怅然若失，一为先生逝去不再，二为那些没有把握住的转瞬即逝的美而失落。

生活的艺术是艺术的生活，把每一天都当作赶赴一场盛宴，用心良苦般地去认真生活，周全自己。于寻常一物一景之中体察那微妙的乐趣。

我们平凡人的一生，哪有什么岁月静好，更多的是一地的鸡毛蒜皮，在“兵荒马乱”的岁月里，希望我们能够学会调和生活，享受静中之趣与无用之美，愿我们的灵魂不再麻木荒芜，就像先生所说，不忘此生优雅。

人间有味是清欢

打开时光封存的窖酿，偷得浮生半日的闲散清欢，啜饮一小盏的白茶，浅尝素静清芬。人间欢愉总是如吉光片羽般绵绵若存，随喜随乐，清欢以度。

最喜欢苏轼那句“雪沫乳花浮午盏，蓼茸蒿笋试春盘。人间有味是清欢”。“清欢”多么美好的一个词啊，脱掉了一身的俗气，不张扬，不热烈。“清”是清淡、清明；“欢”是欢喜、欢愉。

清欢是古佛胸前的一块璞玉，在晨钟暮鼓、檀香经卷的日日浸润下，有了别样的温纯。清欢是一盅回甘的茶，在水的滋润、浇漓、淬炼下，也有了别样的味道。

流光容易把人抛，红了樱桃，绿了芭蕉，杨绛先生说：“我们曾如此渴望命运的波澜，到最后才发现人生最曼妙的风景，竟是内心的淡定与从容。我们曾如此期盼外界的认可，到最后才知道，世界是自己的，与他人毫无关系。”清欢，是给自己的心灵减负，舍弃不必要的欲念贪妄，回归内心的单纯本真，去体味平常生活之味。

日子这般不堪盈握，再怎么平凡的日子也要有小情小调。不妨择一日午后，在小轩窗前，梳妆打扮。抑或用适当的器具，新鲜的蔬果，简单烹饪一次佳肴，和家人坐在一起，用心体味每一样食物的起承转合，即便没有第一瞬间取悦味蕾的口感，却那样舒心。亦可浆洗，打扫，抱一本书，与花缠绵。倚着窗牖，长笺尺素，书一纸的风花雪月。膝下横琴，石枰下棋，扫雪煎茶。约几位故友，漫步水云间，觅得清欢几许。

唐代高僧齐已在《喻吟》这首诗中说道：“日用是何专，吟疲即坐禅。”禅师除了吟诗就是坐禅，不为外物所滞，表象所拘，安之若素，自在圆融。惠能法师说，本来无一物，何处惹尘埃？明心见镜，是一场盛大的清欢。

“长亭外，古道边，芳草碧连天。晚风拂柳笛声残，夕阳山外山。”这出自李叔同之手的《送别歌》作为城南旧事的插曲而为人们传唱不衰。李叔同学养深厚，才华横溢，在戏剧、文学、书法等方面均有造诣，法号弘一法师，在圆寂前仅写下“悲欣交集”四个大字，供世人去体会。

清欢，是清淡的欢愉，如一盏淡茶的余韵。虽浅也深，知味清欢，过滤了心灵的杂芜，心境也由此变得更加纯一，精神明亮，步履也更加从容。李叔同绚烂之极而归于平淡，生命的留白之美，这难道不是一种清欢吗?

关于李叔同还有一个故事：话说一日老友夏丏尊去拜访叔同，只见他吃饭只就一碟咸菜，问："难道咸菜不会太咸吗？"弘一法师淡然一笑，"咸有咸的滋味啊"。吃罢，弘一法师又倒了一杯白开水，其又问："没有茶叶，就喝这样淡然无味的白开水？" 弘一法师依旧浅浅一笑，"白开水虽淡，淡也有淡的滋味啊"。

淡中知味，是返璞归真，映心清嘉。生活中的素与简，是为了守护内心的一片繁华。道家哲学讲大道至简，朴素，亦是抵御欲惑最好的屏障。心如简，明心见性，方可保持内心的澄澈清明。

记得《萤窗小语》这样记载：清苦与辛苦，看似一样，其实大不同。清苦固然苦，但是苦的清明恬淡。辛苦不但苦，还窘迫辛劳。陶渊明居陋巷，是清苦而非辛苦。千万富商，汲汲营营，忙忙碌碌，在世俗中钩心斗角，和形形色色的人周旋，被各种欲望和利益所拘牵，最后只有真心荼毒的疲顿和焦虑。这是辛苦而非清苦。辛是辣，辛苦刺激而伤身。清是淡，清苦平淡而养廉，是悠然见南山的淡泊处世。

忙碌与散乱，让我们的内心充满了焦灼和成见，失了本真，老子曰，见素抱朴，人活到极致一定是素与简。俗事纷乱，五蕴炽盛，万般繁华，也只是浮方掠影，素则心不惑，简则境圆融。

心容世事，而不与之争，意纳万物，方能涵摄一切。

清欢，如茶，是朴素的简明温和。而非让人生畏的深奥严厉，清欢让精神保持舒适性和心灵的自由度，浮生一世，不如清欢以度。人生如逆旅，我亦是行人。我亦愿做那素心人，心如简，淡如菊。

静故了群动

愈来愈喜欢安静了。静是花落无声，静是雁过无痕。静之如禅，是无声的庄严。

《道德经》中讲："静为躁君。静能克服人身上的躁气。"

《大学》中说："静而后能安，安而后能虑，虑而后能得。"

苏轼有诗云："静故了群动。"世间只有静懂得万物之变化，知晓万物嬗变之道理。

人世熙熙攘攘，皆为利来，骄怒嗔念，皆发自于一个字——欲。光怪陆离的世界使我们的内心始终不能清净下来，灯红酒绿，繁华万千，声色涌动，如是我更贪恋有静气的事物了。

心静的人，心是素闲的，亦如一汪清水，静是产生一切体悟的根源，通过静，才能透过事物的表象照见万物的本质。

静安是身与心的统一，静能生慧，我是一个爱极了安静的女子，时常去独处、思过、读书、修心、心静的人懂得沉淀自己，懂得在静中安顿好自己的灵魂。抛却世俗中的琐碎。将自己在浮华中渐渐隐退，皈依于灵魂。闭门即是深山，读书随处净土，读一本好书，如遇一位精神同乡的挚友，书中有一个广袤深广的内在，我们需要在书中去日渐丰盈，遇见更好的自己。

静如处子是一种美，尤其是形容女子，我喜欢的女子不是最美的，但一定有安雅、静穆和淡泊的心性。安静的人，神态是宁静的，眼神是清澈的，言语是平和的，步履是从容的，为人处世，凡事有度，不骄不躁。

道家言："灵台清静，静能生定，定能智慧生。"我们需经常擦拭我们的灵台，使其不染尘埃。静是心灵的一种恬淡的状态，即使我们不能够真正远离车马喧嚣，但依然可以在内心修篱种菊，把生命升华出归静归宁的闲远。将自己从纷繁的尘世中剥离出来，花下枕眠，吃茶赏雨。我喜欢恒静的生活状态，保持一颗淡然的心，将阴晴圆缺的日子过得饶有美意，过得时光潋滟。一帘月影，一墙花枝，一盏淡茶，皆有喜，皆有味。幽斋雅室，身居僻静一隅，听焚言，点檀香，书一卷小楷光阴，等春光明净。

静是经历了浮世沧桑后沉淀出的一种襟怀，是苏东坡也无风雨也无晴的绝世独立，不悲亦无喜。

真正的安静来自心灵
静
是心灵最美的陪伴
静
如花在野
如心离尘

世情冷暖，风云变幻，苦乐随缘，悲喜自渡。静，是沉淀在内心深处的一朵白莲花开。远离了觥筹交错，反观自身，注重养内。懂得守静之人，方是有大智慧之人，静水流深，宁静致远。对于静，古人早就准备了最为恰当和贴切的表达。他们有如大山般从容稳泰，有着洞彻人生智慧的圆融舒朗。

心存静意的人，才会体味和感知到生活中，新月照春溪般的诗意美好。捕鱼的渔夫，他眼里只有水中的鱼，他看不到山光水色的美好。山中的猎人，他眼里只有猎物，他看不到山岚林海的幽旷。一个心里只有功名，庙堂之欲念的人，万物再美，他也感知不到。

我们焦虑，不安，躁动，行色匆匆，心灵的烛火在不停地忽闪，气是浮的，心也是浮的，脸上沉滞出忧戚的冷色调，内心也少了分朗然与清明。我们在不断追逐，负累愈加沉重，却与许多美好失之交臂。

静中蕴含着更为广大的力量，向水中掷石，能击起千层浪的是浅水，而不为所动的是深水，反观人世，那些风风火火张张扬扬的人大多是浅薄之人。那些寡言、沉默之人反而平和，心中自有丘壑也不会显现出来，不显山不露水。

清代画家八大山人，其画境中有静意。寥寥数笔，却是最凝练的表达。看似简单，却勾勒出一幅意境深远的画面，八大山人，原名朱耷，其本是皇家贵族，可生逢乱世，山河落败，后为僧为道。八大山人笔下的水墨画，简静疏远，没有过多的形式技巧，多处留白整个画面似深山老林的寒梅冷香，且清气满纸。

真正的安静来自心灵。静，是心灵最美的陪伴。静——如花在野，如心离尘。

半旧女子

“旧”这个字，抽象，寡淡但有张力。对我来说有致命的吸引力。新与旧，中间隔着一个半旧。半新不旧，半旧不新，二者平分秋色。半旧的器物，半旧的衣物，还有半旧的信笺，半旧的女子。它们在明明灭灭的光阴之下，有着别样温纯的样子。

半旧，更有内容和气场。半旧是四季轮回里的秋，是李商隐诗词中的人间晚晴，是时光摩挲不掉的沉沉底蕴。

半旧如有归属的季节，定属于秋。春和夏太饱满，虽能喂饱自己的视、听、味蕾，却少了一份骨子里的清雅。而冬清一色的枯的枝柯，略约单调，骨感。只有秋，体温微凉，最有禅师似的气象，清寂而有古意。万物不再热络纷繁，渐渐起了敛意。

人间爱晚晴是四季中的秋，丰子恺先生曾经感喟年少时最喜春，四十岁后最喜秋，平静，坦然。倏地忆起弘一法师生平法号众多，而在晚年时只有“晚晴老人”一个，其还著有《晚晴集》。我想李叔同那时的心境也如这暮春残阳中的一抹酡，天覆地载，孑然一身，超脱，无争。

新太过疏远，招摇，绚烂了些。太旧又有些腐朽、落魄，味道还有些苦。半旧刚刚好，朴素、雅致。半旧的里子，虽剥去了表面的光彩，但更添了几分温文尔雅、沉稳内敛的气质。掠过了浮华万千，那些藏在岁月里绫罗绸缎般的精致纹路，只增不减。

喜欢《红楼梦》里的一个词，叫半旧。林黛玉进贾府时，引枕是半旧的，坐褥是半旧的，椅袱也是半旧的。半旧更显贵气。小家小户的东西总是旧的，也拿不出几样像样的旧的东西。暴发户家的东西总是新的，炫富似的新。唯有像贾府这样富了几代的大户才能撑得起半旧，半旧需要好的底子。从新到旧，隔了不知多少光阴。

民国是个半旧的时代，《诗经》的朦胧诗意的美好太过遥远。现代的光怪陆离惹人生厌，唯有民国，如闲花茶香，氤氲了眉眼。还有那些在民国轴上的半旧女子，古典隐忍性感，沉静而又魅惑。

被誉为民国世界的临水照花人的张爱玲，那张孤傲叛逆，又稍显落寞的黑白照片一直印在心里。颀长的颈，一袭华美的旗袍包裹着瘦长的身子，玲玲有致，美得蚀骨。

半旧的情笺书信里有岁月紧攥的故事，半旧的宣纸张上尚有字的余温。红白印章，娟雅的小楷，在我眼前像手卷那般铺陈开来。她是卞之琳的梦中情人——张充和。

你站在桥上看风景，
看风景的人在楼上看你。
明月装饰了你的窗子，
你装饰了别人的梦。

——《断章》

民国最后闺秀张充和，印象颇深的是书页里的那个书生少女，扎着两条大麻花辫子，端坐于蒲团之上。那时候的她宛似一树一树的合欢花，浅笑嫣然。而在旅美六十多年后回国举办个人展览时，穿着一袭绛红的丝绒旗袍，黑色披肩，站在雕花栏上唱昆曲的样子，所有人都被张充和征服了，所有人都在感喟这才是民国最后的闺秀啊！

半旧女子，女人本如花，每一瓣都是剥落的美丽，剪落的芳华，她们无拒岁月的嘤咛，在自己的精神世界里独行，是浩然天地间一棵独立的树，从不依靠，从不寻找。

半旧女子，似午夜的白茉莉，细细酥酥地开且败。半旧女子，朴素、简洁从不属于她们。岁月渐长，纵然青丝生了白发，在内心的绮丽光影里，她们的灵魂越发高洁，不向外求，只向内索取。高筑心灵的篱栅，心触南山，皈依灵魂，轻嗅一缕野雏菊的淡香，独抒性灵。面皱了，但眼神依旧清亮，眉宇间一抹波澜不惊的从容淡定和彻悟了然的云淡风轻。删繁就简，一路跌跌撞撞地成长，她们只在乎自己的心莲，追求的是一颗美善的灵魂。

许冬林说，老了，旧了，怎么办呢？低头做事吧！年华渐逝，容颜渐凋。也许，学识、涵养、阅历和情怀，会帮我撑一程，撑我做一回半旧的女子。

从新到旧，不是由盛及衰，当岁月的铅华洗净，岁月所馈赠的是一个女人内里的清美丰饶，不为凡俗所动所扰的气定神闲。是陶渊明笔下的素心人，闻多素心人，乐与数晨曦。

素心人

心如素简，适得安恬，素与简是生命的底子。

素，没有灼灼其华的美感，却温暖妥切着你的灵魂。如棉麻，它的绵软温厚给予人的是内心的平和，即使是不曾相识的陌路人，也丝毫没有疏离隔阂。

素，是那素净白瓷中的淡茶，没有亮丽如花般的姿容，黑乎乎的茶叶，一团团卷曲。没有荡气回肠的味蕾冲击，却又能真切地感知到一朵绿芽在心底绽放，从齿间到肺腑，是那么轻盈流畅。它的清芬，薄薄的一层，让人能逼真地感觉到林荫深处的那份清凉意。

喜欢一种女子，冰心玉骨，伶俐清雅，美其名曰，素心女子。一身淡淡的素衣净裙，即使没有粉面珠翠，没有玲珑的身段，但安贞静默，富有诗书气息。那样的女子，如莞尔盛开的幽花，有种赏心悦目的好。她的一颦一笑一回眸，是那么灵气逼人，舒朗有致，似深山溪谷潺湲流出的清涧，淙淙水声中是回旋婉转的幽远。

素，是甘守淡泊，是宁静致远。素，远离了骄奢谄媚，在独处中寂寞，在寂寞中独处，没有大音希声的繁华热闹，是别有根芽，不是人间富贵花的大朴大美。

杨绛，名门闺秀。一生饱读诗书，被钱钟书誉为“最贤的妻，最才的女”。她是那个年逾古稀，却依旧在读书学习，写书创作的才女。在她九十几岁的高龄，其所书的散文哲理书籍《走到人生边上》给人以醍醐灌顶的震撼。

她的笑容，是素敛的；她的气息，是温厚的；她的内心，是饱满的。她一生都在向内求索，这个繁华的人间似乎都与她无关，世人都在争名夺利，而她波澜不惊，看淡人世。就连她去世时，所有的仪式都从简。人生一世，草木一秋，杨绛在她一百零五岁的时候，从容地离开了人世间。

话说在她成名之后，便不喜欢过生日。因为一过生日，难免会有各种人情世故的混杂。别人的九十岁大寿，或许是张灯结彩地庆祝，但杨绛先生的九十岁，却躲进清华大学招待所住了几日“避寿”。

在2012年，当时任中国社会科学院院长的陈奎元去看望她时，杨绛先生曾提出去世后，不开追悼会、不受奠仪的要求。很多人觉得，有头有脸的人物去世，似乎要讲究排场，隆重哀悼一下。但在杨绛看来，这些都是浮云。此外，钱钟书先生去世之后，杨绛先生以全家三人的名义，将高达八百多万元的稿费和版税全部捐赠给母校清华大学，设立了“好读书”奖学金。

杨绛的百岁人生，淡泊安恬，宁静致远。如兰芝，她的素净，从不在繁盛热闹的人世间，从不在繁文缛节的琐碎庸俗中。她不慕奢华，在自家小小的书屋中，以一种素简的姿态，留给年轻一代深远蚀骨的文字和哲思。她的文字，对岁月、对人世，都有一种通透的洞察力，朴素却又不乏深刻。在书中，她娓娓道来，关于旧时岁月的回忆，关于她与钱钟书一生爱情的记叙，感动、怅然，都交集于心。

杨绛先生说唯有身处卑微的人，最有机缘看到世态人情的真相。一个人不想攀高就不怕下跌，也不用倾轧排挤，可以保其天真，成其自然，潜心一志完成自己能做的事。

杨绛葆有一颗玲珑心，洞察世事人情，冷暖人间。她身处卑微，不高高在上，不盛气凌人。骨子里的谦和淡泊，让她享有了一世的清福。晚年的她，鬓眉双白，却初心宛在。少了取悦，少了谄媚，少了人情世故，生活却多了几分清净、平和。人只不过天地须臾，要真正为自己而活，为热爱而活，为一生的潜心一志而活，其他的都不重要了，喝彩也好，风光也罢，都是若梦一样的东西，真正在场的都是当下。

一颗心，跌进了深潭、幽谷，从此打捞不起。素净人生，是有女娟娟，闺闼闲闲。当心静了，一切污秽都有如云散雾去，所有的美好都会纷至沓来。

瓦盆、苔藓、井畔，目之所及是年深日久的寂美素然。细细风，在叶脉上拢着逸美，悠悠雨，在宽大的芭蕉叶上走马，细细嗅来，是草木勃发的清凉之音。风掠花影，雨落窗栏，心中是空山无人，水流花香的清润可喜疏雨粘着翠色，沸腾了油纸伞上那一抹胭脂红。一朵云，在心中曼妙起舞，舒卷有致，一笛音，在心中清远淋漓。

不知何时，喜欢上了那种素净的小花。细细碎碎，清清浅浅，无瑕洁白，没有乱眼的花红柳绿，没有热烈欲燃的香息，没有突兀的艳丽，清清美美。那不起眼的角落里丛生的菖蒲、苔藓，都是惹人爱的。素衣女子，她宛似一朵莞尔盛开的幽花。

穿梭在人群中，常常会被一种女子吸引，一身素净的棉麻，面如皎月，素颜抑或淡妆，温柔可人。行为举止优雅、不俗。不关乎年龄，不关乎相貌，那是一种自内而外散发出的气韵。而有的女子，穿金戴银，名牌包、名牌化妆品、紧身衣、低得不能再低的领子，刻意露出胸脯上那硕大的真金白银，这样的女子看似有着世俗中的金钱、地位，但终究是俗气的，她们的生活是物欲的膨胀，心灵的干瘪，即使有最精致的面容，也终究不能打动人。

一个女子，不仅要美在面子，还要美在里子。面子易摧残，易破败，易在岁月流逝中而流逝，而里子，则会随岁月的丰厚而丰厚。要做就做一个素心女子吧，将自己的余生安放在宁静的一隅，过一种简静淡远的日子。保持璞玉般的心性，淡看生命中的无常，那些过往的风雨也好，荆棘也罢，都要学会包容。

朴素简净，不钩心斗角，不纠结过往，不束缚内心。少说、多听、多思考。不急、不躁，坦然而从容地行走于人世间。少一些成见，多一些成长，懂得人与人之间的尊重沟通，多一些良言，少一些记恨。做一枚这样的女子吧！——内心从简从善，温良如水。

不如风雅过生活

（二）

◎ 米希雅 / 著

北京日报出版社

不如風雅過生活
（二）
庚子夏

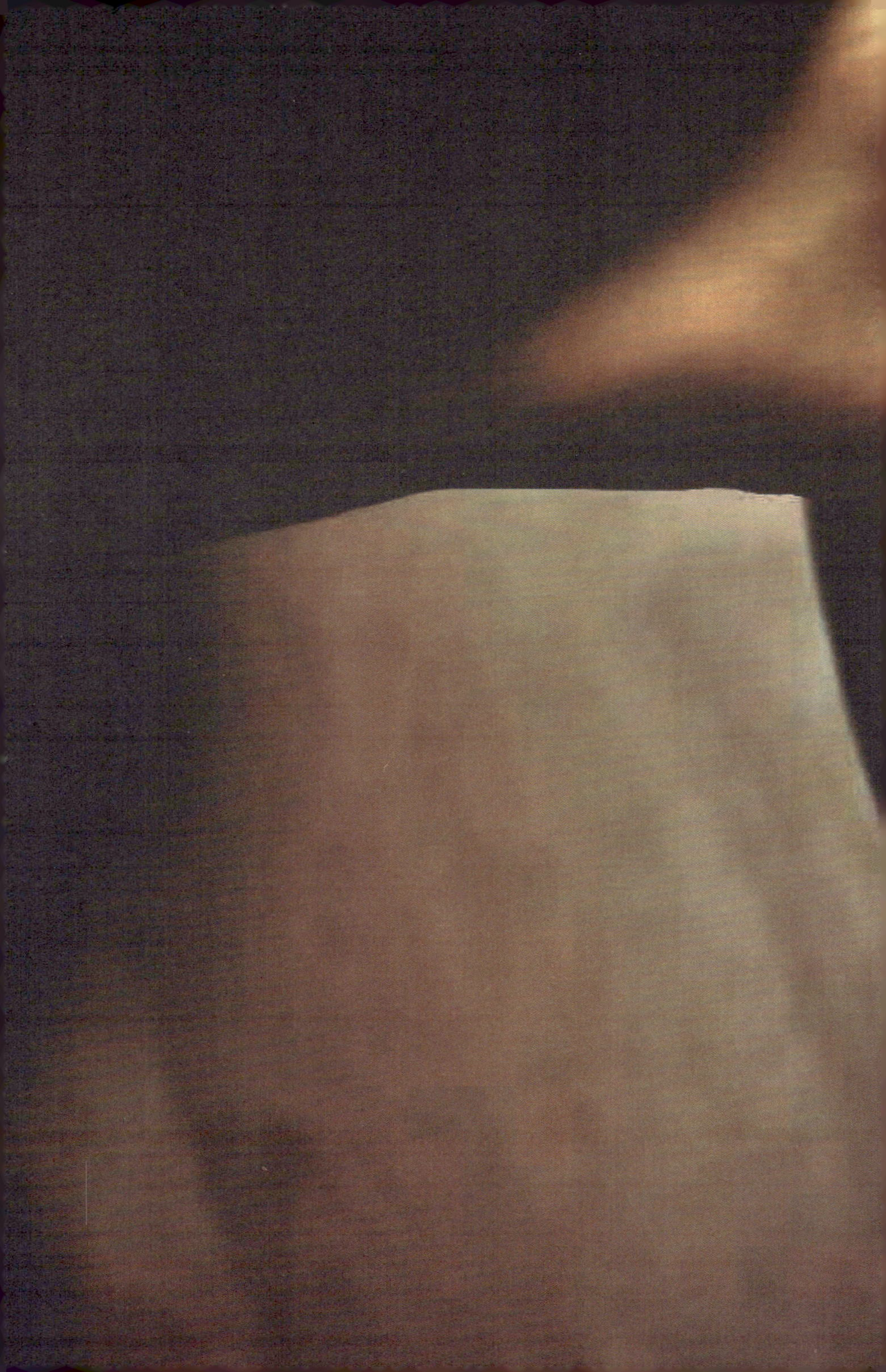

PART 5

第五章

从来佳人似佳茗

◇ 壹 ◇

靡靡春日，融融暖阳，初花烁春，清云碧雨，不如吃茶去。

茶心，是温温恭人，于集于木；茶心，是不争不扰的虚静之心；茶心，是岁月隐退后的青山不老，绿水长流；茶心，是人闲桂花落的娴雅之貌。

茶——它能涤荡你心中的任何兵荒马乱，熏染你身心茶毒的疲顿，在你一饮一酌间，性灵也宛似优游在一个无比澄澈的世界里。

反观自己的内心，把注意力转向灵魂深处，去贴近心灵的宁静。静绝了尘氛，也自然不为外物所羁绊，不将不迎，不粘不滞。那些所谓的撕心裂肺的爱，痛彻心扉的情，尘世间种种难以割舍的纸短情长，欲罢不能的欲望，都会在宁美的茶境中归于缥缈虚无。

茶——让躁动的心平和，让不安的心归于静定，让狂妄的心归于淡然。当你植了一颗茶心的时候，宛似照见了那个曾经的自己。

茶是需要体悟的，茶如人生，人生如茶。有人说，人世繁忙，忙到一口气千般用，古人的闲情雅寄，深庭小院已然成为我们心中遥远的梦。而茶，唯有茶，能让你停留驻足。有客人到家里做客，人们总爱说一句："请慢用。"这慢用是有道理的。

茶，说不尽，道不尽。

◇ 贰 ◇

茶，自古就是家常那点东西，柴米油盐酱醋茶。茶和柴米油盐放在一起，可想而知，在古时，茶的普及性有多广。

茶，是朴素，是清简，是温和，而非深奥严肃，让人望而生畏的东西。茶，不需要多么热闹，不需要你的茶艺表演多么高超，不需要使用什么金玉杯盅，只需要一颗素简的心，虔诚以对。

茶，给人以精神的自由和心灵的舒适。不论是粗茶也好，名茶也罢，一颗茶心却是万变不离其宗，归于统一。

茶，让人从狂热的活动返回至从容娴雅；让人从成见纠结中返回至静思冥想；让人从强烈的感觉返回到温和平静；让人从夸张浮躁返回到冲和中庸。大同小异的日子，有了多种茶宴的陪伴，生活里就多了几分活色生香。茶一泡、二泡、三泡，从无色转为橙黄，从浓稠变为清淡，这像极了人生，绚烂之极归于平淡。

◇ 叁 ◇

我的朋友，晚荻，是个心素如简、灵魂有香的女子。此时，我们静坐，喝着泡老的茶水，闲听雨声看落花。一炉的茶烟，是初花的纤细轻盈。

姑娘是南方人，之前她在大城市里打拼事业，后来在古镇里开了一家茶馆。我初见她的时候，长长的头发如瀑般“飞流直下三千尺”，她最喜兰，给自己取得笔名叫“兰一”。兰，细长的流线型叶子，兰花，细碎地开在其间，一朵，两朵，清幽而矜贵。

她甘愿过着泯然众人矣的平凡生活，回归故里，她曾经说：“如果镇上没有了老茶馆，人们该怎么活下去。”茶馆，在她那个地方，是信仰一般的存在，正如我们北方的乡村里不能没有寺庙。茶器里的时间，时间里的茶器，都是一《史记》。

乡间的茶器拙朴，在姑娘看来，是另一种岁月慷慨的美。它们那憨厚的样子，想必不是文人雅士之所爱，也非非富即贵的人家之所爱，它们是寒门中的贵子，走进寒舍，走进闾巷，走进民间。

新陈代谢在这个古镇慢了些，麻木了些。乡村的茶坊并没有那么多讲究和花样，千篇一律的样子。所用的茶器制作粗糙，造型也算不上美观，但耐用结实，承载了一代又一代人的记忆，让一代又一代的人曾捧在手中。器是拙的，茶是粗的。但那些喝闲茶的人脸颊上仍绽开一片十八岁春光般的笑容。岁月在茶器的面上轧了过去，留下斑驳的痕迹。茶渍、豁口、伤疤，有的甚至性命不保，被人们一不留神摔得粉身碎骨。

长板凳在经年累月下散发着木头自然的清香。那茶器，残的残、老的老、死的死、瘪的瘪，它们原来也和人一样，躲不过岁月流逝。世态炎凉，不仅在人世，也在物界。它们的衰败似乎也在用另一种方式和口吻诉说着它当年的辉煌。岁月深了，时间久了，人们手上的油脂沁了进去，它们的外在被人们摩挲得油亮油亮的，光敷衍在上面，透透的，能看见漂亮女子的樱桃小嘴，能瞥见面如皎月的年轻女子，能照见人表情的喜怒哀乐，还有人的前世今生。

数百年的光阴，被寸寸描摹，刻在茶器的皮皮面面上。包浆滚滚的茶器，温厚中透着喜悦和蔼的光，如同镇里那些可亲的人。

岁月给了它们极端的美，还有人。

那些坐在茶室里喝茶的人依旧如故，从孩童，到青年，壮年，不惑之年，耄耋之年，他们亲近于茶，依赖着这里。茶，见证了他们的犹豫、激情，还有坚定不移。他们或许也曾犹豫，走出这片故土，去外地谋生，但他们还是坚决地留了下来。

坐在茶馆里，一些老人也时进时出，行迈靡靡，中心摇摇，一阵风能把他们吹走似的。我和他们打招呼，他们亦以笑回迎，像一树一树的梨花，开得美好。

他们一笑，脸上的皱纹更深刻了些，干巴巴的，挤不出一丁点水分。嘴里吞吐着当地的方言，嘴角一颤一颤的，双眼，还有额头上的纹路，所有的线条都是向下的，向着地心引力的。

老人的动作缓慢，似电影里的镜头。坐下，摸来一个茶器，倒入茶水，一坐就是一天。茶也算不上什么好茶，但人们喝得不亦乐乎，茶水里装的全是民间的福禄寿喜，至于文人式的风雅，他们不懂。茶，在民间、在乡镇，是如此接着地气。一壶一壶地喝下去，也一样解乏润肺，他们把自己活成了一杯茶。

茶香弥漫，人们星罗棋布分布在茶馆里的角角落落。一杯茶，如沉香，泡老了悠悠岁月，拾掇了百年人生。一杯茶里藏着的是新的、旧的故事。

茶的温厚，茶的节俭，茶的德行，茶的公道，让它有着清心寡欲的模样。在大城市，一些商人打着文化消费的噱头，给它们装饰得堂皇，但茶的本心也被他们糟蹋得消失殆尽。

◇ 肆 ◇

兰一，是个如玉般的女子，温厚，可亲，不管是内在还是外在，总能获得人们啧啧称赞。一面胭脂色的初妆，似海棠花溪。内心自足，不卑不亢，忠于内心，不做作，不世故，做着自己喜欢做的事情。她通体洁白，心性淡然，有着草木自然的灵性，她的雅筑，是淡雅清远的。雕花的窗棂，刻有梅、刻有竹、刻有文字，是宋词里的那点意。

镂空的格子窗，古色古香，是吝啬的红黄蓝绿，轻轻柔柔，似水墨画的晕染。亦如她的拈花微笑，有着品味不尽的禅意悠长。她宛似佛陀身边的一朵莲花，不落尘俗，有着宁静致远的意态。

精舍之内，是“无丝竹之乱耳”，是“无案牍之劳形”的清幽雅致。有榻榻米，有茶室，有书房，有古旧的瓷器。抚琴，插花，闻香，这里是诗意生活的沼泽，让人有勇气陷下去。

她时而写字若干，时而闲侃品茗，时而玩弄器物。晨起她就会在书房读书写字，有时一待就是一整天，看着太阳将书房深奥的黑一点点亮起，又一点点暗下去。

她永远是一副岁月静好的模样。我知道，没有一定的文化修养和知识阅历难以烹饪出她的这般味道。她的目光是清澈见底的，很宁静，她的气息予人的是淡淡的亲切，说起话来，口吐莲花似的，让人如沐春风。而不是口若悬河般喋喋不休，她一坐在那儿，低眉浅笑间就惊艳了时光。

相比于花花蝴蝶似的女子，爱招蜂引蝶的女子，她更加矜持内敛，更有涵养风度，这是一个人的精神长相，是不惧岁月流逝的美。

我经常用一个词来形容她，包浆女子。木头、字画、玉石这些事物在岁月的更迭中会渐渐形成一层包浆，不同于钻石般的锋芒毕露，这种微光含蓄温润，滑熟可喜，温存着旧气。相比于新的器物那种刺目的贼光，浮躁的色调，包浆过的东西更有岁月之美。

她所经历的风霜雨雪，就像是包浆所形成的材料。雨渍、汗液、污垢，它们看似贬义词的存在，但只要她熬过了时间，就会愈加美好，愈美愈旧，愈旧愈美。

岁月的美，在于流逝。没有包浆的东西，在岁月长河中只不过是一瞬即逝，没有价值、没有美感。历史上，丑的东西总会死去，美才能长存。人也是如此，经历过沧桑岁月，历经坎坷的女人，跌跌撞撞一路成长，岁月会让她越来越美。

她们比那些轻浮女子更多了几分沉稳深厚的内力。底子里是一团一团的静气。她走起路来，白衣飘飘，如浩荡长风。加上古色古香的打扮，让人一眼就陷进去了。

◇ 伍 ◇

傍晚，夕阳西下，整个空中是明亮的柑橘色。让人觉得甜蜜，让人觉得浪漫。

她端坐在荷香阵阵的池塘边，是落花无言，人淡如菊的样子。鞋是丝绸似的缎子做的，上面绣了一枝荷花，落了一只蜻蜓，微微张开翅羽，在飞与不飞之间，别致得很。衣服如往常一般，素色长袍，宽宽大大地包裹着她那娇美的身子，麻是留白，上面绘有水墨荷花，绘有笔墨丹青，脖颈下的盘扣上有一个挂巾，长长的流苏垂垂的，它像一个形容词，时时刻刻在场，努力彰显着衣服质感和女主人本身的美。

光的晕染，让亭台楼阁的边边角角变得尖锐。似飞鹏展翅即将就要飞走的大鸟。

她说生活不在别处，就在当下，热爱可抵岁月漫长，温柔可挡艰难时光。她是一个活得通透的人，心中是山山水水的丰盈，她爱古典文学，喜读《红楼梦》，《红楼梦》中最喜妙玉，她与茶的结缘也是因着《红楼梦》中那个爱茶的女子。

妙玉，才气过人，有着冰清雅洁的玉骨。妙玉惯于维持自己冰清玉洁的仙子形象，独捧海棠式雕漆、填金云龙献寿的小茶盘，里面还放个成窑五彩小盖钟。这近乎皇品的玩意儿，满是金贵，反倒在玉女子的手里倍显亲和。之后妙玉给宝钗拿了一个，上留有“晋王”和“苏轼”的字样，而拿给黛玉的竟是用犀牛角做的。如此简单的饮茶，却喝出了低调的奢华，作为修行人的妙玉，修得和茶杯一样名贵的心性。

品茗，温书，淡淡的茶香，淡淡的书香，淡中却有浓意。

◇ 陆 ◇

她在北京上的学，但离家愈久就愈想念家乡的一草一木，这里没有灰盒子似的方块，没有烟尘滚滚的雾霾，没有快节奏下的焦灼。这里只有青青草舍、幽幽绿野、自然馈赠的食物，还有自己想要的生活。

后来她果断辞职返乡，回归故里，创办了手工艺工作室。不工作的日子里，她抚琴、读书、喝茶。虽是一个人，但生活富足。一个人活得像一支队伍，为自己的头脑和心灵招兵买马，不气馁，有召唤，爱自由。

回归故里，她们也就回归了平庸的生活方式。一旦上路，那些麻木生活里被灰尘掩盖的理想、传统手艺，就开始慢慢复活。她为自己剪裁衣服，做一些手工物件。

古镇的慢时光是慢慢沏出香的一盏茶，人们坐在它的面前张望着岁月，重新找回传统的生活方式、传统文明的内涵；重新找回失落的手艺和匠心；重新找回方言，找回风俗人情。这里的百年老宅，亦是天长地久的样子，每一道门上的楹联寓意的是温良恭俭让、仁义礼智信。

她的茶馆是在一座老宅的基础上建设而成，是少有的清幽雅致之地，梵音绕梁，不绝如缕。大大的落地窗，素白的帘子，衬得整个局部像一个轻纱笼罩的梦。

坐在榻榻米上，风从她芊芊玉手的缝隙间穿庭而过，她把玩着手中的茶盏，是湛湛的霁蓝之色，如天青色等烟雨的氤氲美好，杯底还有枝莲。

绿幽的苔藓，眸里泛着青光，兜不住了似地往外泄，那是她从外面采回来的，场的转移，让它多了几分文气。

窗外是风吹，麦浪，平畴，山岚，碧水，云天。波涛似的，有一种活泼的美。万物尽收眼底，很达观的样子。

茶器里的时间

时间里的茶器

都是一史记

她有着别于常人的审美，能从细微中发掘出美的力量，细致稳妥，贴合着脱俗的气质。刚过而立之年，眼睛里却如同婴孩般澄澈朗然，诚挚的心体现在待人接物的方方面面，她能够接纳任何人。平和的语气让人如沐春风，一个个文字从她嘴边吐出，落地生香，对万事万物葆有大爱和慈悲。下雨时，时常会有淋成落汤鸡的小猫小狗来做客，她亦是对它们心生爱怜，并在门口的地方搭起了一座座临时狗棚，供它们遮风避雨。

她喜欢亲近草木，旧的掉漆的木柜，还有那檐角上若隐若现的风铃，风一吹来，带着喑哑低沉，满溢山野。

她的世界纯净美好，她懂得如何在这个驳杂的人世中葆有一颗明净的心，懂得如何去伪存真，止于至善。不贪，不恋，遁离人世纷扰，与自然便多了一份亲近。去看一朵花开花落，去做那个陌上开花缓缓归的女子。

从来佳茗似佳人，雕栏玉砌应犹在，却也道，从来佳人似佳茗。

日安为宴

◇ 壹 ◇

晨，半枕曦光，窗外点点微明。在被窝里一边聆听着幽致的山水琴音，一边起床。平仄的声韵，浑厚而饱满的律动，打破了寂寂清晨，也卸去了一身的倦意。喜欢在起床前小憩一会儿，似睡非睡时聆听一曲，然后在朦胧的声韵里不情不愿地起床。起床后，照看了下阳台下的花花草草，然后冲一杯燕麦粥，煎一个鸡蛋，开启一天的美好。

◇ 贰 ◇

在我的好友里，有一位姐姐，我甚喜她，不知不觉已有四五年。她叫云舒，云卷云舒，自由而不羁，她希望能做天边那抹淡淡的云彩，轻轻地来，轻轻地去。

其居住在海滨小城。喜作画，莳弄花草，写文字，将烟火日常过得饶有美意。丰盈饱满，流香溢彩。

姐姐擅笔墨，爱花草，将人间的种种风雅融入生活里的点滴碎隙的日常，在我看来她是不食人间烟火的仙子。她有一句话印象颇深："人生应有这样一个美好的词，初心宛在，无怨无悔。"

凡是自律的人，都不会太差。云舒姐数年如一日，早晨锻炼身体、临画、习帖。她动静相宜，重视身体健康，一口气跑三公里也不觉得累。

有些女子，因为家庭，她们在结婚后便放弃了自我成长，流于日常庸俗的琐碎。即使她们很有才气和天赋，也会在一朝一夕里渐渐磨灭。生活的无奈将她们的灵气磨去，取而代之的是相夫教子的平庸生活。

容颜易老，而有些女子却在依依岁月里愈加温润厚实，如未加修饰的璞玉，明净的性子，清之如水。少了清美少女时的懵懂羞涩，多了岁月给予内心的温柔平和。

云舒姐在社区工作，但只要有时间，她就无时无刻不在学习。上班前，六点就起床读书，值班时也常常看见她不是在作画就是在看书，中午别人在吃饭睡觉时她还在画画。晚上夜深人静，家人睡去后，她也会试着涂抹一两笔或是练习书法。十几年来的自律，成就了云舒姐那腹有诗书气自华的学养。她玉净花明，有种很相宜的好，莹莹如月，皎然而出。任凭岁月流逝，也不惧光阴。

她梳着一头长长的黑发，扎起来也能及腰。女人们颇羡慕那一头长发，如瀑的黑，富有光泽，垂垂的。她也从未为了追求时髦而将其染，那鬓边的小碎发颇显可爱。饱满光洁的额头，面容娇羞，不施粉黛，却难掩那脱俗出尘的气质。她的眼波似湖水般宁澈，说起话来也是言笑晏晏、和柔温顺，给人以如沐春风般的美好。

她有着通透的心性，似兰芷，散发着清幽的香息。其如雪小禅笔下的植物女子，贞静、娟然。植物女子有着草木纤维的质地，清新自然，丝毫没有矫揉造作之态。

绸缎女子，是撩人的，充满魅惑的。如罂粟花，是带有危险性质的，而她如棉麻，耐看，耐穿，保持着安暖的品行。

这般女子，如晴云秋月，如云卷云舒。走过了半世沧桑，早已看透人生真谛的她，也曾走过人生的花季雨季，随着时间轧过心头，她逐渐褪去少女的青涩，更具有如醇酒般绵软温厚的质地。她变得成熟、优雅，充满女人味。

不喜欢粗放，就把日子过得春风浩荡，山高水长。不喜欢聚众，就过一种干净清幽的日子。她装点了她的生活，在别人的眼里，她却装点了别人的梦。她把自己过成了淡淡的风景，活成了无数人梦寐以求的样子。

◇ 叁 ◇

她将日子过得充实饱满，下班归家时，会烹饪一手的好饭菜。她最喜欢吃素味的水饺和妈妈蒸的黄色粗粮面食。

她拒绝流俗，却爱烟火人间，将自己的日子过得满是花香和鸟语。点亮一盏馨馨的橘黄，衣袖轻挽，切菜、煮饭、烹饪，和家人一起共度散漫时光，用食物、用亲情构建家庭。

她喜文字，从她的文字里，我亦看到了她一颗清似幽莲的灵魂，还有泉眼无声惜细流的静气。她读书时像古人那般讲究，注重营造格调。

云舒姐的文字如其人，充满了诗意。那些文字安静、平和、收敛，远离了红尘中的是非纷扰，如陶渊明笔下的桃花源，让人一下子就安静下来。

书籍能给予她最大的快乐，在书的世界里畅享遨游，与一个个古人促膝长谈，聆听那一个个丰厚灵魂的话语。她喜淡淡的水墨、心境、阅历，还有那些人生的悲欣交集，澎湃的、低潮的、黯淡的，都随着笔与纸的接触，在纸页上铺陈着心迹。一颗诗心，在纤纤细指下涣漫。

有一次，她连续十几日在家闭关读书，研读古典文籍，而后重见天日之时，走在路上竟有些恍惚了，竟有不知哪一年哪一月哪一日之感。她读起书来简直是痴迷，有时因为工作忙，在晚上归家后随手乱翻书，她会为今日没能尽兴读书而十分愧疚。

书，在不经意间就可以安抚那颗浮躁的、千疮百孔的心。它的陪伴趋于温定。如同家人，在细水长流里滋生着润泽的美意。书籍将小日子里的黯淡无光一点一滴磨去，取而代之的是充满花香、幽鸣的美好。

疏梅，淡月。独倚花烛窗下，只见疏影横斜，花影流香。手指轻轻掠过每一页文字，那是怎样的一种静谧芬芳啊！如有落花，她亦舍不得扔去，找来糙朴的小碟，以清水供养，续其几日生命。

她喜欢养花，白色的纱帘下，窗台向阳处，她种了许多花花草草，并悉心照料。水仙、茉莉、牡丹、山茶等，每日能在花香扑鼻的室内醒来，心也是安暖的。她为了去看早春凌寒而开的腊梅，可驱车数十公里，一路风尘的奔波，可在她看来，那是值得的。

似山居中青茂古朴的菖蒲
幽幽寂寂
眉眼间是蚀骨的清凉意

她将心中的诗意，真切地融入生活里。她会在花窗前写写画画，一笔墨、一碟水、一素宣，将日子过得有秩有序。见花开，见雨落，也会索性停下笔墨凭栏望去，有如孩子般的惊喜。

她喜田园。在不工作的日子里，会携家人去田园中走走，去吃农家饭，去下乡慰问老人。

她不羡繁华，她最向往的生活不过是竹篱茅舍的平常素日。喜欢那些拙朴自然的老村，喜欢双鬓如霜的老妪，喜欢看那一畦畦整齐的菜韭，喜欢翠蔚的蓝天碧水。她对世间的万物生灵都充满了温情，心性澄明如未经世事的孩童，她眼中的世界是真善美的世界。

偏安一隅，自在清欢。红尘中总是有太多的烦忧恼怒，七情六欲。她想要的日子也只不过是朴素的田园生活罢了！如高适有山川林泉之志，独隐青山，享山川日月之濯秀。享受生命的独处与清欢，弱水三千，只取一瓢，那一瓢不在繁华之处，而在远遁的山间清谷。

从此之后，我也渐渐地喜欢上了田园，喜欢上了自给自足的小日子，卸下一身的珠翠华衣，粗布麻服。春耕时，撒一把芝麻似的小苗，耐心看它成长。偶尔用小锄头给它疏松疏松筋骨。在平畴下，种豌豆，种油菜，顺应着季节流转，按部就班地过着自己的小日子。自然而然，是生命中最好的状态，不刻意，不强求，留不住，握不住，就让它随岁月砺、风中霰一起消散吧！

云舒姐身上有一种古典美，从她的日常、衣饰、文字、爱好、摄影、家居、饰物，可窥见一斑。她真正地将柴米油盐过成了风花雪月，诗意丰盈。

云舒姐的玲珑巧思，彰显在那素日里的一器一饰里。她喜粗陶瓷的碗，手感略显粗糙，却给人以安心的踏实之感。拙而朴素，没有过多的人工技巧，那就是它本来的样子。花台下的窗棂是古色古香的典雅，当花绽开苞蕾时，她就会用那双善于发现美的眼睛去观察，然后用相机将其定格下来。

她有着鸟雀般的歌喉，嘹亮干净。在起床时、晨跑中、读书疲累时、洗手做羹汤的日常中，她会忘却心头的负累，唱一曲悠悠远远的歌。她在唱吧等平台现已拥有好几千粉丝。

云舒姐种种爱好中，绘画是她最擅长的。那一笔钛白、一抹鹅光、一些花青，深深浅浅落在素洁的宣纸上，那“淡妆浓抹总相宜”的牡丹，沁满了心香；那一树一树的桃花，灿若云霞，曲径通幽；那芙蓉塘前的清清素荷，是“接天莲叶无穷碧。”她的画素净，清雅，很少有浓墨重彩的渲染，正如其人，淡之如菊。偶尔有闲情，她也会画一些小葫芦，画一些四条屏的书签，抑或画一把竹扇。

◇ 肆 ◇

琴棋书画，人间风雅，它高于生活，却又可以融入生活。而在我看来，它更像是知你情、懂你意的友，在如歌岁月里给你递来静好与温暖。它沉默寡言，却有让人依依相恋的情意。琴棋书画也好，莳花弄草也好，短暂的触目相遇，也能让人心摇曳，心生柔软。甘愿为它低眉，为它浅笑。

人生一世，如白云苍狗，为了生存，我们在喧嚣的尘世颠沛流离。而人间的种种风雅，也许是疲惫时的一杯清茶；也许是偷得半日的浮世清欢；也许是在繁忙中的灵魂放逐。琴棋书画诗酒茶，它们看似无用，实则最有用，它们均能安抚那颗在尘世间漂泊不定的心。

人生在世，一定要深爱着点什么，不为功名，只为取悦自己。吟诗作画，舞文弄墨。真正的热爱，是只问耕耘，不问收获的默默付出；是花开花落、云卷云舒的从从容容；是不为外物所滞、宠辱不惊的超然心境。

◇ 伍 ◇

岁月的宽宥，让我们看到生命从浓厚饱满到铁骨铮铮。

生活中的暗波浊流，风霜雨雪，也曾如荆棘般刺痛了她的心。可她的眼帘里看不到哀愁，看不到戾气。她是山谷中的蝶，羽衣蹁跹，飞累了，也绝不放弃抵达终点的信念。她独立而坚韧，柔韧中有点刚、有点韧、有点不羁，却不失本色和可爱。偶尔也会在繁忙的工作中抽离，去那个遥远的地方，追一次梦。

她甘守淡泊，做尘世间那个特立独行的女子，素真的心，对天地、对自然、对友人，不愠不火、不冷不热、不徐不疾、不卑不亢，知进退、懂荣辱，掌分寸、不奢求、不卖弄，不羡慕谁、也不仰望谁。因为，她本身就是一道亮丽的风景。

远离了是非争吵，错杂的琐碎，还有一地的鸡毛蒜皮。将自己的心灵清空，专注于真正有意义的事物，才能让心灵不蒙尘，依旧鲜活明亮。

心素如简，适得安恬。喜欢这样的女子，不聚众，不喧哗。如一朵低到尘埃里的白茉莉，如一枝莞尔盛开的白荷，孤芳自赏，不迁就、不讨好，不将就、不迎合，孑立娉婷。

淡然安简的女子，处世而不俗，当世而不艳，立世而不惊。她的心在山水、在田园、在市隐。似山居中青茂古朴的菖蒲，幽幽寂寂，眉眼间是蚀骨的清凉意。

◇ 陆 ◇

与云舒姐相遇，她的雅静，她的纯美，在不经意间就能轻轻掳走你的心，使你始终沉浸在一种被美笼罩的道场中。

她是位才貌双全的女子，却很少卖弄自己那张皮囊，她的深厚之处远不在这里。她已过四十，此时的她如布衣女子那般干净不染，遇见她，我也不再是生活中的旁观者。

时光渐老，老在一株素素开的芙蓉，老在江南老宅一院香的桂花雨，老在某个烟尘散尽的清晨。时光，岁月，声声若流水，激起我生命中的淡淡涟漪，却以一种淡漠的姿态从我的指间倏然滑走。

如今的自己也喜欢这般丰富的安静，喜欢过一种轻淡寂美的日子。寻一处寂静角落，翻一册诗词歌赋，任凭花絮飘扑，快乐着我的快乐，忧伤着我的忧伤。

喜欢淡淡的清宁，喜欢淡淡的安静。

心如简，淡如菊。

有美一人，清扬婉兮

野有蔓草，零露漙兮。
有美一人，清扬婉兮。
邂逅相遇，适我愿兮。

野有蔓草，零露瀼瀼。
有美一人，婉如清扬。
邂逅相遇，与子偕臧。

——野有蔓草《诗经》

《诗经》有云："有美一人，清扬婉兮。"我认识的幸姑娘就是这样一位具有古典气息的女子。隔着俗世的帘幕，宛若唐诗宋词中走出的古旧诗意女子，明眸善睐，骨子里如水的温柔，似一剪白月光，清清冷冷，素静贞美。我想，这是灵魂的模样。

初次见她，个头不高，身着素雅的汉服，青丝挽云簪，施了淡淡的粉黛。她在给学生们上课，我在外面候着。远远望见她，凝袖，舒腕，样子很是娴雅。素手执笔，一笔一画地在宣纸上书写着笔墨。书院里，古木的家具、柜子，包括装修，格调高雅。墙上挂满了碑帖拓片和学生的作业，盈盈一室，气象万千。她爱花，香兰、芍药、海棠，大朵朵的花，潺湲幽微，散溢着它的芬芳。还有那墙角一隅的暗香幽兰，静默如初。在这样窗明净几的舍内习字，学书为乐，可谓胜却人间无数啊！

依着时光写字的女子，都有着美好浪漫的诗意情怀和感性细腻。写字台上摆放着菖蒲，一缕古琴的音声缥缈至极，有着萦绕于心头的轻盈和婉转。写字若干，此时，人的内心是静定的。幸姑娘说，写字时有了它们的陪伴，心情也会好很多。嗅几缕花香，摹一卷笔墨，还有爱人的相伴，这样的日子安妥清亮。

一间茶室，不大，但在喧嚣之外，已足够。她说这是他们自己动手开辟出来的小空间，只属于他们两个人。梵音、书卷、茶盏，隔绝了俗世里的凉薄。用闲适、用温情去垂钓光阴，让岁月从孱弱到日渐丰盈。左手烟火，右手诗意，还有爱人相伴，这样的日子夫复何求。

山无棱，天地合，乃敢与君绝。

幸姑娘说她不善于与成人钩心斗角，她喜欢与小孩子相处。她还喜欢阿狸，带有阿狸的包包、玩具都是她喜欢的，她的世界纯粹而美好，包括爱情。

她告诉我，她和她现在的先生是在诗词群里认识，她是群里的管理员，他们之间会经常探讨学习和诗词有关的话题，一来二去，便熟络了。二人彼此暗生情愫。那时她在河北上学，他在烟台。而相同的爱好，心灵的相契，还是让他们走到了一起，从相识、相知，到相恋，到步入婚姻的殿堂，他们的情意有着日消情长的美满。任是山长水阔的阻隔，都抵抗不了一颗为彼此跳动的心。他会为她写满一本本的诗集，然后念给她听，说着幸姑娘给我翻看先生为她写的《九张机》，我钦羡不已。

有人说，爱是直指人心的禅。心中若有爱，一生便不苍凉。

“投我以木桃，报之以琼瑶”和“关关雎鸠，在河之洲，窈窕淑女，君子好逑”一样，这些句子好似古老屋檐下的风铃，风一吹，就有好听的声音经过。以木瓜玉佩作为定情信物，虽不等价，但情谊无价。“投我以木桃”“报之以琼瑶”，这是他们的网名，从此形影不相离，琴瑟和鸣。为爱缱绻，相恋一世。

闲暇时，他们会一起去赏花、拍照、逛公园、游山水。陶然亭、园博园、北京大大小小的胡同，都留下了他们如花的笑靥，走过了春的融暖、夏的艳羡、秋的清寂、冬的蕴藉，和心爱的人在一起，日子是慢的。

爱在平凡细微处，风风雨雨都一起走过，心若有了寄托，就不再像浮萍乱散。

春光如许，莺啼催老，浅浅的百花中，繁花摇曳着她的衣角。她穿着红红的长裙，低眉轻嗅，他如影随形，用相机定格下她最美的一刻，这份安宁是朱颜辞了镜奁，也不会改变。

她用手护着那含苞待放的花儿，好似呵护着自己的心莲，让她静静开放。低眉轻嗅荷的香息，心底也好似长出了朵朵青莲，不喧闹、不哗众，摒弃浮华、浓艳，安然在红尘中开放。

在她的眼里，春天的每一朵花，都像席慕蓉诗中写的那样："慎重地开满了花。"而每一朵花都是阳光雨露在时光里的凝结。我想我是懂她的。

一场春宴为她而开，明媚如她，浅笑如烟。

当然对于文青来说，日子不只是风花雪月，阳春白雪，还有现实生活中职场拼搏的劲头，她可以小鸟依人，也可以独当一面。幸姑娘在大学时品学兼优，专业学的是书法，擅长的书体是篆书，她的作品也常常在各大比赛中获奖。毕业之后，她和爱人便来到了北京闯荡，作为一名书法教育工作者，默默耕耘。几年后她拿着积攒的工资，凭着一骨子韧劲和魄力，在北京创业成功，创办了文心学堂工作室。爱情，渐行渐美，事业也越来越好。

她喜诗词，喜文字。

有一种温和静美，是从书卷里滴落出来的青翠，光阴都染了香，着了色。

记得《幽梦影》中有这样一句话：“所谓美人者，以花为貌，以鸟为声，以月为神，以柳为态，以玉为骨，以冰雪为肤，以秋水为姿，以诗词为心。”

漫溯在诗词的世界里，滋养了她易感的心，舒缓的性子，日日与诗词为伴，与文字缠绵，吟一句“燕子不归春事晚，一汀烟雨杏花寒”，就能想到乌衣巷口的清白月色，细雨的愁廖寂寒。颂一阕宋词，也会感怀着旧事，物是人非，也许情怀不同了。

喜欢古诗词的女子，是脱俗的、清绝的、无瑕的、风云变幻的，定不会让自己的心蒙尘。也常常会为一朵花开而欣喜，为一朵花落而叹惋。她们不谙世故，至纯至美。幸姑娘在传统文化的浸润下，眉语间都有一种淡淡的书卷气。举手投足间，气质尽显，永不漫漶。

有服章之美谓之华，有礼仪之大故称夏。

她喜汉服，棉麻，喜欢穿绣花鞋，而且是随时随地。她说不知从什么时候起喜欢上了汉服，从此便一发不可收，她说棉麻的

布料有手抚的质感，绵软馨暖。时日久了，当她穿其他的布料，如牛仔衣，她会觉得浑身不舒服。说着，又翻出她们在大学时汉服社团出游时的照片让我看。她的毕业照片也是穿着汉服的，可见她对于汉服有着一种深入骨髓的爱。在她看来,汉服不只是一件衣裳，更是一种信仰。

鬓眉舒展的她，长发绾成一个盘簪，清简熨帖。起舞的一霎，像一只翩跹的蝶儿。她静立河畔，闭目，静听一缕清风划过衣衫，一池的阳光照在她的脸庞，眼波微漾似一川烟雨，眉峰敛聚似一轮明月。樱唇欲起，似一点绯红梅心。绿水如茵，杨柳都舒了眼，空气里也游弋着微甜的气息。她很享受，陶醉在清风明月的怀里，那份气韵是流动的、沁心的、无息的。这种美，不是第一眼的惊艳，感官的冲击，而是需要用心去聆听的。

一袭素色的云裳，纤姿素容，清风撷了花香浸入窗棂，她舒懒地倚着竹墙花影，冗长岁月中，似沉香袅袅。

时光，会因你而美，幸姑娘。

旧时情怀旧时衣

◇ 壹 ◇

衣服是穿在身上的灵魂

一生只做两件事：做衣服，写文章。

风，吹动房檐上的铜铃。日，落在几平尺的老绣片上。山，清代屏风似的，古老地交叠着。一位面容姣好的绣娘，坐在绣台上，将山河岁月、花香清风一片一片地缝织在朱红翠碧的绢布上，由疏到密，由简到繁。静落有致，复了一年又一年。

她是我最喜欢的服装设计师，民间老绣收藏家张书林。她是将传统老绣元素运用到现代服饰的第一人，老绣的旗袍、虎头帽、颈饰、包包，古老而精美的老绣在她的手下妙笔生花，如枯木逢春，生了足意的美。

她在服装设计界是一个绝美空灵的妖。清秋陌上，撑一把古旧的油伞漫步其间。人在繁花蹊径，远处隐隐青山，古木，罗罗清疏，近处绒绒草色沐在暖阳里，轻轻拉扯着裙摆。油纸伞上，落下点点微茫。

她美得分外妖娆，宛似一条青青小蛇，宛如不食人间烟火的仙姑子，山之精灵。佩戴着亲手设计的虎头帽，缓步轻移，裙裾翩飞，那裙底也生了温温之风，笑靥如花的她，芳菲蔓延。

先是遇到她的人，然后是她的衣，她的书，她所有的一切，我都爱。我喜欢她骨子里凛然傲梅般的气质，特立独行的生活方式，区别于常人独树一帜的审美。她活得自我，活得真真切切，她身上有一般女子少有的决绝的美。我顿时喜欢上了照片上的这个女子，中了蛊似的，一发不可收，开始在网上收集关于她的各种资料、照片。在北京南锣鼓巷的实体店和环铁艺术区的工作室，我都有亲自去考察过。

作为一名传统文化的爱好者，除了古典文学，琴棋书画，传统民族服饰自然也是我的最爱，看到她的衣，我常常能与之产生共鸣，不自知地沉浸在那份喜悦之中。也时常想，这是怎样一个奇女子。

偶然一次在青年作家李菁的网络课堂上，听了一节书林的微课，她主要是与读者分享她的新书《寻绣记》，还与读者朋友们亲切互动。《寻绣记》里记录了张书林在寻绣路上的点点滴滴，书的封面有老胭脂一般的红艳，字里行间更是灵气逼人，而她的音有如她的人一般香艳，沙哑、低沉，不过很有味道，如化骨绵掌，绵绵暖暖，有深厚的质地。

至此，我开始关注她的一切。

◇ 贰 ◇
用衣服造梦

不是每一件衣服都有故事，但每一件衣服都是梦。

张书林，被誉为古董刺绣的第一人。2004年，在云南丽江古城创业，成立了她的个人原创服饰工作室，她的品牌有一个响亮的名字——楼上的拉姆。可谁知，二十年前她还从事着和老绣不相干的工作，当时她在建筑设计院工作，出于对传统服饰的痴迷，她开始在全国各地搜集老绣片，五年后开始尝试如何将老绣片应用于现代服饰上。一路行走，跋涉，甚至经历生死，但她初心不改，无数次踏上寻找老绣的路上，那是能亲手捧起的喜悦。她常常会在清洗老绣时，在老绣的夹层里发现意外的玩意儿，或是几行情诗、钱币、饰物。

她喜欢用衣服表达情绪，自少女时期，书林就不喜欢那些趋同、没有个人风格特征的衣服，她说她不想被归类，她想成为自己想要的样子，于是她开始给自己造衣服。

在搜集老绣的路上，张书林吃尽了苦头，耗费了大量的时间、精力。云、贵、川、湘、秦、晋的深山老林、荒乡僻野，都留下了她的足迹。湘西是她去过次数最多的地方，已经去过八十多次，到目前，搜集的老绣已有数十吨。老绣怕水、怕湿，为了能较好地保存这些老绣，她不惜花费金钱将老绣运往北京仓库。

◇ 叁 ◇

旧日情怀旧时衣

织、绣、染，工序一道一道的，在旧日里的小镇、在床榻花窗、在闺阁女子的手中。绣，是她们生活中最为隆重的一部分，绣让日子庄严而有秩序。

绣，本是女子代代相传的手艺。她们低眉温婉，穿针引线，绣着鸳鸯枕，百鸟朝凤，绣着藏满情丝的香帕荷包，罗绮翠绣，绣着整个青春岁月。

绣的生命质地是慢的，无论是时间还是空间，针线底下山舒水缓，日子是慢的，情是真的。

老绣片，是前人留下来的绣品。它们来自衣物的一部分或家里饰品的一部分。从时间概念上说，老绣是属于过去的，过去消失了的东西，承载着历史文化的东西。

每一片老绣都是弥足珍贵的不可再生品。缜密的针线上，散溢着浅夏流年的淑气和暖，明艳的色彩熠熠生辉，就是这惊鸿一瞥，我记住了它独具风韵的美。

◇ 肆 ◇
衣不惊人死不休

张书林说：“衣不惊人死不休。”正是本着这种反叛的理念，她创作了一件件个性独特的衣物，她说她最大的梦想是给自己做一件乞丐一样的衣服，破烂，颓废，但是却很华丽。

短刘海，尖下巴的她，身上穿着几百年前的云肩，灿若烟霞。在岁月的灼烧下，它们泛了白，起了皱，甚至磨损。时间的痕迹如烟如线，丝缕缕缕地隐没其间，许是生了隐逸之心。

那一片片的老绣针线，茶白，靛蓝……有秩序，安妥地铺设在布料上，交叠错变。书林在旧上做文章，将一片片饱和的灵魂安放得恰到好处。在我看来，这是微缩方见宏观的朴素美，繁复堆砌，看起来絮絮叨叨的，隆重、颓艳、重解、反构、背离，天马行空，自由不羁。

她做的衣服从来都是独一无二的孤品。不属于流水线生产，不属于私人订制，她只按自己的想法，把衣服做成她想要的样子。从传统的概念里找寻灵感，不断地颠覆、否定、大刀阔斧、小心修剪。一颗无邪少女的心，随老绣波澜起伏，剪刀一张一合，手随着心走，随心赋形，织物上绣着她的小欢喜、小惆怅。

她是幽谷里的野蔷薇，带刺，唯美。

她活得漫不经心，随心自由。她说路有很多条，不行就换一条。在传统服饰的制作上，她始终葆有一颗初心，千丝万线都化为绕指柔；在老绣面前，她自始至终都是虔诚的，她将所有的支离破碎重组后，一切都活泼生动起来。有奇妙的偶然，神秘的关联——老即新生。

雪小禅曾在文章中写道："书林是那么好的设计师，自有大气明媚。吸了天地精华的人，似磁石一样的女子，男人女人全喜欢她。"是的，她的美，让人沉沦。

冷逸的格调，决定了她的衣服必定是小众的。不过她是岁月的宠儿，她找到了能够承载这种元素的东西，那就是老绣片。

书林说："我用老绣做衣服，不仅爱它曾经炫目的艳丽，更爱它在时间里的凋残之美，老即新生。"关于美，她有自己独到的见识和体悟。在被约定俗成的美学语汇中，美是光滑、对称、光明，而在楼上的拉姆里，美是黑暗、颓丧、粗糙、破旧。

世间有，有如斯人。

却把青梅嗅

暮春阑珊，雨肥梅子，
啖之怡爽，赏之可人。
枝头盈翠，青梅如豆，
既是初夏风味，也有少女心事。
孟夏之日，天地始交，万物并秀。

——《莲生八戕》

风暖鸟声碎，日高花影重，此时光景进入了初夏。

午后，有了倦意，小憩。日光灼灼，移影上帘。轩窗前置放的那些幽葩细萼似乎并不在意，仍在不动声色地生长，俨然一位贞静书香女子，有着浓浓的书卷气息。

那些隐匿声息的虫草却早已按捺不住它们的歌喉，喋喋不休。蝉鸣歇，鸟鸣起。风儿一啭，似乎更响亮了些，慵懒地打发着这廖长的光阴。

夏木阴阴正可人，一缕柔风，穿过时间的洪流，穿过一切的细枝末节，以一朵落花的唯美姿态，覆盖在书页上。

时光舒缓，静如尘埃。窗下读得这一句："和羞走，倚门和首，却把青梅嗅。"我端详着这一句，少女娇羞懵懂的模样似是入了眼帘，但我更爱这唐诗宋词里遗落下来的青梅，青翠欲滴。

青梅，在李清照《闺怨词》里浸酿了千年，亦散溢着深深浅浅的酒香。青梅早已成了李清照笔下那个初次邂逅爱情的妙龄少女的代名词。青涩，微酸中泛着甜。荡罢秋千，见客到访，袜划金钗溜。慌乱中来不及整理她的青丝，拾起掉落的金钗，回屋途中还要佯装成倚梅轻嗅的样子，一顾二盼，三回首，真是可爱至极。

李白有一首《长干行》的诗句："郎骑竹马来，绕床弄青梅。同居长干里，两小无嫌猜。"

"青梅竹马""两小无猜"的典故即出于此。我想，这里的梅一定是青梅，而不是别的什么梅。青梅，让人不禁忆起那纯真稚嫩的孩童时代和隔壁的那个白衣少年郎。

莺雏催老，花褪残红，雨肥梅子，春归夏至。青梅，念及二字，略约带着酸涩甘甜的清凉时时漾在心灵府邸，绵绵若存。宛若竹林里的清风徐来，江南的一宿微雨，心里潮潮的，生了绿藓一般。

初夏，是属于青梅的时节。溽暑到，唯一能唤醒味蕾的大概只有青梅了。《尚书》中说："若作和羹，尔惟盐梅。"在醋出现之前，梅子独特的酸味甚至可用来作为醋的替代品。

青梅的时令短得可怜，稍不留神，就成了黄梅。为了留住那舌间永恒的记忆和念想，一场黄梅雨过后，江南的家家户户，都会将青果酿成梅子酒，做青梅酱、青梅蜜饯。朦胧烟雨掠过岁月的城墙，时光煮雨，青梅煮酒。

在寂静的一方庭院里，烟云缱绻的诗意江南。青梅，独坐僻静一隅，在酒坛里静静发酵、生香。想必也会有那馋嘴的孩童，耐不住性子，偷偷掀盖，用食指轻吮，结果酸倒了牙齿。

庭前花木满，院外小径芳。
四时长相往，晴日共捡梅。

在我认识的一位好友中，有位叫莲七的姑娘，长年居住在福建省山区，过着隐居的生活。喜棉麻、手作、莳花弄草，偶尔习字，她的日子静默安然。

她抛却了人性中的欲念，回归真朴，日子纯粹清亮。守护着内心的清明，在时光深处，抵达繁盛的夏。

数峰环抱的山谷中，屋前屋后种满了花草，花儿簇拥着抱成一团，葱茏翠碧，花滋而馥郁。一把摇椅，一杯花茶，傍着青山，拥着满园的草木，可以悉数揽光，悉数朝阳。将一朵花簪在发鬟，凉风都染了香。

初夏，和风细雨，那昔日种的梅该结果了。

夏日清晨，白露未晞。莲七姑娘邀得东邻女伴，携篮前往去摘梅子。草香、花香、果香，弥漫山野，缠进风的骨髓里，草木华滋，树叶间的青梅，窃然深藏，睡得酣然，隐蔽如一场暗恋。

百花次第开放的日子里，谁会注意到那小小的青果。北宋著名词人、书法家欧阳修看到了，“青梅如豆柳如眉，日长蝴蝶飞”。那时的青梅，像极了着青衫的落魄书生，鹑衣少年。

雨后的青梅，细软的绒毛上还沁着未干雨露，目之所及，是怡人的青爽。拾满一筐，携着山间吹来的夏日凉风，缓缓归矣。天气暄和的午后，莲七姑娘会和她的友人忙着打理这些青果。将一箩筐的青果一一用牙签挑去果蒂，并戳孔。偶尔还会邂逅一只赶来凑热闹的螳螂，翠色的衣，许是以为人们看不到它，肆意攀爬。

去蒂后的青梅，用盐水清洗、浸泡、反复揉搓，以去掉梅子的涩味，最后择一暖阳地儿，将一筐筐的青梅平摊在阳光下晾

着。晒干后就可以将梅子放入瓶中，白糖、青梅交替放置，一层一层的，倒入白酒，一颗梅子或青或黄，挤压在瓶内。最后，静待时光，酒静静酿着。三五月后，等酿成琥珀色，就能品尝到温软绵香的青梅酒了。

腌制青梅是件慢活儿，但想想，也浸着美好。青梅让每一片时光的羽毛都沾满了温软醇香。

三四个月后，择一日晴暖，捧一碟亲手做的青梅，与亲人分食，邀三五好友，月夜共话桑麻，拉一段陈年往事。喜也好，悲也好，不经意间谈笑风生，细呷一口，心里满是香甜。亲手制作积蓄美好，有心且有情。

牡丹亭里的青梅，让杜丽娘与柳梦梅重逢，“他青梅在手诗细哦，逗春心一点蹉跎”。晏几道诗词里的青梅是：“拾蕊人稀红渐少，叶底杏青梅小”。青梅是《三国演义》里刘备曹操的“青梅煮酒论英雄”，是贺铸《芳草渡》里的“羞泪下，撚青梅。低声问道几时回”。

青梅，漫溯在你的清词里，浸染了一身青翠。天地苍茫，春华秋实，我也如一颗梅子，从青春懵懂，从芳华到迟暮，孑然一身，与光阴静静说禅。

PART 6

第六章

翠微春色暖人间

春，气候回暖。北国的小城春意盎然，仿佛一夜之间置换了色调，眸眼之间是云淡风轻的清明朗然。白云悠悠出岫，山峦间多了几分新绿，鸟儿鸣啭，花儿初荣，囿于家中的孩童也纷纷出来玩闹，尽享山光水色，芳菲人间。

春，色彩不够饱满，在色阶中却是能够给人以馨暖的颜色。甚喜“翠微”这般的字眼，用来比拟春是最适合不过了。翠微之色，是草芽般的初之色，润泽地带着湿漉漉的水气；翠微之色，是赭色的枝柯上新绽的初芽；翠微之色，是潺潺流水的流动之色，悠缈中泛着青绿。

今日立春，百草回芽，柳色欣然。春日里的草木都将苏醒，在温煦的暖阳下疏络着筋骨。时雨蒙蒙，烟云霭霭，日子里有不慌不忙的闲闲光阴。

立春，一个“立”字，有斩钉截铁之感。立，表开始。一年之计在于春，一日之计在晨。立春，二十四节气之首，以迅雷不及掩耳之势横亘在二十四节气之前。立春，给人以清喜、欢愉、清新、明媚之感。雅称有绀香、如月、杏月、邀春、咬春。

“绀香”，声色俱美，也只有它才能诠释出春天的色调。绀香，出自《诗经·小雅·天保》，原文中写道：“正月开岁，二月绀香，三月桃良，四月秀蔓，五月鸣蜩。”眼前仿佛浮动着细微的翠色，满眼清新，口齿间俱是缠绵入骨的花香、草香。“如月”，有着富足的诗意，如画般的意境。寓意推陈出新，弥生的意思。二月，很多植物迎来新生，草木吐出新芽，一片生机盎然的景象。二月取“杏月”这一别称，是因为农历二月杏花依次含苞、开放，有“二月杏花闹枝头”的说法。杏月，也经常出现在古代文学作品里。

从今日开始，冰雪消融，百草回芽，春林初盛。立，是开始，新的一年翻开了崭新的一页。万物，经过一冬的寂寞开始紧锣密鼓地动起来。

立春，万物萌动，生发着活泼泼的朝气。春色，是国画中淡到极致的写意描摹，一遍两遍地渲染，它是底色。春色，是轻描淡写的，如轻风，似柔云，不是浓墨重彩，而是恰到好处。

春，是伊始，万物皆具有向上的力量，在寸寸光阴里慢慢丰盈自己，汲月华，取晨露，使自己富有内涵。

立春是母性的，在沉默中孕育着希望。过不了多久，就可以拥有赏花醉酒映月之风雅。春，是一场别具一格的暗恋。似动未动，含蓄可爱。春之音容，是烟雨柳色的浩荡，春之笑貌，是倩兮幽兮的碧水。林雨堂在其文章中说："早春，是带着和暖的淑气的。檐下阶前，不知名的野草有着青葱的零星，柳梢前的新燕扑棱着轻盈的翅羽。"春，如绶带轻袅的淑雅女子。

立春，在民间。

在肖复兴的文字中他曾绘声绘色地描绘了立春之日咬春的习俗，在老北京，这一日清早就会有人在胡同里吆喝着卖萝卜，就算是穷人家的孩子也要买个萝卜咬一咬。

古代的这一天，女子们会剪出各种代表春天的燕子、柳、花、蝴蝶、凤凰等春幡，或装饰屋宇，贴于门窗屏风，或戴于头上。民间还流行吃春酒、包春饼、食春菜、馈春盘等习俗。

最喜初春，融融的暖阳下是星星点点的草色、花色，不扎眼，不夺目。在春的秩序里，风儿、花儿、鸟儿，仿佛世间所有的美好都聚集在一起，堪称一场雅集。此时，乍暖还寒，却也能感知到春的蠢蠢欲动。梅林里繁茂的花色惹人怜爱，小小的瓣盈盈孑立于枝头，色似烟霞，莞尔一笑。一直是喜春的女子，熬过了冷冬的荒寒，一直期许着春的到来，在静谧的夜，迫不及待地铺开纸卷，写下关于你的文字。

北国的春此时还不太像春，依旧是枯枝败叶，寒山瘦水。不禁向往江南的春色，一冬的寥落让人颇感寂寞。想必此时的人间二月，那田垄溪山，油菜花都开遍了吧？那寂寞无主的深山老梅也瑰丽芬芳了吧？杏花烟雨的江南也定美如云水云天了？

春夜最喜雨，喜欢枕雨入眠。雨丝密密匝匝，似开乱了的花，簌簌落瓦，带着一缕的残寒进入我的小窗。雨在淅淅沥沥地下着，珠帘似断未断。夜，静极了，却又闹极了。锦枕上听取春意一片。此时心中亦是丰沛富足的。心中所感窗外的寒梅，那是怎样的一种飘零凄然啊！花萼在如织的雨丝中泣不成声，泪涕潸然。落花流水，花残春去，最是人间留不住，朱颜辞镜花辞树。春欲归，红颜褪，又有谁怜？敏感的心再一次被拨弄，只留下淡淡的怅惋。

冬，宛似深山隐者，寂然无言。春，是青青翠翠，如小女子之态，未经世故，懵懂，羞涩。有着纯真的笑脸，最喜到处撒欢，走到哪里，都会留下欢欣。

今日立春，告别冗长无聊的冬日，愿所有的阴霾都散尽，人间美好都纷至沓来。山河无恙，人间皆安。

细草微风岸

◇ 壹 ◇

春，泛着清润适意，消弭了一冬的荒芜，披上草色入帘青，抵达我的内心。

细草，微风，岸。

这样的画面简洁，幽淡，没有繁文缛节的累赘，给人以无限清凉静美，这就是春天的可人之处，犹如国画颜料渲染出的一层层底色，熹熹微微，绿得不扎眼，绿得安恬。

人孤立于青青草舍之间，为着这样一份悠悠然的情怀，沁人耳际的爽朗，贪赏春晴，跌宕自喜。春天的风物在某些人眼里是那么微不足道、不足挂齿、索然无味，但若你是个有心人，也能从一滴露珠、萌动的新芽、一缕花香等细微之处体味到生命的礼赞，进而感受到刹那之后的永恒、流逝后的久远。一株草、一滴水，象征的便是整个春天。

春，万物生，燕儿归，在清湛的蓝天下，划出优美的曲线，游刃有余似的。春，是暧昧的，没有千朵万朵压枝低的壮观，宛似一对暧昧的男女，暗送秋波，眉来眼去，但谁也不捅破这层纸。

◇ 贰 ◇

春日的小城，落了一些雨，只言片语似的，浅显易懂似的。几乎没有声响，没有动静。地上是薄薄的一层，空中轻浮着水气。这是春日里独有的气息，轻轻绵绵，幽微细小。但却也觉得细腻，心里满是欢喜，不疾，不徐。

雨，抚平了地面上一切显而易见的褶皱，万物清清朗朗。春雨，是柔而不弱的，它的晶莹透亮洗浊了混沌的光阴，一切都是新鲜无比。雨声碎碎地从屋檐滑落，渗入墙壁的肌肤，进而又滴落在泥墙下的青苔，然后一点一点渗透下去。整个过程漫长了些，我却听得比谁都清。雨，落在草尖上，月牙白的小花泛起层层叠叠的笑意。想到不久之后，便是绿篱花重影的盎然，便是满心欢喜。

◇ 叁 ◇

雨霁花开。

迎春，是花，普通的小花。

在街心的周边，高大的篱墙之下，枝枝蔓蔓间夹杂的明黄小花，叫迎春。不知它们何时长在那里，都要被人遗忘了似的。

春来了，赭石色的枯茎上慢慢发了一些小芽，起初是月牙白，慢慢变幻出稚嫩的翠色。就这样，在天街小雨润如酥的一场春雨里，它鼓足了劲儿，努力生长。还没到花团锦簇的日子，它羞答答的，只有两三瓣，可谓是一枝独秀。

雨后的迎春，枝叶如河塘边的细柳，但却没有细柳那般多样的春愁。迎春，漾起它那明媚的笑脸，不知尺寸地亲昵着阳光。它一开，春天就乱了。

◇ 肆 ◇

雨停了，空中散溢着青草的迷离香味。细枝间的几丝蛛网在阳光下不停地闪，有着银的质地和光泽。那蛛丝上的蜘蛛早已不见了踪影，在雨中仓皇而逃，这蛛丝织得也颇具匠心，细致如祖母的针线。

晨光熹微的清晨，徘徊于小院香径，绿篱里一片片油亮油亮的，择一把小葱，一把蒜苗，等炊烟升起。雨嵌在叶上，花依偎在叶间，是那般的灵动。

春的绿，影影绰绰，婆婆娑娑，单薄而明媚。用手亲触，是染绿指尖的凉意，耀闪的微茫是如梦似幻的春光。春，少了一些花红柳绿的艳羡，多了份安贞自守。朴素贞静的春草，安然静默的大地，含苞的花蕾如此动人心弦，一派安宁的春天，是声声的禅意。

春，没有厚重的深沉，只有轻悄的忧伤。春的脉搏是轻柔的，它不向往博大，追求圆满，而更追求纤盈、清简。春，是初初的新意，还未至充沛，还未至归期，还未……一切皆有希冀。

与人世的纠葛保持一段时间，一段距离，在清简如水的日子里，贞静似一枝植物，保持独立。就着窗前的细雨蒙蒙，咀嚼着旧日里的情长深意，守住心中的一寸光阴一寸金。

春

是初初的新意

还未至充沛

还未至归期

还未

一切皆有希冀

昨夜小楼夜听雨

喜欢落雨的日子，喜欢静静坐在窗前听雨的日子。听雨，是需要心境的。雨滴阶声，也是佳音。一个“听”字，如嫩荷一寸一寸在抽枝，能让人滋生出无限的遐思。看你以什么样的章法去安排，以什么样的格调去书写，以什么样的心绪去体悟。

夜，静静地，雨，悄悄地，飞飞扬扬，啪嗒啪嗒，毫无章法地敲打着我的窗棂。在透亮干净的玻璃上徐徐缓缓，蜿蜒曲深，峰回路转间留下颜真卿笔下屋露痕般的印迹。而后又印着斑斓的灯盏，折射出水晶般迷离的色彩，窗烙下雨永恒的心迹。

耳畔回响的是任然的古风歌曲——《山外小楼夜雨》。“我独酌山外小阁楼，听一夜相思愁，醉后让人烦忧，心思难收。”在这薄凉似水的夜月里，和着歌曲的韵，陶然欲醉。

几只雀儿似几点优美的音符挂在电线上，舒展着湿了的翅羽，欢呼着，雀跃着。几只涉世未深的雏鸟应是第一次见雨，用好奇的眼神打量这个世界，兵剑要出鞘般，亮出它的绝佳的飞行技巧。

隔着雨帘，宛若能听到松涛阵阵，深涧鸟鸣，甚至草木疏络筋骨的声音。心中也有了画面，轩窗、芭蕉、竹影、袅袅清茶、悦耳的筝音。一切一切都氤氲在雨的湿润里，不仅是感官的愉悦，心里也多了一份诗意。

雨如线，是董香光笔下的墨线，章法疏朗，散散淡淡，笔断意连，空灵简远。雨如丝，是江南古老庭院里绣娘的银线，梳织着心曲。雨如墨，是一纸素宣下洇开的淡淡墨痕。

雨模糊了一切，潺湲的翠色生烟。远山，远水，远屋，都泊在朦胧的水烟里，飘若芙蕖，环如玉带，视野的梢，早已看不清边界，只剩下几分留白，空旷，辽远，让人在现实和虚幻中游离。最喜欢一句歌词，“就算大雨把整个世界颠倒/我也要给你怀抱”。细雨朦胧的夜色中，想必在世界的某一角，有情人正在几分昏暗的灯影下拥抱、亲吻。

远天，浅灰，是眸底旧事的颜色，隐约，迷离。我的心也像枝头的一朵，任风雨从枝梗上一寸一寸往下捋，一颗寂然的心在刹那间也视死如归般堕入雨的怀抱。

有了雨，世界变得安宁，万籁俱寂，杳袅的寂寥锁着万物。

墨色一般的烟云，厚重、结实，它就是有这样的魔力，穿越时空，抵达它的道场。柔软的身子里内蕴着生命力的静，摒弃嘈杂后能体悟到莹洁的恬静。

也学古人，守着轩窗，捧着一卷诗书在窗前细细品读，听雨打窗牖的声音。忆过往的山河岁月，古人是最会生活的，逢了雨季，不出门的时候会邀三五好友赏雨、喝茶，这般风雅今人怕是体悟不到了。生命中的美好一直都藏在光阴里，看你有没有一颗美好的心灵去发现。

倾听细雨呢喃，似蚕噬桑叶，窸窸窣窣。一场久违的雨，声音如一曲琴音，清清冷冷，浇灌了被俗尘炙烤得焦涸的心，涤尽了心灵上的尘埃和面上的三斗尘俗。

一窗的雨从江南踉跄走来，如若相识的故人归，兀自情怀悠悠地落着，如泣如诉。从灰檐下，从玄武瓦当，青龙白虎，沿着窗棂缓缓坠落下来，像极了颜真卿笔下的屋漏痕，而后笑窝深旋，莞尔。抚平了地面的不平和丑陋，朦胧了我的眼，装饰了我的窗。雨水漫漶，挥洒的是谁人的泪雨？可是久离家乡游子的眼泪？闺中女子念着归人而忘穿的眸眼？离人的浅浅泪痕落满了我的窗，红尘的郁怨濡染了伊人的孑影，用手触及，我的心也悲欣交集着。一场雨，恍若隔世的梦在今生相遇重逢。

我的心如茕茕立于烛上的灯芯，随风而动的种种，心中竟有了流水绕山峦般的生动。日子繁茂的一角，日渐葱茏。

英国诗人济慈在《希腊花瓶歌》中说，听得见的声调固然幽美，听不见的声调尤其幽美。

雨在风中颔首微笑，她不说，我不语。你若懂得，言语都是多余的。宛若孔子对弟子所说的那句："予欲无言。"无言之美，是此时无声更胜有声。安静不是陷入了空白，而是有一个更为深广的深意。在这个时空里，你可以天马行空，笔下生风。诉诸于片楮，只想写下关于你最美的文字，诉说给你听。

这一帘烟雨，把人们最深最长的情留在了里面，从古至今，亘古不变。是小宴笔下的落花人独立，微雨燕双飞。落花，独人，微雨，双燕，落红阵阵，花飞满天，檐上的一双燕儿轻语呢喃，热闹了些，而窗里人独坐春深，眸子里印着的都是红尘郁怨，何等落寞、孤寂。

喜欢王维笔下的雨，"雨中山果落，灯下草虫鸣"。小清新般的笔墨，清风，细雨，青螺似的山光浮现眼前。窸窣雨声里，野果被秋雨摧残脱落，虫儿清歌婉转怡人，鸣声清亮。诗人独坐弄堂，禅悟着生命。

雨依然悠悠地下着，在平行时光的另一头，我恍若望见那江南古镇的青石巷弄里细雨绵长，情深深，意切切。仄长的巷陌里，静寥无人。一宿杏花烟雨，诗意缱绻江南。烟雨茫茫，深山古寺，晨钟暮鼓，木鱼声声，细雨悠然，别有一番清幽宁澈之境界。

喜欢穿着素衣、布鞋，去邂逅一径草木湿。喜欢执一柄花伞，庇护遮挡花木柔软的身躯。喜欢下雨不打伞地走在乡野，让雨珠沾湿我明亮的额头，顺着泪沟慢淌缓流。

这雨，丝丝扣扣，伴着茵草的香味，悄然入梦，“桃花流水窅然去”。生命中的每一份美好都是向永恒借来的片羽，感恩生命的宽宥、偶遇的欢喜。希望明日清晨，在白晃晃的清新小径，有一朵柔软的小花会告诉我它的姓名。

细雨点碎落花声

◇ 壹 ◇

阑珊的花影，静寥的光阴，一盏暖茶，一场香花之雨，你仔细听。

听，听，听暮雨潇潇，听春雨淋淋，听春天里那枝叫迎春的花开，它的委婉与动听。

晨，我的小城，安逸的小城——上党。在雾幔轻轻扬起的那一刻，万物都迷蒙了，疏疏远远，淡淡浅浅，隐在墨色晕染的画境里，如碧波浩渺中的孤帆远影。

远山，是老顶山。

近水，是浊漳河的水。

它们自遥远的天国而来，却是莫衷一是的样子，不知要去往何处。

斜倚衾枕，听，雨碎落花声。细雨点碎落花声，还未细细品味这几个字在句中的具体含义，沾唇之间，就觉得意境很美，有着雅致的格调。那碎碎的银雨，那小小的瓣，那轻灵的声音，不是宏大壮观的美，它的美，美在微缩中的那点韵。

那种声音，不具有张力，是极私密性的，是极紧致的。不具备被所有人窥探到、接收到的那种美。当它落下的一刹那，时间仿佛都静止了。雨碎了，花润了，心也被这雨碎落的翩跹为之一震，娇粉的瓣，此时更像一个楚楚动人的女子吧。落花的声音是极轻细的，可却被雨声点碎了去，它们彼此的萦缠是前世今生的情深缘浅。我逡巡着周遭一切，心波荡起薄薄微痕的琐细之间，心境也变得纯美、优然、温软。

炙热的、浓稠的，我都不喜欢。正如这初春的雨，执着淡淡的忧伤，浅浅的心境，稀稀疏疏，就这样飘飘然地来了。我亦是不言亦不语，少一点说的取悦，多一点听的尊重。十指交叉，微微颔首，侧耳倾听。

春雨，是个寡言的女子，正如诗词里那句“天街小雨润如酥”。山川静默，雨过风微。它少言、寡语，就这样默默地来了，不让任何人有所觉察。闭上眼睛，听一场富有声色的雨，吟一首风花雪月的诗。想必这首无人谱写的诗，应是纸短情长的样子吧。

◇ 贰 ◇

听，在江南，应是一种极清幽、明净的颜色。

那雨露涟涟从白墙黛瓦，从青龙白虎的瓦当，从屋檐上碧碧的苔藓落下，藕断丝连般的，意在笔先行似的，亘古绵长。雨水的核是凝翠的山岚，有着触手般的清凉古意。摇摇坠落中却有一种活泼的美，之后形成阡陌纵横的春溪，缓缓归去。每一次在梦中，总会梦到青石巷弄里撑起油纸伞的旗袍女子，可梦醒后才恍然是殊途同归的错过和羁绊。生于北国，我的心中却有集江南烟水一般的性情，对江南亦有一种逾世的深情眷恋。

多么幻想能在江南的老宅里听一席的雨，有窗、有花、有茶。素缶里植菖蒲，南墙下有碧竹、芭蕉，院子里有清幽的荷风。那样的景会是有多般风雅无限啊。窗下再置一盆碗莲，养几尾红鱼，古木的几案，雕花的窗棂，古色古香的环境中，玩弄于笔墨，供养精神家园，在诗词书画的世界里温柔缱绻。

◇ 叁 ◇

春，有妙手回春之术，力挽狂澜之势。你看，那些长得混沌一团的花，张开了明晰的笑脸。你看，那形如枯槁的树有了生的气力，蓬勃地生长着。春，是有母性的，没有一个寒冬不可逾越，没有一个春天不会到来。

春如线，柳如烟。春天，定是线状的，不繁复、不杂糅、不浮夸。那星星点点的春花也有沉甸甸的美好，它们饮甘露，纷披在雨幕中。雨声细碎细碎的，撩乱了我那唯一的小窗，把窗儿俨然泣成了一个泪人。斜斜的细雨它来自哪里，又去往何处？不知前几日跑步中遇见的那一枝枝春花，是否承受起这北国的清寒、料峭的风雨啊！

檐雨忽然像无名的哀矜浸溢全身，清风卷帘处，是哪位素雅女子弹奏谱写的乐？弦音迸发处，是大珠小珠落玉盘的嘈嘈切切，是错落有致的流水之音。

◇ 肆 ◇

细雨是这春天里的一点跳跃，沸腾了土地的静默。当它像个精灵活跃在屋檐帘幕下时，当它生动地出现在诗人的眸眼中时，当它栩栩如女子的眼泪沾在花儿的眼睑下时，它，应是梨涡浅笑的样子。

春雨，是古诗词里的“小楼一夜听春雨，明朝深巷卖杏花”。追溯过去，斜襟素雅的女子从青石巷弄缓缓而出，着蓝印花布的粗服，头上插一朵茉莉花，臂上挎一斜篮，吆喝着一夜之后的杏花微雨，春满江南。

春雨，有时是讨喜的，是疗愈的，它用它那细密的针脚梳织着过去的婆娑往事，润泽了你那杂芜的心田。温暖的、忧伤的，一并在你的眼前浮动，又渐行渐远。

春雨，是极轻悄的，有着楚楚的美。不似江南梅雨那般冗长，拖拖拉拉，絮絮叨叨；不似秋雨那般寒蝉凄切；不似冬雨那般荒凉瑟瑟。春天的雨滋长的是落花流水的散漫闲情，是日子里不慌不忙的安闲雅静。

它落在地上的声音，是极动听的，是需要细细斟酌、辨析的，经得起细细推敲，所以你需要有一颗敏感的心去捕捉。梅子雨绵长得似一篇长篇赋，而春天的雨则如一篇篇小散文，有着轻灵的韵脚，凝练而隽永。我静静侧耳倾听，因为它可以抚慰我全部的精神世界。不然为何如此缠绵悱恻，如此哀婉凄迷？你可是那个丁香花般结着愁怨的江南女子？

雨中的小城静谧、清新，脱掉了一身的俗气。静静的雨在下，下在了世界的边边角角，仿佛有了一个能片刻悠游，出世之怀想的空间。雨啊，我该用怎样的情怀，去抒写你的大美无言。

◇ 伍 ◇

说，是这世上最苍白无力的表达。解释得多了，反而事与愿违，欲盖弥彰。不说，便是最高明、智慧的回答。说，是交流的最低层次。你若懂我，我又何必要说给你听。正如高山流水，伯牙子期，正如佛祖的拈花一笑。不言不语，亦是最深的懂得和默契。

听，雨之韵，把你所有的感官打开，去感受那极细微、极细微的声音吧，雨碎落花声。

听，亦是无言，却是对言语的另一种升华。

听一曲清远的笛，听草木呼吸的声音，听细雨嗒然。少一些流言蜚语的纠结，少一些攀比忌妒的周旋，多听听自然里那优美的声音，让心灵回归最本质的纯美，简单舒心。

在这混杂喧腾的人世间啊，不如执一颗清简的心，看春花，闻夏荷，赏这人世间的妙境。没有鱼龙混杂、奢靡之音，没有花言巧语、百般玲珑的心。只有静静地聆听，两颗心的靠近。

你的倒影是针织的温柔

春天是水畔的柳织成的线，二月是呢喃的燕裁剪的衣，波影是轻灵的风依偎的肩，光阴是无声的岁月纳透的棉。我想告诉你/一个云起的天气/银色的小河是媚的/白杨道笼着夕阳的流苏/水彩的天空溶溶的/枝条的倒影有针织的温柔。

在白音格力老师的文里，邂逅一首小诗，后经查阅，并没有找到这位作者的名字，但并不妨碍我喜欢它。一向喜欢对影而坐，一向喜欢对影察言观色，一向喜欢拍水中的柳影、荷影，还有临水照花的佳人。在我看来，它们是岁月里的缱绻。

清莹的湖水中，泛着蓝绿的波痕。垂柳生烟，织成花好月圆的画面。条条垂柳，在风中优柔地飘。近些看，翠莹莹的，如襁褓中的婴儿，让人有呵护之感，有些已睁开了眉眼，好奇地张望着这个世界。多么小巧、剔透、皎然，水衬着柳，更显其柔美。媚着媚着，就婀娜成了整个春天。

柔柳垂绦，饶有情味地挑逗着水面，平静的水面生怕看不清这个世界的脸。暖风微拂，水湛花浓，串串连连，在春风的怀里痴缠。这样的画卷，清新而又温暖，有着天然的本色，让人感觉身心舒泰。

记得去年去清华园拍荷花，那日正值午后，太阳白花花的，有清风照面。我和朋友坐在树荫下小憩，不禁被水中荷的翩跹之姿吸引，初见的惊鸿一瞥，让我本能地举起相机将它们的美定格在我的镜头之中。

未裁的荷衣上翻滚着一些莹白的水珠，在叶子上从一头滚到另一头，再从另一头滚到原先的位置。如有风来，就借着风的驱使，沿着衣角坠了下去，泛起点点清波。碧莹莹的荷衣在水中显得透亮，白莲枕在水中，眸光中透着诗。这让我想起了徐志摩的诗：“最是那一低头的温柔，像一朵水莲花不胜凉风的娇羞。”那白莲，拢着它的瓣，端庄自有妩媚，如一枚安恬娴雅的女子，等风来问候。

大片的荷开得放纵而肆恣，只有这一小片深深攫取了我的心。团团的绿，携几点的粉。

荷影，倒映在水中，如披了一层白纱，有种淡淡的、朦胧的纯美。你看，它素姿轻盈巧妙地藏于荷衣之间，笑意莹然。

喜欢一个词，花溪。

春天里，就是这么惊鸿一瞥，眸光所及之处皆是落花流水的悠然闲落。不加修饰的古井、纹理不明的水池，落满了桃花片片。花瓣轻灵地浮在水面之上，宛似莲步轻移的安静女子，揉碎了花香、日影。偶有鱼儿来亲吻，这样的时光，是那般鲜明浪漫。风果疏林，鱼衔落花，每一声都是妙境。竟有了“掬水月在手，弄花香满衣”的诗境。

细微处的美更静。微末之处，可谓以小见大，不精不诚不足以动人，而那些动人的，往往是最细微的。

我喜欢的影区别于人工创造的影，城市里觥筹交错的霓虹灯影，在我看来，它们是刺眼无比的。我喜欢自然中的各种影，树影、云影、梅影、荷影，它们无一不可爱。依偎在它们身旁，让我感到易于亲近的舒适，呼吸是轻松的，姿态是慵懒的。

我喜欢江南，园林里的水影，泛着竹青般的缥色，如玉般温璞，古典而富有韵致，那应是水墨丹青染成的画面。粉墙黛瓦，疏影横斜，一只乌篷船静止在水面，水中的树影参差不齐。幻想着，是否会有临水而居的清丽女子，在皎月寒塘下捣衣，抚弄着她长长的乌发。纤丽的身影，映在水中，眸中映着诗，花闭了，月羞了。她眉似弯月，一袭素裳，裙袂飘然。

影，是李白诗词中的“花间一壶酒，对影成三人”。半规凉月，一壶新酒，邀月共饮，以遣闲愁。孤清的月色下，与影对酌，那是多么的精妙啊。那影投射在那里，清浅地搁浅在地面，一地的莹白，你若看见了，也许就会懂了。

朱熹说："半亩方塘一鉴开，天光云影共徘徊。"这是绝美的境界，这半亩方塘就犹如自己的心，能够领略生活趣味的人，他的塘中自有天光云影，源头活水。

光与影的结合，妙不可言，水中的影，朦胧、空灵，如镜中花，水中月，有可望而不可即的迷离之感。不够真切、扑朔、虚无却给人更多的遐思。朦胧中，清宁简静，竟有禅意的味道。影，是向内生长的一种美，让人捉摸不透，却又如此深邃动人。太过于真实的，往往有压迫感，影，有距离，给人留有空间和余地，这世上最舒适的距离也莫过于此。

影，光的另一面，如影随形。

激湍漉漉　可是棣棠落花簌簌

一湾寒澄苍穹之下，古树苍苍，水草清茂，清流激岩，花开明净。水音潺潺中，棣棠簌簌，细碎地开着，拒了几万里的烟火红尘，一心向着天然。

山中岁月，遇见棣棠。

棣棠，颇为风雅的一个名字。棣棠是一种花，名字有书卷气、文人气。凭直觉，棣棠像极了一个女子，矜贵了些，似大家闺秀，生于民国，端庄典雅，知书达理，落落大方。

在一方水木清华的林子中，一片棣棠依水而居，铺陈、设色，扯来帝王精致御袍的一角，蘸来宫廷琉璃瓦的砖色，夺来阳光的金边做自己的衣，以点点明黄点染着水湄河畔。棣棠，似簒金撒落山谷。看，它多霸道，富丽堂皇的，偏要做最高贵的一朵。

闲暇时，我总喜欢拿起相机去记录生活，记录美善，记录草木生长。前些日子在山林之中，偶遇一种植物，黄灿灿的，隐在细碎的叶间，长条柔蔓，似雨幕。枝条软塌塌地垂向地面，随风摇曳，低眉颔首。微风吹来，沁着露珠的冷香若隐若现。一旁立着一个木牌，端端正正地写着棣棠，仔细端详它，花瓣柔软，数量极多，呈长舌状，像是被揉皱了的纸，枝叶是锯齿状的，且有细微的绒毛。花与叶交错叠变，有一种参差错落的美。它太招人爱了，随时随地都有路人来和它合影，有妇人提篮轻捋黄蕊，小姑娘折枝一朵簪在发上。这是我初遇棣棠。

古时男女表达爱意，通常喜欢以花传情，什么柳、什么梅、什么芍药，甚至还有木瓜，不知为何，却很少有棣棠，多好的花儿啊，我时常会为它打抱不平。那明亮的色彩像是夜晚路灯里的一泓馨暖，能照亮内心黯淡的一角。

山岚，清风。白云素朵悠悠出岫，舒缓静美，明淡清纯，有着少女一般如初的温暖，不悲不伤，坦然，自在。我在林荫中小坐，好似宋人一般的情怀，一竹榻，一屏风，一篆香，就可把所有烦忧抛却脑后，自在惬意。

花儿落满衣，眉梢眼角都噙满了香气。它望着我，我望着它，如遇知友，气息相投，无须多言，像是两人在镜中谈话，雨中听法。我的心也似轻触禅境，清寂玄远。也想修得一朵云般的悠然情怀，不执不拘，不悲不悯，随着簌簌落花，静水流深，尘心淡然。

第二次遇见棣棠，是在宋徽宗赵佶的法帖里，宋徽宗虽做了亡国之君，但他的艺术才能和修养却是历代帝王里最显赫的。其痴迷于书画，创造了独树一帜的瘦金体风格。

“众芳红紫囗囗隅，惟此开时色迥殊。却似籯金千万点，乱来碧玉簪头铺。”上面这几句诗出自诗帖《棣棠花》，执笔者是宋徽宗赵佶。可惜有两个字模糊了。意思是只有此花开放时，眼前才会出现不一样的颜色，也只有棣棠之色才能配得上帝王的尊贵。后来又仔细翻阅了相关书籍，其花语是象征着高贵、端正的雅。小名叫山吹，意思是从山谷里吹来的凉风。小名更接地气，有种亲昵的欢快。

棣棠是高贵的，无以言说对它的喜爱，如有一种乐器来形容它，定是古琴，有种沉沉的美。时而婉转悠扬，时而古老深蕴，如是女子，定是书香门第中的雅女，她端坐桌前，梨窝笑浅，细呷手中清茶，品阅着书卷，一片式的旗袍，简约、翘楚，贴合着她的身子。略施了粉黛，明亮饱满的额头，眼神宁静如水。像陆小曼、林徽因或是萧红，自幼饱读诗书，秀外慧中。棣棠有如一道灼目光芒照亮了这个混沌世界，身上更有一种深邃迷人的气质吸引着我。

暮春时节，当其他的花色落且落，败且败，逢一场雨，一副没了精气神的样子，锈迹斑斑，样子邋遢。只有棣棠，经得起时间的考验，明艳依旧，花瓣的边缘只会稍泛一些白。

我想，它应是最富有涵养的一朵花，与春色的百花的轻与俏相比，它更古雅了些，是时间沉淀下的美。雅，是一种正统之美。女人如花，此生我也想做一枚山居岁月中的棣棠女子，高贵、优雅。

她们和那些花枝招展的女子不同，她们清逸出尘，静落有致。优雅女子，或许没有姣好的面容、高挑的身姿，但和她们相处，你是极舒适熨帖的，如沐春风、如临清月。优雅女子，是清逸独秀的阆苑仙葩，富有灵秀之气。

一廉闲花一溪云，不知现在的棣棠境遇如何，我想它定是藏在时光身后，静静地享受着山居岁月。在一个很远的远方，远方的山中，远方的溪畔，有棣棠，静静地缤纷着、零落着。

陶然亭里陶然醉

陶然亭，地处南二环。它有着体面的名字，且有故事，有历史。

陶然，陶然，端着这两个字，细呷品味，能品出如悠悠萧曲般的意境之美。光这两个字就能牵扯出人们无限的诗思，宛若看到了千百年前文人墨客在此吟诗作赋、游览美景的样子。此刻的我，身还未感知，心却陶然欲醉，心生涟漪。

岁月忽已晚，立秋一过，天也凉了。八月深居简出，今日上午，一人躲在屋子里在电脑前敲打了一上午的文字。午后饭罢，小雨霏霏，我发信息给好友锐，说好久不见，可否约一下，好友立马就答应了。

锐，是我在大学时的同班好友，且是同乡，大学时我坐在第二排，她坐在我身后。大学毕业后又一起来到北京，她的陪伴给予我长久的喜悦与心安。我喜欢简单的人与事，而锐就是这样简静温善的姑娘。又因居住距离不远，所以我们的关系也如这午后细雨般绵长不尽。

走在路上，是能感知到的秋思弥漫，又夹杂着霏霏细雨，但心里却别样舒朗，并不觉得瑟瑟凄凄，却道天凉好个秋啊。

陶然亭，是久居江南的女子搁浅在北国的一段心事。它诗意地栖居在这里，等你去发掘，等你去找寻。在南国，绿水滔滔，幽山静水，闲庭院落，那自是数不胜数。而在北国京城里却是难觅得的清幽之地，你要踩着凳子，踮起脚尖，伸长了脖颈，在缝隙里窥月般才能见着。它，这样的好山好水，但入园的门票仅需两元。

陶然亭，1952年兴建，它是中华人民共和国成立后，北京最早兴建并对外开放的一座现代园林，也是中国四大历史名亭之一。陶然亭由来已久，它本是工部郎中江藻在监管黑窑厂时所建，作为私人休闲娱乐的场所。

江藻个人的《陶然吟》一诗，诗前小引说“西面有陂池，多水草，极望清幽，无一点尘埃气，恍置身于山溪沼沚间，坐而乐之，时时往游焉。因构小轩于庵之西偏”。偶忆白乐天（白居易）有“更待菊黄家酿熟，一醉一陶然”之句，“余虽不饮酒，然来此亦复有心醉者，遂颜曰陶然”。

因这里的风光无限好，所以又不断地吸引了文人墨客在此观花赏月、登高远望，并留下大量的诗篇。在中华人民共和国成立前，国家开始对这片景区重新扩建，从中南海移来云绘楼、清音阁两组古建筑，仿江南各大园林之风格，更添公园清幽景致之美。经过不断的扩建修缮后，成为古典和现代完美结合的公园。

进入园内，穿过一亩亩牡丹花园，眼界突然开阔。一座小而精致的亭子深掩在杨柳堤岸，荷花水畔，翘角飞檐，有着优美的弧线，亭子高于地面，所以目光能包围整个荷塘。亭内的人闲谈、画画，亭外有人垂钓、赏荷，好不惬意。只是这里的荷花稍显稀疏，于是我们沿着湖水，顺着荷塘，往深里走去。

柳暗花明处，遥遥望见好大一片荷塘，碧之如海。广袤如田野的绿意下，还生长着如仙子般的莲花，在这夏季的最后期限里，那花不以为然，依旧怒放，拔苗助长般地生长，绽放着它那极致的美。扶摇直上，想要抵达属于它的远方，让生命显示出磅礴宏大的气象。浩浩荡荡，无边无际。

莲，生来就具有使命感，此时的它，在酝酿“留得残荷听雨声”的万般情怀。莲，显示出了它区别于其他植物的心灵高度，让人仰望。

当我轻轻靠近它时，升华出了沁透人心的一片芬芳。莲，是一位灵魂都带有香气的女子，有着超然于物外的脱俗气息。它是那么素雅恬淡，那么高洁孤傲，是那么美好，它用它的不染，普照人世间的晦暗。

逗留片刻后，我们继续向前。一路上我们又见到了好几处荷塘，其中有一池水较浅，清圆的叶子上有朵朵睡莲，偶有鱼儿露出水面。不禁想起了南朝民歌：“江南可采莲，莲叶何田田。”小孩子们在水边嬉戏着，打捞着小虾、田螺。

走着走着，俨然就成了另一番景象。红亭、白墙、黛瓦、山竹、碑刻，宏观中像是江南一隅的缩影，甚至空气的味道都是一样的。郁郁青青的山石碧水，它的每一寸肌肤都是清凉的、细腻的、光滑的。这是难得的清幽之地，我难掩心中的喜悦。

走到一个叫“鸳池”的地方，柔和之色渐渐褪了，黑的幕布中，只剩下绿的黝黑的草木和光洁的青石。这里有着深入骨髓的寒气，深山古刹般的幽静。那古木苍苍，横竖撇捺，极尽伸展，快要长成了“永字八法”。纵横交错，不见章法。

碧水一片，焦成了一片葳蕤深绿。静水流深，不知什么力量遏制了它向前流动的气力，让它甘愿泊在此处，一生一世。古槐树下，有着一老一小，像是祖孙，小女孩站在溪水中的石上，一蹦一跳，吹着泡泡。除了他们，别无他人，我和友人在这里留影。

园子里仿建了祖国六省九地的历史名亭，有兰亭、醉翁亭、沧浪亭、独醒亭、浸月亭。随后我们去了真正的陶然亭，陶然亭在慈悲庵的不远处。红漆的窗木有着斑驳的古意，亭内雕梁画栋，梁间绣有各式的山水花鸟等彩绘图案，色彩繁重，具有厚的质地，大朵大朵的手绘牡丹缠绕于梁间，岁月的尘埃让它稍显黯淡，黯淡成了“日暮苍山远”，黯淡成了“二十四桥明月夜”。

当我们从亭下走出的时候，天空飘起了小雨。我和友人共撑一把黑伞，漫步于雨中，穿过长桥，穿过泥泞小道，一路闲谈。友人打趣道，你应该撑一把油纸伞，这样才符合你的气质。我敛起笑意，默不作答，你若懂我，言语都是多余的。

河边的薰衣草串起紫色的风铃，在风中拂动。爬山虎沿着檐角，用它们的脚踩了一墙的绿，上面还点缀着橘色的小花，有着长长的喇叭，似是在吹响着胜利的号角。

一草一木，无言静谧。衣物上都沾染了草木清香，顺着鼻腔，深入肺腑。鸟鸣婉转，清脆嘹亮，我确信，这和我在江南听到的鸟鸣声是一样的。我甚是喜欢这样自然散漫的光阴，这光阴里盛着莹润雨露，盛着天荒地老。微雨簌簌，袅起一片青烟，鸟儿的声声碎语也挂不住了似的，簌簌而下。随之而下的还有我一泓的心事，是关于一段凄婉动人的爱情故事。

在这深深几许的园子里埋藏着和张爱玲齐名的“民国四大才女”之一的石评梅，早期革命家高君宇之墓也葬于此处。在很久之前就读过石评梅的文字，字里行间满是对高君宇先生逝去的悲痛和思念。本是才子佳人，却不能厮守终生，让人无限感怀为何命运如此弄人。

石评梅这位乱世佳人出生于山西，生于书香门第，自幼饱读诗书，聪慧过人，并考入了北京高等师范女子中学。也就是在这时她认识了风流才子吴天放，他的才情、他的浪漫立刻俘获了石评梅的心，她坠入了爱河。这时她却发现吴天放是有家室的人，她痛恨自己，竟然成了别人口中的“小三”，她发誓终身不嫁。

所以在面对高君宇炙热如火的爱时，她总是再三拒绝，她不是不爱，只是在爱情中受到的伤害始终如梦魇般缠绕着她。她还没有从过去中走出来，直到高君宇先生逝世，她才惊觉，发现那些她所顾忌的东西是多么令人可笑，心灵的枷锁打开时，那人却已不在。她亲自将高君宇藏于此，用泪水一遍一遍浇灌着坟头。

一代才女如落花流水般消逝，上演了梁祝化蝶般凄美的爱情故事。在高君宇先生死后的第三年，她也辞世而去，她死后人们将二人合葬于此。在高君宇的碑上，刻着这样的句子：“我是火花。我愿生如闪电之耀亮，我愿死如彗星之迅忽。”

我摘下一朵小花，放在他们的墓前，独自黯然神伤，伴着这冷雨，逶迤于一段让人惆怅几分的爱情故事。生未相依，死后同眠，在天愿作比翼鸟，在地愿为连理枝。

渐渐地，天晴了。天上卧着一些云彩，但不成形，一些微光薄薄地从云层透出，是一抹蔷薇色的。光凋落了一地的金屑，照耀着这里的一切。

眠秋

◇ 壹 ◇

眠秋

在那些个字眼里，甚喜“眠”字。眠，是个静词，它周遭的一切好似都是清冷的、安静的、无声息的。眠，是潮涨潮落后的光阴散漫，是旧尘梦事的搁浅定格。炙热的、浓烈的、坚持的，都已成为过去的过去。

眠，有着留白之美，它不动声色地沉默着。

俞平伯先生曾经说，“爱月眠迟是老牌的雅人高致”。月光下不成眠的人儿啊，或许在独享着这漫漫的月华，心也是空灵、安然。眠秋，是雅致的。赏心乐事，良辰美景，平旷素日，抽出一些时间，让心灵憩息。

晨，秋露坠满了莹亮润泽，在吊兰细细的茎叶上闪闪耀眼。似丽姝眼角未干的泪珠。透过露珠，那是一个别样深邃的世界。露珠，折射出植物的翠碧，个个饱满，用手指轻轻触碰，碎裂后化为一摊水迹，潺湲地渗进了泥土里，了然无痕。

岁月的发条越发紧了，急促的风声催赶着一切，时光面前，容颜易老，风月却宛然如昔。

光阴如离弦的箭，桃花谢了春容，太匆匆。一切都成了往事，心中不禁有朝花夕拾的怅然若失之感。我眷怀着江南的一草一木，江南温润若水的人间七月。

北国的秋，虽不如江南烟水有着婉约之色，但也自有巍峨。北国的秋，与江南的小桥流水人家相区别，它是“古道西风瘦马”的苍茫大气，如高亢的曲子，驱走了心中的苦厄秋愁。

万物凋零，那些“花红柳绿”在这个深浓的秋天里肤浅着，肤浅着最后的绿。一场秋雨一场寒，凉意渐渐逼近了。行走在路上，银杏的叶儿纷纷垂落。我不禁打了一个寒战，裹紧了身上厚厚的棉麻袄子。秋黄叶落，竟会莫名地激起心中的一份感伤。

秋，似乎最容易牵扯出心中的点点愁绪，不然也不会有那些关于秋思的诗词了。时岁交叠，悲春悯秋，易感的心在秋色中也变得憔悴。花开花落，本是自然的四季轮回，可对于我来说，却不愿看到它们被风雨欺凌的景象。

赏心乐事
良辰美景
平旷素日
抽出一些时间
让心灵憩息

秋，凄凄惨惨切切，徒添心中的一抹忧愁。

悬在银杏树叶上的一滴雨水，打翻了地表的镜面，涟漪一层一层散开。历目眼前的是支离破碎的山河景致，缱缱绻绻的秋光，正沓来踵至。

秋，渐渐褪色成苍白，启了敛意。彼此间少了贴近的体察，少了热切的往来，天地间开始变得混沌，一如山河大地初始的模样。生命的气息在一点一滴地削弱，时间毫不留情地剥削掉它们的美丽，孱弱的生命也挨不过这风吹雨打啊，它们终将化为一瓯尘土。

枝头突兀着、苍白着，什么内容都没有。秋是空旷的、寥落的，一如没有尸体的坟冢。平日里的莺莺燕燕不知何时也销声匿迹了。秋，有着残山剩水的萧瑟之感。

抬头望望天，没有了夏日浓荫的遮蔽，天空通透如此。是风烟俱净，天山共色的素净清远。一叶，悠然落下，颇有禅味。内心跌宕着，有山重水复、柳暗花明的幽寂况味。境由心生，境随心转。

◇ 贰 ◇
雍和宫

秋日里，似有无穷的意味。天气晚来秋，北平的秋，是澄静、是清澈、是舒朗。

行走在百尺大道上，阳光一绺绺，磕磕绊绊地从树的隙里延伸至墙壁上，天空中低回的鸟儿，绕着雍和宫的天空飞翔。

雍和宫青烟袅娜，香火旺盛。微弱的气脉断断续续地游走在半空中，随后吊在树梢上永逝。烟火里掺杂着尘埃，风一牵扯，拉得更远了。风，让它们化身为自由，朦胧了一切，虚实难辨。

风清日朗，乾坤万物，岿然不动。香插在那儿，继续燃烧着自己，缸里落了些它的残骸。朱红墙、琉璃瓦、古槐静止在时空里，见证着繁华和落寞。前世，今生。

我踱着步子，寻觅着什么，若有所思又若有所悟。

雍和宫横卧在大地上，站在远处观望，朱红的墙将其遮蔽了过半，只露出宅邸的屋顶。琥珀色的琉璃瓦覆了些黄叶，交叠着明暗变幻的片片秋叶。

从远处瞻视，恰似一条绸状的缎带。色泽明亮动人，红与黄的色彩夸张着，不分青红皂白地夸张着。在斜阳的灼烧下，有澄明的光芒隐现，空气里流淌着夕阳晚照的诗意和浪漫。

秋叶的暗影叠印在墙衣上，随着风儿抽动。它的轮廓凹凸有致，黑影贴在脸上、衣上，缠在我的脖颈之间，恰似刺绣般美妙妖娆。枝蔓搭在我的身上，也自有一种美意。

零碎的光影变幻着影像，我不由得着迷了。夕阳和睦的光照射在这些灿烈的色彩上，雍容而又华贵，和它往来的一切暧昧着。檐下绘有各式的花纹，庙檐子上的铜铃一如百年前地沉睡。倏然一只猫踱着悠闲的步子，在瓦石之上，肥而霸气，吐着它那酡红的小舌，舔舐着它的爪子。

秋，它在我心中丰盈着美好。单纯地行走，看着穿行不断的人流，遛狗的北京老大妈，穿着情侣服的甜蜜情侣，周遭喧嚣不止。俗艳密集的住宅楼坐落在雍和宫周遭，却越发衬出它的庄穆、宁静，越发让人看到抖落了繁华隐在时光背后的朴与素。

雍和宫旁边的胡同里，一种有着嫩黄色叶儿的树，稀稀落落地落了一地。如此，甚有怀旧之感。让人臆想到老舍当年居住的北平以及无声岁月里尘封的往事。巷弄里有人在卖糯米糕，紫的，白的，裹上一层亮晶晶的白糖，阳光和它的碰撞，闪出了微明的光。舔一口，也是幸福的小事一桩。

胡同，狭窄逼仄。门虚掩，门头上有一牌匾——勤俭人家。铺首张牙舞爪似的，显示它的威仪。两侧的石狮子在光阴的摩挲下眼神发暗，但精神依旧，随时都有从困顿中醒来的气象。不知为何会被它们吸引，许是它们占据着古老的故事，占据着祖祖辈辈几代人的记忆。

旧时风物，在有限的空间里延伸出无限。

◇ 叁 ◇
园博园

北京的秋，是一年中让人最舒服、最妥帖的季节。溽暑时分让人躁动不安，冬日的寒凉苍白让人觉得略约苦涩。只有秋，有着疏朗的气象。天是那样高，云是那样淡，明净而通透。缃绮般漂亮的黄，已然是绸缪状的了，缠缚在屋瓦草舍间，荧荧的一片。

灰色的黛瓦，素净的白墙，近察远挹间恍若到了江南。银杏的叶儿欢悦舞动，如蝶之丽影惟妙惟肖。那黄色的叶脉一目了然，是秋香色的，浓郁的似织锦般的绸子。黛瓦下，那别致的色彩缭乱了整个秋容，让人极度爱恋。一阵风儿拂过，心中哗然翩翩。

琉璃瓦，在光的浅照下，有着明快的色泽，闪耀着澄澈的光芒。琉璃之色，赤橙黄绿青蓝紫，似乎囊括了一切中国古典的韵味，在宫墙红的掩映下，浓浓的中国风味扑朔而来，诠释着东方文明的故事。

琉璃瓦，似有坚固的容颜，釉彩明亮而光滑，能经得起百年岁月的淬炼，以一种绝美的姿态静立在时间之中。琉璃，层层叠叠地码在殿堂、庙宇之上。在空中划出优美的弧线，一直延伸到天际。

红墙青砖琉璃瓦，一棵老树，横穿其间，掩映着辉煌过往。叶子在秋风中窸窣，发出清脆的声响，一抬头，便是人间好时节。

园博园里的秋景，此时开得正艳羡。每次坐车从园博园路过时，就能看到高高的墙院内那炽烈的色彩。秋，使北京的味道更加浓郁，一树一树的繁花，开得轰轰烈烈。池塘里的朵朵睡莲也慵懒地沉沉睡去了，莲衣是粉紫色的，扑面而来似有暗香，残荷如家常一般琐碎，却也是有风骨的，面对生命中的无常，也是有勇气当侠士的。

一排排的银杏树有秩有序地码在道路两侧，阳光打在半张脸上，有着无限的暖意。温煦的光带着片片秋意，让周遭有无限的扑朔迷离。

落叶铺满了整条银杏大道，宛如一地的碎锦，且是从清代贵族女子身上扯下来的锦。那锦是古旧之色的鲜艳，绵延到无尽的苍茫里。两侧的公路旁，干枯的玫瑰花落了些尘埃，不清楚的红里流泻着它曾经的美丽。

眼前的三个人，应是一家人，爸爸不顾形象地蹲坐在地上，将孩子和妻子的最美瞬间收进相机里。孩子将大捧的银杏叶搂在怀中，将它们如落雪一般撒落。一女童，蹲下身子，将它们收集在自己的背包里。她们在欢笑，在雀跃。

风吹落了叶，那是秋天最后的遗言。脚踩在上面，毕剥作响，似童年里农作时见到的豌豆在阳光下曝晒的声响。我像一个旁观者，觑视着一切。

累了，倚着树的背坐了下来，柔柔的微光倾洒在地面，温润的似一块璞玉。暖的似蜜语，均匀地敷在叶子上。京城秋叶弥漫之时，北京就成了北平。

◇ 肆 ◇
秋夜

天渐渐暗了下来，地上的影斑斑驳驳的，夕阳的光亮一铲一铲地迅速落下。

推轩，对月。

月夜是如此的静谧，月下成眠，也自有一番美意。

秋天，让人更多地拥有了一些不被人打扰的眠时光。勾兑着微醉的秋夜，月下独酌，一景一致里皆是好光景啊。领略过秋之三味，方知生活也是唯美的、充满哲思的。

深巷黄花，红叶低窗，是绚丽的人间景象。秋风涤荡着人间十月，树梢间流溢着红黄一片秋，是可以成眠的，是可以蹉跎的。

秋，岁月已步入迟暮之年，三千青丝在岁月流转间浪淘了多少世事，沧海早已变成了桑田。

历代诗人、文人、画家用他们的方式记录着秋光中的美好。徐志摩先生说："这秋雨的私语，三秋的情思情事，情诗情节，也掉落在秋水秋波的秋晕里，一涡半转，跟着秋流去。"

秋，适合抒怀，盈着浅浅的思念、淡淡的怅惋。

时光渐老，只想做个在秋声中渐渐隐退的眠秋女子。晨光曦微时，亲身打理那篱墙下的霜菊，看木末的疏雨梧桐，品一盏无味的老茶。庭前花木满，听秋雨声声慢，轩窗瓦屋，漏一地的月光白，看月影斜切花窗。

秋山明净，那山谷的溪涧是佳人清亮的眸子。山野间，村舍间，石榴、柿子簇拥着，给人以丰收的喜乐。只想做个躲在喧闹背后的闲人，在内里修葺着诗心、画意。体味陶潜"采菊冬篱下，悠然见南山"的心境。体味携篮过岭、闲采藤花的趣味。

身心赋闲，消遣光阴。秋，一切都要眠去了，少了声声色色的涌动，万物归于沉寂，归于萧然。静默的时光里，心也变得释然、宁美。

冬月兮萧萧

脂肪还没存起，就入冬了。

芜然的草色，飒然的冬风。冬，是清苦的，比中药都苦。

冬是骨感的，没有了花红柳绿，莺莺燕燕。视觉、听觉也略显单调了，熬过这个季节是需要一点韧性的。

京城的冬风是凛冽而刺骨的，我永远难忘初到北京的那个日子，正是寒冬，即使穿着厚厚的羽绒服也无济于事。它就像噬血的蚊子能准确地找到你，不一会儿就冻得直流鼻涕。如果说北京的秋是最美的季节，那冬则是最难熬的季节。

此时的京城，已是寒冬大地。俯瞰着月色，依稀。

灯影是橙黄色的，像极了一盏盏暗夜里开放的郁金香，它们次第在我眼前倏然闪烁。浓郁的寂色，一朵朵的灯影星罗棋布，似难以破解的人生谜题。不招摇，不卖弄，不坠落，悄然在夜的诡谲里浮动着它的影。它的芒，为晚归的人照亮回家的路。

黄昏后越发漆黑，没有表情，没有声音。一切的声色、繁华、熙攘、欲望都朦胧在了如墨的天空里。月儿皎皎，有着“照之有余晖，揽之不盈手”的通透干净。

在时光深处，岁月平行的那一头，想起了那些少年不知愁的日子。此时想起母亲了，那些个冬季，起得最早的就是母亲了，不到六点就听到她在厨房里忙碌的声音。十多年来，母亲每天都会按时早起为全家人准备早饭，即使是天寒地冻的日子里。就这样，每年如一日，直到我和弟弟去远方求学。一想到她在天微明之时，瑟缩着身子在院子里扫雪，劈柴往炉子里烧火的样子，我的心也在疼痛地叫唤着。

今兮何兮，月儿又圆了，与往常不一样的是，月辉如水，银银的、溶溶的。白亮亮的芒是如此的清凉和干净啊，此时想起了母亲。

也蓦地忆起村庄里家家户户的楼顶堆满了苞谷，金黄的色泽里有和睦的光，一如冬日朗照的大地，安详慈目。农民们用一种机器，将苞谷放进去，颗粒会顺着机器一粒一粒地撒来，红色的裸着的，是它的内核。农民也会将它存下来，装麻袋，留在冬天做生火的工具。丰饶的秋天，给予了人们丰收的喜乐。冬，便以坐享其成的姿态享受着这份悠然，农民不需再早出晚归，为农忙而披星戴月。

漫步，月下。

寒风至，这是积攒了多少年怒气的风啊，呼啦啦，吹得万物系统紊乱了似的，如此嚣张，光明正大地穿行于人间，路两旁的秋光无影，只留下了枯枝残色的叶儿一片一片地飘落。窸窣声来自凉风和树叶的摩擦，那声音钝得像被磨平了棱角似的。兀自忧伤，兀自飘零。在闹市，在山野。

银杏树下，那一颗颗橙黄的银杏，被刨尸般地裸露出内核，散发着难闻的气味。万物支离破碎，并在一点点分解。

想着不久之后的日子里，会有一场皑皑白雪覆盖在北京城的大地上，接着又会有一场隆重的花事在等着我，我嘴角也敛起了笑意。执一把油纸伞，去看梅花那疏影横斜的身姿，去听它暗香浮动的香息。梅，红的、黄的，次第开来，傲然挺立在寒冬中，一定要有一场霏霏雨雪来映衬的。月色中摇曳着灯影辉煌，想着离梅花破萼的日子也不久了啊！

万物萧然，归于静寂。整个寒冬里最企盼的两件事就是踏雪寻梅和去陶然亭滑雪了。

雪，是冬的吉祥物。

张岱有湖心亭看雪，唯一叶扁舟，两三粒人影，苏堤一痕，三三两两地点缀于苍苍茫茫的大雪中，其张岱拥着火炉细呷美酒。江山辽远，心思寡淡，独抒性灵于云山云水之间。炉烟、乳雾间将旷达的情怀寄之于苍茫雪色里。

冬日里最曼妙的一场雪下在了山阴，话说王羲之给山阴的友人张侯写了一封回信，没想到几千年过去了，王羲之草草之作竟被奉为临书的典范。

短短二十字，有着道不尽的隽永。言辞清简，快雪时晴，四字绝妙，将雪后的清远无染一一呈现出来。雪，就这么旷日持久地下着，穿过了唐宋的烟雨。简短的话语中，羲之此时是思念，是无力，还是欢喜？

当雪簌簌而落之时，人间便进入了最美最洁净的日子。冬日难挨的日子里因为有了雪，也就不觉得苦涩了。

有月的寒冬，我会捧起一本书早早钻进被窝。孤榻，青灯，拥衾，读书。天虽是寒的，心却炙热地随文字而欢欣踊跃。书籍，一页页掠过我狭长的手指，亦在我心中刻下浅浅的痕。夜，清浅，温润了眼眸。

冬，是慢慢褪色的季节，褪到发白如银雪，褪到苍老如耄耋。

冬，日子也愈来愈薄了，薄得轻如蝉翼，薄得如履薄冰，时间过得太快，竟让人有丝慌乱。此去经年，荒了多少时间，偷了多少懒，年前定的那些目标都完成了吗？

行走在时光的末处，如今只剩下了残山瘦水，充满了寂静的兴味。褴褛的枯寂中，如老僧在参禅问道。冬，消息闭塞了些，是适合蓄纳的季节。寒冬里围炉煮酒，苦雪烹茶，拾起那旧日里泛黄的法帖，一笔笔临下去。草木可怡情，笔墨可娱心。

走过了春的鲜妍，夏的灼热，秋的静美，冬的恬淡。季节轮回，方知人生如四季，生命的年轮一圈圈丰满。而人，一生似在围绕这一个圆点。画一个圆，从起点到终点，而终点似乎又是起点。

冬呈现的是闲庭寂静般的空无，略苦却有经历过人间沧桑的醇厚香息，有着阅世后的淡泊宁静。冬，有故事，有阅历，却不再有倾诉欲。

小寒宴然至 喜鹊衔远春

今日小寒，天与地不谋而合。一场雪，簌簌离落在街头巷尾。刹那间，上下一白，枝头开满了蓬松的梨花雪。

元稹有佳句："小寒连大吕，欢鹊垒新巢。"小寒，成全了两种快乐。小寒，唤其名字，如一阵恰到好处的凉风至，清清朗朗，无一尘一埃的染，无一声一色的乱。恍若皎皎明月下，邂逅了庭院里独酌赏花的白衣少年。小寒，这两个字眼颇为雅致，是一场美的隐喻。小，微小，不起眼，平平之貌，如随手记下的一则随笔；加一寒字，似有细碎的朔风，仓皇的冷意，封杀了一切。

小寒，是自有其风韵的。从字面看，气场微弱，无大寒之冷的张力。但从实际出发，一年中的三九天，就处在小寒里，所以有小寒胜大寒之说。小寒，属于二十四节气中的末，有着人书俱老般的气韵。日子愈来愈老，愈来愈旧，老得除去了骄纵饰伪，老得一心归于萧闲淡泊，老得绝灭了盛大的火气，老得着一身素裳却风韵犹存。

小寒，小寒，如今日的盛雪，是寂白之色。山隐雪梅间，那份干净利落的空与白，诠释着雪后的唯美空灵。

落了雪的故宫是极美的。故宫，红墙黄瓦，大起大落的颜色，为岁时清寒添得一些暖意。一棵树，蓬头垢面的样子，有着高古的气质，长立于墙角一隅。近察，赭色的枝丫间，已有嫩色的芽儿懵里懵懂地暗暗萌发。想必不久之后，在细风暖阳下，便会有一场盛大的花事隆重登场。

而后，听说植物园的梅花已绽放。赶在冬雪消融之前，人们纷纷去踏雪寻梅。红墙之下，色彩里裹着的有一份极致的冲动。瓦，有着温润粗糙的质地。梅枝，颇显古雅之趣。黄瓦与梅色之间调和出呼应的意蕴，浓郁大气。梅，美在姿、神、韵。可立于天地之间，亦可陈于静室闲轩。其香亦若有若无，香远益清。

屋檐以优美的姿态滑落，在瓦当间驻了脚。那点点梅色，一如妃子笑，可人了些。梅，被雪浸过后，不乏梨花带雨的美，莹洁的水珠沾染在花瓣上，玲珑剔透，有的攥着小粉拳，不敢轻举妄动；有的颇有胆量，已逾红墙。墙角数枝梅，凌寒独自开。冬日里的欢愉，一定是花墙下的梅香所给予我的。冬日里若少了梅，那要丧失多少风雅的意韵。

小寒，一候雁北归，二候鹊始巢，三候雉始鸲。天微暖之时，万物生萌，大雁北归，喜鹊筑巢，鸟儿鸣叫。在北方的末冬，湖面早已结上了厚厚的冰层，亦有一群不怕冷的孩童，在湖面滑冰、玩冰车、滑雪，尽情体味冬日小寒里的那份淋漓况味。小寒至，天气也一阶一阶地跌了下去，深冷无比。在这三九天里，人们不出门，剪窗花、蒸花馍、写对联，忙得不亦乐乎，为年的到来而准备着。人们不再“好高骛远”，遥遥望春，将日子落到实处，笃信与春之期。

一冬的苍白寥落让时光多了几分惨淡，寒山瘦水的北京漂泊着归家游子的愁肠。而我，独坐枯藤老树下，等待着春的讯息。

怡然御冬，苦雪烹茶，遣兴消寒，唯愿君安。

珍重待春风

传说道光皇帝的妃子独创了一种《九九消寒图》，上面写着“庭前垂柳，珍重待春风”九个字。该内容为双钩，每个字均为九笔，从冬至那天开始，需用毛笔每天填廓一笔，等填完了，春天也就恰好来了。《九九消寒图》作为岁时风俗，以寓迎暖、纳春之意，后来成为上行下效的娱乐方式。珍重待春风，让九九寒冬多了一份风雅的仪式感。

大寒，二十节气里最后一个节气，是终点，也是起点。每临此间岁月，处处皆是归心。岁末，不禁感慨那些年初时自诩的大言，此时也是最想家的时候，可谓日日长如小年啊！天上的一轮明月似圆未圆，照耀着每一个归家心切的游子。平日里拥挤不堪的地铁，最近空间倏然宽敞了些许。人们提着行李箱，纷纷踏上归家的路途。那个方向，是家的方向；那个坐标，是有炊烟灯火的地方。

闲适的午后，一个人于舍内读书、习字、饮茶，莳花弄草。人间草木，一枯一荣，在时岁里遁行着它的足迹。阳光柔和，步履蹒跚地爬上我的小窗，平铺直叙地铺在眼前的花草间。此时，时光静好。和暖的冬日，楼下的松，远远望去，长如小年般的姿态，屹立不倒于岁月洪荒。郁青的老松，频频献歌的鸟儿，一盏暖茶，遣兴消寒，怡然御冬。

午后的雪一如初心宛在，洁净、无瑕。蓬软的雪堆垛在其枝，在浮动的光影中闪耀着珍珠般的光芒。

晴明冬日，有着知止的静美。它含羞般地慢慢遁进你的窗，风花雪月的窗，琴棋书画的窗。疏淡的光芒，不叨扰的样子，却和窗下的花儿缠绵不休。

凝寂的岁月，不惊不扰。啜茶饮茗，静下心来，品味那茶烟中的真味，平凡岁月里的真谛。张大复曾有佳句，“念既虚闲，室复幽旷，无事此坐，长如小年。”身心虚闲，而无名僵利锁之牵挂，当远离尘嚣，一个人独处时，时光就会变得慢中有致，可以以最舒展的姿态做些喜欢的事情，安顿好我们那颗动荡不安的心灵。

大寒，梅林初茂，梅影横斜，不禁想起汪曾祺的佳句，曾见一幅古画：一间茅屋，一个老者手捧一个瓦罐，内插梅花一枝，正要放到案上。题为:山家除夕无他事，插了梅花便过年。新春之际，梅花开得正好，撷梅入瓶，疏疏懒懒三两枝，便可营造出一室的古雅清趣。

梅，有着冰清玉洁的秉性，绰约的风姿神采。在飞雪、在冷月、在孤榻下，却更显清幽傲然，给人以生之喜悦和磅礴的祥和之意。梅，不俗而有韵，其色如烟霞，小小的瓣簇拥在一起，嵌在细枝间。迎着细雨蒙蒙，飞雪漫漫，散溢着它的心香。

“有梅无雪不精神，有雪无诗俗了人。”古诗词里的梅，总是与雪相和。雪落寒梅，梅因雪更显其不畏严寒的品格。每至江南落雪的时候，园林里总是一片暗香浮动。江南的雪，温润了些。白梅、粉梅、蜡梅，一枝独秀似的，在白墙黛瓦，在光风霁月之下不慌不忙地零落绽放。白雪压枝，若深闺处子，玲珑可爱。

说起梅花，想到了《红楼梦》中的妙玉也是喜梅的。梅，与妙玉超脱尘俗的气质秉性十分相似。妙玉在栊翠庵、蟠香寺遍植梅花，可见其对梅的喜爱。妙玉植梅、赏梅，更喜梅雪煎茶，其邀宝、黛、钗三人喝的体己茶，正是用采自五年前蟠香寺梅花上的雪烹制而成。

大寒，没有落雪。闲静的时光，足不出户，那就慢饮一杯茶度过吧。大寒，又是极其忙碌的，忙着置办年货，忙着清扫旧尘，用蕴满中国红的春联去辞旧迎新。

大寒，有着不加修饰的寒冷。春有百花，秋有月，夏有凉风，冬有雪，每一个节气都有属于它独特的韵致。而大寒，大概就是意蕴最为清远的一个节气吧。

大寒，人间静雅幽深已达极致。藏巧于拙，不卖弄，不炫耀，如洞明事世的老者，气度沉稳，风平浪静，如一碗时刻端平的清水，不会春风得意马蹄疾。它恰到好处，适可而止，保持着它素净的调子，等春来兴风作浪。

一冬的银白素裹，漠漠荒寒，让人不禁想念起春光的明媚。我只是时光的记录者，依循着节气，去寻觅每一个人间时节的风雅。还要多久才能与春撞个满怀，还需多久才能陌上花开缓缓归矣，还有多久才能做那个看遍闲花的槛外人。

我相信此时的春意在“暗度陈仓”、跋山涉水。带着一身的新绿，越过莽莽苍山、潺潺流水。而我，怀着深挚的爱意，静待归期。

PART 7

第七章

雅事六帖之闲读

夜，静谧得只听到自己的呼吸。明月在松间，忽而月转朱阁，朗照大地。手捧一盏月光白，借着点点微光，信手翻来孤枕旁的一卷书——《红楼梦》。

名著是要经常去读的，时读时新。不喜读今人写的畅销书，这是一种快餐文化，久了，你会发现它不会在人的心灵上留下任何痕迹。所以我喜欢读古典书籍，且要读一辈子，它在你人生的不同阶段不同年龄，均会给你不一样的人生感悟。

抛却了白日的忙碌，此刻尽享闲暇时光。有书在侧，像和一位古意女子促膝长谈，丝丝缕缕的茶香晕湿了眉眼，伏在案前，静心谛听它内心的心灵独白。

书，像是一件古器、什物，值得我们去玩味和品鉴。

读书，清修，修的是气质、是涵养、是美善、是灵魂，是浮华褪却后的心思安定，是烟云散消后的了悟，是风行雨散后的晴明。读书，使我们透彻人世却不世故，远离谄媚、浮华、争斗、贪妄；使我们的人生有了区别于物质层面的更高贵的品相，故而升华出更高贵的灵魂，心境也越发澄清、疏朗。

在喧嚣无宁休的尘世里，我们总需要一些沉得下去的东西，中国人的骨子里是倾向于归静的、含蓄的。少几分觥筹交错的热络，在岁月中慢慢丰盈自己，去体味那滋味绵延的书香。

爱读书的女子，是散发着书香气息的女子。举手投足、仪容姿态、声音笑貌都是温文尔雅，尽显知性温柔的。这样的女子，如一盏醇厚的茶水，岁月愈久愈有味。日久天长，厚积薄发，你要相信，那些你曾经读过的书一点都不会白费，它早已融入你的血肉、骨子里，德行与才性也会愈加深厚。

唯书不问贵贱贫富老少，观书一卷，则有一卷之益，观书一日，则有一日之益。

书中有着紫檀木般的清香和深沉的质地。与它的会晤，像是与高人对话，不论你身份的高低与地位的贫贱，它殿宇的大门一直打开，随时随地。你大可从中汲取营养，鲁迅说：“拿来主义，是也。”书籍，是最廉价也是最好的自我增值方式。

明人陆绍珩谓：“人生有书可读，有暇得读，有资能读，又涵养之，便是享世间清福者。”

书如清音，每一曲都有不同的音律节奏，有些含蓄蕴藉，意味深长；有些知你冷暖，知你寒凉，有着贴人肺腑的暖意；有时遇到那些能产生共鸣的话语，不禁激动一番，赶紧将之记在笔头之下，生怕遗忘。它把你想说的话都说出来了，那种感觉，是高山遇流水，伯牙遇子期的心灵与共。闲读，是灵魂最好的皈依。

小屋一楹，一册在手，心中也多了鸟鸣幽涧的清净，月照海棠的静好。咫尺之内，静守妙悟，管它屋外纷纷扰扰。

喜欢读《小窗幽记》，尤其是其中的山水之乐，山明水净幽幽清清。古人的世界是那般风雅，抖落掉一身的俗事，只留一身的清与闲。闲居的日子，隐居在自己心中的秘密花园，寻幽寻古。世界上有那么多山水，唯有中国的山水能寄寓文人的灵魂，《小窗幽记》中载，“胸中不平之气，说倩山禽。世上叵测之器，藏之烟柳”。

喜欢读日本作家德富芦花的作品，譬如《春时樱，秋时叶》。他的文字没有人世间的纠葛，没有沉重，读起来是轻松的、绵软的。似有清风入怀，似有落花缤纷，似有素云舒卷。他居住的小院，随着节气变幻，四季流转，均散发出不一样的美好。我喜欢这种干净的文字，透过他的文字，能感知到他内心充满温情和柔软的一面。就像宫崎骏笔下的世界，纯洁美好。人一读，也饧软了。

诗词中最喜王维，“山中花果落，灯下草虫鸣”。王维的诗给人以幽静之感。其境似入山中的竹林，有着清凉的山气，漫步翠径间，脚下是绿叶和泥土交叠在一起的松软。云光透过叶间，白汪汪，意境清幽可喜。读着他的诗，也宛若进入了一个如画的世界，时间的脚步也开始放缓，有着苏堤无尽的长，内心也在此刻变得安然、平和、清净、无尘。

人生雅事之多，是松花酿酒，春水煎茶的妙闲，是对一张琴、一壶酒、一溪云的散淡清欢。好想回到千年前的老宋，体味一番文人风骨的气象。那个墨色微淡的似山水画的老宋，那一剪宋朝的风和月，是多么令人心驰神往。

宋代，将庸常上升至诗意的风雅。特别喜欢宋人的生活态度，不较真，不势力，对生活有着独到的眼光和审美的态度，对精神层面的追求远大于物质的富足。吃茶、喝酒、赏花、吟诗，处处彰显着文人的光风霁月之怀，冲淡闲远之致。

焚香、抚琴、吃茶、闲读，这是宋人生活的真实写照。他们把波澜不惊的日子都过得意趣十足。斗室之内，无须屋宇轩昂，一案一几，藏书万卷，便是对心灵的最好安放。闲读，重点在一个“闲”字，头悬梁，锥刺股，那不是宋人的生活。一个“闲”字，便把读书的情趣一点一点地盎然起来。以一种随心、无目的的态度去读书，放任自己逍遥于书的海洋，不理会尘世的蝇营狗苟，怀古、思古、拟古、以古为徒，思接千载，寄寓远方。

荣华花上露
富贵草头霜
不如居一室
闲来静处
且将诗酒狂
琴瑟响

以一种无所欲无所求的闲心幽趣去读书，少一些功利目的性，这是读书的最好状态。而如今，我们读书、写字似乎和古人的初衷相背离。今人读书无非为了考学、升职，而那些古人留下的文史典章又有几人去细细品阅。古人的写字是抒己怀，欧阳修提出学书为乐，寓其心适其意是学书之目的，而不必过多计较书写的工与拙，而今人写字是为了获奖、参展，初心尽失。

闲读，消夏。倦了，翰墨以自娱，二三好友，品茗清谈，便是人生的大自在。竹窗下对弈，听一曲云水禅心，看四厢花影。荣华花上露，富贵草头霜，不如居一室，闲来静处，且将诗酒狂，琴瑟响。

冰莹的清光遍浸长廊，花枝斜切绿窗，微风拂起，蝉声凄切，这是夜出声的冥想。一卷书册，一盏清茶，一夜月光白，日日和文字痴缠在一起，光阴都染了香，着了色。

诗心，明月，落花。无忧的岁月里，浮华似云烟过眼，在心中孕育着一泓止水的安宁，滋长诗意绵长。如是，静好。

雅事六帖之何以纳清茗

喝茶当于瓦屋纸窗之下

清泉绿茶

用素雅的陶瓷茶具

同二三人共饮

得半日之闲

可抵十年的尘梦

——周作人

用闲情逸致形容品茗清谈也是极为贴切的，鲁迅先生痴嗜于茶，且单是绿茶。

痴嗜于茶事的文人，不在少数，鲁迅就是一位。每一个爱品茶人的心里，定有一篇自己的闲情赋。茶的浓与淡，苦与甜，皆如人生之过往。室内常生袅袅茶烟，婀娜似盘根老树，未饮也欲醉了吧。文人追求的是朴素清简的幽与雅，淡到极致的素与净。室有清茶，似有兰香。瓦屋纸窗，幽斋绿竹。无丝竹之乱耳，无案牍之劳形，又何陋之有，这素淡的香烟，只会徒添几许雅趣。

林语堂在《茶和交友》一书中说：“个人只有在神清气爽、心气平静、知己满眼的境地中，方能领略到茶的滋味。因为茶须静品，而酒则须热闹。茶之为物，其性能引导我们进入一个默想人生的世界。”《茶经》中载：“茶者，南方之嘉木也。叶如栀子，花如白蔷薇。”

茶有着布衣之本色，似不加设色之布帛，性俭朴，心清洁。

茶有一种含蓄而节制的逸之美，更接近于灵魂的美，能让人心宁气静。茶有浮华散尽后的淡泊之气，少了欲火的涌动，其心只在乎山水之间也。

茶——历来是文士雅客心头之最爱。茶，有着集山水的性灵。而酒，是笙歌铁马的狂士之最爱，几分侠气几分豪气，酒使人癫狂欲醉，而茶使人清醒。

“葡萄美酒夜光杯，欲饮琵琶马上催。”“明月几时有，把酒问青天。”文人借酒来抒发自己的豪情万丈，如大江大河般的气度与胸怀。把酒言欢是人生之乐，可以娱情，可以畅怀。而静中品茗更是一种淡泊的操守，是清净身，是仙人境，是人生之至乐。比起酒，多了份清静中的睿智。

茶，更像是一位借山而居的古意女子，幽灵静婉，清美淡雅，有着芝兰之香。苏东坡有言：“从来佳茗似佳人。”

喜欢闲美的日子里，备上茶炉、茶席，煮雨煎茶。清茶一盂，品世间之百味。浓也好，淡也罢，历经千帆，跋涉山水。才明了，原来，淡才是茶真正的滋润，淡也是人生真正的滋味啊。细呷一口，当味道的涩与甘有层次地席卷在舌间时，好似参透了茶的本真，刹那间，似乎也就参透了人生。人生如茶。

茶经过采、做青、揉捻、焙火、冲泡等百般磨砺，且吸收了天地日月之精华，一盏尽饮，令人骸骨俱清。宛若有太湖的水色山光，空灵之境浮现眼前。静动乾坤，皆在眼前。青山隐隐，碧水迢迢，消了火气，少了俗虑。茶，令人有力、悦志、不俗。

现在每天囿于生活的忙碌、城市的逼仄，茶还在喝，只是少了古人的那般情怀。品茗啜饮，更需有一颗闲心、一种闲情。

古人喝茶注重营造美的意境，还有文化氛围。喝茶的时日，地址的选取都颇有讲究和仪式感。《梦粱录》中载，杭州的茶肆，插四时花，挂名人画，以装点门面。许次纾总结的饮茶之境是心手闲适、茂林修竹、小院焚香，皆是人生至乐之事。《茶疏》中载：“饮茶时宜，明窗净几，风日晴和，轻阴微雨，小桥画舫，茂林修竹，课花责鸟，荷亭避暑，小院焚香，清幽寺院，名泉怪石。”

古时中国茶寮酒肆兴盛，中国茶文化而后传入日本，茶道开始在日本兴起，并逐步上升至对茶的审美。喝茶不仅是修行人之所爱，更是融入了寻常百姓家。茶有助于我们禅修，茶禅本一味，能帮助我们从朴素的平常中顿悟。

这让我想到了之前看的一部电影——《寻访千利休》，自从接触到日本文学，还有俳句，就深深被其中的禅宗思想，幽而寂的意象所吸引。《寻访千利休》讲到了日本的茶道文化，综合了和、敬、清、寂的极简侘寂美学。画面一帧一帧唯美得让人窒息，随意截取一帧画面，都是极有意境的摄影作品，一花一菩提，生灭禅念让人回味无穷。他用心沏着手中的每一杯茶，用最粗陋的茶器，最虔诚的心，茶中也就有了日光、月影、花容、峦姿。

日本将茶禅一味的精神文化上升为审美体验。千利休追求的茶道精神是一种极简至朴的侘寂。不完美，残缺、枯淡、本真、自然。

记得在江南，雨季冗长而缠绵，有着黏液般稠的样子。霉苔、齿痕、马头墙赫然立在雨中，素壁上的雨径直流下。落了雨的江南就像戴望舒笔下那个幽婉孤清的江南女子，调和出一种诗意的存在。这样的日子是低温的，心也是低温的，江南的雨有着润物细无声的柔敛。

我兀自坐在老茶馆的窗前，看雨打芭蕉，听荷动帘风。时而忍不住把手伸出窗外，去感知它薄凉的体温。茶室里不知什么时候又传来了琴声，幽幽渺渺。听琴，吃茶，赏雨。

屋内光线幽暗，我也把自己黯淡成无华的老绸缎，枯坐在时光的潺湲里，任江南的烟雨把我的心里种满潮湿。

茶馆的氛围是幽暗而不够明亮的调子，有着谷崎润一郎笔下所说的阴翳之美。手捧青瓷，青瓷盏通体散发着素净之光，茶水本无形，正是有了瓷的烘托，才显出它的形与态。卷曲的叶片在沸水浇漓下慢慢舒展，像是枯木逢春，焕发出新的生机。枯老的容颜在水的揉浸下，黛绿渐变翠碧，细烟袅袅，亭亭升起，冉冉似烟霞，似舒云。《红楼梦》中有诗云："宝鼎茶闲烟尚绿，幽窗棋罢指犹凉。"茶烟都被幽篁染绿了，真是别有趣味。

茶中的沫饽像白雪堆积，茶动，人静。此刻，细细抿一口，茶中的清味也在心中濡染出缱绻回甘的味道。烦恼忧虑也随着茶烟慢慢消退了，荣辱皆忘，无悲无喜，把自由交付于一杯茶，听它的细语呢喃。即使历经人生的风雨如晦，也定会如眼前的这杯茶，不卑不亢，安恬自守。

手中茶盏温度一点一点退却，翠碧的叶儿蓓蕾着芬芳无尽。慢慢静凝沉于杯底，安之若素。此刻，我浸润在茶带给我的快乐之中，守着心中的清风明月，守着心中的惠风和畅。

喝茶喝的是一种不问世事沧桑的趣味，是一种携篮过岭、闲采藤花的闲雅。想起一首山居诗："禅余高诵寒山偈，饭后浓煎谷雨茶。倘有闲情无著处，携篮过岭采藤花。"元代的禅师三十岁后隐居山林，不问尘世枯荣，安养性灵于山水间，建草庵，以青山做屏，坐看云霞。

幻想自己老了，可以在江南购置一小院，院有芭蕉、修竹，临水而居。灰檐雨窗下，听一帘的雨，喝一盏的茶。赏春之花，秋之月。茶要慢慢喝，生活要慢慢过。平素的人生里，让茶为生活添一缕活色生香。室内一几一椅一榻，幽斋净舍，焚香、挂画、分茶、插画。日子隽永，温润，闲雅。

在江南老宅，等你，闲来且吃茶。

雅事六帖之清居

清居，这两个字，轻轻唤着，似有曲径通幽、风烟俱净的清旷之致。俨然是来自于清音兰谷，没有尘世的熙攘繁华，诗境且如画，有着不施粉黛的清与雅。

居室之制，贵精不贵丽，贵新奇大雅，不贵纤巧烂漫。

——《闲情偶寄》

小筑居室，即使没有明艳动人的靓妆，高堂阔室的恢宏，那又何如？斗室无须大，篷窗竹屋，古雅幽静，平淡天然，即是无俗格的恰到好处。素、淡、简、寂，无过多的铺陈，是为清居之雅。

清居，却是一种质朴简净。门庭雅洁，笔墨精良，远离世间的一切污秽、市井之俗及茶寮酒舫之乐。以清风明月为伴，花鸟为友，混浊的心此刻也会变得澄澈、清宁。如茶烟丝丝缕缕飘过眼前时，心念有致亦平和安然。

清居，需有一颗素心，方能品味朴雅之幽趣。

居，重在一个清字，一个闲字，其给人以凉意。居，其不仅是我们日常起居的场所，更是我们独抒心灵的精神空间。静修灵魂的栖息地，一颗不问世事远离烟火的清心，在清居中得以安养。功名利禄渐行渐远，一颗素心游走在书香茶烟间，心也变得笃定。暂忘尘世的俗虑污浊，让心沉淀，聆听清居的寂静之声。一块顽石、一段拙木、一盏清茶、古雅的旧器，皆有生趣。远遁杂芜布满尘埃的闹境，陶然于山水田园，虫鸟低鸣。

清居，可清心、清骨。能抚平心灵的褶皱，让灵魂回归最适宜的状态。清居，并不是什么都不做的游手好闲，而是让我们暂时放下追慕功名利禄的心，抛弃喧闹浮华，安养灵魂。心安意闲，才能神定人稳。

闲暇中把玩器物，饮酒赋诗。将平素的生活赋予了诗性的特征，也使文人妙笔生花。董其光在《骨董十三说》有言：“骨董，今之玩物也，唯贤者能好之而无敝。”幽斋小舍，闲居于此。陶冶心性，滋养灵魂。

项脊轩，旧南阁子也。室仅方丈，可容一人居。百年老屋，尘泥渗漉，雨泽下注；每移案，顾视无可置者。

明代归有光先生，有项脊轩，方丈有余，虽算不上什么高庭华宇，但归有光先生仍自得其乐。安居于室内，吟诗诵文，倦了，可赏窗外四时之景，可听大自然的各种声音。小院里植有兰香、翠竹、桂影，夜晚还有斑驳月影。

丰子恺先生是深谙闲居之美的人。在辞掉教职工作后，少与外界往来，过着他喜欢的闲居生活。每日读书、作画。院里还养了一只鹅，徒添活泼之生趣。

仁者乐山，智者乐水。幽人隐士大多喜欢在林泉山水间筑屋隐居。自古就有陶渊明的“结庐在人境，而无车马喧”。其尽享山林之景致和朴野之趣。在远离红尘的山水间结庐、静坐、清谈、悟道、参禅，三五好友把酒言欢，一派风流蕴藉。

古人清居喜营造山水和诗情画意，如园林，如山斋。《闲情偶寄》中载：“宜明净，不可太敞，明净可爽心神，太敞则费目力。”山斋要建得玲珑有致，不可太大，太大则会耗费过多的眼力。

而今人，虽不能像陶渊明、林和靖那样，但我们大可在纷乱的红尘中筑就心灵的桃源。粉墙耸立，将热闹隔之墙外，任凭屋外的声声色色，生生息息，而我只想在树下置一竹椅，读书、弹琴、煮茶、赏花。

古之名士、幽人，将审美贯穿于生活的方方面面，赋予一种情调、仪式化。将生活与艺术二者完美统一。室庐需陈设清雅之器，设雕花梨木桌，金石书画。案上把玩器物，添几笔水墨，习古人帖，写几行诗情。闲散的日子里滋长诗意几许，窗明几净，笔墨精良。凝神静气间，去感知水墨交融，笔墨在宣纸上静静流淌的意趣。

闲来静坐，桐木琴瑟。弹一曲和润而幽远的筝音，奏响一曲云水禅心。室外，有亭亭池畔，出水芙蓉，可看它含情脉脉，叶底露微红。小坐花窗，可看竹花漂浮在清灵灵的烟水石畔，似佳人，惊鸿照影。看竹木拔节，花影摇缀，掩映屋舍，偶闻幽柔风潜，望湛波云影。心中也俗虑顿消，如有清风月朗。

明末作家文震亨在《长物志》中道出了室庐营造的标准，其谓："须门庭雅洁，室庐清靓，亭台具旷士之怀，斋阁有幽人之致。"舍外筑池，可收四时之景。坐看云霞缥缈，卧看风月自赊，俨然是有坐卧林泉的山水之境。

营造山水，小院里种满四时花木。云气山光，花木掩映，闲花淡淡，子规长啼，看春色流转，秋色迁变。清赏四时之景，乘物以游心。

日本作家横光利一在其《感想与风景》一书中说道，他的心愿是在院子里种上古老的花，在晨曦中洗脸。这一句无端间和我的愿景相契合，此生夙愿，有一江南小院，明洁、古色。粉墙黛瓦，内植芭蕉、幽篁、花草、嘉木，闲庭信步，脱俗宁美。清居可赏花，去感受天地间的草木舒朗，碎迹斑斑，精纯之幽致与无边风物。在清居中消磨光阴，这日子就足以让人盈恋。相比于人与人之间的尔虞我诈，攀比嫉恨，这是另一种周全，吾此生亦无憾矣。

雅事六帖之曲水流觞

永和九年，岁在癸丑。暮春之初，会于会稽。群贤毕至，少长贤集。

——《兰亭序》

永和九年，暮春三月，惠风和畅，王羲之在会稽郡山阴县的兰亭举办雅集和修禊活动。古有上巳节，这一天，人们会进行修禊仪式。魏晋书法家王羲之用鼠须笔在蚕茧纸上书写的《兰亭序》被称为“天下第一行书”。其书翩若惊鸿，婉若游龙。历代摹本众多，有冯承素摹本、褚遂良摹本等广为流传。

觞是一种陶制的杯子，人们将其放在托中，让杯子沿着流水顺流直下，人们分散地坐在曲水两侧，杯子停在谁的面前，谁就要赋诗一首。如若作不出，就要罚酒三杯。

据统计，参与《兰亭雅集》的共有四十二人，多为王羲之的亲朋好友，有高僧，还有书法家谢万，以及他的几个儿子献之、凝之、涣之、玄之也参与其中，可见修禊之盛况。

兰亭周围环绕有清幽之山水，迤逦之花草。水色山光，山林翳翳，在美景中人们喝酒吟诗，一觞一咏间，畅叙幽怀。有美酒相伴，好景相衬，这日子风雅无垠，风流蕴藉。雅集后，人们为了纪念此次聚会，就请王羲之为此次雅集作了序，王羲之趁着酒兴，一气呵成，铺纸泼墨，洋洋洒洒写下了被称为“天下第一行书”的《兰亭序》。

《兰亭序》最绝妙的地方在于他写的“之”字，全篇共有二十四个“之”字，用笔却完全不同，极尽之变化。颜真卿的《祭侄文稿》、孙过庭的《书谱》，还有《兰亭序》，无论是从技法层面还是文字层面，都堪称佳作，是书文俱佳的典范。其书不仅抒发了此次雅集的喜悦之情，还抒发了对宇宙万物、生命无常的感慨。魏晋的名士在山水之间，谈玄说道：“醉卧林泉，吟赏烟霞。”魏晋的风度也潺湲地流淌在字里行间。

回首往事，自己已学书六七载。我自始至终都不后悔选择这条道路，读书写字，它们不仅是我生命中的爱好，更是我在社会上生存，证明自己价值的技能。我想我是幸运的，自己热爱的职业同样也是自己一生的兴趣爱好。热爱艺术，热爱书法，当矢志不渝。

除了写字、临帖，我还经常读一些书法理论、经典名著、日本文学、个人成长、摄影美学等书。古典文学中喜《小窗幽记》《闲情偶寄》《金梅瓶》《长物志》《园冶》等，其中渗透的东方审美在潜移默化地影响我。日本文学中喜谷崎润一郎，譬如《阴翳礼赞》，关于美学的书，如宗白华的《美学散步》、朱光潜先生的《慢慢走啊，去过美的人生》。书法、文学、摄影、音乐等艺术都是一脉相承的。刘熙在其《书论》中提出这样的观点："书如其人，如其学，如其才，如其志，总之如其人而已。"

其书如其人的观点对我影响很深，我们在不断地锤炼笔墨的同时，也要加强自己各个方面的修养。赵之谦曾说过："外功画圈，内功读书。"外功是实践，勤写多练。内功是读书，要不断地提高我们的思想境界、文化修养及情操。一个有涵养、有学识的人，笔墨间也是书卷气十足的。书法要脱俗就要修炼外功，不读书终究是俗格。

书法是抽象的黑白线条艺术，是无声之乐，无形之画。没有具体的声音，却有着音乐般的节奏，没有具体的形象，却有着如画般的视觉呈现。

书法的源流上至秦汉，下至明清，还有民国。秦汉有蔡邕、张芝；魏晋有"二王"和高门大族书法；南北朝有智永和尚和魏碑的流行；唐有"初唐四家"欧、虞、褚、薛，草书大家张旭、怀素；宋有"宋四家"，苏、黄、米、蔡；元有提倡复古主义的赵孟頫；明有董其昌；清有吴昌硕、邓石如、包世臣等；近代书家有林散之、李叔同等。

五种书体，从深深深几许的光阴中走来，篆、隶、楷、行、草，每一种都似风韵不同的佳人。楷书是名门闺秀，端雅大方。唐代楷书大家颜真卿的《勤礼碑》端庄大气，运用屋露痕之笔法，如墙壁上缓缓流淌下雨水痕迹。其书，线条饱满圆劲，结构正面示人，有着正大刚强的气象。其行书《祭侄文稿》，无意于佳尔佳乃，涂抹勾画，所形成块面的墨迹，更添拙朴古雅之趣。摒弃了矫揉造作，乃是亲人逝去后感情的真实流露。

行书有着疾走的步伐，如风神俊朗、飘逸洒脱的男子，是献之笔下的风行雨散，润色花开。行书中除了“二王”之外，也喜欢董其昌的行书。董其昌的书作喜用淡墨，章法也是疏朗有致，给人以禅意悠远的感觉。草书中喜欢怀素的小草，古淡天真，有着返璞归真之美。

或许自己是女性的缘故，在民国的书家中，尤喜张充和先生。张家四姐妹中的充和，书画、诗词、昆曲、音乐方面均有造诣。最喜先生的一句，“一生爱好是天然”。意思是热爱美好的事物是人的天性使然。充和，文艺的一切她都爱，昆曲、书法、诗词，先生写的《簪花小楷》像是缎上绣花。她爱书法，爱了一辈子，写了一辈子，直至年近百岁时，依旧每天坚持临池习书，执着于笔墨，书写着她的款款灵思。

张充和，祖籍安徽合肥，有着南方女子的灵秀之气。青春年华中最美的花季，也是在苏州度过的。张充和，从从小坐蒲团听落花的翩翩少女到白发苍苍的老人，几十年的峥嵘岁月，却丝毫没有磨灭她的灵气，张充和先生在中国传统文化艺术上有着全面的修养。先生的字，似一朵幽兰，和她的人一样，淡泊宁静、世事浮尘、几多迁变。容颜虽是朱颜辞镜花辞树，可她的内涵却日渐丰盈，可谓是腹有诗书气自华。其书字字散淡，清丽脱俗，韵味无穷，端正不失灵婉，娟静不失骨力。

女子如花，花开花落，皆如诗如画。喜欢读书写作的女子，举止优雅，举手投足间气质尽显。她们喜欢畅游在书海墨池中，那是她们心中有座种满花草的后花园。读书写字沉淀了她们的内心，字里行间写尽了她们的温柔细腻，回肠牵连。

喜欢水墨的女子，是富有生活情趣的。她们和那些整天围绕男人、孩子、柴米油盐的女子相区别，其有着独立的思想空间，可以将平素生活过出诗酒茶花般的曼妙诗意。喜欢水墨的女子，是高雅灵秀的女子，有着如璞玉般通透的心性，这种美历久弥新且经久不衰。

当凝神静气，铺开雪色的宣纸，饱蘸笔墨；当笔尖触纸的刹那，笔由心转，那根根黑色的墨线在宣纸上漫开，时而快、时而慢、时而转、时而折，好不淋漓痛快。

墨色晕染出的黑色线条，端庄杂流丽，是刚健含婀娜，且给

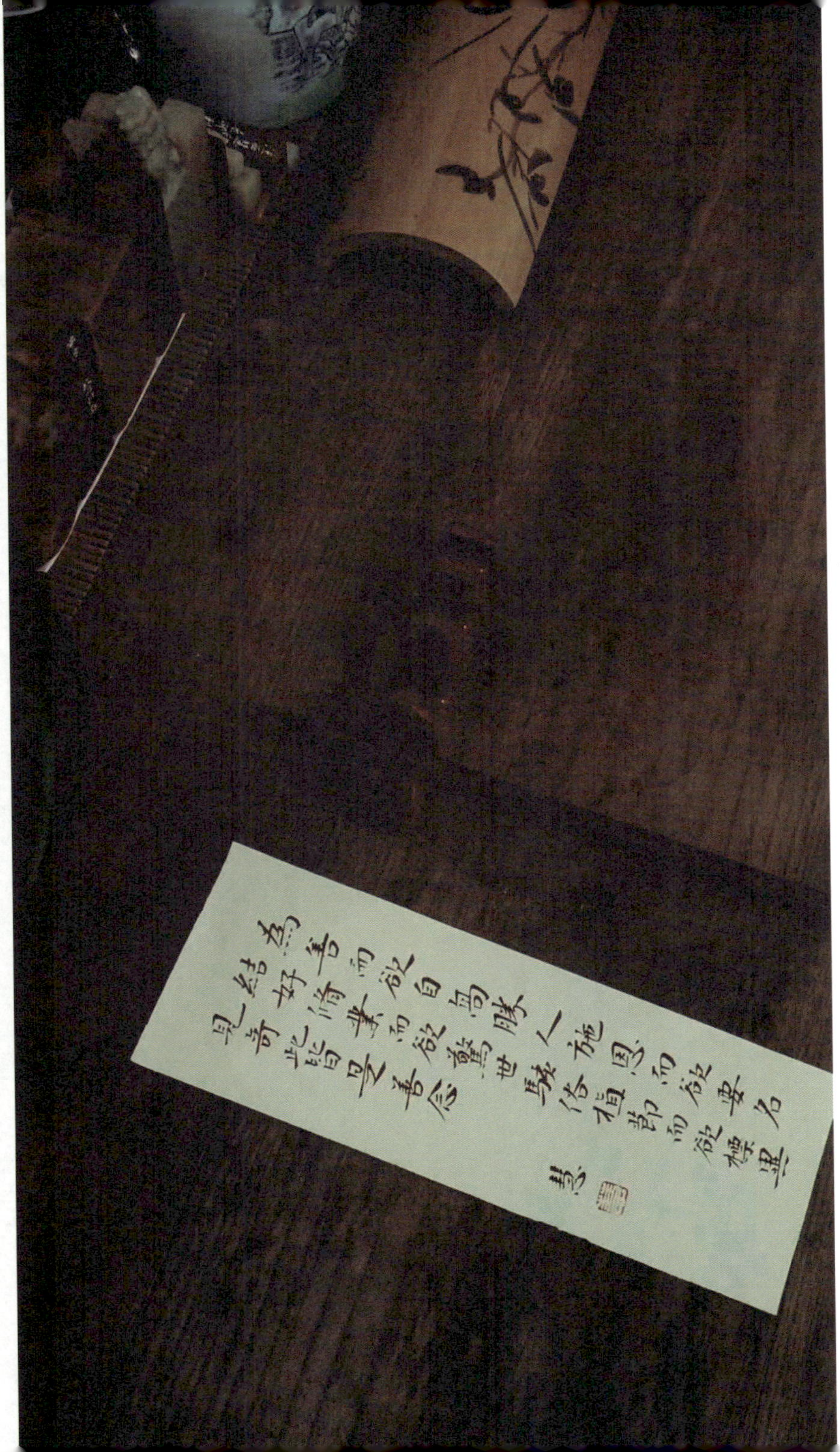
為善而欲自高勝人施恩而欲要名
結好脩業而欲驚世駭俗植節而欲標異
見奇此皆是善念
慧

人以无限的遐思。水柔和了墨，墨本无心，经过人的一番巧思落在纸上，便成了一道亮丽的风景。透过墨，可窥见一个人的情怀、性格、秉性、胸襟。

无论是读书、写字还是写文章，都需要沉得下心。以古为徒，才是我们学习的康庄大道。

伏在案前，一钵水、一素墨、一石砚、一册古帖。没有其他浓艳的色彩，只有简静的黑与白，书法在手的舞动中以黑白两色定乾坤。留白处似有满纸的烟霞，云光水气。没有鲜丽的外衣，却有着禅师的气象和圣哲之味。披着朴素的僧衣，不在广厦之间，不在庙堂之远。孤独着、寂静着、虚清着、枯瘦着。

喜欢看着了墨色的笔，在盛了水的青瓷里氤氲着深深浅浅的墨痕，渺渺似轻烟，缠绕似锦缎。

水墨女子，几分诗意，几分静雅。

此生愿做一枚水墨女子，清淡、自持，幽幽如兰。抄一段唐诗宋词，抒一段雪月风花。墨在静静流淌，心底搁浅的心思也在静静流淌。这是怎样的静水流深，这是怎样的大美无言。以笔墨为心，心手双畅，在素净的宣纸上执笔写流年。

低眉，莞尔，

提笔，落墨，

逐着岁月的流波，

在翰墨中缱绻。

水墨，是心头的一颗朱砂痣；是一抹胭脂的薄媚；是久延岁月里深久的陪伴。日月荏苒，水墨黯然成极致的默，且在岁月长河中熠熠生辉。

雅事六帖之清赏

清赏，清在灵府，赏在耳目。清赏，是将感官所感知到的一切转化为内心的诗意缱绻。无论是赏一块顽石、一段曲木、一只旧器，物我合一的时候，涤尽欲望的渴慕，置入清心的把玩，灵韵也会在物与境的交融里飞远。万物之美需有一颗清赏的心，去发现，这不是对物的占有，而是将我们的心置于空灵澄澈的状态。乘物以游心，以一种隔的意味去感知寻常物象，感知有限空间里的无限。

清赏，是看见窗棂漏筛下的一缕阴翳，是看见一朵枯枝的花插在瓶中的侘寂之美，是能感知到春种夏耘的时序之美，万物芸芸皆可作为清赏把玩的对象。

记得《寻访千利休》这部影片中，有这样一句话："唯有美丽之物，才会使我低下头颅。美的对象能令人幽，能陶养人之感悟，能使人不俗而古韵，更能滋生出一种诗意的萦恋。"

造物主创造了万千美丽之物，而发掘美的存在，需要善于发现美的眼睛。

晚明笃爱生活美学的文人陈继儒描述清赏：“香令人幽，酒令人远。石令人隽，琴令人寂。茶令人爽，竹令人冷，月令人孤。棋令人闲，金石彝鼎令人古。”端坐室内，一几一榻，清雅的物件，古韵的建筑，静处在属于它们的空间秩序里。寡淡的物件，却装饰出不一样的审美格调，在文人眼里，寻常之象也会变成清雅之物。人与物，似有心灵的感应，随光阴流逝，与万物缱绻。

前些日子去的一家日本料理店，名为“椿”。日本岛国小而美，其文化中也有一种含蓄寂静的笔调，尤其体现在建筑、器物之上。

刚进门，透明的玻璃窗里挂着数串红灯笼，有着熹微的红光。石质水池里养了一缸鱼，流水铮琮悦耳，鱼儿化作一抹茜红在水里自在游行。一层的厨房不是封闭式的，屋顶上的鱼旗招摇着，他们穿着日本和服，手法娴熟地切着生鱼片，锅里炖的老汤咕嘟咕嘟散发着热力。

我们跟随店员的指引上了二楼，环境幽暗，烛台灯火荧明，那平日里稍显花哨的漆器也多了几分沉郁顿挫之美。含蓄深沉，一点黯色的光，调和出另一种天清气朗的神秘。

墙上挂一幅刺绣，做工精美。在烛台忽明忽暗、忽隐忽现的光亮下，闪烁着异彩，光影交错里凝浊着一种静适。冷光的映衬下，缜密的纹路清晰可现。

房间里摆着老古董似的家具，古木桌上，设香炉，玲珑雅致，在暗的影调里，更生幽古之境。一位女子走来，更换物的摆放位置，甚有古代女子红袖添香之感。古人的香事通常用来祭祀神明，后来，成为文人雅士把玩，案上清供之物。室有炉烟，更添幽致古意。

不禁想起古人生活万般风雅，书斋静舍，一卷书册随手翻来，雅境自生。人静，风动，青烟也随着风的轨迹随物赋形，如风云之变幻，婀娜多姿。

几间居室名为“春樱”“浅草”“冬雪”，其给人以春华秋实的意境之美，恍若看到了岛国富士山下的春樱阵阵、青碧润泽挂着水露的浅草，还有沧桑旷野里的冬雪。

女子过来倒茶，斟满，细饮。幽柔的闲妙境界，一呼一吸间，心也在慢慢舒展。

青烟细袅，却极具张力，那淡淡的幽香充盈着整个居室，盘亘在每一处细微角落里。我分明能感觉到它的触角伸进了我的鼻腔里，其人也好似回到了寥落旷远的清幽之境。

没有过剩的灯光，那些器物的表面似在岁月中冷凝着如深坛般的幽深，用手轻触，那凉意沁入了骨里。

丝丝缕缕的青烟飘荡在眼前，使人心飘意远。居室也因这一缕香气的缭绕，更生幽朴的境况。幽舍有香，恰似阶有青苔院而生幽，远遁了俗尘，清净了耳目。书香、炉香、茶香，雅韵的风味在此显露无遗，书御之美也在优裕的光阴里弥散着淡淡香息。

苏轼云："焚香引幽步，酌茗开静筵。"焚香、挂画、分茶、插花，被称为古之四般闲雅。眼前浮现的是古人小筑居室，焚香点茶的场景。青烟腾起时，似幽谷山涧，如此清妙。

穿着和服的女人手端着漆器木盘，上放着酒器，说着几句听不懂的日语，我只是以微笑示意。盛放酒的器皿里放满了冰块，落在桌上的一刹那，有着木与木碰撞的古厚之音，又似女人穿着木屐从木梯上走过的声响。

拙朴的陶瓷餐具，有着粗糙的肌理。剔透的蓝调玻璃杯越发有着清寒的体质，透明无色的酒也似乎吸吮了烟波似的蓝光，沉淀出极具魅惑的色彩。

狭窄的楼梯过道里，上面张贴着古色泛黄的漫画，有着岁月的代入感，空气中还弥漫着上个世纪的味道。楼梯的正上方张贴着一张字画——"无味之味"，无味之味不是寡淡之味，它是绚烂至极又归于平淡之味，方是极致之味，人生也是如此。淡到极致方是人生之真味，其更贴近本真。这几个字充满了哲思，遍尝人间千百滋味，最是无味胜有味，可谓一语道破机要。

坐在榻榻米上，感受着野村宗次郎的音乐，浅酌着清酒，谛听这寂静之音。

汲汲营营于世界，但我终究持有一颗恒静之心，临古人帖，温昔年书，品茶之初馨，赏梧桐初引，让山静日常之意与时间的轨道平行，彰显自足适意的心灵。

清赏，赏之耳目，娱之心。

雅事六帖之莳花

日子里有了花，也就多了一些甜润馥郁。

自古痴情于花的人何其之多，林和靖《山园小梅》中有诗云，“疏影横斜水清浅，暗香浮动月黄昏”。林和靖终身不娶，孤隐于杭州的山林之中，红火小炉，绿蚁新茶，那也是自得其乐。冬梅独步早春，凌寒而开，山居岁月那也是逍遥清旷。

自小口头边上常常挂一句诗，来自王冕的“我家洗砚池边树，朵朵花开淡墨痕”。其所画的墨梅，清淡宜人。

老舍也是个爱花之人，汪曾祺曾描写过老舍的小院，说他的花盆堆满了整个小院。每次遇到不好的天气，都要折腾一次，搬过来搬过去，但也乐此不疲。

身有余闲时，莳花弄草是我喜欢的。

粉墙花影，阶前草。你以至诚的心意去供养它，它也会对你报以美目倩兮。

花中四雅，菊、水仙、兰、菖蒲。而我最喜兰，古语曰："芝兰生于幽谷，不以无人而不芳。"喜欢幽幽深谷中兰草的清逸幽雅。兰的美不是惊心动魄的美，而是细水长流的永无止境。通体蕴香，造化出令人骸骨俱清的力量。

古有花朝节，长安城里花影缤纷，这一天人们往往会郊游踏青。花前月下是古人的浪漫。案上插花，当读书有了倦意时，回眸顾盼间看到花儿楹窗，小小的花骨紧攥着粉拳，暗香细袅，简单自持，安静寡言。小小的一朵，甚是不起眼，却能让室中顿生雅意，入耳目更能愈心。

以花草为伴，耳目就不觉得聒噪。自顾无言的光景里，让心沉淀，让爱丰盈。

花草，让繁杂纷乱的岁月里也有了抚慰，精神风帆也有了停留的空隙。一个人的境遇里，有了植物的陪伴，也就徒添几分诗意情怀，心无挂碍，万物清明。

一花一叶，一草一木，从唐诗宋词中穿越而来，从远古的经纬中穿越而来，落在了我的掌心，那沁透人心的芬芳在人们一吟一咏间变得亘古悠长。

莳花弄草的日子，是多么奢侈啊！纳得花香做酒香，这些看似无用之物其实最有用，它让我们紧促的身心得以舒展，让我们疲惫无力的灵魂得以靠岸。人不是生存的机器，我们需要在繁忙逼仄的世俗之外留给自己一方精神空间，清居、插花、奉茶。

除了生存，我们还要学会生活。丰盈的内心，向善至美的心，高雅的趣味追求，乐享人生的生活态度，都是我们所需要的。有情趣，方能生美韵。愿我们的生活不被凡尘蒙昧，日日有花香鸟语，日日有诗情画意。

书房、雅器、朴物、清心，时而茶赏花事，时而吟赏诗书，它们构成了无数人梦寐求之的清居之境。有花香的日子，生活里便少了几分索然无味，多了几分雅趣闲心。

蝶恋花
暖雨晴风

PART 8
第八章

烟火人间

喜欢诗意，也喜烟火。

生活里除了那些风雅无边，也有俗世日常里的朴实、生动。柴米油盐酱醋茶，平凡生活里的琐碎，藏着人间的喜气和吉祥。人间烟火，给人以平平淡淡的真实感，没有大起大落，真正将日子落到实处，落在一饭一粥里，落在炊烟袅袅时，落在为君洗手做羹汤中。人的情意也在蔬食的热络中，不绝绵长，接地气的，也永远是最贴人肺腑的。

日子落地了，心也就踏实了。

我家居住在长治城郊的交界处，每次都需要路过一条火车轨道才能到家。那是一条拥挤不堪的路，一到上下班的高峰期，不知从哪里涌来的人围堵在此，黑压压一片，上演着惊心动魄的回家故事。在这条车轨旁，有一条马路挤在俗艳的住宅楼间，一头连接着市中心的高楼大厦，一头连接着城镇的郊区，可谓是沟通城乡的交通要道，也是城乡居民交易买卖的场所，平时各种星罗棋布的小摊充斥其间。

从前的自己，拼命也要逃离这里，去追寻所谓的诗与远方。随着年龄的增长，在不断的漂泊中，那些渴望的东西也渐渐沉淀，原来灵魂一直不曾走远。回眸刹那，更贪恋起这方孕育我的故土了，它真实、刻骨、历历于眼前。

看一个城市的发展，人们往往会把经济水平作为评判的标准。但如果看一个城市人们真实生活的一面，那么菜市场便是人间百态的缩影。这里喧闹、繁杂，有唠不完的嗑、拉不完的家常，看起来并没有那么整洁，但却充满了浓郁的人情味。

如今回到家，最喜欢逛的便是菜市场，老街还是记忆里的样子，只是那家卖烧饼的换了主家，卖粮油的阿婆背驼了些，卖蔬菜的大婶儿也置换了场地。

穿过簇拥的人流，穿过如梭的岁月，一条逼仄的小巷历目眼前，有着“一夫当关，万夫莫开”的架势。入口如穴，让人看不清眼前，也看不清未来。随着不绝如缕的吆喝声、杂谈声，在人群的推推搡搡中，我被卷进巷子里，每个人都把自己缩到最小，这样才会有一席容身之地。在鼎沸的早市里，各种味道在空气里撕裂、揉碎，又重组、发酵、蒸腾，有着混沌的气味。小贩的吆喝是块状的，有棱有角，而缥缈至巷尾，就成了圆滑。

晨光曦微，小路的阡陌上活跃着一些黑影，他们从货车上将一筐一箩的蔬菜水果搬下，等待早市的到来。一天的良辰在东方破晓之时，也在车轮的咕噜声中渐渐拉开。

菜市场是接地气的，且和人们的日常相挂钩。在这里最先知道菜品价格的往往是一群老人，他们是风口一般的存在，哪家菜贵，哪家菜便宜，哪个季节买什么菜最划算，哪些菜的团购价格优惠，他们都一清二楚。一些消息，被一些老人"宰割"了去，之后又四分五裂般地传至整个村庄。等一大早，便有蜂拥而至的老年人聚于此。

早市的隆重是从卖早点人手中那一勺子汤水开始的。他们在街头把小桌子小凳子摆开，把提前做好的早餐一一备上，水烧开，将一屉一屉的小笼包放在翻滚的沸水之上，蒸蒸日上。来吃早点的大多数是上班族，还有上学的孩子。一碟小咸菜，一碗丸子汤，一屉包子，就可以吃得饱饱的。做早餐的是夫妻俩，起早贪黑，勤快得很。在天寒地冻的冬天，依旧坚持摆摊。俩人干活利落，生意忙时都来不及搭话，彼此之间一个眼神、一个对视、一个手势，瞬间就懂了。无论日子过得贫穷或富有，在烟火人间，有一颗能相互映照的心，也能将人间烟火过得花木春深，饶有美意。

人世之间的爱也不过如此，侬不说，吾不语，彼此对望，便知一往情深的都是你。

道路两旁小贩众多，卖鱼的、卖菜的、卖馒头的、卖烧饼的、卖小菜的、卖日用品的，小吃摊的、修鞋的、补胎的，应有尽有。就在这忙碌的晨光中，小巷开始富足丰满起来。你想要的种种，都能在这里找到答案。

曾经跟随奶奶在此卖过萝卜，奶奶在自家的小菜园里插了西红柿秧，种了萝卜，还拉了瓜藤，养了一只鸡。虽然每块地的格局不大，但小菜园的蔬菜应有尽有。在奶奶勤劳的照料下，它们开花结果。秋日里，收获可谓颇丰，这时奶奶就会拉上自家的萝卜，骑上三轮车，准备一杆秤，去市场上叫卖。因为自家种的萝卜水灵灵的，买的人也多，一车萝卜用不了一上午就卖光了。

我如一条摆尾的鱼，继续穿梭在仄径的人流中，天空中缥缈着一些方言，还有一些家长里短的闲谈。它们在人们的口中，一传十，十传百，版本也是换了又换。

一位血气方刚的男子，粗糙的声音里有着难以下咽的涩味，沾满了油腻，正如他那布满油渍的双手。男子气壮，不需要喇叭，随便吆喝几声，也会被那巷末的人听了去，一下子把整个空间都叫宽了。他的吆喝声愈听愈心花怒放，耳朵禁不住似的，身体不由己地走到他的摊前："老板，来二斤猪肉。"他有个外号，就叫"大喇叭"，除了卖肉，唱歌也是他的强项，每次路过时也会被他的引吭高歌吸引。夏日经常见他光着膀子，脂肪一圈一圈环绕其间，肉挤肉，宽大的骨骼，如同威武的将军，十分霸气。可即使有再动听的嗓音，也要为了生活低下头去，讨生活。

在城市里，人们往往会选择在超市购买一些食材，而我喜欢走街串巷，觅见市井里的真实。或许脏乱差，可它却在不断更迭着时令蔬菜，毫无保留中赠予人的是简单中的幸福况味。

在商店，它们被一一洗净、包装，用塑料膜一裹，被商家放进展示台。红的、黄的、绿的，在灯光的照射下，无比光彩。可那深浓的颜色，如一层层颜料，似乎几天几月也不会变色腐蚀。往深里瞧去，竟有几分惺惺作态，太过于完美，让人觉得不够真实。而在地摊上的那些蔬菜就不同了，它们仆仆的被小商贩扔在一堆，任人宰割，它们就像泄露了隐私般，将自己的伤疤、大坑展露无遗。它们的样子丑陋了些，和大超市里的蔬果相比，价格也低廉了很多。

在狭长的过道里，两边摆满了各色食蔬，它们还沾染着泥土的芬芳，亦未曾有人剥落。红的是西红柿，绿的是大葱，白的是豆腐，紫的是茄子，各色食蔬鲜妍无比，井然地安置在它应在的地方。撞击的色彩里斑斓着每一个归者的做美食梦。简单的食材，亦可烹饪出不一样的美味。

蔬菜上拈花惹草似的还沾有晨时的水露，阳光的浅照下，愈加生机勃勃。阳光混合着泥土的香息，轻嗅间似也能感受到老农在田园里悉心为它浇水、施肥的味道。

一畦韭菜、青蒿，应是早晨割下的，蓬松立体，偶有细长的青草掺杂其间。也会看到一条绿虫佯装成和蔬菜一样的颜色，混淆着人们的视觉，人们挑选蔬菜时便喜欢了深居简出，在不被轻易发觉的隐秘场所。它们一遍遍在各色人的手中反复摩挲，又被反复放下。那些个大的、新鲜的、没有缺损的就成了买家的囊中之物。

一位阿姨言语里是旁敲侧击，还一个劲地使眼色，想让老板给她便宜点。她刚买了一箱土豆，老板招架不住软磨硬泡："拿去拿去，我挣不了俩钱，还赔本儿哩。"女子哈哈笑道："以后会多光顾您的生意哩。"他们不会为了唯利是图而缺斤短两，斤斤计较，满是乡村人的淳朴。

遇到爱挑刺儿的主儿，小商贩有着出乎意料的平静，咧开嘴，他会笑嘻嘻地说："没事，您慢慢挑。"并且还会善意地告诉你，什么时令吃什么水果蔬菜最合适，或者告诉你一些食材的挑选方法。或者在你们侃侃而谈之时，他还会客气地用手掰开一个橘子，让你亲自尝尝。

在市井里，我们更能真切地感受到来自人与人之间的微笑，而不是冷漠；更能感受到人与人之间的和谐，而不是职场的尔虞我诈、钩心斗角；更能感受到的是人间烟火的温情，而不是自私忘我的不择手段。人与人之间尽管萍水相逢，也有亲人般的寒暄。

在一些不起眼的角落里，有这样一群特殊群体的存在，她们的菜，囊中羞涩似的，长得多少有些让人尴尬。且不说样子，就在阵势上也略显低迷，没有气势，孤零零的，三三两两一堆。几个葫芦、一把韭菜、一塑料袋子的长豆角，它们排排坐开，不宣扬，如磐石般清冷。也许她们还有独自应付生活的能力，又或许她们有着不可向他人言说的艰难境遇。后来她们选择了妥协，生活给予她们什么，她们就享受什么。

在僻静一角，一老人戴一顶破帽子，脸上的黯淡如拂不去的尘埃，血肉干枯，只能看见骨与皮之间突兀的青筋暴起，丝毫没有肉的过渡。他一面做着手中的活儿，一面寒暄几句，唠唠家常：“家里兄妹几个啊，在哪儿上学啊，学的什么专业啊，将来管分配吗？”一连串的问题打过来，竟让我有些不知所措。平淡的话语却如此走心，有着让人亲近的感觉。

那是一位钉鞋的老人，从我记事起，他就在那儿，十年如一日。黑黢黢的脸上是岁月镌刻出的皱纹，如一张老皱的宣纸，濡满了风霜雨雪的沧桑。他坐在小马扎上，腿上铺着一块厚重破旧的类似于床单一样的东西，说是围裙，不过是一块早已认不出原有样貌的围裙，颜色也失去了原始的鲜活，正如钉鞋匠人那晦暗无光的眼眸。布帛的毛边在风中摇摆不定，线头又被扯长了许多。仔细看，还能看到那被布帛盖着的隐现的腿，那条腿在他小时候因得了一种怪病，只有右腿的一半长短。可他手艺好，活儿好，所以摊位前的顾客总是络绎不绝。他摒弃了偏见，在小巷的一角日复一日做着他的小本生意，钱虽挣得不多，可也踏实。他们笨拙、朴厚，甚至有些滑稽，但却不妨碍他们的可爱。

走至巷尾宽敞处，两位耄耋老人推着三轮车在卖自家种的杏儿，没有叫卖声，估计他们也不知道怎么去宣传自家的杏儿。快下雨了，一旁有几位顾客，看老人家应付不过来，也亲自替他们吆喝起来。在那位颇为典雅的女子的“怂恿”下，我也买了一些。那女子说道：“前几天刚买过他家的果子，放在室内，可香了。这是在李子树上嫁接的杏儿，是我第二次来买了。”老人不会用支付宝，我亦没有零钱，说着，那女子给了我兑换来的零钱，我郑重地将钱递到老人的手里。快要下雨了，我和几名路人不挑不拣，将其买下。

黄色的杏儿似乎并没有超市里售卖的那般鲜亮，一如老人们枯槁般的身体。他们不懂得那些所谓的售卖技巧，只会本能地说道：“好吃，好吃。”或者硬是塞给我一个，让我品尝。说着老人动作缓慢地从衣服的内里掏出一个叠得整齐的手绢，颤颤巍巍地打开，用食指在嘴唇间沾了一些口水，一角、两角、五角，样子庄重而富有仪式感。说要找我钱，我连声拒绝。奶奶有些尴尬：“你是不是嫌弃我这沾了唾沫星子的钱啊？”我也尴尬地一笑：“没有没有，这是您的血汗钱，比谁的都干净。”

这位老妇人，瘦削如柴，干巴巴的。嘴和颧骨略显突出，眼神似即将熄灭的烛火，黯淡了些，正如那些黯淡的杏儿。她不善言谈，风烛残年的生命里，不知经历了人事间的多少沧桑巨变，也不知她们的子女身在何处，也许她们的子女都在大城市，而老人为了不拖累他们，仍然自食其力。倾盆的大雨到来之前，老人的杏儿卖完了，这样她也能早些回家了。

老街一到晚上，灯火辉煌之时，便是各种做小吃的小贩大显身手的时间了。这时，卖水果的小摊就颇显落寞了，他们手持大喇叭努力地吆喝着，因为他们知道，如果今天的蔬菜水果卖不完，明天肯定要坏了，所以他们竭力想要吸引过路的人。最后被一些晚归的人或是勤俭的老人家，以低于市场的价格收了去。

夜寂了下来，当小摊子都不约而同地收住声音时，一整天的忙碌也就结束了。小巷回归至它原有的样子，像什么都没发生过一样。瘦瘦的一条，轻而易举似的，在朦朦胧胧的夕霭里，似有似无，又渐行渐远。

市井里，有底层的劳动人民，也有来此买菜的有钱人家。在这里，不存在人与人之间的隔阂感，不管认不认识，都会亲切地打声招呼：“大娘，又来买菜了？”“大叔，过来看一看，今天新到的蔬菜，价格便宜着呢。”也不存在人与人之间的身份和优越感，在民以食为天的人间，人人平等。

最重要的是，人们身上有着轻而易举就能让人感受到的良善，那种本真，不加修饰的美，在混杂着各种气息的菜市场散发着光和热。他们操着一口纯正的乡音，既陌生又熟悉，在长期的叫卖声中，声音又老又钝。他们认真生活，踏实勤劳，用自己的双手致富，这样的人无一不可爱。

生活或贫穷，或富裕。在人间，在烟火深深处，那些声名利诱也都无关痛痒了，买上一些简单的食材，自己动手将之烹饪成美味，用最原始的烹调方法，为家人做一桌子好菜，在平淡的烟火处，人与心会靠得更近。

人间烟火本身就是如琐碎的鸡毛蒜皮，它让你疲惫，让你奔波，但让你更懂得了生活。

年轻时，我们过得太匆忙，忙着工作、忙着加班、忙着结婚生子。匆忙之间，却发现，自己已不是那个白衣少年。我们用稚嫩换来了沧桑，我们用时间交换了金钱。我们一直在得到，也一直在失去。我们在最好的光景里匆忙地过完了我们的小半生。

此刻站在摩肩接踵的人群中，遁入人间烟火的喧嚣里，却也如此真实、踏实。和摊贩讨价还价，和村妇唠嗑闲谈。身旁的人忽觉得陌生又熟悉，人与人之间可以毫无隔阂的谈笑风生，那么真实，他们身上连带的气息是那般质朴，如草木纤维，是那么易于接受的温良，那么容易让人心生安定。

摩肩接踵，彼此把自己缩写到最小，但每个人脸上丝毫没有任何焦虑，而是走马观花享受着小摊上诱人的绿肥红瘦。我也乐此不疲，融入这尘世中的烟火。城市的节奏让人快得停不下来，唯有回到故园，回到老街，方能感知那久违的生动日常。熙熙攘攘，喧嚣不止，是极吵的，却又是极致的安静。这份安然、平和、踏实，只有在小镇里的菜市场才能觅见。

最喜那句："人间烟火长，最抚凡人心。"人间烟火，是生活素颜的样子，妥帖着人们的一日三餐。人间烟火，朴素自然是它的人生基调，是它的生命气质。

如今，回家后，依旧路过那条狭窄、逼仄的小路，马路上的凹陷处被黑色的沥青填平，斑驳的砖墙也被粉刷一新，周遭依旧是熙熙攘攘。而我如入古境，那些古老而生动的日常、烟火，在晨曦里唤醒。小路上依旧有着澎湃的朝气，在乡土的笑貌里，在年月的音容里，迭变着它的长情。

乡土故旧

◇ 壹 ◇

我居住的小城，在晋东南一带。名曰上党古城，也叫长治，长治又有长治久安之意。

在《国策地名考》也曾提到了这个名字的意思："地极高，与天为党，故曰上党。"苏轼也留下过"上党从来天下脊"的名句。

在长治的市区内，古建很少，而城隍庙和上党门是比较有代表性的建筑。现存的上党门是隋代上党郡署的大门，上党门的左右是钟鼓二楼，左右对峙，上面分别书写着：风驰，云动。由上党门穿过去是长治的一所重点高中，它的门楼海拔一千五百米，与太行山的山顶齐高，十分雄伟壮观。登上门楼远眺，居高临下，上党古城景色历历在目，远山近水尽收眼底。

潞安府城隍庙，位于长治市大北街的庙道巷，是晋东南地区规模最大、保存最完好的一座庙宇。城隍城的本意是指城墙，隍，是无水的城池。后来逐渐演化为城池的守护神，而且在南北朝就已经出现了祭祀城隍神的规制。到了明代，朱元璋更是命令天下县城必须修建城隍庙，城隍神祭祀的一般是忠臣烈士般的人物。

其庙创建于元朝，明和清曾经有过修葺，现存的城隍庙中大殿和角殿为元代建筑，寝宫、戏楼、玄鉴楼等为明代建筑，廊庑、耳殿为清代建筑。城隍庙坐北朝南有三进院落，中轴线上依次为山门、玄鉴楼及戏楼、献殿、中殿、大殿、寝宫。各院落两厢又有耳殿和廊房，整体布局严谨，殿宇层叠，巍峨宏丽。山门和玄鉴楼及东西房的廊庑组成了第一进院落，以古色古香的木雕和琉璃加以装饰，让人有目不暇接、眼花缭乱之感，一派老腔。

穿过玄鉴楼下的通道，走进第二进院落，这里空间更宽阔舒朗，别有洞天。古树掩映着红墙，落下参差斑驳的树影。有时竟有些恍惚，仿佛自己还在京城，这里的风格倒和西黄寺有几分相似。

院中的正殿，面阔五间，进深六椽，单檐悬山顶是全庙的核心建筑，为城隍老爷理事之所。殿前有一座明代修建的面阔、进深各三间，单檐歇山顶的献殿，用以供祭祀献礼，其两旁及廊庑下分别陈列着唐宋以来的古碑和石刻。

三进院落，整体布局疏密有致，规模宽敞，构造壮丽，山门、耳殿、玄鉴楼、戏楼、献亭、中大殿、寝宫、配殿、廊房等无不具备，反映了元代以来我国古建筑构架与布局的特点及上党地区的地方风格与手法。各殿屋顶上皆以五彩琉璃装饰、釉色斑斓，光映霞表，艺术价值极高，整座庙院中，元、明、清三代建筑共存，是全国现存府城隍庙中规模最大、保存最完好的。

近些年，在城隍庙山门以南的中轴线上又依次复建起了宏门和两座牌坊，使整座庙向前延伸，规模更显宏大，现在周遭开发成了小吃一条街，城隍庙坐落在俗艳高大的住宅楼之间，庄严、古穆。它是这座安逸小城里的唯一古老。它的存在，像是为生活在这座城市的人们立规矩似的。

飞檐翘角，斗拱交错，富丽堂皇。院中有两株古槐，现在还是了无生机的样子。但在夏日里，却是枝繁叶茂，生机一片，千秋万壑的绿扑人眉宇，一张张绿色的大网上时常有雀儿自投罗网。站在庭院中，从下至上看，是一块块被枝条扯碎的天空，拼接不起似的，静止在澄澈的天空里，雷打不动。

◇ 贰 ◇

城隍庙，是搁置在此的一段历史，浓缩着上党古城千百年来的变迁，亦是上党精神文明的真实投影。

因最近是特殊状况，所以城隍庙并未开门，但我并不失落，在灰石板上静静地坐着也是一种美好。一缕阳光的贴近，让我感受到了温软、短暂、遗世。它唤醒了一宵春梦、身体里鲜活的魂、皈心的诚。回归内心，寻找那些散落在记忆里的相识故旧，风土人情，享受市井生活带给我梦呓的欢愉，还有乡土之音。

从远望去，“潞安府城隍庙”六个大字，雄浑大气，气势直逼苍穹。金子般的色泽，在霞光的浅照下，跳跃着、浪漫着，闪着星河般的光芒万丈。

门很宽大，宽绰有余的样子，平时来这里，大门是大敞开的，能看到一进院落，二进院落。视觉上十分通透，一眼就能看到结局似的。

门口的石狮，是精神上的震慑，庇护着方圆几里。黄灿灿的，是门上的铜钉。一行行，一列列，有逻辑地、秩序井然地定格在它的位置上。我不知道它是否不久前就被镀过金，总之，它在我眼里是亮堂堂的，没有任何事物能践踏它的光芒，晃来晃去，让人睁不开眼，闪烁其词似的。

黄跃跃欲试，咄咄逼人，它的夺目刺到了我的眼睛，所以我第一眼注意到了它。黄，有了光的加持，更加熠熠生辉。

红，是那大片大片的东西。红，是上党门的门面，从上党门的东厢房到正门再到西厢房，是整齐划一的红、一往无前的红，不省人事的红。红是底色，许是很久没有打理，它们堕落的样子有些心疼，让人想拔刀相助，给它们重塑辉煌。

红，是一个广袤无垠的空间，藏匿着芸芸众生的俗与乐，还有汹涌澎湃的故园深情。红，是世俗里的喜人，哪里有它，哪里就有热闹。每天早上，旭日东升的时候，光就从东边斜杠似的，斜斜地漫过来，让整个空间里的红与黄多了参差错落的关系。墙面上呈现出一面暗、一面亮的两面人生。

早晨和黄昏时，是对比悬殊的样子。早晨，东边亮、西边暗；黄昏，东边暗、西边亮。只有中午，它们才平分秋色，明与暗各占一半。人影、鸟影，各种各样的影映在红色的木门上，离得近时，它们的轮廓会比平时更丰腴一些，离得远时，更细长笔直一些。影的中间虽是空洞的，却也有一种黯淡的美，仿佛比真实更有神韵和姿态。就这样，日月星辰，还有黑影在一片一片的暗中，画下它的弧线，时而长、时而短、时而曲折、时而平常。

◇ 叁 ◇

翘角飞檐，没有哪只鸟能有如此大鹏展翅般的雄姿。那姿态是一眼万年的，挺拔舒展，任春秋几何，也是不会凋敝的。琉璃瓦和檐下的画，也构成了别样的风景，有着沧桑古旧的美，是诗境一般的，尤其是半规凉月冉冉升起之时。

彩绘，让人眼花缭乱，眼睛转了一圈也找不到落脚点。彩绘里浮动着斑驳的光影，似乎和时光平行，青山不老似的，成为一种永恒的存在。它们滞后在时间的节奏里，守望着岁月。

手艺人将它们顶好的绝活都定格在无人问津的地方。琉璃，光滑璀璨，颜色里有着牢固的稳定性，光可以从不同的角度折射。瓦上神情各异的狮子，表情丰富，平视着一切。一匹匹马，逼真了些。岁月冷却了那些斑斓的色彩，却又显得那么栩栩生动。任岁月变幻，它们宠辱不惊，无悲无喜。

琉璃，通体散发着和睦的光芒，照见人心不古，照见五蕴皆空，照见生活中的暗流。琉璃，布施着它们的善念与恩泽，像佛光普照一样带给人间希望。琉璃，是澄澈空灵的象征，黄的、绿的，似清晨里的曦光灼灼，是那么明净，让黯淡的人间生出一泓暖意。

◇ 肆 ◇

记得小时候，也经常到这里玩耍，阒寂里是不动声色的样子，连来此烧香的人也是蛩音轻悄的。小院里的四季各有其美，春时花、夏时雨、秋时月、冬时雪。如今只能从门的隙里，看见一半对联：和顺平安年年好。

我坐在无数被人踏过的门槛上，双手插着口袋，思绪却追溯到很久很久之前。那里，是我记忆的边界，我害怕从记忆的深渊跌落下去，所以又及时地撤了回来。从这刻起，我开始重新审视它在我心中的位置。

午时的阳光有着咄咄逼人的坦荡。门的旧，似揉烂了的棉花，翻不出一丁点儿的新鲜劲儿。光影徘徊在木格子窗上，漂亮极了。灼灼的日光落在上面，灰尘纤毫毕现。用手去轻抚，有着极重的粗糙感。原来，世态炎凉不仅存在于人世间，也存在于物界。

光阴流转，生生不息，此时的城隍庙没有了昔日里飞扬跋扈的气势。这段时日里，无人来此，小院显得寂寥了些许。虽然不能如我所愿，但坐在古朴的石墩上、门槛上，我依旧很享受，其乐陶陶。看白云缓缓出岫，鸟雀在空中鸣啭，老人们谈笑风生，倏然觉得生活明朗，万物可爱。

城隍庙的墙里有如隔世之静美，里面的世界静得出奇，而大门外的世界无比喧嚣。我喜欢那份热闹和喜气，喜欢看夕阳打在他们脸上那种知足的表情，黄土地般的皮肤，似一具蜡像。上了年纪的老人来此晒太阳，还有算卦取名的、聚众打牌的。人们随意找来垫子坐下，那脸黑黢黢的似山西的煤炭，却漾开了一片十八岁春光般的笑容。俯仰之间，岁月里皆是芸芸众生的繁闹况味。

阳光是馨暖的，我不禁像个孩童般去张望着所有的一切，那种感觉如此熟悉却又陌生。光扑扇着翅羽落下来的一刹那，宛若重生，我不得不用另一种眼光去看待我所熟悉的一切。黄昏之后的光线越来越弱，轻描淡写似的。夕阳的微明中笼着一层神秘，一团一团的，暮色逐渐深了，有着确凿的凉意，星辰点点。

上天赐予这座小城的是一泓人间甘美。哦，我这安逸的小城。

◇ 伍 ◇

城隍庙，是上党的标志性建筑。打我小时候起，这就有一座鼓楼，几个门洞。从前这里是货物批发的小市场，现在发展成了集小吃、娱乐、购物于一体的热闹场所。历经百年荣辱，它却是信仰一般的存在，屹立不倒于岁月。人是它的过客，人活在它的脚下，它不动声色，冷眼旁观。

庙在城市的繁华里，显得别具一格，形成了强烈的快慢节奏的对比。庙前总有一些朴素的老人，怡然自乐，而庙前的广场上是时尚流行的潮男潮女。

城隍庙，收拢住了一个城市的蓬勃生机和旺盛的幸福感。它是背井离乡游子的牵肠挂肚，是生活在这里的人们的最大福报。红色的门在北京城是庄严肃穆的大气之美，在小城，那一些红，很稀罕的，是装饰一类的东西，给小城带来温馨中的一点安宁。

宋元明清，朝代更迭，那些沉浮在历史长河里的故事已经一去不复返，那几座庙宇殿堂就是它们留下来的几纸身后名。

城隍庙就像是一个城市的脸面，当有人专程过来寻它之时，门口的大爷们总是热情地给他讲解。城隍庙，能让这里的人有抬头挺胸的自豪感。并且作为重点文物，门票只不过是一顿饭的钱。寺庙里人烟最多的时候，是年。到年底了，人们紧锣密鼓忙活起来，买新衣，添年货，张灯结彩，当然，过年最重要的盼在除夕，人们会守岁，会到城隍庙里去祈福，祭拜了神灵，这个年才水到渠成。

城隍庙，是一座庙，更是牵扯着我们乡土古旧的一根线，它给人以文化上的认同感和归属感，给人以依赖、踏实的陪伴。还诠释着这座小城的丰富底蕴。岁月流转，历目于前的是鲜活的生命，须臾之间便是诗意。

袅袅晴丝吹来闲庭院

七月流火，八月未央。合欢，温柔地开在初夏。

合欢，合欢，轻轻地唤着，脸上的凝眉舒了，像是丫鬟的乳名，有种亲切的欢喜，带着人间的吉祥和喜气。所以苦情戏并不适合它，它一出场就备受人们的追捧与喜爱。

记忆里，合欢见得不多。而我儿时居住的宅院里就有一棵。离近了去看，是粉白粉白的，像是小女儿家在粉嫩的面颊上刚敷了一层白粉；像是绽放的烟花，一根根，细袅袅的。微风拂来，那一把把小伞总能平稳着陆。

袅袅晴丝吹进了闲庭院落，轻荫，飞花，漫天匝地。

旧宅，物是人非，里面早已空空荡荡，衰败不堪。那栋房子是奶奶家的，从幼儿园到小学三年级，我一直居住在此，我对它是有感情的，它涵盖了我整个美好的童年。旧宅的铁门刷了一遍又一遍，在寂静的岁月里早已氧化成了沉郁浓艳的一抹茜红，由此现出了老胭脂般的鲜明和零残的锈迹。

我追挽着儿时的一切，记忆倒叙出一帧一帧的画面，有着入骨三分的力度，踅在心底。这么多年过去，往事如昔。

那些旧物，古老得不再摇摆的挂钟、没有了灯罩只剩下乌丝的灯泡、墙上留下的白色粉笔字迹、锈迹斑斑的自行车，还有让我眉间留有伤疤的铁门。它们本是时间的见证者，而此刻却在时间中死去，它们牵扯出了我童年所有美好回忆，情感随着它们在一张一弛。它们身上似还有余温，虽已废旧，但我愿意将它们上升至审美的高度，用心、用笔记下它们已逝的人生。久延的岁月里交错的是情意酽酽。

奶奶的宅院是上下两层，冬暖夏凉。我和奶奶住在一层，二层是父母住的，只不过他们常年在外做生意，一直空闲。

小院里常年会随着四季的变迁而变得分明起来，春日里，是最热闹的，软香一片，杏花、苹果花、枣花次第开来，繁英灼灼。而我喜欢搬一把竹椅，坐在花荫下，对花写生。这时的自己，就像是怀春少女。

寒冬过后，春用银针般的细雨、温煦的细风，用它的绵力绣出织锦屏风。旖旎花事一场接着一场，一桩接着一桩，点翠了枝头，染红了花朵。春天有着博爱的母性光辉，她用温暖慈爱滋润大地，给予人间声色之美和生之希望。

春天有着最新鲜之变，白天你常常发觉不出有什么变动，它们可能喜欢把白天的光合作用放在晚上来合成，每日早起，你就会发现一树一树的花开。

檐下有燕子在筑巢，聒噪的碎语递到耳畔，我又想起了那首儿歌："小燕子，穿花衣，年年春天来这里。"在我印象里，这是我学会的第一首歌，是奶奶教我的。是啊，年年的春光如许，妆成清新的色彩，迎来春燕嘤嘤。花枝满院，梁间飞燕，生机盎然，还有儿歌缭绕，院中的景致，明丽一片。

春日，奶奶会在影壁下种一畦一畦的韭菜。过一段时间，就可以将之割来洗净、切碎，拌上刚炒好的鸡蛋和各种调味品下水煮，不一会儿热腾腾的一锅菜饺就上桌了。第一锅奶奶总是先让我吃，配着我们山西的老陈醋，每次都吃得狼吞虎咽。虽是粗茶淡饭，但却充满了爱的温度。现在回家，还是习惯性地吃着奶奶做的素饺，不同的是，现在我会慢下心来，去细细咀嚼，去体会食物在舌尖上起承转合的味道，虽没有取悦味蕾的口感，但我却能咀嚼出春满花枝、鸟鸣悠然的爱意。

小院的夏是浓情的绿，瓷实了些，能够覆下一片轻荫了。我会搬来小凳，在树下琅琅然地读起来。碧青的树是有母性的，繁芜的枝叶里胎孕着小小颗果，泛着绿意青光。光阴沿着叶角簌簌坠下，叶影斑驳了一地，在书页上镌刻出曼妙的花影，明暗交叠。那圈圈圆圆是从叶的隙里漏下的，在地面上似乎有着经过放大镜照射后的硕大。

在夏日的月下，我们一家人会坐在庭院里一起吃饭。月亮挂在檐角之上，似玉盘，俯看着人寰世事。在碧暗的云天里，有轻绡似的薄纱轻笼，微明的星辰，轻晕着凉夜里的辉光，耀闪着。

蟾光似银水铺展，泻下柔和的光，小院里变得莹明一片。粗瓷质的白碗，一汪月亮做成的水软塌塌地沉在瓷碗中，浅显地耀着它的冷光。饭罢，围炉夜话，可谓家人闲坐，灯火可亲。收起餐具后，奶奶会听我背诵新的古诗，会听我唱新学的儿歌。院子里，有凉凉的晚风，还有朗朗的笑声。

在奶奶和我居住的旧宅里，床靠着窗户。没有拉严的窗帘，一些光线会透进绿窗纱，细细碎碎的，俨如织锦。白日里，亦延伸出彩虹般的五光十色的异彩。

小时候总爱睡懒觉，见此情景，奶奶会挽起绘有翠竹的窗帘，一声声地唤着我的小名："妞妞，妞妞，太阳晒屁股喽。"妞妞是我的乳名，奶奶帮我起的，和我的大名相比，我曾一度不喜欢我的小名，太土气了。可现在，我觉得这两个字异常好听，尤其是从奶奶嘴里发出时。那两个字，可以组合成不同的声调，当我不惹她生气时，那两个字从她嘴里轻唤着的是温柔，第一个字是三声，第二个字是四声，它像是一个暗示，告诉我奶奶当时的情绪。可当她生气时，那就是另一个声调了，这两个字略显急促、刺耳，心里像刚坐了一场过山车，惊心不已。

妞妞，这两个字在时空中不断被拉长，散发着余音，似有饧蜜流到了心窝子里，它是我心底最柔软的存在。当奶奶唤着我的乳名时，心底的一泓暖意便浸到了皮肤里。

不论春夏秋冬，奶奶都会早起，作息十分规律。当我还在熟睡中，就听见微弱的动静，我知道，她又要去田埂上了。五六点钟，夏日晨光微亮时，她常去村子不远处的田地里为玉米地锄草、看守田地，防止鸟儿来偷吃。我也时常蹦蹦跳跳地跟在她的身后，她在农忙时，我则在田埂间像撒野的兔子，追蝴蝶，采野花，听虫鸟微吟。兴尽，身上留一身的卷耳，归家。

秋，味道略约带着些苦，且惜绿如金。整个院子里是秋风扫落叶般的紧瑟。萧萧的风声抨击着窗，毫不留情。卷曲皱巴的叶飘落在我的窗，逐恨着老去的年华。

望着四角上狭隘的天空，白云横陈在苍穹，鸟儿觅着归处，树在一件一件地抖落掉它的外衣，归于至简。秋，天和地有着最远的距离，空气的密度似乎也大了些，让人觉得疏朗。

悄默间，果实初成，有酸枣、有黄杏、有苹果，秋日里的小院，有着丰收的喜悦。还有那竹架上的南瓜，瓜藤垂垂地丧着气，倏然间就老了。奶奶用一把剪刀，小心翼翼地将瓜藤上的南瓜剪下，将它们切成小块，晚上熬一锅南瓜粥。色泽金黄的小米粥稠稠的，放些冰糖，这是我的最爱。而瓢里的仁，奶奶会将它们放在窗台下晾晒，等待来年种下。

清秋，有着怡人的舒适。在睡前，我们习惯不拉窗帘，不遮月色，让月亮伴着我们入眠。褪去了白日里劳作的繁忙，独享周遭静谧的一切，秋虫蛰伏在墙的一角，吹着口哨，偶尔几只发情的猫在房顶上叫嚣不停。

睡不着时奶奶会给我讲起有关她的故事，她的父亲、母亲、姐姐。奶奶说她的父亲曾是县里医院的院长，可那时搞批斗，她的父亲胆小，跳井自杀了，这可苦了一家子的老老小小，家庭的变故让奶奶自小就担起了生活的重担。她告诉我以前的生活是多么艰辛，天还未亮就起床喂猪，晚上给工厂缝制被子贴补家用。她告诉我一定要好好读书，长大要有所作为。夜愈加静谧了，伴随着奶奶的故事，我也沉沉地睡去了。

月儿的辉光宛若素绢，漏在窗棂上，浅洇出乳色的半固定物体，悄默间淌在了棉被上、眼睑上，还淌进了梦里。

在我看来，奶奶是个坚强的女人，不怕苦，不怕累。直到有一次，我看到她在煤油灯下偷偷地抹着眼泪，不停地抽泣，那时，年少的我，不解。只是不知怎么也触动了心里的那根悲恸的弦，也放了声地跟着奶奶号啕大哭起来。

如今，回首往事，现在才明白奶奶的不易。

在深秋时分，奶奶会做一缸团子作为入冬的干粮。制作过程简单却工艺繁复，首先，她会先煮一锅红豆，然后碾碎，放糖，作为制作团子的馅儿。那时不懂事，调皮的我，总会趁奶奶不注意时，用小小的食指从容器里挑一些，迅速放进嘴里，吃完了还要用小舌头不停地吮吸着手指。

馅儿做好后，父亲会在院中支起一口大锅，在下面放上一些从田地里捡来的柴禾、玉米秆。我则在旁边负责煽风点火，一手往里加柴禾，一手用扇子扇啊扇，火苗蹿得老高，烟霭都眯了眼，免不了咳嗽几声。可顾不了那么多了，只想着能早些吃到那软绵的皮，甜甜的红豆馅儿。

万物萧条，乾坤日朗。冬日，屋檐下的天空颇显寥廓，枝枝丫丫上只有几片枯叶瑟缩着寒凉，它们胶凝似的挂在枝头，枯淡的境味里有着朴素的人间大美。

冬日里的阳光团凝在一起，惹来了麻雀来此晒太阳。寥落的院子里唯一的绿就是那素心大白菜了，年年冬日，家家户户都会买一车储备起来，整个漫长的冬季，都是吃靠大白菜度过的。剥离掉外层的干枯，白菜露出如翡翠般的葱碧，洗干净后，可以做出诸多美味，白菜馅儿的饺子、醋溜白菜、排骨萝卜白菜汤等。

白菜，贴近于日常，就这样浅浅地耀在记忆里。

寒冬里，枝丫是枯瘦的，萎成了干巴巴的一片，树梢是绝顶的黑。寒瑟的风呼啦啦地吹过，发出巨大的声音。寒光凛冽的冬，除了那屋里的炉火能带给我们一些温暖。

每到深冬，奶奶就会烧起火炉子，那炉子是铁皮做的。奶奶牙齿不好，时常会在里面烤上黄梨、红薯、苹果。印象中最深刻的一个生活场景：窗外是凛冽的寒风，大雪纷飞，而我坐在火炉旁，吃着奶奶亲手为我烤的红薯。虽然生活艰难，布衣粗食，但心却是热的。

奶奶有一双巧手，我冬日里所有的衣物和鞋子都是她亲手缝制的。她坐在床头，手指上戴着顶针，老眼昏花的她每次穿针引线都需要我这个孙女帮忙，可干起女红来却是手脚麻利得很。鞋子、鞋垫、棉衣、棉裤都是奶奶一针一线为我量身定做的，可那时不喜欢，鞋是黑色的，像是男孩子穿的。没有明亮的色彩，没有好看的图案，有的只是笨重和丑陋。遇到下雪就更麻烦了，雪粘在底子上，把内里都洇湿了一片，最重要的是，我常常因为穿着它而遭到男同学的嘲笑，这让我心生自卑。

我总是埋怨，为什么我没有好看的鞋子。如今我却觉得奶奶的手作之物是多么珍贵，那一针一线里全是对我的浓情。每每遇到一些老人家在卖鞋垫，在卖虎头鞋，我总会停下脚步，细细扫描一番，因为童年的时候自己也常常穿着这样的鞋子。

奶奶有一只红漆的箱子，它和别的箱子不一样，从我记事起，它就一直上着锁。后来搬家时，我才有机会一睹真容。当我打开时，旧衣的味道和樟脑丸的味道迎面扑来，里面有针织的毛衣，我小时候穿过的绿裙、塑料鞋，还有我以前叫嚷着让奶奶为我缝制的书包，针针线线，异彩的色里有着老旧的味道，花花绿绿，堆积在箱子里。里面装满了旧衣服和她所谓的那些宝贝，她一生节俭，这只木箱纵使我们怎么劝她，她也舍不得扔。它和奶奶一样随着岁月而老去。猩红的浓与烈在时光的眉睫下不再是峭与厉，它更多有了苍老的意味，蕴含的是微薄将向尽的落寞，还有奶奶对我保留着的那份爱。

奶奶没怎么读过书，她一心盼着我能考上好的学校。这是她平素的心愿。当我考上初中时，因家里距离学校比较远，她就用自己省吃俭用的钱为我买了一辆粉色的自行车，鼓励我好好学习。在高中时丢了车辆，她又毫不犹豫地为我重新买了一辆。大学时甚至愿意拿出她平生的积蓄供我读书。奶奶给予我的爱是无私的，如同涓涓细流润泽了我的心田。

在那个潦倒又贫困的年代，生活的坎坷让她变得坚强，中年丧偶，独自拉扯大四个子女，还有她的孙女，我在一天天长大，她在一天天老去。半辈子的人生波澜，我分明能感觉到她心力不如从前，她在一点一滴黯淡下去，如要坍塌的老房，任何风吹日晒都支不住了，一场冬日之寒风，就足以把她压垮。

前些日子回家，她因年初生了一场病，看起来又消瘦了些许，生了很多银发，眼神也黯淡无光，我心疼无比。我知道，是她将自己一点一点掏空来哺育我，所以我盼望自己能够快速成长，为养育我的奶奶、父母尽孝心。用我并不宽广的肩膀支撑起庇护的大伞，在人生之暮年，让她们老有所乐，老有所依。

我想带他们去见识他们从未见过的风景，想让他们过上更好的生活，他们是我在这个世界上最牵念的人，是我心底最柔软的存在。而这些，足以让我勇敢前行。

合欢在时序里安然地开啊开，袅袅的晴丝栖落在上面，酝酿着粉色的梦幻。这时耳畔又想起了那首歌谣："小燕子，穿花衣，年年春天来这里。"

小院虽小，却承载了我太多的欢乐，小院里节气分明，每一季都有不一样的美。

酽念昔日里的朝暮春秋，和奶奶之间的深情厚谊，还有一草一木、一屋一瓦给我轻快的欢愉、婵娟般的光阴。那些纯真、稚嫩的人间岁月，旧时风物有着最接近初心的善良美好。像是童话，没有世故无常，没有人心多变，一切的一切，只有和谐，只有饱满。

相比如今的孩子，每天接触的都是电子游戏、各种辅导班。我觉得我何其幸运，我的童年里有月光盈满花枝般的美意、草木亲近的欢喜，它们是我人生中朴素的底子，使我无论身处何地都能葆有一颗近于纯美冰洁的心灵和温良如璞玉般的性子。

后来，我锁住了那扇门，选择与它们背道而驰，逆行于人间的岁月漫长。此时心里只有富足，只有妥当，只有温暖。

槐·怀

夏至未了，日影斜斜，风揽夏花香。我想，这风也定是携了岁月的沉香的。

几年前，在书中读到诗人写槐的句子：“绿槐阴里黄莺语，深院无人春昼午。”在深深几许的庭院，没有任何人迹。黄莺娇语，绿槐成茵，罩下了一片又一片的清凉。偶尔有风划过，花轻盈地旋转、飘落。

那时，更多的是疑惑，槐花有啥好的，长得如此不起眼。牡丹才是真国色，相比之下，槐花简直是不值一提。

槐，由一个“木”字和一个“鬼”字组合而成，看起来不搭，却又如伉俪一般的存在。我总喜欢叫它“木鬼，木鬼”，似有调侃之意味。从字面上看，不是什么吉祥花，不然怎么会和鬼纠葛在一起呢？从生活中来看，这花确实也不太讨喜。

在我居住了十八年的故乡，那个村子道路的两旁就有好些棵槐树。春日里，青翠青翠的，如茵的嫩色让人的心里有融融的暖意。可是我怕它，因为每次从它身下走过时，总能时不时地发现几只绿色的小虫，让我很是惧怕，这种小虫在我们当地叫“吊死鬼”。

记得有一次，我骑着自行车去上学，当走进它的绿影里时，抬头看见几只垂着丝线的小虫，它们在我眼前栩栩地蠕动着身子。我当时就吓得叫了出来，因没有把稳自行车就而倒在地，路上的行人纷纷投来异样的眼光。我脸一阵干红，恨不得找个地缝钻进去。

后来，长大了些，我竟有些喜欢它了。

入春时，槐还是一副痉挛的模样，老生常谈般的丑陋。纵横的枝杈，貌不惊人的样子，没有人会注意到它。那枝，崎岖而丑陋，发育不良似的，小狗路过时，也是歧视般的，抬起一只腿，在它身上撒泡尿，然后旁若无人地溜走了。

清明时节雨纷纷，天气逐渐变暖，孩子们也脱掉了冬日里厚厚的棉袄，和那些冬日里的树木一样，竞相生长。槐，也在此时的早春里，有所悸动，它脱掉一身的陈腐之气，那枝子上也有了星星点点的翠色。偶尔经过时，会有工人为它修修剪剪、浇浇水。

到了五六月，花开得欢腾。新鲜的，展展的，颇有水分的。在开得欢腾的花下，还有一群欢腾的少年。

槐长在路边，其叶菁菁，那花，却丝毫没有颓废的样子，依旧在吐纳着它的心香。微雨里，舒云下，晨曦里，那小小而又盈盈的瓣，明媚、忧伤。酥软的风缠绕着鸟鸣，落在蹊径、落在指尖，还落在我的心里。

天街小雨簌簌而落，槐花偶尔会从树间脱落下一些，薄薄地、平均地敷在地表，有种唯美、凌乱、错落，却不加修饰的美意。每见此景，我总会怔怔地站在路边，像个痴心的汉子，欣赏一番。心中也似水微澜，渐生回涟，一圈一圈在心中荡开。

槐花，有如茉莉之般的清雅，一瓣瓣簇拥着，密密匝匝、密不透风。它们如束之高阁的女子，在和风细雨里摇曳着清芬。它们虽长在路边，长在无人注目的角落，可依旧端庄，端庄着自己那份洁而无染的心。

那真是一个美人啊，素美温和，在融融的光景里漾着它的瓣。那如风铃般的串串白花曳荡在清风中，花香虽无缠绵入骨，可素素清清，也博得了众多爱花女子的喜爱。

槐，不开花的时候，透出的是垂暮之气。尤其是那些古槐，寿命极长，树干的直径更是粗壮，两个人合抱起来也不一定能将其围起。槐，在岁月长河里，是深稳的姿态。

痴槐，方知人生最浓的地方往往在最淡处。它只属于民间，只属于日常，无叱咤风云的作为，它将人间百态融进它的花开花落中，让岁月多了一抹温情。

槐，在民间，是传说一样的东西。

上大学时，我们每年都会有两次写生课。记得有一次走访了山西的洪桐大槐树。这里流传着这样的俗语："问我祖先何处来，山西洪洞大槐树；祖故居叫什么，大槐树下老鹳窝。"

槐的花期也就十几天的样子。到了五六月份，是槐花开得最好的时候。这时，大街小巷就会被笼在一阵花开如雪的气息当中。花儿甚不起眼，一瓣一瓣的，细碎细碎的，可当它们聚拢在一起的时候，也蔚为壮观。

放眼望去，长长的、笔直的百尺大道是漫漫铺陈开来的槐花。一树一树的繁花颇有梨花压海棠之姿，它的卓立让生命呈现出的是磅礴阔大的气质。槐的花味道很淡很淡，几乎没有，也许它把它所有的心思都放在如何去结它的瓣了吧。

家家户户蹬上自家的三轮车，挎上篮子，携着竹筛来到树下，来撸槐花。好的槐花都长在高处，低处的被一些调皮的孩子折了玩耍去。摘槐花一般都需要两人合作去完成，一人在下面扶着车子，一人站在车上，用一种类似于竹竿的东西将其挑下来，将这位闺阁女子请下楼来。

你看那乡间村妇一手摘下树上的槐花，捧在手里和丈夫分享着劳动收获的喜悦，还不忘调皮地将丈夫耳上夹着的香烟轻轻掠走，偷换成一枝槐花插在丈夫的耳间，笑嘻嘻地来一句："黄花大闺女啊，多好看。"

槐花，村妇和她的丈夫，他们无比和谐地出现在我的眼前，槐花下的他们喜笑颜开，他们是美的。也许，在这个农妇的心中，生活和尘世也不过是这槐花，是这一点点的平凡和安稳。生活不需要轰轰烈烈，只要，我需要你的时候，你还在。

槐花，将人间的温暖情意、欢欣满足，将普通朴素的农妇诠释得如此大方美丽，并将之注解成最美的图画后，定格在融融春日，定格在我的心中。即使没有诗与远方，没有物质的丰裕，这素素白白的光阴也是极好的。槐花，在俗世烟火里热热闹闹，滋生着它的情意绵长。

白白嫩嫩的花，一筐一筐，肥厚圆润，放在阳台上，招蜂引蝶似地引来街坊邻里的一番欣赏。槐，在阳光下被漂得更白透了些。

槐，一枝剪下来，能搓下好多的瓣，像是文章里排比句一样的东西。每一粒虽微小，却貌似并没有什么不同。放在竹篓里，我一遍一遍捧着它，从高处一点一点撒落，又一遍一遍拾起，捧起、撒落，撒落、捧起。任凭花雨从眸间穿庭而过。春，百花齐放，但只有槐花，贴近于日常，贴近于民间，它是俗世烟火里清丽的姑娘。

槐花，在乡间是不可多得的一道美食，将一朵一朵从枝上小心翼翼掐下来的槐花，放在盆里清洗掉灰尘和绿叶，沥干后，加入面粉、鸡蛋和着一点温开水，轻轻搅拌。还可以放些蜂蜜、盐等东西，搅拌好后就可以用小火去炸了。随着油温逐渐升腾起青烟，槐花在油里被炸得吱吱地响，这时口水都流了一地了。

母亲说，在那个贫苦的年代，她们是吃不起油水的，槐花馅儿饺子对于她们来说，那是可望而不可即的美味。在我的一方记忆里，真正注意并理会到槐花，是在十八岁的青涩岁月里。

那年，依旧是槐花雨落的季节，也是我即将迎来人生第一个转折点的季节——高考。那段时间里，压力很大，白天学习专业课，晚上回家做题做到十一二点，那是一段沉默且努力的时光。在那段时间母亲为了我能安心学习，家里的电视再也没开过，邻里街坊也成了闭客谢户的对象。

每日依旧从槐花树下穿过，晴明温煦的阳光似一捆未扎的稻草，稻色的阳光让人游离，花的轮廓却愈加清晰。槐，依旧无声地开，无声地落。花雨里似是凝着一个花季少女的愁肠心思，落在地面的声音是凝重、是叹息、是破碎。

是母亲陪我度过了那段紧张而苦涩的岁月，细心的照料、丰富的饭菜，时不时鼓励我、安慰我，日复一日直至高考。在母亲无微不至的照料下，我的心变得舒缓从容，不急不躁，不愠不火，忘记了考学的辛苦，忘记了心中的痛楚。处于崩溃边缘的我还能振作起来，用笔杆在高考的舞台上写下最美的青春年少。除此之外，母亲还会在我深感疲惫之时，默默为我端来一盘槐花香的饺子。

在槐香弥漫的小屋里写字，钢笔与纸的碰触，让灵光闪现，字定格在洁白的扉页上。槐花依旧，心如故，这里有母亲赋予我的暖意。

后来喜欢行走在槐荫下的阴凉里，那种感觉仿佛回到了从前慢的日子里。槐香，有如母亲贴心贴肺的爱，在素淡的光阴里，迷而不散。

在浊世里，因记得母亲的谆谆教诲，所以才能始终保持明澈的心性，不与世俗苟同。

因记得母亲的言传身教，所以才能将植根于骨子里的修养，融注于待人接物的一言一行里。更记得母亲在我想放弃的时候给予我的鼓励，让我得以涅槃重生，遇见光明。

幽兰、清荷，这些花天生就不够接地气，与人有着隔山隔水的距离之感。曲高和寡，难以形成共鸣，那是属于文人墨客的风与雅。槐和其他的花，就是生活和艺术的区别。不，甚至连生活都不算，只能算是生活的补充。不然，你看它何时被搬上菜贩的小车，何时光明正大地出现在商场的货架上。

槐花，虽然没有被人们明确标码的价格，但它在我心中是无价的，不能用金钱衡量的。有些事物，貌似不起眼，可它的存在却赋予了太多太多超过它本身所应有的含义，贴合着人间烟火和锅碗瓢盆。有人说它是村姑，我却不以为然。

六月，阳光妥帖，不炙热，不贪婪，有着恰到好处的明媚。那些经不起风儿唆使的花，痴痴傻傻地落下来，覆了一身，又拂了一身。总之，是覆了拂了又一身。槐，在一季一季地开，依旧是垂垂的样子。花香缠绕的清风，是甜而不腻的。

今年仲春，路过槐花。这次，我不再急步匆匆，亦不再惧怕，而是抱有一种享受的姿态立于它的影下。蓝蓝的天空，乳云轻轻游走，蓝汪汪的光从叶脉间斜斜地射下来，镌刻出参差不齐的花影。槐花，长在烟火最深处，把小村的四季诠释得分明而富有诗意。屋舍间浓浓的炊烟袅起，我知道，此时正有一餐美味而富有诗意的午饭在等着我。

清明朗然的天空，暖风微醺。槐花香里有母亲温柔的气息，丝丝缕缕绕在心间。母爱，如一段槐花香息，它不在甜言蜜语中，而在风雨兼程里。

四月，槐香依旧，一场唯美至极的落花雨，不曾辜负风景。

时光钤印 上党团子

家里的兰开花了，在阳光的照耀下有种明媚的好。翠幽中透着妖娆的红，在光阴里漾着清浅的心香。花蕊呈淡淡的黄，如细密的针线，纳透了岁月的棉。

晚上，我们一家人围着桌子吃着一冬以来剩下的最后几个团子，吃完这顿饭，我就该上路了。一家人围坐在一起，没有说话，埋头吃饭。可我的心是那般忧伤，我抬起头，望望房顶的灯光，黯淡了些许。在这之前，奶奶说："妞，去楼的顶层把最后几个团子拿下来煮了吃了，不然天气越来越热，这些团子就会坏掉、长毛、发霉。"我立即放下手中的活儿，匆匆爬上楼去取团子。

"妞"，是奶奶对我的专称，不会有人再这么叫我了。她轻声地说，我亦轻声地应和，心里像绽开了一朵小花，静静地落定。

我走上顶层，在犄角旮旯里发现了并不起眼的缸，它的颜色和周围的水泥墙巧妙地融为一体。可我还是发现了它，随着一阵片状的声响飘过，掀开了锈迹斑驳的铁皮盖。我从棉袄中伸出几根手指，从一口偌大的缸里拾拣出最后几个团子，团子上沾着一些白霜，硬邦邦的像个石头，且十分生冷，十分不近人情，我和它的距离遥远得就像是童年光景。

太行山脉之下，这里的冬天无比寒冷，通常农村人过冬的方式就是提前储备上一些不易腐败的食物。而团子就是这样，放在背阴处，能储一冬。我从小居住在山西晋东南一带，这里的主要农作物是玉米。山西作家葛水平老师说："每一个山西人的骨子里都有麦子的成分。"在山西，无论春夏秋冬，一年里的主食都是以面为主，如炒不烂、莜面栲姥姥、刀削面、河捞面等。在冬天，上党地区，我们喜欢吃一种黄嫩嫩的食物——团子。

团子，顾名思义，是有如馒头般圆润丰满的身材。类似于窝头，但窝头中间是凹进去的，且是没有任何馅料的，而团子中间是甜而不腻的红豆馅。传说慈禧太后是山西人，也很喜欢吃团子。团子，是只有我们长治人才知道的食物。

打我记事起，每年快入冬时，我家就会准备一些需要囤的食物，白菜、团子、土豆，它们在我的印象里是如此深刻。秋日里，玉米收成了，你会看见蔚为壮观的一种景象，各家各户拉帮结派似地开着拖拉机去地里收玉米，回来后晾在房顶，干透后就将其搓成颗粒，能堆垛成一座小山。最后大娘大婶们就会背上一大袋子去加工厂加工成玉米面，回来做团子吃。

小的时候，入冬最隆重的仪式便是做团子。在做团子的那几日，奶奶会张罗一番，将红豆洗净，盛上水，放锅里蒸。说实话，那时我对团子并不感兴趣，反而是那金黄包裹着的甜软可口的红豆馅，惹得我垂涎三尺，那可比什么冰糖葫芦好吃多了，虽然当时我并不知道冰糖葫芦是什么味道。奶奶知道我的小心思，当我偷偷躲在门后观望时，便会说："过来，尝一口，看看味道怎么样。"奶奶将红豆泥盛一小碗，撒些白糖，我能吃一下午，并将碗底舔得干干净净。

蒸团子那天，也会有邻居过来帮忙，也有人在观摩学习。村里的人现在基本不做团子了，而奶奶不仅会做团子，还会炒茶面、蒸煎饼，所以我也为奶奶的技能感到自豪。

每到那天，父亲会在院子里支一口锅，拾一些干柴放进炉子里，随后蹲下来用打火机将手中的烟燃起，接着又顺手将木屑点着扔进炉火中。奶奶说，柴禾做出来的团子是最好吃的。这时她会从厨房将她提前醒好的面放在案板上，还有馅料，是红豆馅儿的。瓷盆里的面金灿灿的，饱满的色泽黄莹莹的。奶奶用手掌在面上按一按，韧度刚刚好。一切准备就绪后，就该捏团子了，这时父母、姑姑、邻里都过来围着椅子站了一圈，大家有声有色地闲聊着，手上的活儿也停不下来，手忙脚乱地忙活着。

包团子很简单，把一坨面放在手里，用手将皮的形状给碾出来，再挖一勺红豆放在皮儿上，搓啊搓，几个来回，捏得圆了，馅儿不漏了就可以放在砧板上了。团子放在砧板上，突兀如一座光秃秃的小山，那色泽看起来十分诱人。刚放上去的团子并不成形，皮软的缘故。但蒸好之后，你会发现，它换了身份似的，底儿变平了，而面却还是有着傲人的弧度。做团子的最后一步，就是将其放在蒸笼里去蒸，蒸十几二十分钟之后，就可以出锅了，烟雾腾腾处迸发出浓浓的烟火气。

每次做完团子后，奶奶就会用塑料袋装好，召唤我骑上那除了铃不响，其他哪儿都响的自行车，呼啦啦的像一阵风，去给二姑送去，去给小爸送去。

团子，宛若一枚时光的钤印，深深刻在我的记忆里。虽然那是最难熬的时光，但那些朴素、温暖，却支撑起了我日后的惦念。

童年里，冬日里，家里只有我和奶奶，还有一只猫。我们围着炉火，猫在一旁蜷着身子睡觉，我和奶奶烤红薯，烤几个团子，顺便把那馊了不少的苹果放在火炉上炙烤。团子在很长一段时间里都充当起我的主要零食，当把团子烤到焦黄色的时候，就可以享用美味了。两手将团子掰开，奶奶一半，我一半，剩下的碎渣渣就归猫咪吃，还可以就一小碟芥子菜。

儿时，没有太多的零食，几毛钱的辣条、冰棍都是奢侈品。就连女孩子最喜欢的芭比娃娃都是奶奶从别人那里拿来的二手货。

在父母做生意归来之前，那清贫的几年，我总觉得自己和其他孩子相比，缺少了什么。所以在那个懵懂的年纪，我学会了承受一切。

上一年级时，我有一个同桌，长得很漂亮。她的母亲是这所学校的老师，因为家里富有，她的母亲会给她很多很多的零花钱。她的衣服永远都是新的，她的书包永远都是最好看的，她吃的零食永远是我没见过的。

记得那日，她在班里炫耀她的新书包、新文具，我们亦是争着吵着想要观摩一下。我新奇地望着她绘有白雪公主的新书包，用手触摸的同时却不知怎么地把书包的拉锁给拽坏了。那个女生拉着同学去向她的妈妈告状，并当着我的面把我的书包踩在了地上，书包里的铅笔，还有奶奶给我装的早餐——团子，通通散落一地。她讽刺地说道："看到没，她连父母都没有，你看她脚上穿着的那双黑布鞋，是男孩才穿的。"班里所有同学的目光都落在了我那双鞋子上，我往后退了退试图掩藏着什么，可无济于事。

我一边哭泣一边拾起地上的东西，还有那被同学踩碎了一地的团子。她又说："看见没，讨吃的。"说实话，那三个字深深刺痛了我的心，我第一次知道了在我那个年纪什么叫作自卑。我克制着自己，低下头，看着面目全非的团子碎屑，决定将它拾起，因为奶奶曾经告诉我，不能浪费粮食，在一阵冷嘲热讽中，我还是将其默默捡起。

如今，我已长大，变得成熟，那些儿时想要却不得的东西，已变得轻而易举。我可以随时带着钱包进入任何一家餐厅，可以用金钱换取很多我想要的衣服、饰品。如今，家家户户搬进了小楼房，盖起了两层甚至四层的小楼房，能够做团子的人也越来越少了。奶奶老了，手脚也不麻利了，虽在入冬时仍会做一些，可是，却不如以前那么干劲十足了。有时，也就蒸那么一笼，便力不从心了。

去年回家的时候，我因为一些琐事十分烦闷，便和奶奶拌了几句嘴，随后就是奶奶连续几天的唠叨。而后是，好几天的冷战，谁也不理谁。可谁知，就在那后来的一段时间里，奶奶身体开始出现了异样，嘴角歪斜，刚开始以为是中风，结果输了几天液还不见好。于是母亲、舅舅、姑姑全家出动，将奶奶送进了医院。治疗几日，病情反而恶化，奶奶大小便失禁，晕过去好几次，难受得她好几次把舌头都咬破了，医生通知马上转院治疗。我这时才意识到事态的严重性，后来转到大医院，医生说是血栓堵了血管，随即进行手术，才保住了性命。

身体一向都很好的奶奶，生了一场大病，做了手术，我的内心有着难以言说的痛苦。我多么希望时间可以慢一些，再慢一些，我多么希望我可以快一些，再快一些长大，带她去看北京的天安门广场，带她去看不一样的风景。

我自责，我懊悔，我没有能力去保护她。恐怕等我有一天真正拥有实力的时候，奶奶已经走不动路了。都说母爱是世上一场重复的辜负，一代又一代，父母养育了我们，可我们总是回报得太少。等我们有了子女，这样的辜负又循环发生在我们身上，我对奶奶的感情亦是如此。

在我看来，她无所不能。可这一刻，她脆弱得像个寻求保护的孩子。我的咽喉生疼，眼睛酸酸的，看着躺在病床上的她虚弱平静，我有些承受不住眼前的景象。我不敢出声，我怕我一出声就会控制不住地哭起来。

这次回家，感觉她又老了一些，比平时沉默了很多。一日，闲居在家，由于整日面对着书本、电脑，头昏脑涨，想出去透透气。我就这么漫无目的地走啊走，看着街头有卖菜的小贩，返回时就买了一大袋子，又买了些水果，足足有十几斤，拎起来有些困难。这时母亲打来电话："这么晚了，怎么还不回来吃饭？"我说，买了好多东西，有点拎不动，我让母亲在路口接应我一下，就这样，我和母亲会合了，一起拎着塑料袋子往家的方向走去，晚上路灯把道路晕染得十分温馨。就在这时，我看见一个身影越来越近，骑着自行车摇摆不定地行走在路中间，那是我的奶奶。她担心我，骑着她难以驾驭的自行车出来寻我，我十分诧异，赶紧劝她回去。这时，前面有车，她的反应也不是那么灵敏了，我赶紧提醒她，车过来了。回家时，也许天黑的缘故，她又走错了家门，也就在那一刻我突然惊觉，奶奶真的老了，她再也和我拌不动嘴了。

岁月流逝，团子渐渐淡出了人们的视野，再也没有当地的年轻人稀罕这些玩意儿了。他们更喜欢快餐式的肯德基、刺激火辣的重庆火锅。我也渐渐忘记了它的味道，甚至它在我的脑海里开始变得模糊起来，后来，甚至讨厌起来。

奶奶总是教导我们下一辈说，粗粮才是最养人的。可说归说，自从我吃过各个地方的美食后，我便对它不感兴趣了，甚至是本能地抗拒。那皮黏糊糊的，难以下咽，每次吃到一半时，我总想偷偷扔到垃圾桶里，垃圾桶就在我的身旁，可害怕奶奶发现，我只能夹起放进父母的碗里。然后还一句嘟囔："怎么会有这么难吃的东西。"这时父母总会默默瞥我一眼，然后默不作声，继续吃饭。

奶奶经常会和我讲她小时候连白面都吃不起，面条也只有在过年时才能吃到。她们小时候吃糠咽菜的苦难是我们这些温室里的花朵所不能体会的，也许经历了苦难，方知当下的生活来之不易吧。后来，等我再长大一些，我才明白，不是父母有多爱吃团子，而是他们出于对老人的关爱。因为奶奶爱吃，他们也才爱吃。

自从我十八岁之后去外地求学，再到北京工作，我却亦是想念团子的味道了。团子，它能够让你一点点地慢下来，去细细咀嚼其中起承转合的味道，然后发现，那最深的余味是爱，是亲情。

我渐渐明白，最高级的食物不是材料有多昂贵，烹饪手法有多独特。最朴实无华的，恰恰才是最走心的，那是能直抵你灵魂深处的味道。它一点一点将你的舌头包裹，口齿张合间唤起你内心深处的感动和久违的记忆。

慢下心来，花更多的时间去咀嚼父母蒸煮时的良苦用心吧，去感知每一颗粮食从发芽到生长的过程吧，去用一颗敏感的心体味岁月流转里的种种美好吧！

团子，经过春夏秋三季的等待，才被端到我们的餐桌上。我端着它们，是踏实的。用筷子轻轻夹起一块，宛似重新与这个世界建立起温暖朴素的关系。在亲人手里，恰当的食材、节制有度的烹饪，虽然它们没有在第一时间迅速取悦我们的味蕾，但却有着细水长流的绵绵心意。

团子所承载和蕴含的意义早已不是它本身，它的意义远远超过了自身的价值。

在家待的日子里，早饭晚饭如出一辙，除了团子还是团子。要去北京工作了，奶奶也愣是要往我的行李中塞一包团子。团子，是奶奶给予我的最沉重赤诚的爱。这里面，没有添加剂，装的只有比添加剂还长存的爱。

我走了，和往常一样，离家时，奶奶在门口遥望着我离去，直到她那双老花眼看到的只剩下模糊的背影。终是没有忍住，我的泪水漫漶似决堤的大河，鼻涕顺着鼻腔流了下来，我倔强地告诉自己，不能回头，紧紧地拉起我的衣服，向我该去的地方走去。

锈

◇ 壹 ◇

锈，一种经空气氧化过的、铁的衍生物质。

锈广泛地存在于人世间，它们开在铁色苍茫的金属物质上。色彩炽烈，不羁张狂，猩红的、暗紫的、惨绿的，像是剧毒的花蕾。

锈的浪漫在于毁灭一切，闺中女子那精美的头饰也毫不放过，一点一点地滋生，那是它的快活。红木梳妆台上的凤冠、钗子、耳饰，在岁月里没有了昔日的亮丽，也不能折返出夺目的光影。锈，像苔藓般野蛮生长，危险又绚烂，有触手般的薄凉。时光凝结处，是凋零的落魄。大片大片的暗花没有浮动的暗香，更像是潜藏的危险，在铁的皮下，存在于人们的显意识背面。

老屋的锁孔、铲子、镰刀和柜里的钉子、剪刀、所有带金属的瓶瓶罐罐，无一例外，落满了尘埃，蓬头垢面的样子，黯淡无光。锈，毫不突兀，仿佛它生来就是铁的一部分。那些农具被岁月封陈和遗忘，锈试图将真相亲手埋藏。

锈色，应是陷阱一般的东西，妖娆的面庞下危机四伏，裹藏着难以察觉的隐约。锈表面是坦然的、露骨的，实则不动声色，有着智慧的内心。

锈的腐蚀能力太过于强大，任何冰清玉洁的东西都能被它糟蹋了。铁匠都打不开的铁锁，锈能做到，火都烧不坏的铁器，在锈那里是轻而易举的。它有野火烧不尽的燎原之势，死后重生的兴旺。锈，有着无止境的生命力。

锈和铁，是自相矛盾的存在，不是你死就是我亡。锈像菌群一样无限蔓延，婆婆娑娑地在暗夜生长。那碎屑就是锈畏罪潜逃的最佳证据，瓦解后的铁堆在那儿像一座小小的孤坟。

田荒了，是半途而废的架势，墙上不知什么时候挂起了蛛网，织得极为巧妙，富有匠心。联结着两头，一头连接着村庄的过去，一头连接着村庄的未来。农具得闲的时候，农人也得闲。农人们开始串门、打牌、拉家常，以此娱乐来填补小村漫长寂寥的光阴。农具闲了，懈怠之时，锈，就开始兴风作浪，蠢蠢欲动。没有人再干扰锈行凶作案了，它名正言顺地蚀其骨血。经年累月，如蝼蚁溃长堤般，让人防不胜防。

得闲的农具和带铁质的农器，被一点点地氧化，由锋芒毕露走向未知的死亡。那小小的锈，用肉眼都看不见的锈，不过数日就繁衍成了一个庞大的家族。

锈，就像是生活里顺其自然发生的一件事，从没人在乎它，任其自生自灭。在农人的眼里，任它面目狰狞，那都是锈在虚张声势，自然见怪不怪了。锈在铁器上，一日一日地生长，由点及面，颜色也一点一点地加深，那色彩似乎是被人调和过了，美得就跟假的似的。仔细看，是惺惺作态之感，那色彩缤纷斑斓，有着起伏汹涌的不安分。

锈，不紧不慢，它在酝酿着自己的情绪。

◇　贰　◇

锈自灭的时候，通常要过好几个时节。

立春、雨水、惊蛰、清明过后，终于该农具们粉墨登场了。那时，乡村里的干部就会在喇叭里喊几嗓子，提醒农人们要准备干活了。当农民计划给土地疏络筋骨的时候，就翻出农具，却发现锄头没有了入木三分的力度，一看，是锈，锈是罪魁祸首。

在春耕前，它的主人会将它好好打理一番，给它换件干净的衣裳，用磨砂纸打磨打磨，修整修整，翻新得就跟新买的似的。在主人悉心的伺候下，立马就恢复了它那神采奕奕的模样。铁具也勤快，闻鸡起舞，天还未亮就和主人下地了。那铲的边缘，平滑坚韧，有着确凿的锋利，在阳光下，有着银子般耀眼的光芒。农具也踏踏实实的，将自己的头颅伸进荒芜的土地里，掘出一个个坑，将玉米粒和菜籽一一填埋好。

铁质的农具，是最忠厚的仆人，它从不是好高骛远的，它的心思永远是纵深似地向下，深入浅出。铁铲，最擅长刨根问底，那一铲子下去，能深入土里好几寸。传言，去年耕种的时候，隔壁家的老汉在地里用铁铲无意间挖出了宝贝。老汉将它插在土里，直挺挺的，显然有着耀武扬威般的风采、神气。

犁，最喜欢给大地的皮肤挠痒痒，那犁耙留下来的一道道整齐的痕迹，就是它缜密的心思。它只负责地平面之上耕耘，犁痕一条条交织错落，如一张织的极富有匠心的网。任何时候，都是有致有序的、按部就班的。一犁耙，能画出五六根这样的直线。它们也是最懂规矩和人心的，每条线和每条线之间保持一定的距离，俗话说得好，距离产生美。犁，也是最不会拐弯抹角的，犁了一辈子的地，也不知道什么是圆。

◇ 叁 ◇

农忙结束后，人们开始变得无所事事，村里的闲人一多，八卦的人就多了起来。六月的大地上，除了炙烤的太阳还多了一种叫流言的东西。

晨光熹微的时候，升起了一层薄雾，头重脚轻似的，一头栽在地表，浮不起来。

一大早就听见有人站在大街的中央嚷嚷个不停："这是谁家的龟孙子，敢在我家地里偷玉米，老娘辛苦种的，竟让这种败类给偷了这么多，地里留了好些个脚印，看我不把你给揪出来！"一阵数落之后，便开始了更为冗长的谩骂，似乎不骂够他的祖宗十八代她是不会善罢甘休的。女人的叫骂在无比寂静的清晨，任何人都能听到的，但却无人应声。那叫骂声是有东西托着似的，折返在家家户户的窗口，声东击西似的，一阵颤抖之后，不见踪影。

窗外喋喋不休的吵闹，像锈一般，让人避之不及。第二日你就会听到一些人的窃窃私语，那日的叫骂在这些村妇的口中，成了最朗朗上口的流言，一传十，十传百，她们不在乎这些流言是否经得起推敲，是否真实，在她们心中，那是一种叫不是秘密的秘密的玩意儿。

流言，有着自力更生的天赋，不知怎么的，能抵达隔壁的村庄。风是一丝不挂的，而掺了别的什么东西就成了流言。

流言，像锈一般附着在淳朴的村庄上，人人避之，却又似乎是合理的存在。

◇ 肆 ◇

锈，非锈，名字简单利落。呈深幽的绿，黯淡的光，赭石般的土色、棕红色，斑驳中有着蚀骨般的默然阴森的气质，色彩绚烂又颓靡，像一朵朵邪恶的小花。

锈发起脾气来，能要了铁的命。

锈是铁的坟墓。锈总是在无人察觉的时候一点一点从铁的表面渗出，最后，像慢性病一样缠住铁的身骨，将其腐蚀，最终变得血肉模糊，硬也会变软。锈，是长在铁上的痒，它们不会迅速发展，将其吞噬，而是极富有耐心地让它生不如死。锈，附着在镰刀、犁、铲子之上，斑斑点点，浅显而直白，似泣下的血泪。

锈还有一个同伙，是一个叫时间的东西，时间仿佛是横在铁与锈之间的桥梁，架起了彼此之间的虚情假意。随着时间的流逝，锈的势力越来越大。灰尘、蛛网、虫子，都纷纷投靠于它，它们要联合起来，让铁死无葬身之地。附了锈的铁，就像一块腐烂了的肉，有着酸雨一般的腥味。

铁与锈的对战，来来回回，竟度过了好几个春秋，没有胜负，没有结果，但彼此却是乐此不疲，没有人认输。

锈了的农具，嵌在泥土中的声音是短了一截的，没顶到底的，如走漏的风声，质感也是极拙劣的，一副未完成的架子。而没有得病的农具，那声音是平平仄仄的，充裕得就要漫出来似的，那质感是斩钉截铁的。

◇ 伍 ◇

锈，是铁在人间的胭脂水粉。

闲时看它，目不转睛地看它，竟能生出一种臆想，那铁也是有着爱美之心啊，那一圈一圈的似油画的华彩，像是给自己涂抹的胭脂，往深里瞧，幽幽寂寂，有着庭院深深的凉意。

铁本是有壮志的、有野心的，它要把村里村外的每一寸荒芜的土地变成五谷丰登的良田，年轻时候的铁，那声音底气十足，充满了阳刚气质。可有一天，当它和土地接触时发出的声音是沙哑的，我知道，它也老了。它认为自己无坚不摧，结果成了锈的手下败将。那破败感，只会让人想起倾家荡产般的贫穷。

铁以为自己无所不能，能恒久地屹立于人世间，最坏，也会比人类存在的时间要长。

铁具，在锈的软磨硬泡下，乱了阵脚，凸起一层薄薄的颗粒，有粗糙之感。铁在锈的作用下，变脆、变薄、变得不堪一击，那沙沙的一层，坎坎坷坷的，是铁瘫痪后流出的风干的血。

◇ 陆 ◇

月明星稀的夜晚，月影上帘栊，纱幔上盈着澄明的光，温柔极了。马上就要收秋了，农人也在准备着。半规凉月一半在天上，另一半在地上，农人将镰刀在磨刀石上反复摩擦，沾点水，磨啊磨，变得锃光瓦亮，在幽淡的月光下，能刺破寒光似的。等到栩栩如天上之明月，那就是磨得差不多了。亮得跟镜面似的镰刀，逼真了些。

被修葺后的农具，利落了许多。那折了的杆被置换成了新的，没有打磨前，那声音是模棱两可的，叫人张大了耳朵也听不出那是来自农具的声音。自从主人耐心拿砂纸打磨后，就算你蒙上眼睛也能听得明明白白。

一切准备就绪后，就等待明日收割麦子、谷子。这是寂静轻悄晚上的唯一一点活跃，竟让整个夜晚灵动起来。

◇ 柒 ◇

村子里的人喜欢占卜，常常有坐在寺庙前观察来往路人的算卦老人，他们隔着老远就会扯着嗓子喊道：“姑娘，来，坐下来，给你算一卦，算算你的姻缘如何？”“先生，过来聊聊，我不收费，给你算算今年的运势如何，顺不顺，能不能发大财？”

占卜，是村庄里的迷信，是信仰一般的存在，人人都信它。汉子也不出去劳作了，因为算卦的说，今年会有天上掉馅饼的事发生在他身上，他会发一笔横财。

村里有个姑娘，叫野菊，长得眉清目秀。眉，是柳叶眉，眼，是桃花眼。无数的小伙子都上门提过亲，但是都被她的父母拒绝了，原因只有一个，前些日子，她的母亲给她算了一卦，说村头的老李家的那个跛脚的公子哥是她女儿命中注定的男人。人人都知道，那个公子哥表面一副良善的样子，背地里却干一些见不得人的事，可父母信了，菊花也应了。她的命运就像她的名字，草坡上不起眼任人践踏的野菊，平凡、微小，任人宰割。

锈是铁的迷信，一步一步吞噬掉它的骨肉。锈和村里的占卜一样，看似虚无，最终却让人们看不清世相，走向死亡。

◇ 捌 ◇

铁具，在人间，是红白喜事的见证者。

铁器，曾和下地的农民一起出生入死，不畏风雨，不辞辛苦，将寸寸土地变得疏松平整。什么大场子它都见过，那年老李下葬时就是它出的力，如今磕掉了好几颗牙似的，边缘变得参差不齐。村子里哪家有喜事了，它是最先知道的，人们扛着它拉黄土、建土灶，用小的铁铲炒大锅饭。以前村子里发大水，它也是卖过力的，连续工作了好几个小时，才把洪水堵住。

终于有一天，铁下岗了。

农具本是属于精巧的一类东西，木质与铁器之间的连接处，那是无比的妥当安稳。可在锈的步步为营的作乱中，就成了概括一类的东西，看不清细节。现如今，挂在墙上无人问津，显得十分突兀，又合情合理，没有人说得出理由。

锈，是铁的地狱。农具的光芒被锈所掩盖、欺压，锈紧紧勒住铁的咽喉，铁铲和木棍之间断了，没有了联系。农具的沦陷竟是从最硬的铁开始的。

铁以为自己是这个村庄的掌控者，没有人比它们力量更强大，草是它们的祭奠品，它们最擅长的表演是斩草除根，土是它稳操胜券的奴隶。

锈，钝了镰刀、铲子还有时光。

◇　玖　◇

随着城市化的建设，人们不再需要铁，锅碗瓢盆换成了不锈钢。那铁铲、犁也没有了用处，耕田犁地，收割庄稼在大型机器的作用下，快速而高效。还有那些平时使用镰刀、铲的主人，竟比它们走得还早。偶尔有几个老人尚且留在世间，可也提不起了臂膀。

铁，并不是如癌一般的东西，在乡下也并非是不能治愈的绝症，也许只需几滴油的润泽，几次耐心的摩擦，就能重回辉煌。可是，终不会有人用肩去扛它了，不会有人去提它的名字了，弃之如敝履。它在我们的视野里渐行渐远，是有如背景一般的东西，没有人再认识它了。

他们的儿子，将铁拉进了废品场，换来红红的票子，乘着汽车，去往城市打工。他们向往城市里通宵达旦、歌舞升平的娱乐场所，他们向往村庄里所没有的旖旎风光。人们飞蛾扑火般的，那是一个由绫罗绸缎、蕾丝轻纱、珠石宝玉所构成的世界，无限华美妖娆。那建筑是钢筋和水泥制成的，那地板是细腻光洁的大理石所铺成的。

铁器、农具，它们依旧待在它们该待的地方，只是不再以真面目示人了，它们的身上覆满了雨渍、锈、灰垢，过着朝不保夕的日子。它们的生命期限或许是在明年、明天，甚至可能是下一刻。

故园的草木开始恣意妄为，侵占良田百亩。村庄里多了蝗虫一样的东西，扰乱着人间的安宁。村庄的炊烟不再是袅袅的，而是断断续续的吞吐。杂草丛生，占了村里村外的每一个角落，村庄没有了昔日的热闹生动，变得沉默寡言，它们是像锈一样的东西，像锈一样蔓延的东西，从容不迫，淡定地将整个村庄束缚、捆绑。

村庄在岁月里摇摇欲坠，有着慌乱的消沉。乡村和城市之间好似有着一条难以逾越的东西，像是有代沟似的。

钢是铁的升华，虽是从一个娘胎里诞生的，流着一样的骨血，但钢比铁更硬。对于钢来说，铁是杂糅的异类，而它是百炼成钢的不屈之身。

在城市，铁入乡随俗。变成了对锈免疫的钢，被篡改了命运的它用来建设城市。改名换姓的钢从此招摇于世，人前显贵，它们成为一个城市强有力的框架，框起觥筹交错、繁华喧嚣，框起高傲自大的人类。

城市里，土地上种的不是庄稼，是人们的优越感，他们自认为自己的房子处在繁华的市中心，从高处能俯瞰整个城市的星河寥落。城市的土地上生长的不是绿植，是拔地而起的高楼大厦。

城市里的高楼是没有翅羽的，没有连绵起伏的跌宕感，只有平平庸庸的直白感。而村里的乡村翘角飞檐，有着鲲鹏之展翅，那俏利的弧度是城市里的高楼所不能媲美的。

多事之秋的秋天到了。这一次，铁器已经病入膏肓，动弹不得，奄奄一息中做着最后的挣扎，它们没有等到村里的男女，没有得到应有的解释。原因在于它们被人们贴上了落后的标签，它们是发展滞后的代名词，成了干部嘴中口号一般的存在，是用来吆喝的、装点的，而不是落在行动中的，铁质的农具，名存实亡。它们零落在老窖里，倒挂在土墙上，苟延残喘般散发着余息和孤独的微光，就像这村庄里没有了劳动力的老人。

锈还像枝枝蔓蔓一样繁殖在隐晦的犄角旮旯，锈，又像蓝图一样的东西，让人看不清过去，又看不清未来。

日暮的灯光昏昏沉沉，混沌一片。起风了，村庄没有了它原有的秩序。迷茫之中，尘世间飘起了锈色般的风烟，村里的喇叭再也没有响起，村里的人们却不以为意，天真地认为真正的始作俑者，是锈。

PART 9

第九章

灵魂有香气的女子

写给梦想导师——李菁。

◇ 壹 ◇

晨，薄如轻纱，薄的轻轻一扯就破了，碎了。茉莉花洁白地漾在窗前，整个空间里溢满了丝丝糯糯的香息。

晨风里，朝阳下，我捧着手中的这本书细细品阅，满心欢喜。《向美而生》是作家李菁的首部摄影文字集，其文字干净通透似溪山清流，在不经意间就润泽了心田。都说文如其人，透过她的文字，亦能感知到不一样的美好。文字有着娟净的透亮质地，隽永悠长，灵魂中的香息也在文字中散发着气场。

书中一幅幅的画面唯美动人，摄影是光与影的艺术，更是作者内在心境的外在体现。相比于摄影器材，摄影思维和审美视角才是最重要的。李菁老师爱拍女性，那些定格在她相机里的女性展现的是一种细腻柔美的气质，手足、饰物、眸眼，这些细微之处的美，无不勾勒着李菁老师的巧思，图与文相互印证着人世间的至美。

关注李菁老师已经五年之久了，初识她时，她的第二本书《当茉遇见莉》刚刚出版，她那时还是一所高校的老师。我想我是幸运的，我和所有读者一样，几年来，见证了李菁老师的成长轨迹和蜕变史。

现在她把自己的生活过得热气腾腾，“遇见美宿”的客人络绎不绝，爱情、事业蒸蒸日上，她过上了无数人梦想的生活。除了钦羡，更多的是感动。

我几乎收集了李菁老师从小到大的所有照片，小时候的李菁老师，胖嘟嘟的，月牙形的眼，齐刘海儿，有着浓密的秀发。其中有一张是父亲骑车载着她的照片，笑的是那样幸福，还有一张是穿青花短旗袍端坐于门墩前，眼神专注，捧着手中的书在看。其中有一张最打动我内心，李菁老师的床上整齐地放满了她研究生时期买的所有书，她侧卧在床的边缘，样子是那样的享受。

从照片里能看到李菁老师一点一滴的成长，那个羞涩的从乡镇里走出的女孩现已亭亭玉立，她身上有一种璀然而灿烈的光。而立之年的她，眼神里是坚定、是自信、是沉稳。她的美，不是华丽，不是妖娆，而是由内而外散发出来的自然之气，是多年保持读书写作而散发出的浓浓书香气息，这种美能够抵抗岁月的洪流，亘古而绵长，任凭朱颜辞镜也不会消散。她的美，惊艳了时光，足以抵抗世界的不平和丑陋。这种美不仅是外在的，更多的是内里的一颗至善至美的心。爱读书的女子，富有内涵，如一壶醇香的老酒，在悠悠岁月中会沉淀得更加醇香。

李菁这个心存美善的女子，灵气十足的湘西女子，只在一瞬就俘获了我的心，她是我人生路上的梦想导师。这个女子，似光，给了我无穷的向上的能量，也照耀到了千千万万的赶路人。

今年的夏日，我和朋友坐上高铁，一路颠簸，只为去见我心爱的女子。她叫李菁，笔名吧啦。她曾经是大学老师，现在是一名作家、美学摄影师、“遇见美宿”的掌柜，她有着别人艳羡的诗意生活。这都不重要，重要的是她的发光发热照亮了她周围的每一个同行的人，包括我在内。

在得知吧啦姐到郑州做新书分享会的消息后，我每天都特别兴奋，在手机的日历上偷偷地标记好了这一天。我从未如此深爱过这样一个女子。这个周六，我推掉了我的书法课，我要去见我的女神。

吧啦姐，我来了。

◇ 贰 ◇

在去往郑州的路上，我一直在关注着吧啦姐的朋友圈，生怕错过她的什么精彩的分享。她们有去郑州的烩面馆吃烩面，后来我们到了此地时，也去品尝了当地的特色烩面，小憩后便提前到达了分享会的现场。一进门，“纸的时代”书店展台摆放了李菁老师的书籍：《当茉遇见莉》《你的人生终将闪耀》和刚刚出版上市的摄影文字集《向美而生》。同时还有环球旅行家闫凌老师的《去吧！去全世界最美的地方》。

分享会开始了，从她出场我和其他的粉丝一样，眼睛一路追随，她的身上在发光，当天，她穿着黄色的棉麻长裙，脖子上戴着民族风的挂链，大波浪的卷发，那是一种圆润丰满的美。吧啦，其人清简如水，温良如玉，款款而来，这是初次照见。

在签名的时候，吧啦姐在书的扉页上写下“向美而生”四个大字。合影时，表面平静，内心却早已风起云涌，我忍不住将我的手搭在她的肩上，与她合影。吧啦姐用手中的笔和镜头，写尽了人世之间的美好。我被她身上那份真善美的气息吸引，后来我成了她第八期网络摄影梦想课堂的一员，在大学时是播音员的她，有着动听如旋的声线，犹如百灵鸟般空灵，她的人、她的声音、她的文字、她的摄影，无一不散发着美好。

吧啦姐垂垂的发落在肩上，眼睛似月牙，弯着一眼的清喜，声音是软糯的恬美。不承想，这个外表看似柔弱的女子心里却有着如钢铁般的果敢坚毅。生活窘迫时为了买书，可以连续几个月只吃青菜，在别人悄悄睡下时，凌晨三点还在电脑前敲击着文字。

她每个月都会给自己买书，并且是一箱一箱地买，要保证高质量的输出，必须要有大量的阅读作为保证。在吧啦姐身上，让我喜欢的东西实在太多了，勤奋、努力、坚强、勇敢、不屈，还有对梦想的执着。

◇ 叁 ◇

在吧啦姐的新书摄影文字集的读者分享会上，她说过这样一句话，“你必须十分努力，才能在茫茫人海中认出并找到彼此”。她在二十八岁那年，遇到了自己的灵魂伴侣。

吧啦姐是幸运的，但看似幸运的背后她却为此准备了二十多年。只有自己足够优秀，才能配得上你想要的生活，爱情亦是如此。你想要吸引什么样的人，就先成为什么样的人。你若盛开，清风自来，我们要学会像一朵花一样绽放自己的美丽。

吧啦姐的爱人是北京人，是环球旅行家，也是畅销书作家。

样子俊朗，笑起来，露出两颗小虎牙，很是阳光。吧啦姐说，她就是被闫先生阳光般的笑容吸引的，她说，和这样幽默开朗的男子生活在一起，应该不会有什么烦恼吧。

吧啦姐，她只用了五分钟就确定了闫凌是那个可以携手共度一生的人，吸引力法则是强大的。正确的人出现时，彼此是有感应的。一个行了万里路，一个读了万卷书。2018 年 9 月 15 日，他们在浦市古镇举行了盛大的中式婚礼。吧啦姐结婚的视频我看了数十遍，我的眼角噙满了泪水，一是觉得这样努力的女孩子终于找到了她的归宿，以后她累的时候会有一个肩膀可以依靠了。二是羡慕他们纯粹的爱情，他们将彼此视为灵魂伴侣，生生世世，永不分离。

好的爱情一定是彼此成就的，李菁给了周游世界的闫凌一个温暖的家，而闫凌给了李菁安全的可以依靠的肩膀。他们在一起后，一刻都没有分开。他会为她在新书发布会上低下身子默默拍照，会陪她到鲁迅文学院一起学习，会为她准备贴心的节日礼物。好的婚姻一定是共同进步、共同成长的。吧啦姐说她可以不要车，不要房，只要一个精神契合的灵魂伴侣。学识、外貌、物质都可通过天道酬勤获得，而精神契合才是最难的。他们用心经营着爱情，让不曾相信爱情的我相信了爱情。

她是一个智慧女人，将工作和生活协调得无比和谐。她说，爱情、婚姻需要用心经营。他们时常会携手去旅行，去为彼此准备贴心的礼物，在节日中为对方手写一封信。爱情里的仪式感让彼此的心靠得更近。他们一起打理民宿、读书、摄影、写作、周游世界，把日子过成了诗。

◇ 肆 ◇

她让我欣赏，那她成功的因素是家庭背景？不是，吧啦姐从小生活在湘西的一个偏远古镇，上学的学费都是借来的。可为什么还未到而立之年就过上了无数人向往的生活，读完了她的书后，我从她的文字中找到了答案，她成功的原因皆源自对梦想的执着，并坚持了十几年之久。她给雪小禅老师写信，写到她的愿望是要将她这些年来写下的文字出版。而那年，她不过是个刚刚大学毕业的学生。后来，她考上了研究生，在宝岛台湾留学半年后，成功地出版了她的第一本散文集《见素》。研究生毕业后，吧啦姐顺利成为一所大学的老师，其间，出版了她的第二本书《当茉遇见莉》。有了安稳的工作，同时又能在工作之余写作、摄影，人们觉得她的生活已经很圆满了。但半年之后，她却提出了辞职，让所有人都大跌眼镜。吧啦姐说，她想影响到更多的人。还有一个原因是吧啦姐带的课程比较多，经常备课到深夜两点，工作占据了她大量读书、写作的时间，所以她放弃了体制内的工作，成为一名自由工作者。她说只有坚持自己所爱，才能找到人生的无限可能。

在李菁老师的四本书中我最喜的一本书——《见素》，取自《老子》中的“见素抱朴”一词，吧啦姐希望自己能一直保持朴

生活的琐碎
就像一地散落的珍珠
它们透过尘埃
在白日里发出银色的光亮来

素的底子，在摄影与文字的世界徜徉。这本书里有吧啦姐的初心，记录了她来时的路和成长的轨迹。

在她的生命中，她始终追随着一名女子，她叫雪小禅，雪小禅老师是李菁老师的恩师。从年少时就迷恋雪小禅老师的李菁，会为了参加老师的讲座而不赴万里，只为见她喜爱的女子。有人说她的成功是有贵人的相助，其实不然，人生最大的贵人是自己。她为了给她的客人拍出好的相片，不顾形象地趴在地上，在拍摄途中，一人提着自身难以承受的重物，电脑、行李、脖子上还要挂好几个相机。就连雪小禅给她的评价都是，“她是我见过的最能吃苦的女生”。

吧啦姐，能够在多重身份里自由转换，把自己活成了女超人。并且投资自己，她一年在网上买书的钱就有十几万，她始终保持精进，让自己在不断的成长中实现自我增值。

◇ 伍 ◇

网络真的是个好东西，之前因为我的圈子太小，身边没有吧啦姐这样和我有心灵共鸣的人。有些遗憾，又有些庆幸，遗憾的是没能早一些遇见吧啦姐，庆幸的是在我人生转折点上吧啦姐的故事给了我更多的思考和启迪。

二十几岁的年龄，是一个女孩子一生中最美的阶段，也是自我重塑的最好时机。二十几岁，我们有着最旺盛的生命力和创造力，深度与广度的学习都是我们所必要的。

三十岁后，你就不能单纯地为自己而活了，你有了家庭，有了孩子，你的时间、你的精力都不允许你像在年轻时那般挥霍了。二十几岁的年龄，我们无须背负过多的生活压力，可以在最有效的时间里让自己不断增值。无论我们放弃什么，都不能放弃成长。学历只是一纸凭书，只是你走向社会的敲门砖。而终身的学习能力才是你走向成功不可或缺的资本。

在大学里，一个班里的同学，那时的我们水平都差不多。而走向社会后，你会发现，人与人之间的差距越来越大。任何时候我们都要学会居安思危，未雨绸缪，安于现状就不能成长。时代在变，我们也要不断地更新自己的知识系统和认知水平，逐渐形成自己的核心竞争力和思想体系，而不是随波逐流，人云亦云。不要给自己的人生设限，要逼着自己去成长。我们需要去多多见识这个世界，见过的风景愈多，内心的格局就愈宽阔。

子曰："三十而立。"也就是说，三十岁的时候我们要立身于世。三十而立，在很多情况下是针对男人而言的，要求事业稳定，有车有房。而我的解读是，三十岁，这个数字代表的不只是男人的一道坎，女人也需要"三十而立"。我虽未到而立之年，但也需要思想上三十而立，立什么？以何立？我经常问自己。

有的人活了一辈子都不清楚自己想要什么，而有的人年少时就找到了自己想要的东西，并坚持努力。那时的吧啦姐不过是个十几岁的孩子。她肩负着文字的使命感，只为抵达她梦想的彼岸。直到现在，她依旧保持着初心，做她喜爱的事情。每天五点四十五分准时起床，阅读写作，十年如一日地坚持，从未改变过。我的心被猛地戳穿了，我已经二十三岁了，却还是浑浑噩噩地得过且过。同样是怀有文字的梦想，我却将它深深埋藏在我的心里，似乎已经感觉不到它的存在。于是，我把吧啦姐作为我的榜样，开始梳理自己，开始写梦想清单，开始规划未来。近几月、近一年，每一个阶段要做的事，都清清楚楚明明白白地记在日记本上。

我们每个人都是独特的存在，我们需要认清自己，找到自己的优势和兴趣之所在。就像吧啦姐那样，发掘自己身上的闪光点并将之不断地强化巩固。而对于缺陷部分，尽量避开。从吧啦姐的故事中，我得到了很多感悟，后来我对自己进行了简单的分析。我性格偏内敛、喜欢安静、不善言谈、逻辑思维较差，但我却有着敏感的文字感知度。有时候望着一景、一物，眼前就会蹦出许多字眼来。所以在工作之余，我学习了摄影，开始读书、写作、旅行，它们无形中会塑造我们的格局，让我们形成自己独特的思维方式。这样无论你做什么事都不会人云亦云，而是有自己的观点和主见。

感谢吧啦姐，她是我人生中的贵人，也是我的梦想导师。在她的影响下，我学会了摄影，且日日坚持读书写作。她在不断地发光发热，二十几岁的年纪却有着超级强大的能量和气场。李菁老师在实现自我价值的同时，还成就了他人，她就像暗夜里的启明星，照亮了和她有一样梦想的星光赶路人。

她过上了无数人想要的生活，读书、旅行，做着自己喜欢的事情，有爱人相伴，爱情、事业双丰收，实现了财富自由。一日、三餐、四季，把朴素日常过得饶有美意。我最喜吧啦姐骨子里的那份倔强，那是经历了无数生命波澜翻出的王气，即使数十年的生命坎坷都没有磨灭她身上的灵气，而是将心灵的纯美演奏成韵。很多人都对李菁老师投以羡慕的眼光，却无人知晓她光环的背后付出了多大的努力。文字摄影，是心中的一点深情，它成就了吧啦姐的梦想，也终将承载我的梦想。文字、摄影、书法，我会一并爱下去。

王国维先生在《人间词话》中，写出了做学问的三层境界：独上高楼，望尽天涯路。第一层是“立”，也就是立志。第二层是“守”，衣带渐宽，终也不悔，这是一个不断去求索的过程。第三层是“得”，坚持自己的心之所向，当我们不断为梦想去付出，不计回报，不慕名利，踏实走好眼前的路，努力耕耘，不问收获，总有一天，你会发现你所追求的伊人就在灯火阑珊处。

晓色里的前行人

夜，渐渐静了。夜，笔与纸在低头絮语，一笔一画满是真情实意，一句句都是心有灵犀的美丽。

有时候我常常问自己。究竟是因为爱写文字而爱上了写字，还是因为爱上了写字而后爱上了文字。在十几年的生命长河中，文字与书法，仿佛是我的左手和右手，它们彼此之间无止境的交集，贯穿在我的生活学习工作里。

在文字里一切纷繁都变得静默如谜，一切缤纷往事都化为笔尖下的黑白墨迹，日子像是断章，再怎么拼凑也拼凑不出完整的记忆。那一个个的方块字，端庄肃穆，像是被揭去了外衣，赤裸地将隐私暴露于人前，只剩下一声声的叹息。

我有一本手写日记，它们记录了我的年少轻狂，记录了我青春岁月里的所有形式和色彩，它们以一朵花的形式，茉莉花、芍药花、山茶花、牡丹花、栀子花等，为我的生命作嫁衣。

在笔记本的扉页上，写有两个大字——闻雅。时光静默如昨，昔岁里的文字仍在光阴里历历。

“闻雅”是我公众号的名字，也是我一本手写日记的名字。那一日，我如往常，骑着自行车去了离家不远的图书馆，在图书馆一层的一个醒目的书摊上，发现了一本书，是谢娜的《娜写年华》。美美的文字里配着谢娜清新唯美的照片，我心生羡慕，那个时候心里就想，如果我能出一本自己的书该多好啊，可那时觉得出书是件遥不可及的事情。

回到家中，回到我的小屋，我把新买的厚厚的笔记本拆开，在洁白的扉页上稚拙地写了两个大字——闻雅，这是我给自己的书起的名字。我称之为书，这本书，作者是我，读者也是我。其实，它只不过是我记录流年往事的一个日记本罢了。

文字收束了一切的喜怒哀乐，包揽了所有的悲欣交集。文字庇护了那个十八岁的少女，记录了那个怯懦的灵魂、卑微的生命。在那个青春年少里，是秘而不宣的、春帷不揭的，它只属于我一个，一个人独享的旖旎。文字将青春的动作，一招一式，化为笔下的涓涓细流，过滤掉生活中的尘滓，留下最纯净的大雅小雅，文字里闪烁着的是思想的光芒、灵魂的透彻。

文字能够将岁月永恒，一朵花落、一声鸟啼，皆能收回去。

文字，是直通古今的，一分钟的爱情都能够在文字里凝固成美的风景。我喜欢文字碰撞的声音，它们彼此本无血缘之亲，并非门当户对，可有时组合在一起，那串串连连的文字，总能够轻易地将你引入到它的世界里。最喜欢徐志摩那句，“最是那一低头的温柔，像一朵水莲花不胜凉风的娇羞”。文字几千年的嬗变，从甲骨文到篆隶楷行草，文字的迭变，它的寿命，比人还长久啊。

关于文字，这份记忆贯穿在了我二十几年的生命长河里。在小学的几年光阴里，那是我二十几年来最为无忧快乐的时光。我所在的小学是所文化氛围十分浓厚的小学，除了日常功课外，学校会定期举办各种活动，如演讲比赛、朗读比赛、手抄报比赛、五子棋比赛、作文比赛、制作贺卡比赛等，而我则是活跃在这些文艺活动中的积极分子。每次走进校园，当看到校园的白墙上张贴着我做的手抄报、贺卡时，那真是一种非常快乐的感觉。

那时候的自己，学习成绩名列前茅。我的班主任是位女老师，教授我们语文课程，叫宋彩萍。快十年过去了，她的声音和容貌依旧浮现在眼前，她有些严厉，但很负责、很用心，写得一手漂亮的粉笔字，朗读课文时也是声情并茂。她很器重我，我那时可谓是老师的左膀右臂，她常常也会让我帮她判卷子、批改作业，学校里的文艺活动也常常把名额留给我，国旗下讲话、播音员、演讲比赛等。

学校很重视阅读，依旧记得学校里挂着的条幅——“读书伴我成长，知识改变命运”。我爱读书的习惯也是从那个时候开始养成的。班主任会主动要求我们每个月读几本课外书，那个时候，最开心的也就是牵着妈妈的手来到书店，在货架上挑选几本我喜爱的书籍。我把阅读课外书籍的时间一般放在晚上，床头柜前是一摞摞我买来的书，睡前，母亲会帮我点亮桌角的台灯，给我铺好床褥，被子里放上暖水瓶，桌上则放一杯牛奶。夜静谧无声，多少黑夜里是书籍伴我入睡的，我已记不清了。

所以从小学开始，我就保持着读书写日记的习惯。有一次老师让我们去看一场电影，然后写观后感，因为我写得很好，老师还当堂一边朗读一边夸我写的见解深刻。关于写日记，那是我印象最深的一次，也就是那一次后，大大增强了我写作的信心。高中时因为文笔优美，也时常成为老师诵读的典范，我仍然记得我在高中时第一次获奖，那篇散文叫作《花季雨季》。

文字将青春的呐喊镌刻成一行行稚拙的笔迹，将青春的韵美绣进一字一句的间隙，文字将春春的轮廓镌刻成形，日记也年复一年变得丰厚，变得立体。日记里的两条横杠，像是一条街道，在文字的街道里有我青春的脚步，还有心弦上的那一缕悸盼。它记录了我懵懂、天真，还有我逐步走向成熟的印记。

在所有的女性作家中,我最喜许冬林老师。记得在高中时，班里很多同学都会买一些杂志，如《意林》《青春文学》等，然后大家相互传阅着看。每次遇到我不喜欢的课时，它们就是我逃避的最好方式。记得在某个周五，班里大扫除，我负责扫地，这时我在班里最后一排的一角发现了一本书，这本书残缺、肮脏，被人嫌弃得不知遭受了多少冷眼，书上是半个脚印，还有被水泼洒后的点点泥污，我甚是怜惜，放下手中的工具，用沾了水的湿纸巾一点一点地擦拭，擦好后放在窗台上晾着。放学时，那本书已经干透了，但却有难以抚平的褶皱。我随手翻看着这本书，许冬林老师的一篇文章显现在我的眼前，还未细细品读，就被老师那种婉约的文风吸引，我不禁感叹，写得真妙啊。

窗外，空气里有栀子花开的芬芳，我的心也是甜的，被老师的美文浸润得甜甜的。我捧着那本书，如获至宝，欢欢喜喜地回到了家。回到家后马上坐在电脑前，关注了老师的公众号“东林树下话清凉”，头像是许老师本人，穿着绿色绸缎旗袍，齐刘海儿，样子娴雅，似有江南女子之态。后来无意间加了老师的微信，但从未有过深切的交谈，因为我知道，作为一名合格的读者，不能随便打扰作家的生活。老师需要安心创作，而我们只需默默关注老师的作品和生活就可以了。老师的文字似其人，有着平淡优美的韵律，不争不抢，不急不躁，没有炒作，没有戾气，安然平和。她在合肥过着她喜欢的小镇生活。这就是我喜欢的女子啊，从内到外。

与许老师的文字结缘后，我的写作风格也在慢慢向许冬林老师靠近。先是模仿，后来就学会了举一反三，从高中到现在仍会将许老师的书籍捧在手中阅读一番。

上了大学后很少去写作，但时常会保持着阅读的习惯，且是随时随地。我也爱上网，但我更多的是利用网络去学习，微信读书、喜马拉雅、微信公众号里的美文，在地铁上，等公交时，将这些碎片化的时间利用起来，你会收获更大的价值。

自小就喜欢文字，文字里有份阔绰的美，让人流连忘返。反复品读，反复斟酌，我用稚拙的笔，将它们定格在一页页的笔记本上。书籍，给了我向善向美的力量。文字，给了我实现梦想的勇气。如今成年的我，兜兜转转，还是决定不顾一切后果地去做我热爱的事。

现在我依旧喜欢安静，喜欢把自己隐在喧嚣之后，去沉淀自己的内心。相比于同龄女孩子，喜欢追剧、八卦、逛街，而我则喜欢读书、写作、习字、摄影，它们已经成为我生活里平常且重要的一部分，平常如呼吸的张合、心跳的律动，但也是生命里必不可少的要素。

岁月如潮，潮起潮落。当芳华渐逝，唯有涵养、学识，才可抵抗住岁月的洪流。

有人说，靠文字哪能生存下去，我看难。有人说你写着写着没有灵感怎么办。我想说，我的本职工作是一名书法老师，我的写作是在不影响本职工作的前提下开始的，书法是我的左手，那写作就是我的右手。散淡的光阴，声声似流水，但我始终没有放弃自己，一直在成长、在蜕变。刚写这本书的时候，我并不知道它能不能如我所愿出版，全国各地的朋友是否能够读到我的文字。我幻想着图书出版后我在我的母校举办我的分享会，想象我的读者朋友给我寄来她的阅读感言，想象着父母看到我出版的图书后那副欣悦的神情，想象我能亲手把它捧在我胸前的那种妥帖。笔随着时间的嘀嗒声在本子上落下娟静的字体，想到这些场景，我嘴角挂着一丝笑意。出书，少年时觉得那是一个遥不可及的梦。如今，它即将上演着真实，梦想的花蕾含苞待放。所以，梦想还是要有的，万一实现了呢。

二十载的光阴，匆匆似大江大河，那些陪伴在我身边的人，来的来，走的走，人世轮回，有些人终究成为过客。而文字则是我最长情的陪伴，不离不弃。

我愿做生命里的晓色人，在文字的世界里积劳成疾。

不一样的烟火

喜欢棉麻、民族风、苏绣的织物、青花的布鞋。喜欢银质的略带斑驳的饰物，绣有老绣的耳环、衣服、饰物，是体己的。二十几岁的韶华，是女人一生光景中最美的时刻，人与衣的结合诠释着最明朗的美丽。曾经的自己，卑微似一朵野花，以为自己驾驭不了那些独具特色的衣。如今，我勇敢地抬起头，穿着它。不求有玲珑的贴合，只求能如一枝独秀的花，别致、清雅、灵气逼人。

——米希雅

晨光微熹，东方既白。晓色里的空中漾着絮语似的一抹薄媚，是淡粉的轻霭。夏日，还未凉透，空气里有着江南烟水般的潮润，二十二岁，那个纯情而诗意的少女，在即将离开校园的夏天，让朋友帮她拍下了一组照片，一袭蓝印花布的裙子，大大的裙摆能在风中翩跹起舞的那种。那蓝泛了白，没有了新意，谦

穿着它
不求有玲珑的贴合
只求能如一枝独秀的花
别致
清雅
灵气逼人

卑而平和，甚喜它那素净的模样，穿着它，人也好似变得清雅起来，不经意间就会注意自己的举手投足，生怕自己不雅的动作会破坏了衣物的这份美感。在校园的林荫小道，在操场的跑道上，翠色的草坪和蓝印花布的淡蓝相互映衬，构成一幅幅清美的照片。在学校的图书馆里，我手捧我喜爱的书籍，朋友用手中的相机如实地记下了我那颗欢喜的心，也如实地记下了我来时的路和对未来美好的希冀。毕业季，有人伤感，有人迷茫，我心里更多的是喜悦，我终于拥有了一双可以飞向蓝天的丰满的羽翼。

后来朋友把照片拿给我看，说实话，我小小地惊了一下，拍出来的照片比我想象得要好。从前的我是自卑的，不敢和男孩子说话，不喜欢照镜子，更不喜欢拍照。但是照片里的我，清清素素，笑容自然，我格外喜欢。只有我自己知道它们的意义，刚到大学时，自己像是个“土包子”，脸上也是肉嘟嘟的，衣服廉价而丑陋，像极了童话故事里的丑小鸭。而这些照片就像一个时间节点，划分了我的过去，它在用一种我能看得见的方式，见证了我的蜕变、我的成长。

蓝印花布的裙子，在岁月流转中变得粗糙，表面起了一层薄薄的绒毛，但却有一份气定神闲的美。穿着它，招摇在岁月里，这时的我，像极了一朵白茉莉，有着不事雕琢的灵美，清水出芙蓉的纯真。

女人对衣服的喜爱，是有目共睹的。衣服不仅是性别的隐喻，还是取悦自我的最好方式，有一句话叫“女为悦己者容”。

不知从哪一刻开始，自己也开始学会了女为悦己者容。细细想来，应是在大学，高中以前，学校规定不能穿华丽的衣服，不能留刘海儿，不能穿高跟鞋，一年四季只能穿校服，话说这样的规定是为了防止攀比的现象发生。殊不知，这样的做法亦是限制了女孩子美的发展，尽管抱怨，但还是不得不去遵守。上了大学后，少了那些条条框框，加上校园里洋溢着满满的恋爱气息，女孩子们开始学会了化妆，学会了绾出各式各样的发型，学会了到理发店烫出美美的海藻似的头发。

女人的衣物，不仅反映了她不同时期不同阶段的审美，而且也是其内在心性的外在彰显。一个女人成长的蜕变，也常伴随着衣服风格的改变。

在我十几岁的时候喜欢张扬的艳，衣服要大红，裤子要大绿，每次出门都要把自己装扮得花枝招展。涂抹上五颜六色的指甲油，喷上浓烈气味的香水，这就是我叛逆的青春。如今回头看那个记忆里模糊的自己，心想，活泼泼的生动是有了，但终归俗气。随着年龄的增长，自己的性子越来越沉稳。渐渐地，对衣物也有了自己的审美，我更偏爱和自己气息相投的衣服。

我爱素色的棉麻长裙，它会让我显得更加脱俗有气质，一个人的内心愈丰厚，她的外表也愈素简。内在空虚的人，多靠外在的打扮去引起他人的关注，金戒指、金项链，统统挂在身上最显眼的地方。美丽的衣物包裹着丑陋的灵魂，这难道不是一种讽刺吗？

年岁叠加，我不再一味地追求衣物是否是名牌，是否是哪个女明星代言的，一味地跟随大众审美，只能让自己趋俗。二十三岁的我，走出校园的我，更垂青于素简的衣，施上淡淡的胭脂，眼睛是清澈，内心是丰盈。因为我懂得，女人不应只追求外在的美，真正的美是经过岁月沉淀后才能散出的美丽。

如果一个人没有内涵的美来支撑，空具有华美绚烂的外表，美则美矣，但终觉得空洞，缺乏神采。

记的第一次购买民族风的衣服是在高中，那时在淘宝上才卖一百多元，我在电脑浏览页面上翻来翻去，最终被一件袖子上有绣花的衣服吸引，在母亲的强烈反对下我还是买了它。母亲说我是老古董，为什么不能像其他女孩子一样穿运动衣运动裤呢，非要穿这么奇怪的衣服。但在我心中，民族风服饰有着它不容置喙的美。它的夸张色彩里是宽绰的风姿，裁剪的轮廓也好似我这颗放浪不羁的心，三分野气，七分文气，充满了古意。如今，从箱底翻出那件民族风衣服，尽管有一些地方已经脱线，但袖上的刺绣依旧闪耀，金色的丝线上嵌有不被磨灭的光环。什物，是能衬托出你内在的面子，更是灵魂的样子。

我喜欢带有尚古气息的任何东西，我对它们的存在且是异常敏感，如雕梁画栋间缠绕的牡丹，书法气韵中的高古，老绣片上密密的针脚。它们身上总有足够的魅力吸引我。我深深眷恋，是因为它们身上留有光阴的痕迹、岁月的余脉，所以至今都依恋着那一缕传承至今、古韵悠悠的气息。我独特的眼光和审美视角决定了我衣物的风格。

以前，当我穿起我心爱的衣物时，旁人总会投来异样的目光，所以在学校我很少穿它们。后来我遇到一个叫吧啦的女子，她竟然和我有着同样的穿衣风格，更可喜的是她和我一样痴迷于传统文化，喜欢美学、喜欢摄影，她好像是从时光深处走出来的另一个自己。自那以后，我不再羞涩地去表达那份对传统服饰的喜爱之情，我大大方方地穿着它们走在街头巷尾，我就是我，不一样的烟火。

女子的一生本如花，瓣瓣的零落宛似剪落的芳华，一朵花的分娩，从萌动、蓓蕾、荟萃、零落、枯萎，一期有一期的美。年轻艳羡的女子有种奢侈的好，还有着长长久久的余生。如若你是女子，应懂得在人世间拔节生长，在有限的青春里绽放自己的美丽，在新鲜和志气的青春里葳茂、丰盈。

古之女子十几岁就要出阁，而现在的女子三十岁还未结婚的也大有人在。二者我觉得都不好，一太早，二太晚。胡兰成说："此时的女子，蓓蕾花开却也是半下昼，女人的美，稍纵即逝，如同花瓣的萎落。"所以，女人，要惜春啊，二十几岁的年龄，是最美的现世安稳，你要在最美的光阴里荏苒出自己的美丽。

没有梦想 何必远方

春花秋月，山河寥落，人间的美来自岁月更迭、草木荣枯。站在时序的年轮里，我守着我一个人的浮世清欢，守着一个人的细水长流。远方，这个词是带有魅惑的，远方，意味着人生有着不设限的可能。

我深深地记得离开大学校园的那天晚上，我一个人站在晋中市中心的大桥上，俯瞰着这个陪我走过人生四年青春时光的城市，我不禁问自己，未来的路该如何走。

快毕业时，总会听到身边的朋友说，时间真快啊，这都马上就要毕业了，我都不知道我该干什么。好多同学都考了教师资格证，想着到哪个小学寻个安稳的工作，还有一些已经开始计划毕业后的结婚事宜了。而我异常沉默，我知道我要走的是和他们不一样的路，我还年轻，年轻就是资本，我的人生还有无数的可能。思考了很久，我还是尊重自己内心的选择，决定一路向北。

这是我第一次只身一人来到北京，大学毕业前的最后一个学期我们要进行半年的实习，我通过网络联系到几家招书法老师的机构。因为有着大学四年兼职代课积累下的教学经验，我顺利通过了面试，并且谋求到了人生中的第一份工作——书法老师，收入近万。这样的工资在北京算不上有多高，但对于刚刚毕业的我来说，已经很满足。

对于很多女孩子来说，发了工资的第一件事可能是买自己喜欢的口红、名牌的手包，吃一顿大餐来犒劳自己，而我不会，金钱是个好东西，一定要把钱花在刀刃上。我会把每个月的收入一部分用于日常生活、房租。每个月我还会上交母亲一部分，让她买自己喜欢的衣服和化妆品，给奶奶买一些她喜欢吃的东西。他们为了供养我和弟弟上学，总是舍不得吃，舍不得穿，每次我给母亲转钱的时候，总忘不了几句叮嘱，你多买点儿自己喜欢吃的穿的，不要什么都舍不得，不要对自己太吝啬。我深知，父母养育儿女的不易，所以无论我在外能挣多少钱，每个月我一定会给父母转一些钱过去，不论多少。

在这个陌生的城市里，我也第一次读懂了什么叫孤独。北京太大了，只会让自己觉得渺小，大到所有人都听不到你的哭声。

站在一个城市的制高点看这个城市，它的过去、现在、将来，如同一个平行且重合的轴面，在灯光灼目中渐变得立体。

夜晚回家时，站在天桥上俯瞰整个北京城，依旧车水马龙，灯火通明。可是在喧嚣之中我亦能敏锐地感知到一些什么，每个人都不甘平庸，他们在这个陌生的城市寻找着自己的价值，可他们是孤独的。

有段时间我情绪波动很大，如地震般难以预测。下班时，路过几个弹吉他的歌手，他们的歌里尽是伤感，莫名地触动了我，眼泪止不住地在眼里悬着，可又怕惹来周围路人的围观，偷偷地用衣角拭去了眼里的泪水。没有人在你受挫时拉你一把，也没有人在你孤独的时候陪伴着你。

身在北京，感受到了太多的世间冷暖与炎凉。有人会问我，北京究竟是一座怎样的城市。我的回答是，北京是一座永远不会有人在乎你的城市。想在北京寻找你的存在感，在我看来，那是一件很难的事情。即使你染了一头红色头发，大摇大摆走在街头，也不会有人在乎你，即使你穿着奇装异服走在商场，也不会有人在乎你。看似怪诞的行为，在北京这座城市，一切都显得那么稀松平常。

前几天，看到一个朋友在微信朋友圈发了一条很丧的微信，他说他想逃离北京。大学毕业后，一心想留在北京的他，可是多年过去了，还是一事无成。我也很同情他，在北京创业是很难的，更何况没有雄厚的资本和背景，只靠自己，这其中的艰辛可想而知。

创业七八年，可事业依旧不见起色。他告诉我，前几年也赚了些钱，后来都投资了，结果打了水漂，在北京奋斗了好几年，一下子又成了一无所有的人。现在公司的资金链断了，他每天都在找投资人。这些年他一直不敢回家，他总是一个人在北京过春节，每到这时，他就会在电影院看一天的电影。

他不止一次告诉过我，他太累了，也不止一次想过要逃离北京，可是一旦放弃，便是前功尽弃。他说在他最累的时候，回到家看到空荡荡的房屋，莫名有一种失落感。在北京，不敢生病，因为病了没有人会照顾你。这座城市灯红酒绿，五光十色，住宅楼里亮起的灯盏，是那样的温馨，但却没有一盏属于你。看似经营着一家大的门面，可半年的房租就需要十几万，他为了省钱，很多时候都是在自己公司打地铺。我安慰他说，一个成功的人不仅需要超高的情商，还需要智商，一个人只有在经历了重压之后，反弹的可能性才会更高，人只有狠狠地往地上砸，才有崛起的可能。

北京太大了，个人的力量，好似一颗小石子。而北京是大海，微乎其微的力量投在广袤的大海中，连一朵浪花都激不起。把一颗小石子丢进汪洋大海，是不会起多大作用的，最后只会石沉大海。

所以，在北京做事，你往往需要花很大的力气才会获得很小的回报，往往拼搏到了感动自己，可现实还是会给你一个冷冷的回击。北京，也许奋斗到自己感动到自己，可现实却很残酷，你还是一个失败者。

如今三十而立的他，存款为零，没有任何积蓄，一心打拼事业，也没有谈情说爱。这种经历在北京不足为奇，他哭丧着对我说，想回家做一份小事业，安安稳稳地生活、结婚、生子。可是离开又谈何容易，你在这里建立起的人脉资源、圈子也就溃败了。回到家乡，还需要重新建立起这些资源，更何况回到家乡后，恐怕很难适应家乡的那种节奏了。所以说，很多人都是在这种两难的境遇中艰难生存。

当自己真正步入到社会的时候，也真真切切地感受到了成年人的世界没有“容易”二字的含义。尤其是在北京，有太多太多的底层小人物。北京冬天是极冷的，夏天是极热的，一年四季风雨无阻的是送外卖的小哥，我会经常看到他们以很快的速度穿行在马路间，他们不是不知道开慢点安全，他们可能仅仅是为了多送出去一份订餐。这一幕幕让人觉得撕心裂肺，这其中又有多少无可奈何，为了生活，我们还是要强颜欢笑，昂起自己的头颅，去面对这个冷酷的世界。

生活在北京的每一个人，心里都有着自己不可说的辛酸与艰辛。这座城市庞大而复杂，蜘蛛网似的地铁线红的、蓝的、黄的，密密麻麻贯穿于北京。我只想说，没有挤过北京的地铁，不足以谈人生，北京最不缺的就是人，尤其是早高峰和晚高峰的时候。进地铁时，你是随着人流被挤进去的，坐过了站只因为挤不出去。人异常多，最难受的是夏季，人挤人人挨人，闻着难闻的汗臭气。地铁里每个人面无表情的冷漠，没有交谈的声音，只是低着头看着手机。街头上每个人行色匆匆，若有所思的样子。快节奏的生活，大家都很忙，没有人会和你聊天、谈心。

这座一线大都市，有着乱花渐欲迷人眼的繁华。夜晚，霓虹灯亮起时，我游走在街头。有几个女子看着装束像是网红，她们在灯火璀璨的灯光下拍照，而我只觉得刺眼，刺得生疼。在这个城市包围着我的是物欲横流，浮夸躁动，还有的就是人们的功利与焦灼。

北京的节奏太快了，根本没有生活可谈，大街上、地铁里都是表情冷漠、行色匆匆的赶路人。而且你不能停下，因为你的身后还有无数催赶着你前进的人。但我也想说，人不能一味图快，脚步走得太快，也不见得是好事，欲速则不达。步伐走得太快的同时，一不小心就容易摔跟头，将灵魂落在了后面，渐渐地，身体也会垮掉。

2007年，汪峰的《北京北京》唱出了多少北漂游人的心声："我在这里祈祷/我在这里迷惘/我在这里寻找/在这里失去/北京/北京。"因为北京充满了机遇与挑战，这座城市就是有这样的魔力，吸引着无数年轻人来到这里。这座城市似乎从来不会老，永远焕发着生机和活力。

北京的快节奏生活我适应了将近一年。一来，我是个比较喜欢清净的人，我生活了二十多年的城市，没有地铁疾驰，没有人群汹涌，只有蓝蓝的天、白白的云、温煦的风，人们步履从容，一切的一切，是岁月静好的模样。二来，大学时我们大都生活在群体之中，你可以随时向你的朋友分享你的快乐和悲伤，而来到北京后做什么事都是自己一个人，一个人吃饭、一个人逛街、一个人看电影、一个人上班，很长时间，这种状态让我无所适从。

在这段低潮期，我一直在否定自己，觉得自己很笨，做什么都不行。我一直难以适应北京快节奏的生活方式，所以一有闲暇，我总喜欢去户外，去空山、去竹海、去寂寺、去放空自己，让自己那颗一直浮着的心渐渐沉淀下来。去读书，用书卷去抵抗平庸的岁月。

刚来到北京，给人的第一感受就是生存压力。这也激起了我求生的欲望，只有先生存下去，才能追寻我想要的诗与远方。曾经碍于面子的事情，不敢想不敢做的事情，在谋生面前，我也可以低下头去，放下所谓的体面。离开了校园这座象牙塔，渐渐发现进入社会才是你学习的真正开始，也就是说，内驱力才开始真正迸发。没有谁愿意把自己整得一身才华，也没有谁一开始就想做个优秀的大人，没有谁愿意背井离乡来陌生的城市打拼。也许我们只是为了能让家人过得更好些，让身边的朋友更安心些。

以我来说，在我二十多年的生命里，因为有父母的保护，我过得养尊处优。在家里我没有做过一次饭，没有洗过一次衣服。每次我跟父母提议说，中午的饭我来吧，而父母总是摇摇头，觉得我不行。在这种情况下，我深深知道，这是不利于个人成长的，所以我割断了来自父母的一切经济来源来到北京，我相信我会在这里成长很多。事实证明，确实如此，人只有多经历，才会慢慢变得成熟。

能让一个人成长的绝不是年龄，而是由生命的厚度所决定的，譬如，你在这一年里经历了很多，这包括参加了数十次的文艺沙龙，进行了几场公开演讲，拿出一部分时间去游学，读了数百本书，你结交了许多志同道合的朋友。在经历了多种人生体验后，生命也就有了厚度，人就是在一点一滴的经历中成长起来的。

有的人虽已过了而立之年，却依旧拎不清现实，昏昏沉沉，苟且度日。和大多数人一样，我并不想成为怎么样的人，更多时候是为了父母，他们养我不容易，我不想让他们挖空自己来填补自己的空缺。所以，我该长大了，该扛事了。曾经，他们是为我遮风避雨的屋檐，如今，我要勇敢地成为那个“屋檐”了。

很多人都很羡慕在大城市工作和生活的人，包括我没来北京之前也是这样想的。其实不然，看似光鲜亮丽的生活背后是无数的辛酸。也常常会有人说，羡慕我的生活，我只能说，这一年多的经历，如人饮水，冷暖自知。

你眼中的北京是五光十色霓虹灯、川流不息的车辆、坐在咖啡馆写字楼里的白领。而我看到的更多的是繁华后的落寞。有人会为省钱去租八百元的隔断间、地下室，空间狭小，没有窗户，只能放下一张床。坐着中介破旧的摩托车穿梭在看房的路上，加班后晚上十点坐着空无一人的地铁回家，拼命工作为了还车贷房贷，给父母打电话时从来报喜不报忧，这似乎才是北漂人的日常。

年轻时一定要学会吃苦，杨绛先生曾经说过：“如要锻炼一个能做大事的人，必定要叫他吃苦受累，百不称心，才能养成坚忍的性格。一个人经过不同程度的锻炼，就获得不同程度的修养、不同程度的效益，好比香料，捣得愈碎，磨得愈细，香得愈浓烈。”能够吃苦的人，方能成为人上人，老祖宗的这句话一点都不差。曾经一路的摸爬滚打，日后也会成为你成功路上的垫脚石。

前些日子约朋友吃饭，朋友说我现在的状态变了。他说我刚到北京的时候，感觉我很狼狈。是啊，刚到北京的时候，没有任何朋友，没有任何亲人，没有任何背景，真的很难。尤其一个女孩子，更是有诸多的不易。我什么都没有，只有一腔孤勇。

初到北京的一年，我一无所有，没有背景、没有人脉、没有人的扶持，能有往来的不超过五个人。我一个人租房，一个人抵抗生活中的所有困难。一个人在这个城市摸爬滚打，这在无形中让我的性子中多了份韧性。我不再是那个被父母娇生惯养，衣来伸手，饭来张口的小姑娘，挫折使我成长，慢慢变得独立，心智也越发成熟。

在北京的一年更多的是学会了独处，习惯了寂寞的光阴，世间的万物纷纷离你而去，空间里的安静是惊心动魄的，灵魂在孤岛上。我躺在窗上，聆听着空气里的寂静之声。这种安静带着一些孤独。可我又无可奈何，任凭它们欺凌着我的五脏六腑。如今，我适应了这种孤独的时光，朋友对我说，成年人的一个标志是适应了孤独，适应了一个人的时光。我深以为然。孤独，也是人生最好的修行。

有一次，一位微信好友和我聊天，她说，我也会见证你一步一步地成长的。看到这儿，我瞬间就落泪了。我在心中暗暗发誓，我会的，我一定会让大家见证我一步一步地成长。

生活将你蹂躏，你在泥潭沼泽中深陷，黑暗的鸿爪向你伸来，凝浊的空气中，是深冷孤寂。也许成年人的世界就是这样，任何的一切都需要自己承担，我们要学会和过去告别，要学会不动声色地成长，学会深掩那些不平静的心绪，学会度过一个人的时光。成长的过程是痛苦的，可我们除了坚强，别无选择。只有坚持，我们才能获得如凤凰涅槃般的重生，蝴蝶破茧后的美丽，阴云散去的曙光、黎明。

窗外落雨了，雨和金属的碰撞，似有金戈铁马、刀枪直入的气概。我伏在桌前，写下只言片语。文字里，是走失的记忆，这座城市让人爱、让人恨。可梦想在这儿，也就在这儿安了家。

2019年，我把自己这一年归结为成长，包括认知、思想、心态、思维。精神上的“三十而立”，立的是目标、梦想。现实让我明白了文艺青年不只是有风花雪月的梦，更要有直面现实和人生挫折的勇气。

每个人都在疲惫生活里有一个英雄梦想，愿我们能在看清现实之后，依旧怀有对生活的热忱、笃定、自信，勇敢前行。